灯芯爆花，引为吉兆

千山茶客

上册

灯花笑

花时恨

千山茶客 著

江苏凤凰文艺出版社

灯芯爆花,引为吉兆。

陆瞳静静看着眼前残烬,

瞳眸映着灯笼的光,如漆黑夜里灼灼烈火。

菩萨低眉,不见众生。

既然菩萨不中用,我只好自己动手。

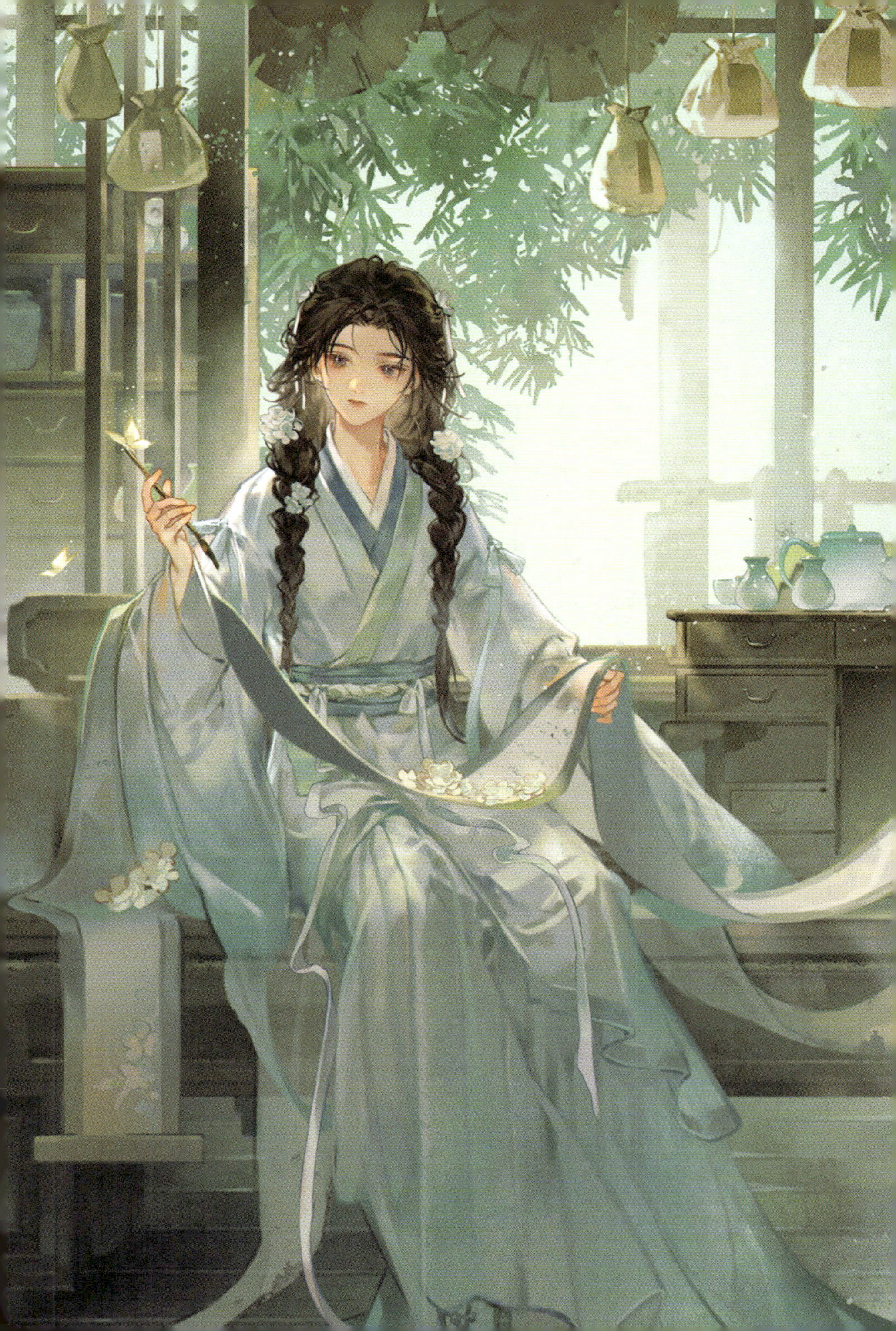

医馆行医制药,院库到处都是药引毒物,来时容易,走得未必轻松。有人贸然闯入,不小心踩到碰到什么毒发,也是常有的事。是吧,裴大人?

你想和我一起死?

那可不行,生同衾,死同穴,死后合住一家坟这种事,我只和我夫人做。

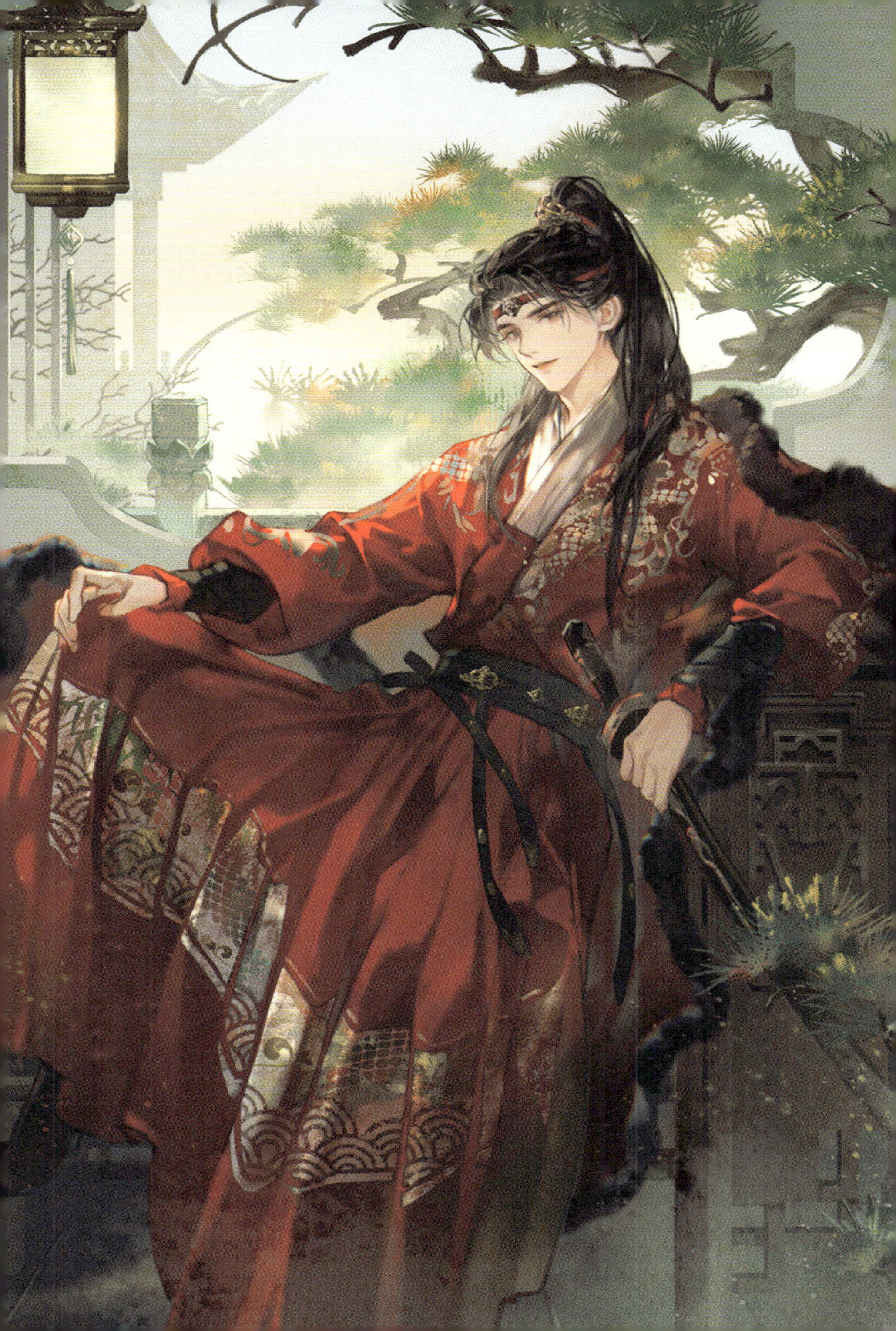

315	279	247	213	181
第十章　表叔	第九章　纤纤	第八章　借钱	第七章　再遇	第六章　菩萨

陆瞳

灯花笑
花时恨

菩萨低眉,不见众生。既然菩萨不中用,我只好自己动手。

灯花笑
花时恨

裴云暎

灯花笑
花时恨

生同衾，死同穴。死后合任一家坟这种事，我只和我夫人做。

灯花笑
花时恨

目录

001	楔子
007	第一章 进京
041	第二章 殿帅
077	第三章 扬名
113	第四章 万福
145	第五章 威胁

灯花笑

楔子

永昌三十二年，常武县。

清晨，天色微亮，长街覆上一层玉白。小雪从空中潇潇飒飒地落下，将小院门上的春联打湿。

临近年关，县城里却一点年味也无，家家户户家门紧闭。

黑黢黢的屋子里，陡然传来几声压抑的低咳，有稚嫩童声响起："娘，我去打水。"

半晌传来妇人回答："莫走远了。"

"晓得了。"

屋门吱呀一声被打开，一个八九岁的女童，身穿一件葵花色绸袄，脚下一双破了的红棉鞋，扶了扶头顶毡帽，提着水桶往街上走去。

三个月前，常武县遭了一场时疫，时疫来势汹汹，一户一户的人病倒。人起先是发热，渐渐地没了力气，瘫软在床，身上冒出红疹，再过些日子，便浑身溃烂死去。尸体便被府衙的人一席子卷走拉去城东烧了。

陆家五口，唯有陆瞳如今还能下地行走。只她一个九岁的孩子，要独自一人照料父母兄姊，着实有些吃力。

水井在东门老庙口前，陆瞳却提着木桶径自往城西走去。棉鞋鞋口破了个洞，渐渐地雪水渗进去，女童脸色冻得越发苍白。

穿城约走五六里，人烟越见稀少，府邸却越来越豪奢，拐过一处巷子，眼前出现一处三进的朱门大院，陆瞳停下脚步，走到宅院前的两座石狮子跟前坐了下来。

这是本地知县李茂才的府邸。

时疫过后,县上人户凋零,街道上鲜少见人。偶有人影,是差役拉着躺着尸首的板车匆匆而过。李府门口的春联还是去年那副,黑字被雨雪渗湿得模糊。不远处的长柱前,却拴着一辆崭新的马车。

枣红骏马侧头看了她一眼,低头去舔地上凹槽里的雪水。陆瞳往石狮子跟前缩了缩,抱腿看着朱色宅门发呆。

头顶乌色浮云冷寒,夹杂大团大团风雪。

吱呀一声,宅门开了,从里面走出一个人来。

迤逦裙角下是一双滚云纹的淡青绣鞋,鞋面缀着一颗圆润明珠。那裙角也是飞扬的,轻若云雾,往上,是雪白绸纱。

这是一个戴着幂篱的女子。

女子迈出宅门往前走,一双手抓住她的裙角,她回头,脚边女童攥着她裙角,怯生生地开口:"请问……你是治好李少爷的大夫吗?"

女子一顿,片刻后她开口,声音如玉质清润,泛着一种奇异的冷:"为何这样说?"

陆瞳抿了抿唇,小声道:"我在这里等了一月了,没见着李少爷的尸首抬出来,这些日子,出入李府的生人只有小姐你。"她抬头,望向眼前女子:"你是治好李少爷的大夫,对吗?"

陆瞳蹲守知县府已经一月了。两个月前,她路过医馆,瞧见李府的马车进了县里医馆,小厮将咳嗽的李大少爷扶进医馆。

李大少爷也染了疫病。

常武县每日染病的人不计其数,医馆收也收不过来,亦无药可救。寻常人家染了病也只能在家中等死,但作为家中唯一的儿子,李知县一定会用尽一切办法拯救独子的性命。

陆瞳在李府门口守着，见着这陌生女子进了李府的大门，隐约有药香从宅院上空飘出。一日，两日，三日……整整一个月，李府门前没有挂发丧的白幡。

疫病从发病到身死，至多不过一月半余时日。

李大少爷没死，他活了下来。

女子低头看向陆瞳，幂篱遮住她的面容，陆瞳看不到她的神情，只听到她的声音，藏着几分漫不经心："是啊，我治好了他。"

陆瞳心中一喜。

这疫病来了数月，医馆里的大夫都死了几批，远近再无医者敢来此地，常武县人人都在等死，如今这女子既然能治好李大少爷，常武县就有救了。

"小姐能治好疫病？"陆瞳小心翼翼开口。

女子笑道："我不会治疫病，我只会解毒。疫病也是一种毒，自然可解。"

陆瞳听不太明白她的话，只轻声问："小姐……能救救我家人吗？"

女子低头，陆瞳能感到对方的目光落在她身上，似是审视，正有些不安，听得面前人道："好啊。"没来得及喜悦，女子又继续开口："不过我的诊金，可是很贵的。"

陆瞳一愣："需要多少？"

"李知县付了八百两白银，买他儿子一条命。小姑娘，你家几口人？"

陆瞳怔怔看着她。

父亲只是书院里普通的教书先生，自染疫病后，已经请辞。母亲素日里在杂货铺接些绣活为生，无事时过得清贫，如今家中没了银钱来源，买药的钱却是源源不断地花用出去。长姐二哥也日渐病重……别说八百两白银，就连八两白银，他们家也出不起。

女子轻笑一声,越过陆曈,朝马车走去。

陆曈看着她的背影,脑海里掠过逼仄屋子里酸苦的药香,母亲的眼泪和父亲的叹息,长姐温柔的安慰,二哥故作轻松的笑容……她几步追了上去:"小姐!"

女子脚步一顿,没有转身。

扑通一声。

陆曈跪了下来,急促地开口:"我、我家没有那么多银子,我可以将自己卖给你。我可以做很多很多的活,我很能吃苦!"她像是怕面前人不相信似的,摊开手,露出白嫩的、尚且稚气的掌心,"平日家里的活都是我干的,我什么都可以做!求小姐救救我家人,我愿意一辈子为小姐做牛做马!"

毡帽掉了,前额磕在雪地中,洇上一层冰寒,天色阴阴的,北风将檐下灯笼吹得鼓荡。

半晌,女子的声音响起:"把自己卖给我?"

"我知道自己不值那么多银子,"陆曈的声音有些哽咽,"但我什么都能做……什么都能做……"

一双手将她从地上扶起来。

"做我的下人,可是会吃很多苦的,你不后悔?"

陆曈喃喃道:"不后悔。"

"好。"女子似乎笑了一下,弯腰捡起掉下的毡帽,温柔地替陆曈重新戴上,语气有些莫名,"我救你的家人,你跟我走。如何?"

陆曈望着她,点了点头。

"真是个好孩子。"她牵起陆曈的手,淡淡道:"成交。"

第一章 进京

过了惊蛰，天气就渐渐暖了起来。

西梁南地春江水暖，草被丰富。文人雅客喜种花草，山间小院里，处处可见山兰素馨疏密交错，大朵大朵的虞美人灿然盛开，锦绣纷叠。

时至正午，日头当空，马车一路疾行，越过山间林木。车乘里，身穿青色比甲的女子撩开马车帘，询问外头车夫："王大哥，常武县还有多久才到啊？"

车夫笑呵呵答："不远，再翻半个山头，一个时辰后准到了！"

银筝遂又放下马车车帘，转头看向身侧人。

这是个年轻姑娘，约莫十六七岁，五官生得很是标致，肤色瓷白，越发衬得乌瞳明湛，虽只穿一件半旧的深蓝藻纹布裙，气质却格外恬静冷清。听见车夫的话，这姑娘眼睫微微一动，目光似有一瞬动容。

银筝心中便叹了口气。

跟着陆瞳大半年了，她不曾见过自家姑娘有什么多余情绪，神情总是淡淡的，好似这世间再大的事在她眼中也不值一提。直到越接近常武县，她才见陆瞳眼中有了几分生气，像是泥塑的人渐渐得了烟火供奉，有了些寻常人的鲜活。

果然，即将回到故乡，平日里再淡然的人总归是激动的。

马车里，陆瞳静静坐着。

山路崎岖，颠簸将车里银筝带着的杏子晃得到处都是。她垂眸看着地上的杏子，思绪渐渐飘远。

七年前，她也是乘着马车离开常武县，那时总觉得车乘很快，一眨眼工夫就到了陌生城镇。如今回乡路却变得遥远了起来，怎么也走不到头。

她在山上同芸娘待了七年，直到芸娘去世，她将芸娘下葬，这才得了自由，得以再回故乡。

七年间，她也给父亲他们写过信，只是不知这信家里有没有收到。当年自己走得匆匆，或许他们以为自己已经死了……

陆曈心中兀自想着，不知不觉中，日头渐渐往西，马车在城门口停下，车夫的声音从外面响起："小姐，常武县到嘞！"

常武县到了。

银筝将陆曈扶下马车，付过车夫银两，同陆曈往城里走去。

陆曈抬眼瞧过去，一时觉得有些恍惚。

正是春日，街上游人车骑不少。街两旁多了许多茶铺，支着摊子卖些茶水，桌上摆着些橘饼和芝麻糖。亦有测字算命的。城中的湖边新修了许多凉亭，春柳映入江中，将江水染出一片深深浅浅的绿。

一眼看过去，人群往来不绝，十分热闹。

银筝的眼中带了几分欣喜："姑娘，常武县好热闹啊。"

陆曈却有些失神。

她离家时适逢时疫，又是隆冬，街上人烟冷清，一片荒芜。如今归家，原先的小县城却变得比往日繁华了许多，游人盛景，反倒令她心中生出一丝不安。

顿了顿，她道："先走吧。"

常武县的街道拓宽了许多，从前的泥巴地一到夏日雨水时节满是泥泞，如今全铺了细细的石子儿，马车轧过去也平稳。

街旁原先的布铺米行也再寻不到痕迹,换成了陌生的酒楼和茶坊,与过去街景大相径庭。

陆瞳随着脑海里的回忆慢慢走着,偶尔还能寻到一些旧时痕迹。譬如城东庙口的那口水井,譬如城中祠台前那尊铜铸的青牛。

穿过一条僻巷,再往前走几百步,陆瞳的脚步停住了。

银筝看向眼前,不由得吃了一惊:"姑娘……"

眼前是一座倾颓的屋宇。

门口土墙也被火熏得焦黑,屋宇更看不出从前的影子,只看得见几截烧焦的漆木,依稀有门框的形状。凑近去闻,似乎还有刺鼻的火烟。

银筝不安地看向陆瞳,陆瞳在此处停步,这里应当就是陆瞳的家。可此处唯有大火焚烧过后的痕迹……屋子的主人呢?

陆瞳死死盯着烧焦的门框,一张脸越发煞白,只觉两只腿仿佛灌了铅般难以迈动一步。

正在这时,有人的声音从身后传来:"你们是谁?站在这里干什么?"

二人回头,就见不远处站着一个婆子,肩上挑着一担茯苓糕,正有些狐疑地看着她们二人。

银筝聪慧,立刻扬起一抹笑来,走到那婆子身边,伸手递出几文钱去买她担子里的茯苓糕,问对方:"大娘,我家姑娘是这户陆家的远房亲戚,路过此地,来投奔主人家的。怎么瞧着……这里是失了火?不知主人家现今又去了何处?"

卖茯苓糕的婆子听银筝一口说出"陆家",又接了银筝的钱,神情缓和许多,只道:"来投奔陆家的?"她瞅一眼银筝身后站着陆瞳,摇头道:"叫你姑娘趁早回去吧,这儿没人了。"

"没人了?"银筝看了一眼背后的陆瞳,笑问,"这是何意?"

婆子叹了口气:"你不知道吗?陆家一户,一年前就已经死绝了。"

"死绝了？"

婆子抬眼，就见一直站在一边一言不发的女子霍然开口。

下一刻，她的手中又被塞了一串铜钱。

银筝笑吟吟地将放在担子最上层的茯苓糕全买了去，道："我们从外地来的，不知晓陆家一事，劳烦大婶同我们说说，陆家这是出了何事？"

捏了捏手中钱串，婆子才道："也是这陆家运道不好，先前这陆家得了个京里的女婿，街坊还羡慕得不得了哩，谁知道……唉！"

两年前，陆家长女陆柔出嫁，夫家是京城里的一户富商，家底颇丰，送来的聘礼足足有十四抬，看得周围四邻羡慕不已。陆老爹不过是常武县一普通教书先生，家中清贫，论起来，这桩亲事原是陆家高攀。何况富商家的少爷亦是生得清俊温柔，与貌美的陆家长女站在一起，也是一双璧人。

陆柔出嫁后，就随夫君去了京城。

原以为是一桩无可挑剔的好姻缘，谁知陆柔进京不到一年，陆家接到京城传来的丧讯，陆柔死了。

一同而来的，还有些难听的风言风语。陆家老二陆谦与长姐自幼感情深厚，带着行囊前去京城，打听到底是出了何事。

陆家夫妇在家等啊等啊，等来了官府一纸文书。

陆谦进京后，闯入民宅窃人财物，凌辱妇女，被主人家捉拿，身陷囹圄。

常武县就这么大，陆谦是街坊们看着长大的，从来聪敏良善，是个爱打抱不平的主。连街坊都不信陆谦会做出偷盗之事，何况陆家夫妇。陆老爹一怒之下写了状子上京告官，未料未至京城，走水路时突逢风雨，船只倾覆，连个全尸也没留下。

不过短短一年，丧女丧子丧夫，陆夫人如何承受得起，一夕间就疯了。

"人瞧着癫狂了，也不哭闹，成日里抱着陆柔小时候耍的拨浪鼓，笑嘻嘻坐在湖边唱歌……"婆子唏嘘，"街坊怕她出事，带她回家。有一日夜里，陆家就燃起火来……"

一个疯癫的妇人，夜里无意倾倒木桌前的油灯也是自然，又或者她短暂醒来，面对空无一人的屋宇，没勇气活着，连同自己一起烧了干净，索性解脱。

"这陆家也是邪门得很，一年间死了个精光。"婆子还在絮絮叨叨地同银筝说，"我瞧你们也别挨这门太近了，过了邪气，免不得遭几分牵连。"

"陆夫人的尸首在哪？"陆曈打断了她的话。

那婆子看着陆曈，对上对方深幽的眼眸，不知为何，心底有些发慌，定了定神才道："陆家火起得大，又是夜里，等发现时已经晚了，烧了整整一夜。第二日人进去时，只找着一捧残灰，就随意扫了。这宅子修缮不好，索性留在此处。"

她说完了，见银筝与陆曈二人仍站在陆家门口，没有要离开的意思，遂又将担子挑在肩上，嘀咕了一句："反正这陆家人死得邪门，怕是冲撞了什么污秽之物，你们莫要离此地太近。从来忌讳死了人的屋子，出了事可别后悔。"说罢，挑着担子快步走了。

银筝怀里还抱着方才从婆子那头买的茯苓糕，回到陆曈身边，正欲开口，就见陆曈已经抬脚走进面前的废墟。

陆家这把火确实来势汹汹。整个屋舍再也瞧不见一丝过去痕迹，四处都是焦黑的烟尘和木屑。

陆曈慢慢地走着。

她离家已经许久，很多过去的画面都不甚清晰，只记得从前的堂屋靠里，连着小院后厨。瓦檐很低，下雨时，院子里时常积雨。

如今掉落的焦木混在废墟里，看不清哪里是小院，哪里是厨房。

脚踩在废墟中，发出细小的倾轧声，陆曈低头，见残败瓦砾中露出瓷实的一角。

她低头，将碎石捡起来。

是一方青石的碎屑，长廊近后厨有一只青石缸，常年盛满清水。七年前她离家前，最后一桶井水还是自己打的。

身后银筝跟了上来，望着四面焦黑的碎瓦，忍不住脊背发寒，低声道："姑娘，要不还是先出去吧。方才那人说万一犯了忌讳，何况……"

"何况什么？"陆曈开口，"何况陆家邪门得很？"

银筝不敢说话了。

陆曈垂眸，将掌心里的半截风铃一点点握紧，望着面前废墟，冷冷道："确实邪门得很。"

身死、入狱、水祸、大火……这一桩桩、一件件的巧合，她也想知道，陆家究竟是冲撞了哪里的"污秽之物"，才会被人这般毫不留情地灭了门。

"方才她说，陆柔嫁的那户人家，是京城柯家？"

银筝定了定神，忙道："是的呢，说是京城做窑瓷生意的老字号。"

"柯家……"陆曈站起身，"我记住了。"

接下来的时间，陆曈又与银筝四处打听了些有关陆家的消息。

白日总是过得很快，临近傍晚时，二人找了个客栈住了下来。

一路舟车劳顿，没怎么用饭。银筝问掌柜的备饭去了，陆曈独自坐在房间内。

桌上还摆着银筝从妇人手中买来的茯苓糕，草草打开着，被半盏灯火模糊成暗色的一团。

陆曈的目光有些发寒。

她在山上待了七年，行囊清简得出奇，最珍贵的，无非就是这只医箱而已。满怀期待归乡，等来的却是噩耗。

父亲对子女教导向来严厉，幼时一人犯错，三人一同受罚。陆谦少时与兄弟斗殴，出言不逊，便被父亲责罚藤鞭二十，亲自上门负荆请罪。整个常武县都知陆家家风森严，如何会窃财辱人？

陆柔身死，父亲路遇水祸就更奇怪了，常武县到京城，也就一段水路，过去亦未听闻沉船。何以父亲一进京就出事？还有母亲……陆曈目光暗了下来。

一户四口，一年内频频出事，世上没有这样的巧合。

陆曈慢慢攥紧掌心。

如今母亲的尸首未曾留下，常武县那些人说得不清不楚，陆谦一案，京城府衙里一定有案卷，还有陆柔……

一切答案，或许只能去京城寻找。

门外传来脚步声，银筝端着个瓷碗走了进来，边低声絮絮："晌午开始就没吃过东西，姑娘，我端了些热粥过来……且喝一口填填肚子。"

她将瓷碗放在桌上，复又转头对陆曈道："小菜随后就到。"

陆曈的目光落在瓷碗上，半晌没有动作。

银筝觑着她的脸色，想了想，忍不住劝道："姑娘，节哀顺变……"

她知道陆曈离家已经多年，如今回乡物是人非，难免伤神。然而遇着这种境况，银筝绞尽脑汁也想不出什么安慰的话语，只能生硬地劝慰着。

陆曈问："银筝，你跟着我多久了？"

银筝一愣，下意识回道："……约有大半年了。"

"大半年……"陆曈看向桌上的灯盏。

银筝有些惴惴，过了一会儿，听见陆曈的声音传来："如此，我们就此分别吧。"

"姑娘！"银筝不可置信地看着她。

银筝是青楼女子，自幼被赌鬼父亲卖入欢场。她生得伶俐美丽，偏命运多舛，十六岁时染上花柳病。老鸨不肯为她花银子瞧病，又嫌她气味难闻不可再继续接客，就在一个夜晚叫楼里的小厮将银筝用席子卷了，扔到了落梅峰上的乱坟岗里。彼时银筝已经气息奄奄，只等着落气，没料到在乱坟岗遇到了陆曈。

陆曈将她背回了山上，给她治病，后来，银筝病就好了。

银筝到现在也不知陆曈为何会深夜出现在乱坟岗，她也从不多问。这个神情冷清的少女似乎有很多秘密。不过，自那以后，银筝就一直跟着陆曈。陆曈曾告诉过她可以自行离开，但银筝与陆曈不同，她没有家也没有亲人，亦不愿再度沦落欢场，思来想去，还是跟着陆曈安心。

但没想到，今日会被陆曈再度赶着离开。

"姑娘。"银筝跪了下来，"可是奴家有什么地方做得不好？"她有些惶然，"为何要突然赶奴家走？"

陆曈没有回答她的话，走到了窗前。

天色已晚，夜幕低垂，夜里的常武县没有了白日的热闹，如旧时一般冷清。

"今日你也听到了，我陆家一门，一年内尽数身死。"陆曈望着窗外长街，檐下灯笼幽幽晃晃，将年轻姑娘的脸映照得格外皎洁。

"我不相信世上有这样的巧合。"

"一切因姐姐死讯而起,如今整个常武县已没有陆家相熟之人。想要查清真相,唯有进京与柯家对质。"

她道:"此事有蹊跷,我要进京。"

"进京?"银筝忘记了方才的失态,道,"奴家可以跟着姑娘一起进京,何必要赶奴家走呢?"

陆曈没说话,关上窗,走到桌前坐了下来。

茯苓糕摆在桌上,白日里奔波一天,放在怀中的糕点碎了,糕屑被风一吹,扬得桌上如覆了一层白霜。

她的声音冷清,像是隔着大雾,泛着些寒:"卖糕的妇人不是说过了么,我二哥上京,便成了窃人财物、凌辱妇女的恶棍。我爹告状,就好巧不巧落水沉船。纵使我娘什么都没做,家中也遭大火,把一切烧个精光。"

她看向银筝,乌黑眼眸在灯火下明亮摄人:"我若进京,你怎知,不会是下一个?"

银筝先是不解,待明白了陆曈话里的意思,背脊立刻生出一股寒意来。

陆家一门死得蹊跷,与其说像是冲撞了什么邪物,倒不如说是得罪了什么人。只是对方能轻而易举湮灭一门性命,寻常人家能做到如此地步?

陆曈望着她,语气平淡:"此去京城,凶险重重。我既要查清陆家真相,必然要与背后之人对上。你与陆家非亲非故,何必卷入其中。不如就此离去,日后好好过活。"

"那奴家就更不能走了!"银筝抬起头,认真道,"姑娘此行进京,既要谋事,定然需要帮手。奴家虽手脚不甚麻利,与人打交道一行倒也过得去,许还能帮姑娘打听打听消息。两个人进京总比一个人好成事。"

见陆瞳仍不为所动，银筝又恳切道："再者，姑娘也知道，奴家除了跟着姑娘，也没别的地方可去。虽姑娘如今治好了我的病，可说不准哪一日病又复发……"说到这里，心中倒是生出一股真切的悲戚来，"这世间不嫌弃我的，也只有姑娘了。"

她是生了脏病的风月女子，寻常人听到要么躲，要么便用异样的目光瞧她。只有陆瞳，待她与寻常人并无区别。也只有在陆瞳身边，银筝才觉得安心。

"姑娘救奴家一命，奴家这命就是姑娘的。就算前面是龙潭虎穴，上刀山下火海，奴家也要陪姑娘一起闯。"

话虽说得豪气，说话的人却底气不足，只忐忑看着对面人，等待着对方回答。

屋子里静得很，过了半晌，陆瞳道："起来吧，我带你一起去就是。"

银筝心中一喜，生怕陆瞳反悔般跳了起来，匆匆往外头走，只笑着转头对陆瞳道："那就这么说定了，姑娘可不能骗人……小菜应该快好了，奴家催他们快些送来。姑娘吃了早些休息，既要上京，就又得赶路了，还需养蓄精力，千万不可劳神……"

她又絮絮地走了。屋中，陆瞳站起身。

桌上半盏灯火已经快燃尽了，只有短短一截余芯亮着橙色的火。陆瞳将案前的灯笼提来，桌上那盏微弱火苗晃了晃，熄灭了。

一点余烬从干涸的灯盏中爆开，在灯盏周围散落，一眼看去，像一朵细碎的花。

灯芯爆花，引为吉兆。

陆瞳静静看着眼前残烬。瞳眸映着灯笼的光，如漆黑夜里灼灼烈火。

灯花笑……

如此佳兆，看来此行上京，应当很顺利了。

许是真应了灯花吉兆，一路进京，十分顺利。

待陆曈二人到了盛京，已是一月以后。

银笋将进城文牒交给城守，随陆曈跨进城门，一到街上，便被盛京的繁华迷了眼，低低叹道："果然是盛京！"

穿过里城门，眼前顿时热闹起来。大大小小的酒楼到处都是，茶社更是随处可见。有穿红绸单裙的妇人正在卖桃花，香气扑满四处。满城人声鼎沸，摩肩接踵。酒楼里悬挂着的灯笼下缀着细细珠帘，在日光下泛着晶莹碎光。

天气晴好，浮云褪尽，街市繁华，人烟阜盛，实在富贵迷人。

银笋尚在感叹，陆曈已经收回目光，道："先找个客栈住下吧。"

寸土寸金的京城，房钱自然也水涨船高。二人寻了一个还算干净的小客栈先住了下来。银笋去问客栈做点餐饭，陆曈先下了楼。

客栈位于城西，与最繁华的南街尚有些距离，因此房钱不算很贵。来此客栈住下的多半是来盛京做生意的游商。

陆曈走到长柜前，掌柜的是个穿酱色直裰的中年男子，正低头拨算盘，陡然听面前有人问："掌柜的，这附近可有卖瓷器的地方？"

掌柜的抬起头，就见眼前站着个年轻姑娘。

盛京女子多高挑明艳，眼前的姑娘却娇小得多。鹅蛋脸，眼眸黑而亮，肤色白皙得过分。她生得很瘦弱，看起来羸弱单薄，穿一件白绫子裙，素淡得很，乌发斜斜梳成辫子，只在鬓边簪一朵霜白绢花，站在此处，若芙蓉出水，娉婷秀艳。

这样的美人，像是青山秀水里养出来的玉人，玲珑剔透。

掌柜的笑道："姑娘不是本地人吧？瞧着像是苏南来的？"

陆曈没点头，也没否认，只微笑道："听说盛京柯家瓷器出色，掌柜的可知要买柯家瓷器，需至何处？"

此话一出，还不等掌柜的回答，身后正堂里有坐着吃饭的客人先喊了起来："柯家？柯家瓷器有什么好的？不过是撞了运道，恰好赶上了罢了！"

陆曈回头，见说话的是个游商打扮的汉子，顿了顿，问道："大哥，这话从何说起？"

那游商听闻一声"大哥"，神态顿时热络起来，开口道："原先这柯家在京中卖瓷器，没听说有什么技艺出众之处，名气平平。不过一年前，不知走了什么运道，戚太师府中下人采买大人寿宴所用杯盏碗碟，看中了柯家。戚老大人寿宴办得热闹，柯家也连带着风光。自那以后，京中好多官家都往柯家来买瓷器，名声就打了出去。"

游商说到此处，灌一口面前粗茶，愤愤道："这柯家近来都快将盛京瓷器生意揽断了，连口粥也不给别家分。如今京城做瓷器生意的，只知有个柯家，哪还有别家份儿？"

或许这游商也是被柯家影响的无粥可喝人之一，见陆曈沉吟模样，那游商又劝道："妹子，你也别上柯家买瓷器了。如今柯家瓷器只卖官家，瞧不上这小生意，何必寻不痛快呢。"

陆曈眼眸中笑意淡去，语气柔和道："大哥这么一说，我倒更好奇了，想见见究竟是何等精美的瓷器，方能打动看惯了好东西的太师府。"

"姑娘若真想去柯家瓷器也不难，"掌柜的很和气，笑眯眯地为陆曈指路，"柯家在城南，顺着这条街一直走，能瞧见城里的落月桥。您啊，就顺着桥走，桥尽头有座丰乐楼，底下有条巷子，穿过巷子，就能瞧见柯家大宅了。"

陆曈谢过掌柜的与游商，这才回到楼上。一进屋，银筝已经将饭摆

好了，催促陆曈道："姑娘，先用饭吧。"

陆曈在桌前坐下，与银筝一道拿起碗筷，银筝试探地开口："姑娘，我刚刚听您在楼下问柯家的宅子……"

陆曈道："用饭吧，用完饭后，我要去柯家一趟。"

听游商说，柯家是在一年前走了运道的，一年前，也是陆柔病逝的时间。

实在让人很难不多想。

南街比城西热闹多了。

落月桥上，人流如织，穿城而过的河风也带了脂粉香气。桥栏下系了许多牛角灯，据说晴夜时，灯火如萤，银白新月落入桥下，满城月光。

穿过丰乐楼下的小巷，尽头有一座大高门楼，门匾上写着"柯宅"两字，是柯家新买的府邸。

正是晌午时分，一个青衣小厮正靠着大门打瞌睡，柯家虽富裕，主子待下人却严苛吝啬，门房人少，夜里做了活，白日还要上工，难免懈怠。

正犯着困，冷不防听见面前有人说话："小哥，贵府少爷可是柯承兴柯大爷？"

门房一个激灵回过神，眼前站着两个年轻姑娘，其中一人戴着面纱。

他道："是，你们……"

"我家姑娘是先夫人娘家表妹，请见贵府柯老夫人。"

柯家花园里，芍药开得正好。

柯老夫人不喜寡淡，做生意的，总喜欢热闹淋漓。买了这处宅子后，便将原先宅子栽的几丛青竹挖了，后来又将小池塘填了，改修了一方花园。花园中长年花开，纷繁锦簇。

此刻大厅中，柯老夫人正坐在长榻上看婢子绣扇面，桌上摆着些蜜橙糕和煮栗子，不时拈一块放进嘴里，又嫌弃今日糕点做得太淡。

门房走了进来,小声道:"老夫人,外头有人求见,说是先夫人娘家的表妹……"

柯老夫人面色一变,声音不由自主变得高亢:"谁的表妹?"

门房瑟缩了一下:"先夫人……"

柯老夫人的眉头皱了起来:"陆家不是死绝了吗?何时听过有什么娘家表妹?"

身侧嬷嬷道:"许是八竿子挨不着的破落户亲戚,不知道陆家的事,上门打秋风来了。"

柯老夫人想了想,对门房吩咐:"不必理会,打发出去就行。"

门房领命离去,不多时,去又复返。

柯老夫人不耐:"还没走?"

"没……"门房有些为难,"来人说同先夫人家情分匪浅,听闻陆家一门落败,来取先夫人嫁妆……"

"嫁妆?"柯老夫人脸色一下子变得难看起来,"哪里来的不知规矩的破落户,嫁妆?她陆氏有什么嫁妆!"

门房吞了口唾沫,小心翼翼地开口:"对方说,如果见不到老夫人,她就在门口搬凳子坐下,再挨家询问四邻。老夫人,这人来人往的,传出去恐怕不好听……"

柯老夫人脸色铁青,半晌,从牙缝里挤出几个字:"叫她进来!"

陆曈随柯府下人进了宅门,银筝留在外头。

一进门,正面迎对一座芍药台,柯家宅子的花园很大,花开得正好,人走进去如进花丛,一整院都是芬芳。

陆曈垂下眼睛。

陆柔对花粉过敏,一靠近时鲜花朵,脸上身上就会起红疹。陆家从来寻不到一朵花的影子。奈何陆柔又很喜欢花,母亲就用碎布头扎了许

多假花盛在瓷瓶中,装点几分颜色。

但柯家似乎没有此种顾虑,群芳竞艳,百卉争妍。

待到了正厅,花梨木椅上坐着个年长妇人,一张容长脸,眼角尖而下垂,薄唇涂满口脂,穿一身荔枝红缠枝葡萄纹饰长身褙子,耳边金宝葫芦坠子沉甸甸的,打扮得格外富贵,一眼看上去,稍显刻薄。

须臾,陆曈朝柯老夫人轻轻行礼:"小女王莺莺见过老夫人。"

柯老夫人没说话,居高临下地打量陆曈。

这是个年轻姑娘,穿着件洗得发白的浅褐色葛衣,手肘处有一块不起眼的补丁,十分寒酸。柯老夫人的目光落在陆曈面上的白纱上,微微皱眉,道:"戴着面纱干什么?"

"莺莺上京路上染了急症,面上红疹还未褪尽。"陆曈轻声道,"不敢污老夫人眼。"

柯老夫人见她露出的脖颈处果然有红疹痕迹,心中一动,摆了摆手:"那你离远些。"语气毫不客气。

陆曈依言退远了两步。

身侧的李嬷嬷堆起一个笑来,一边替柯老夫人揉肩,一边问陆曈:"莺莺姑娘是哪里人?"

陆曈回道:"小女是苏南人。"

"苏南?"柯老夫人打量她一眼,"没听过陆氏有什么苏南的亲戚。"

"柔姐姐的母亲是莺莺的表姑母,莺莺幼时就随爹娘去往苏南了。当年母亲体弱,父亲急病,表姑母曾提过,将莺莺当亲生女儿对待,倘若日后困难,就去常武县求助。"说到此处,陆曈的声音恰到好处地带了一丝哀婉,"如今爹娘去世,莺莺好不容易赶到常武,才知姑母已经……"

柯老夫人心中松了口气,果如李嬷嬷所说,这王莺莺就是个来打秋风的破落户,估计是想在这里骗些银子。

思及此,她便也没了耐心,遂道:"你既是来找陆氏的,可知陆氏早已病故,柯家现下没这个人。况且……"她皮笑肉不笑道:"你说陆氏与你亲如姐妹,可过去从未听陆氏提起过这么个人,谁知道你说的是真是假?"

"老夫人不必担心,莺莺曾在常武县住过一段日子,左邻右舍皆知。老夫人可以令人去常武县打听,一问便知真假。"

柯老夫人噎了一噎。身边李嬷嬷立刻开口:"姑娘,先夫人已经去了,您纵是想要投奔,可如今大爷早已娶进新妇,和陆氏夫妻缘分已尽。一个未出阁的女子留在柯家,这不清不楚的,传到外头,对您的闺誉也有损。"她自认这番话说得很在理,哪个姑娘不在乎清誉?纵是想要打秋风,也要掂量掂量值不值得。

陆曈目光微微一闪。

新妇……

陆柔才过世一年,柯承兴竟已再娶。

拢在袖中的手指微微攥紧,陆曈面上却浮起一个柔和的笑:"莺莺自知身份尴尬,自然不敢留在柯家。方才已经与门房小哥说过,此行,是来取走表姐嫁妆的。"

此话一出,屋中静了一静。

半响,柯老夫人缓缓开口:"你说什么?"

仿佛没有瞧见她阴鸷的目光,陆曈细声细气地开口:"表姑母曾愿将莺莺记在名下抚养,莺莺也算半个陆家人。大爷既已与表姐夫妻缘尽,表姐又未曾诞下儿女,嫁妆自然该还给陆家,莺莺可代为收管。"

"从来妻室病故,夫家理应归还亡妻嫁妆。"陆曈抬眼,佯作惊

讶,"柯家如此家业,不会舍不得表姐那一点嫁妆吧?"

她声音不疾不徐,姿态温温柔柔,却像一瓢热油浇下,刹那间激起柯老夫人的怒火。

柯老夫人一拍桌子:"嫁妆?她有什么嫁妆?一个穷酸书生的女儿,嫁到我们家已算是攀了高枝!若非我儿喜欢,我柯家何至于结下这样一门姻亲,惹得周围人笑话!不过是生了一张狐媚子脸,要不是……"

身旁嬷嬷咳嗽了一声。

柯老夫人倏尔住嘴,对上陆瞳的眼神,忽然冷笑:"你口口声声说与你那姐姐亲近,怎么不去打听打听,你姐姐是个什么东西?"

陆瞳平静地看着她。

"陆氏进了我柯家,不守妇道。仗着有几分姿色,在店铺里公然勾引戚太师府上公子。也不看看自己几斤几两,戚公子怎么瞧得上她这样的女人。她自己不要脸,被太师公子拒绝了,衣衫不整地跑出来,事情过了,才晓得没了脸。自己受不住,一头跳进池子里,却叫我柯家成了京城里的笑话!"

她说到此处,越发激动:"陆家一门,没一个好东西。她那个弟弟,是个不安分的,进京后就被府衙拿住,又是窃财又是奸淫。说什么书香门第,一家子男盗女娼,没一个好东西!活该死了!"

柯老夫人一指门外的芍药台:"要不是她跳了水池,污了我新宅的风水,我何必花费这么多银子填了水池改种芍药。可惜我那一池新开的红蕖……"她又一指陆瞳,声音尤带几分尖利,"你要找嫁妆,去找你姐姐要,她陆氏两手空空地进门,我柯家供她吃穿已是仁至义尽,你就算告到府衙,我也不怕。看看官老爷是信你们这一家子男盗女娼的东西,还是信我们柯家!"

妇人一口气说完,胸口剧烈起伏,李嬷嬷忙上前为她拍背顺气。她又灌了两口香茶,方才缓过气来,瞪着陆曈道:"你还想干什么?还不快走?打算死皮赖脸留在柯家吗?"

陆曈垂眸:"莺莺明白了。"转身往厅外走去。

许是这头吵嚷的声音太大,陆曈刚走到大厅,迎面撞上一个年轻女子。这女子生了一张俏丽的瓜子脸,脂粉涂得很白,眉毛画得尖而上挑,穿一件翠蓝马面裙,瞧着有几分泼辣。她的声音也是微微高昂的,眼神在陆曈身上狐疑一转,就看向厅中:"母亲,这是……"

母亲……

陆曈心中一动,柯老夫人只有柯承兴一个儿子,这女子……是柯承兴新娶的夫人。

柯老夫人轻咳一声:"一个远房亲戚罢了。"

陆曈的目光在女子发间的花簪上停留一瞬,又很快移开,不再理会身后,头也不回地出了厅门。

柯宅门外,银筝正不安地来回踱步,见陆曈从里走出来,忙迎上前问:"姑娘,怎么样?"

陆曈没说话,只催促道:"走。"

银筝不明所以,看了一眼柯家的宅门,跟着陆曈匆匆离开。

待穿过丰乐楼下的巷子,陆曈突然停下脚步,一把摘下面上白纱,露出涂满了疹粒的脸。

"姑娘,"银筝端详着她的神情,"要不要再找人问问……"

"不用问了。"陆曈冷冷开口,"我姐姐是被害死的。"

回到客栈,天色已近傍晚。

银筝去楼下要热水了,陆曈坐在长桌前发呆。

长桌与里屋靠连的地方,放了一扇木质屏风。上头描绘一幅水墨泼

的庭院黄昏秋景。陆曈出神地盯着屏风,看着看着,慢慢伸出手指,摹过画中盛开的簇簇木槿花枝。

今日柯家那位新大奶奶的发髻间,也簪了一支银制的木槿花。

陆曈的脑海里闪过陆柔的脸。

陆家三个孩子,陆柔温婉明媚,陆谦聪慧倔强,而自己年纪最小,父亲嘴上虽说严苛,实则待她总是娇惯。

家中清贫,却也不愁吃穿。陆柔比陆曈年长几岁,陆曈还是个懵懂丫头时,陆柔已经出落得十分美丽了。

母亲从嫁妆妆匣里拿出一枚银镶宝石木槿花簪,替陆柔簪在发髻上,又选了一件玉蓝的素面长裙叫陆柔穿上,希望在临芳河边赏春会上自家女儿是最好看的那个。

陆曈望着和往日迥然不同的长姐,扯了扯母亲裙角,指着陆柔头上的木槿花发簪:"娘,我想要那个。"

"这个不行。"母亲笑道,"你还小,现在用不上。等我们曈曈长大了,娘给你挑别的。"

她那时年幼,仗着家中宠爱有恃无恐,不依不饶:"我就要姐姐那个!"

直到父亲进屋,瞧见她这般撒泼模样,一时气怒,罚她不许去赏花会,在家抄书一百遍。

她独自一人在家,哭哭啼啼地抄书,晌午时分,肚子饿了,想要去厨房拿剩下的薄饼,忽而闻到一股奇异的香气。

陆柔从门外走进来,手里还拿着油纸包的烧鸡,新裙子上沾了些河边泥沙,额上亮晶晶的是汗。

她一愣:"你怎么回来了?"

陆柔捏一把她的脸:"我再不回来,你眼睛都要肿成核桃了。"又替她将纸包打开,撕一条最大的鸡腿递到她嘴边,"哭包,赶紧吃吧。"

"娘不是说,今日要给你相看未来的夫君吗?"她被塞了一嘴油,含含糊糊地问。

常武县太小,街坊大多相熟,时人常常趁着赏春会,早早地开始相看未来的女婿或媳妇。

陆柔脸一红,只道:"你知道什么。"顿了一会儿,又笑言,"夫君哪有我妹妹重要。"

她心中便得意极了。

陆柔又摸了摸头上的花簪:"等晚上过后,娘睡了,我将这花簪给你,你藏着别叫娘知道。一支花簪,也值得你这般哭闹。"

她嘴里吃着烧鸡,拿人手短,再看那木槿花簪子戴在陆柔头上怪好看的,便道:"算了,你就先替我保管着,将来有一日我再来问你讨。"

陆柔险些被她逗乐,与她玩笑:"那你可得抓紧些,否则将来我出嫁了,你纵是想来讨也讨不着。"

她听闻此话,莫名有些不开心,故意将蹭了油的手往陆柔脸上抹:"那你嫁到哪里,我就跟到哪里,反正你是我姐姐!"

吱呀——

门被推开,银筝端着水盆走了进来。

陆曈抬眼,鼻尖似乎还残留着长姐身上温柔的荔枝膏香气,一转眼,面前只有冰冷屏风。

银筝将水盆端到桌前,转身去关门。陆曈拿起帕子,一点点擦拭面上涂画的红疹。

"姑娘,"银筝小心地问,"今日您说大姑娘是被柯家害死的?"

陆曈沉默一下才开口:"我们在常武县时,邻人说陆家收到京中死讯时,是什么时候?"

银筝想了想："是三月。"

"不错。"陆曈平静道，"但是今日柯家人却说，陆柔是死在夏日。"

银筝一惊，愕然看向陆曈。

陆曈眸色发冷。

今日柯老夫人被她激怒之下失言，说出"要不是她跳了水池，污了我新宅的风水，我何必花费这么多银子填了水池改种芍药。可惜我那一池新开的红蕖"，登时就让陆曈起了疑心。

荷花不会开在三月，京城离常武县脚程再如何拖延，至多也不过月余。总不能头年夏日陆柔身死，直到第二年消息才传到常武县。更何况，那个夏日陆谦还未进京。

两个消息，其中一方必然在说谎。

陆谦是得了陆柔死讯才上的京城，倘若陆柔当时还活着，为何如今常武县的人却说信里是陆柔的死讯？莫非柯家人一早就知道陆柔会死吗？

还是柯家本来想以陆柔的死讯打发陆家人，没料到执着的陆谦竟只身前往盛京亲自打听消息？

又或者，陆谦收到的那封信根本就不是陆柔的死讯呢？

真相扑朔迷离，柯老夫人的话陆曈一个字都不相信。陆柔勾引戚太师府上公子未遂，柯家却在一年前得了戚太师府上青睐，从而瓷器生意兴隆。怎么看都有些过于巧合。

她要留在京城，留在这里，查清楚陆柔究竟遭遇了什么，陆家一门祸事因何而起。

还有……

拿回戴在柯家新妇头上那支木槿花发簪。

最后一点红痕被擦拭干净，银筝瞧着镜中人白净的脸，犹豫了一下，还是开口："可是姑娘，在这之前，还有件事得提醒您。"

她叹了口气："咱们的银钱快不够了。"

夜幕四合，柯府里亮起灯火。

柯承兴撩开竹帘，一脚迈入堂厅。

柯老夫人身边的丫鬟瞧见他，笑容分外娇艳，道了一声"大爷"，在一边替他斟茶。

柯承兴如今已近而立，同别的商户不同，他生得清俊，保养合宜，一身蜜合色杭绸直裰更将他衬得风度翩翩。如今柯家窑瓷生意做得好，商会应酬席上他总是扎眼的那个，多少姑娘往他身上扑。

柯老夫人也觑见了丫鬟的笑容，不由眉头一皱，屏退下人，又看一眼坐在桌前捡栗子吃的柯承兴，道："你今日回来得晚。"

"吃酒嘛。"柯承兴不以为意。

"这么大酒气，仔细秦氏又闹起来。"

闻言，柯承兴面上笑意就散了几分。秦氏是他娶的新妇，性情泼辣蛮横，将他管得很紧，实在恼人。每当这时，柯承兴便有些怀念亡妻的温柔小意。

才刚想到陆柔的名字，柯承兴就听柯老夫人开口："今日陆氏的表妹来了。"

柯承兴吓了一跳："陆氏的表妹？陆氏哪来的表妹？"

"你也没听陆氏提起过？"柯老夫人有些怀疑，将白日里柯家发生的事与儿子说了，又道，"我觉得这人来得蹊跷。后来让人派去跟着，却将人跟丢了。"

柯承兴仔细想了想，摇了摇头："我与陆氏成婚后，不曾听她说过有什么表妹。应当就是过来讹人的骗子。"

柯老夫人神情闪了闪:"不知怎的,我心里总觉得不踏实。当初陆氏的事说到底也不该你动手……如今扯不干净。"

柯承兴闻言,也跟着紧张起来:"母亲,不会出什么事吧?"

柯老夫人摆了摆手:"我已让人去常武县打听消息,看看是不是有个叫王莺莺的。"

她盯着面前的茶盏,语气渐渐发沉:"真有什么不对,前面也有个高的顶着。怕什么,一个陆家,也掀不起什么风浪。"

盛京总是在夜里下雨。

一夜过去,落月桥下河水里满是漂浮杨花。

燕忙莺懒芳残,正堤上柳花飘坠,总是春日最胜景。

银筝去楼下取热水,正遇上掌柜的,她长得娇俏,嘴巴也甜,客栈里的人也乐于照应她几分。掌柜的笑道:"银筝姑娘这么早就醒了?"

银筝笑笑:"是呀。"

掌柜的望望楼上:"你家姑娘昨夜又在后厨忙到三更,你该劝着点儿,熬坏了身子可不好。"

陆曈前几日让银筝拿钱去附近买了些草药,又借了客栈的厨房炮制药材,一忙就是深夜。掌柜的嘴上不说,心里却不以为然。炮制药材是手艺活,城里那些医馆大夫有时都会失手,陆曈一个年轻姑娘,如何能做?未免托大。

假装没瞧见掌柜眼中的轻视之意,银筝又与对方笑言了几句,这才上楼进了屋。

屋里,陆曈坐在桌前,将包裹着药茶的布袋用白纸包了,细致地用粗红线绑好,放进了盒子里。

"姑娘?"

陆瞳站起身:"走吧。"

出了客栈,外头天气极好。清晨日头不算太热,阳光茸茸一层镀在身上,带来些轻微痒意。

四处都是茶摊,盛京人爱饮茶,街上茶社随处可见,到处可见吃茶的人。远处飘来梨园曲声,将盛京点缀得热闹非凡。

"盛京好是好。"银筝悄声道,"就是东西太贵了。"

陆瞳沉默。

芸娘死前让她将箱子里的医书全跟自己的遗体一起烧了,剩下的银子都留给了她。可这些年,芸娘花银子大手大脚,赚来的银子转头又买了新药材,陆瞳将芸娘的后事处理完,手中银子已经所剩无几。

一路回常武县和进京的花费也不少。银筝前几日盘算过,刨去买草药,剩下的银子还能让他们在盛京再住小半月。

至多半月过后,她们就真的一无所有了。

思量间,二人又穿了几条小巷,顺着繁华的一条街往前走,拐过一处街口,眼前出现了一间医馆。

这医馆在一众修缮整齐的商铺中,显得尤其格格不入。铺面很小,牌匾已经很陈旧了,上头龙飞凤舞写着四个大字"仁心医馆"。明明处在极好的位置,却因陈设十分不起眼,来往行人很难注意到此处。

陆瞳向着医馆走去。

待走近,才发现这医馆里更是荒芜。正前方摆着一张桌子,桌子很长,几乎将店门口给堵住了。桌前坐着个穿莺黄色夹纱直裰的年轻人,正翘着一只腿打瞌睡。在他身后,有一整面墙的红木柜,上头贴着些木牌,那是药柜。

这医馆里窗户很小,铺面又不大,光线便显得很昏暗,没点灯,灰蒙蒙的一片,瞧着还有几分阴森。

银筝清了清嗓子,正要说话,从里间又走出个穿短衫的小伙计,约莫十一二岁,鼻梁处点着些麻点。看见陆曈二人,小伙计也愣了一下,随即走到那打瞌睡的年轻人身边大声喊道:"东家,有客人来了!"

年轻人陡然被这么一吓,险些摔倒,手忙脚乱地从椅子上站起来,对着陆曈二人堆起一个虚伪的笑:"哎,客人想买点什么?"

银筝奇怪地看了他一眼,这话说的,不像是开医馆的,像是做生意的。

陆曈开口道:"不知贵医馆可收炮制的药材?"

见不是来抓药的,年轻人顿时恢复方才那副烂泥模样,只打量她一眼,兴致缺缺地问:"你有什么药材?"

银筝忙将包袱打开,从里掏出一个大纸包来。

对方将纸包打开,熟练地拈起一点放在鼻尖下闻了闻,又搓了搓,看陆曈的眼神多了一丝意外,他道:"蒲黄炭啊。炒得还不错。"

医馆里蒲黄炭用得频繁,生蒲黄也不算贵,陆曈借客栈的后厨炒了这些。

银筝先前还担心陆曈炮制的这些药材医馆里不肯收,闻言心下松了一半,笑道:"我家姑娘炒的蒲黄炭向来好,掌柜的瞧着……"

这回她的笑容没有往日那般无往不利,年轻人伸出三根手指晃了晃:"三钱银子。"

陆曈微微皱眉。

她光是买这些生蒲黄就花了三钱银子,更勿提还在客栈厨房里忙活了这几日。这价钱,比市面上的低多了。

"什么?"银筝跳起来,"才这点儿?生蒲黄也不止这个价!"

东家将纸包一合,依旧是一副没什么精神的模样,指了指门外,语气毫不客气:"就这么点儿,嫌少了,出门左转,有家杏林堂。家大业大，你去试试，说不准能多给些。"

他这副破罐子破摔的模样看着就叫人来气，银筝正要同他争辩，陆瞳已经将纸包往对方面前一推："三钱就三钱。"

那年轻人见状，脸上露出的笑容就真诚了些，吩咐身后的小伙计："阿城，取银子去！"

叫阿城的小伙计很快取来一角银子，陆瞳接过钱，又从包袱里拿出另两块油纸包着的东西。

东家眉头一皱："这是什么？"

陆瞳："药茶。"

东家将药茶推回去，没什么诚意地笑道："抱歉姑娘，医馆里不收药茶。"

"不要钱，算搭头。"陆瞳将药茶放到桌上，"煎服可消减鼻窒鼻渊，先送东家两副。如果满意可以另送。"她道，"我住落月桥下来仪客栈。"

东家看向陆瞳，陆瞳平淡地与他对视，过了一会儿，年轻人一撇嘴，将那两包药茶收好，只摆手道："那就谢谢姑娘了。"

陆瞳没再说什么，同银筝离开了。

待二人走后，小伙计凑上前来，纳闷道："东家，平时收蒲黄炭都五钱银子，今日怎么突然换价了？而且三钱银子是生蒲黄的价，没有赚头，她们怎么还肯卖？"

东家将阿城的脑袋刨开，拿着蒲黄炭往屋里走："你怎么知道人家没赚，这不送了两包药茶么。"

小伙计低头去看桌上的药茶，药茶的纸包只有巴掌大，用红线细细捆了，乍一眼看上去很精致。

阿城恍然："她们想寄卖药茶啊？"

"不然呢？"东家骂道，"天下没有白吃的午餐，真当人家傻啊，不然放着前面的杏林堂不去，来我们这卖药，你以为是看中了少爷我的脸吗？"

小伙计看了看桌上药茶："那东家，这药茶还卖不？"

"卖个屁！"东家没好气地撩开帘子往里间走去，"来路不明的东西谁知有没有毒！吃死了人找谁算账去！这蒲黄炭我还得试一下，京城骗子多，女骗子也不少，不多长几个心眼，被人卖了还帮人数钱。"

他叨叨地进了里间，扔下一句："回头拿去扔了，别和其他药混在一处。"

阿城应了一声，又看了看面前的药茶，摇了摇头。

真是可惜了。

外头，陆曈和银筝正往前走着。

银筝还惦记着方才的事，不甘道："咱们这几日一路走来，蒲黄炭都是五钱银子，偏这家只给三钱银子。还什么'仁心医馆'，我看是'黑心医馆'还差不多！"她不解地看向陆曈，"姑娘，总共就做了几包药茶，为何不给多送几包给杏林堂，反给了这家寄卖呢？"

她不明白，杏林堂的店主收药材时给钱给得很爽快，比方才那位"东家"耿直多了。那医馆瞧着铺面也大，修缮光鲜，人来人往的，怎么瞧都比仁心医馆好。

陆曈摇了摇头，轻声道："仁心医馆里，没有坐馆大夫。"

这一路走来，她们见过许多医馆，其中坐馆大夫多是些上了年纪的老医者。而这间仁心医馆里，除了"东家"和那个叫阿城的小伙计，没见着别的人。

仁心医馆缺人。

银筝诧异："姑娘是想做坐馆大夫。"

陆曈沉默了一下,点了点头。

她在京城里,除了银筝和一只医箱,什么都没有。而柯家生意却如日中天。

仁心医馆缺人,又位于西街,离柯宅的距离说近不近,说远也不算远。

她需要一个身份。

一个能不露声色接近柯家,却又光明正大的身份。

医馆的坐馆大夫,是最好不过的了。

"可是……"银筝有些犹豫,这世道,女子行医的本就少之又少,更勿提当坐馆大夫了。

"继续走吧。"陆曈收回思绪,"把剩下的蒲黄炭卖完。"

盛京到了春日,街上卖零嘴儿的小摊渐渐多了起来。

时人出行踏青,女客们上山烧香,路上无聊,免不了要买些芝麻糖、橘饼类。冯三婆的云片糕卖得最好,薄如雪片,又香又甜。

仁心医馆里,长柜前,杜长卿嘴里含着半片云片糕,正百无聊赖地看着街对沿发呆。

盛京南旺坊的杜家原是药铺起家,后来药铺越开越大,建了医馆。医馆名气日益见长,杜老爷子的宅子也越扩越大。

杜老爷子年轻时忙着创守家业,直到临近中年,才娶了一房妻室。

娇妻二九年华,貌美如花,又在一年后有了身孕。老来得子,这可乐坏了杜老爷子。恨不得将妻子宠到天上。

可惜杜夫人没福气,生下儿子一年后便撒手去了。杜老爷子怜惜小儿幼年失母,加之这孩子的确也生得伶俐可爱,越发娇惯。于是娇惯着娇惯着,便将这儿子养成了一个手不能提、肩不能扛、终日只会听曲吃

酒的废物。

杜长卿就是这个废物。

杜老爷子尚在时,家中产业丰厚,杜老爷子走后,杜家就没了支撑的人。

杜长卿被娇宠长大,学问一般,终日只晓走马逗狗,没个正经模样。他又心大手散,慷慨仗义,一帮狐朋狗友只将他当冤大头来采,今日张三家中老母病重借他三百两,明日李四离京做生意找他周转五百贯,三三两两,天长日久,所有的田产铺面都被折银败光,到最后,竟只剩下这间西街的破落小医馆了。

这小医馆是杜老爷子在世时,最初发家盘下的医馆,杜长卿不敢卖掉,便问街头的写字先生写了块匾挂上去,自己当了仁心医馆的东家。

医馆里原先的坐馆大夫已经被杏林堂高价聘走,一时半会儿也找不到合适的坐馆大夫。况且医馆入不敷出,有没有大夫也没什么两样。平日里偶有周围人家来铺子抓几方药勉强糊口,想来过不了多久,这医馆都得变卖了。

一辆马车从街边驶来,车轮碾过地上,带起轻飘飘的柳絮。

有人从马车上走了下来。

杜长卿眼睛一亮,三两口咽下嘴里的云片糕,一扫刚刚无精打采的模样,赶紧迎了上去,响亮而亲热地唤了一声:"叔!"

来人是个头戴方巾的男子,约莫五十岁光景,一身沉香色夹绸长衫,手握一把纸扇,另一手握着方帕子,抵在鼻唇间边走边咳嗽。

杜长卿将他迎进医馆里头坐下,边叫里头正擦桌子的小伙计:"阿城,没见我叔来了?快去泡茶!"又对跟前人假意斥道,"没眼色的兔崽子,叔你别跟他计较!"

胡员外放下手中帕子,摆了摆手,从怀中掏出一张药方来,道:

"长卿啊……"

"这月药材是吧?"杜长卿抓起药方往柜前走去,"小侄这就去给您抓!"

阿城将泡好的茶放到胡员外跟前,有些同情地看了他一眼。世上冤大头并不少,但做冤大头还自认占了便宜的,胡员外是他见过的唯一一个。

胡员外是杜老爷的好友,二人家境相仿,幼时相交,表面上春风和睦,私下里暗暗较劲。从夫人容貌到儿女课业,从身长腰围到穿衣戴帽,总要比个高低。

杜老爷子去世后,胡员外没了较劲的人,一时有些无趣,便将目光投到杜老爷的儿子杜长卿身上。隔两月便来抓药,顺带以世叔的身份教训一下小辈,寻得一些心灵的慰藉。

杜长卿每每摆出一副洗耳恭听的乖巧模样,就叫胡员外感到很满意。反正他每月都要买一些补养的药品,这点银子对胡员外来说不值一提,对于落魄的杜少爷来说,却能让仁心医馆再多撑个把月。

可以说,杜老爷死后,胡员外就是杜长卿的衣食父母。

对待衣食父母,态度总要摆得谦恭些。

杜长卿抓完药,又坐到了胡员外身边。果然,胡员外喝了几口茶,又开始教训起杜长卿来。

"长卿啊,当年令尊病重,嘱托我在他过世后多加照顾你。我与令尊相交多年,也就拿你当半个儿子,今日就与你说说知心话。"

"别人到你这个年纪,都已成家立业。令尊在世时,家业颇多,一间医馆进项不丰也无碍。现在就不同了。你靠医馆过活,这医馆位置虽好,但铺面太小,来抓药的人也少。长此以往,必然开不下去。就算将医馆卖掉,换成银钱,坐吃山空,也不是个办法。"

"我看你人是伶俐,也有几分才情,何不考取功名,谋个一官半职?你瞧我家里两个不孝子,是及不上你聪慧,可家中自小教他读书,如今也算小有事业。你知不知道,我家小儿子,前些日子又升了俸禄……"

杜长卿洗耳恭听了半天,直叫胡员外将半壶茶喝光了,说得口干舌燥才罢休。待胡员外要离开时,杜长卿将屋里剩下的半盒云片糕包了,一瞥眼瞧见桌上剩下的一包药茶——这是上回那个卖蒲黄炭的姑娘送的搭头。阿城舍不得扔,喝了两日没什么毛病,就留了下来。

杜长卿将这包药茶和方才吃剩的云片糕一同用红纸包了,塞到正在上马车的胡员外手中,嘴上笑道:"叔忙得很,小侄就不远送。刚过春日,特意给您备的春礼。里头的药茶可缓解鼻窒鼻渊。您老一定保重身体。"

胡员外哈哈大笑:"长卿有心了。"吩咐马车,扬长而去。

马车一走,杜长卿脸就垮了下来,边往屋里去边气不顺道:"这老酸儒,总算送走了。"

阿城道:"其实胡员外说得也没错,东家,您可以去考个功名……"

杜长卿瞪他一眼:"说得容易,我不考功名是因为我不想吗?"又骂骂咧咧地开口,"我老子都没这么教训过我!"

"俗话说,狗对着主人都要摇尾巴呢,如今医馆里进项都靠着人家,"阿城笑,"东家就多担待些呗。"

杜长卿一脚朝他屁股踢过去:"谁是狗?你说谁是狗?"

阿城揉揉屁股,嘿嘿一笑:"我是。"

胡员外回到胡宅时,夫人正在屋里看管家送来的账簿。

瞧见胡员外手中拎的油纸包,胡夫人哼了一声:"又去仁心医馆了?"

"杜兄临终时的嘱托，我怎么好推辞？"

胡夫人皮笑肉不笑道："你是上赶着给人送银子，人家拿你当冤大头。他自己都不上进，你去操得哪门子心？"

"你这妇道人家不懂！"胡员外摆了摆手，不欲与她多说，"再说，人家每次都送茶礼，什么冤大头，说话这般难听！"

胡夫人睨他一眼，讽刺道："不过是几封吃剩的糕点，再送点茶叶渣子罢了，什么春礼，就你实诚。"

"说不过你，我懒得与你说。"胡员外将油纸包打开，往日也都是一些不值钱的茶点，今日也是一样。

他将云片糕拿出来，目光落在那包包好的茶叶上。

这纸包用粗红线绑了，白油纸上还写着字。胡员外眼睛不好，凑近了去瞧，发现是两行诗"杨花也笑人情浅，故故沾衣扑面"。

字迹是女子的簪花小楷，一笔一画，娟秀动人。

胡员外眼睛一亮，他最爱这些风雅之物。这写了诗的油纸包茶叶，哪怕是茶叶渣子，也显得多了几分情致。

他吩咐下人："把这药茶煎了。这两日我就喝这个。"

胡夫人看他一眼，有些奇怪："往日送来的茶不是都给下人了？今日怎么又想起自己喝了？"又看了那茶包一眼，"放着屋里的好茶不喝，偏喝这个，什么毛病。"

"风雅滋味，岂是银钱能衡量？"胡员外一展袖子，正要张口辩驳，瞥见老妻神情，忙轻咳一声，"长卿说这茶可调理鼻渊鼻窒……"

他小声道："先喝几日瞧瞧。"

第二章 殿帅

越至盛春，天气回暖，上京做生意的往来游商开始变多，来仪客栈每日都人满为患。

　　陆曈没有再继续借用客栈后厨炮制药材了。

　　一来是住店客人增多了后，三教九流什么人都有，她一个年轻姑娘，深夜在客栈走动到底危险。二来，日日去借后厨，性子再好的掌柜纵是嘴上不说，恐怕心中也会生出不满。

　　好在先前卖蒲黄炭的银钱又能多撑半月，不至于到山穷水尽的地步。

　　银筝趴在桌前，百无聊赖地用手指蘸着茶水在桌上写字。

　　她的字写得很漂亮，端雅娟秀，是漂亮的簪花小楷。陆曈也忍不住多看了几眼。

　　银筝瞧见陆曈的目光，愣了一下，忙用袖子将桌上的水痕擦了，道："姑娘，我……"

　　"很好看。"陆曈轻声道。

　　银筝面上一红："原先在楼里，姑娘们琴棋书画都要学的。奴家别的学得不好，唯独写字勉强能看，只是……"她没有继续说下去。

　　陆曈心中了然。上花楼寻欢的客人，可以为一曲琵琶一掷千金，可以奉上百斛明珠与清倌棋盘厮杀，但未必愿意付上银子看姑娘写字。

　　大儒名士一字千金，妓子笔墨一文不值。三六九等，贫富贵贱，人们早已明明白白地区分开来。

银筝很喜欢写字，因此陆瞳让她在那些包裹药茶的白油纸上写字时，她总是写得格外认真。她问陆瞳："不过姑娘，为什么要在那些包药茶的白纸上写字呢？"

陆瞳想了想："你我进京时，路上街道随处可见茶社茶摊。盛京人爱吃茶。"

银筝点了点头。

"而再小的茶摊前，总插有时鲜花朵，茶点讲究，亦有儒生吟诗论文，可见风雅。"

银筝若有所思："所以姑娘才会做药茶。"

陆瞳淡淡一笑。

她没有做药丸，也没有做药粉，而是做了药茶，又让银筝在包药茶的纸上写了诗文，既是讲求礼乐风雅，卖相做得好些，总会有人愿意一试。

只要有人愿意试一试，接下来的事就好办多了。

银筝懵懵懂懂明白了一些，不过仍有些担忧，叹气道："也不知道什么时候才会有人来找咱们买药茶。"

陆瞳看向窗外。

对面酒馆处，酒幡被风卷得飞扬，杨花穿户，燕子低回。来来往往的人群里，不知将有哪一位找上门来。

她收回目光，唇角一弯，露出一丝极轻的笑意。

"快了。"

银筝在为陆瞳送出去的药茶得不到回应而担忧，另一头仁心医馆里，杜长卿这个少东家也并不轻松。

长柜前，账簿只有薄薄的一本，这薄薄的一本，从年关到现在，也不过就写了几页——进项实在可怜。

杜长卿拎着账簿翻来覆去地看，看着看着，从喉间发出一声沉重的叹息："要完！"

阿城见怪不怪，东家每月都要盘算一下离倒闭日子还有多久。从老爷去世后算到现在，倒计时日越来越近，估摸着再算个把月，也就不必算了。

杜长卿也有些犯愁。

仁心医馆如今没有大夫，为了俭省开支，他连抓药的伙计都送走了，只留了阿城和自己。然而光靠几个老主顾来维持生意并不现实，何况人走茶凉，杜老爷子去世后，他这个废物纨绔打回原形，随着家产越发稀薄，往日那些狐朋狗友也不再买账。不再捧着贴上来结交。

世情看冷暖，人面逐高低。古今中外，不外如是。

他这边长吁短叹着，那头擦桌子的阿城动作一顿，望向门口讶然开口："胡员外？"

杜长卿愣住，抬眼一看，果然见胡家马车停在外头，胡员外匆匆下了马车，正往店里走。

胡员外五六日前才来过一次，按时间，不该这个时候过来。

他心中狐疑，面上却泛起一个亲热的笑容，只喊道："叔，您怎么突然来了？"

胡员外三两步迈进药铺，目光在药铺里逡巡，只道："药茶……"

杜长卿一头雾水："什么药茶？"

"你……前几日……给我包的春礼里……那封药、药、药茶！"胡员外一着急，口吃的毛病又犯了。

杜长卿闻言，心中咯噔一下，立刻就想着莫不是药茶出了什么问题？本来就是，药铺里最忌讳来路不明的东西，那个女的他是第一次见，三钱银子的蒲黄炭本就少有，她还送了自己两副搭头，必有图谋。

他不该贪便宜将药茶封给胡员外的!

不过……剩下的另一包药茶他和阿城也喝了几日,也没出什么问题。莫非只有一包有毒?呸,早知这样,还不如他和阿城喝了有毒的这包呢。真要吃死了人,卖了他这间医馆也赔不起!

心中这般想着,杜长卿嘴上却道:"叔,其实那药茶是别人做的,那人送了药茶就跑了,我们也是被……"

"那药茶好得很!"

杜长卿到嘴的话登时哽住。

胡员外喝了口阿城递上的水,吐字流利了些:"我喝了五日,鼻窒好了许多!去河堤都没问题了!"他很是激动,"长卿啊,你这药茶好得很,缓了我多年旧疾!"

杜长卿愣在当场。

胡员外握着他的手,第一次看他的目光里充满了真切的慈爱:"我就知道你这孩子惯有孝心,只是老夫怎么好占你一个晚辈的便宜?这里是二十两银子,"他从怀里摸出两个银锭来,塞到杜长卿手里,"老夫还要再买五包。"

阿城站在杜长卿身后,看着眼前一幕也是目瞪口呆。

胡员外见杜长卿没说话,又道:"对了,你刚刚说什么,送药茶的人跑了,是找不到人了?这药茶还有吗?"

杜长卿一个激灵回过神:"有!还有!"

他脑子转得飞快,立刻眉开眼笑道:"当然有。那卖药茶的人性格古怪清高,本来是要离开的,但与我甚是投缘。我与她已结成好友,她也答应日后都会为仁心医馆供应药茶。"他道:"叔,你来我们医馆真是来对了。整个盛京,就我们仁心医馆有这药茶。您先喝水歇一会儿,她不住这边,送药茶需要些时间,你等等。"

杜长卿边说边将银锭揣进袖中，又一把拽着阿城进了里间。

他额上鼻尖都冒着汗，急急开口："你还记得那两人说自己住在哪个客栈吗？"

阿城茫然。

杜长卿心急如焚。

当时他没将那两人放在心上，如今临到头要找人了，自然也想不起当时对方所说的地址。

"来气客栈？"

阿城摇了摇头。

"财迷客栈？"

阿城连连摆手。

杜长卿烦躁地抓了抓头发，生平第一次感到后悔。

"啐！"他又急又怒，"到底叫什么客栈啊！"

陆瞳午憩起来，客栈的小伙计来敲门，说楼下有位公子来找。

银筝欣喜若狂，按捺住面上喜意，慢腾腾下了楼，待见了杜长卿，矜持地一抬下巴："我家姑娘正在梳妆，烦请公子等一等。"

杜长卿笑得温和："不着急的。"

天知道他为了找到陆瞳，将这附近听上去相似的客栈都跑遍了。好容易才找到了这里，当掌柜的说的确有两个年轻姑娘在此落榻，杜长卿激动得几乎落下泪来。

他在心中默念了几遍衣食父母理应恭顺，终于慢慢平静下来。

约过了半炷香时间，陆瞳下了楼。

她今日穿了件深蓝色的藻纹绣花布裙，细辫拢住乌发松松束在脑后，只在鬓角簪上一朵同色翠雀绒花，明眸皓齿，雪肤乌发，一看就让人心生宁静。

杜长卿愣了愣，随即回过神，迎上去道："姑娘。"

陆瞳看向他。

杜长卿望了望四周，冲陆瞳笑了笑："此处嘈杂，姑娘要是不介意，隔壁有个茶摊，咱们在茶摊前坐下，边喝茶边聊吧。"

陆瞳颔首："好。"

盛京人爱饮茶，四处都是茶社。来仪客栈不远处，一条街上全是茶摊。杜长卿挑挑选选，选了个摊面最小的，请陆瞳坐了下来。

这茶摊很小，店里只搭了两张桌子，此刻已经坐满。杜长卿与陆瞳在茶摊外面一张小桌前坐下，不多时，店主送上两碗清茶，一碟红皮瓜子。

杜长卿将清茶往陆瞳跟前推了一推，语气是与初见时截然不同的热络："在下杜长卿，敢问姑娘贵姓？"

"陆瞳。"

"原来是陆姑娘。"杜长卿装模作样地点头，又搓了搓手，"陆姑娘，想来你已经猜到在下前来的原因……"

"抱歉，杜公子。"陆瞳淡道："客栈用火不便，我如今已不做蒲黄炭了。"

杜长卿噎了一噎。

身后的银筝扑哧一下笑出声来。

杜长卿面上泛起些尴尬之色，片刻后，他轻咳一声："陆姑娘，在下今日不是为蒲黄炭而来。你那药茶……"他身子往前探了一探，压低了声音，"能不能再卖我些？"

陆瞳拿起桌上的瓷碗润了润唇，轻声问："杜公子打算出多少银子？"

杜长卿盯着她："一两银子。陆姑娘，你的药茶，一两银子一包卖给我，如何？"

一包药茶至多也不过喝个六七天，一两银子一包，算是很高了。

陆瞳笑了。

杜长卿问："陆姑娘笑什么？"

陆瞳摇头，声音依旧不疾不徐："看来杜公子也不是很想与我做这笔生意。我瞧离仁心医馆不远有间杏林堂，家大业大，说不准能多给些。"

她将当初杜长卿的话原封不动地奉还，却叫杜长卿霍然变了脸色。

顿了顿，杜长卿咬牙道："那陆姑娘可否说个数？"

陆瞳道："三两银子一包。"

"这么贵！"杜长卿跳了起来，嚷道，"你怎么不去抢？"

陆瞳抬眼，看向远处。

落月河穿城而过，城中两岸边栽满烟柳。正是春日，柳花飞絮，莺啼燕舞。

她收回目光，看着激动的杜长卿开口："杜公子，盛京的杨花，还得再飞一段时间吧？"

杜长卿蹙眉："那又如何？"

"若公子的医馆能提供药茶，至少最近两三月内，不愁无人问津。"

杜长卿一愣。

陆瞳微微一笑。

刚到盛京时，她已经注意到。盛京穿城河两岸种满长柳，春日柳絮飞舞，难免有人为鼻窒鼻渊而扰。时人又爱饮茶，做成药茶，更易接受。

"杨花飞舞多久，药茶就能再卖多久。我的药茶，缓解鼻窒有效，却不能根治。待到来年，先前客人还会再来。年年三月赚得盆满钵满，杜公子的仁心医馆，便不会如眼下这样岌岌可危。"

杜长卿到嘴的话一滞，仿佛被陆瞳说中最隐秘的痛处。

陆瞳并不着急，杜长卿想要维持医馆生计，必须在最短时间里寻到一桩无可替代的生意。鼻窒药茶，是他能抓到的唯一一根救命稻草。

人在救命稻草面前，总会毫无原则地退让。

沉默半晌，杜长卿总算开口了，他看着陆瞳慢慢道："陆姑娘想得很好，可万一别的医馆学会了药茶制作，仁心医馆又有什么胜算？"

陆瞳闻言笑了笑："且不论我的药茶别人能否学会，杜公子怎么不想想，我能做出鼻窒药茶，难道不会做出别的药茶？"

杜长卿呆了呆。

他狐疑地看向陆瞳："莫非那药茶是你亲手做的？不可能，你这样年轻……许是你家中有会医的大夫？或是你偶然从别处得来的方子？"

他兀自猜来猜去，陆瞳但笑不语。

见陆瞳始终没有松口的意思，杜长卿有些沮丧，端起茶碗喝了一口，想了想，才期期艾艾地开口："实不相瞒，陆姑娘，你说得我十分动心。可是你要的银子实在是太多。要不……再低一点儿？"

银筝面露鄙夷之色。

陆瞳看着面前茶碗，一时没有开口，过了一会儿，她才望向杜长卿："杜公子，我可以为你做药茶，钱你全收，我分文不取。"

杜长卿惊疑不定地瞧着她。

"不过，我有几个条件。"

杜长卿松了口气，爽快道："早说嘛，陆姑娘，你有什么条件？"

"第一，我给仁心医馆做药茶，材料杜公子出，每日做多少，我说了算。"

杜长卿眉头皱了皱:"这不好吧。"

"总归不会叫杜公子吃亏。"

"可是……"

银筝插嘴:"我家姑娘不收杜公子银子,也就是白给杜公子送银子。这无本生意,杜公子怎么算都不亏,怎么还斤斤计较?"

杜长卿憋了憋,憋出一句:"那第二个条件呢?"

"我和银筝初来盛京,无处落脚。麻烦杜公子帮忙寻一方住处,包管吃住。"

杜长卿睁大眼睛,打量怪物一般地打量她们二人:"你们是外地人?两个姑娘独自进京?你在盛京没有认识的熟人吗?"

陆瞳没回答他的话,低头喝了一口茶,再抬起头时,笑了笑:"我听闻盛京医馆坐馆大夫中,最普通的坐馆大夫,一月二两银子月给。"

杜长卿不明所以地点头:"是啊,怎么了?"

"我要做仁心医馆的坐馆大夫,这是第三个条件。"她道。

"你要当坐馆大夫?"杜长卿瞪大眼睛,"陆姑娘,你在同我说笑?"

陆瞳平静地看着他。

杜长卿喝了口茶,缓了缓才重新开口:"陆姑娘,坐馆大夫可不是说说而已。你既已打听过,应当也该看见了,坐馆大夫都是上了年纪的男子。你一个年轻姑娘……"

陆瞳端起面前茶碗,瞧着在茶碗中沉浮的碎叶。

自古以来,医者都是越老越吃香,年轻些的大夫常被质疑医术不够高明,总要等熬着熬着,熬出白发,方能渐渐攒起声望。

见陆瞳不言,杜长卿又苦口婆心地劝道:"陆姑娘,在下自小生活在盛京,说句逾越话,像你这样的漂亮姑娘,就不该吃什么苦头,更勿提抛头露面。你家人要是瞧见了,该多心疼哪。"

听见"家人"二字,陆曈眸光微动。

杜长卿没察觉她的神情,还在继续说话:"你就将药茶给我,我付给你银子,权当寄卖,好不好?"

陆曈:"仁心医馆是医馆,不是药铺。"

"同药铺也差不多了。"

陆曈放下茶碗,看向杜长卿:"杜公子,你是不是怀疑我没有行医的本事,也怕给你的医馆捅了篓子无法收场?"

似是被戳中隐秘心思,杜长卿顿了一下。

"你若不信我,自可到了医馆寻病症来考验我。"陆曈道,"盛京不止一间医馆,杜公子不愿意做这笔生意,也就算了。"

她轻飘飘地扔下这句话,就站起身来,不欲与杜长卿多说了。

"等等——"

杜长卿大喝一声。

陆曈转身看着他。

他盯着陆曈,盯了半响,终于咬牙切齿地败下阵来,只道:"陆大夫,像你这样志向高洁、一心悬壶济世的姑娘,杜某还是第一次见。"

"我先说了。"他气闷道,"你自坐馆,旁人买不买账我可管不着。"

"这就不劳杜公子费心了,"陆曈对着他颔首,"我会看着办。"

既已商量好,接下来的事情就好办得多。

杜长卿要先回去帮陆曈二人寻住处,陆曈也打算回客栈将行李收拾一番。杜长卿付过茶钱,三人并肩走着,往来仪客栈的方向走去。

长街繁华,往来车马不绝,再往前走个几十步,有一家珠宝铺子宝香楼,女眷们常在此挑选首饰。

陆瞳二人与杜长卿刚走到宝香楼下，前面陡然响起一阵纷乱马蹄声。陆瞳抬眼，就见一辆马车汹汹冲至眼前。

赶马车的车夫丝毫不避让行人，大马险些撞到银筝，陆瞳飞快拉了一把银筝才让她幸免于难。银筝还未开口，车夫先大声喝骂道："哪来的刁民，没长眼睛吗？"

银筝气不顺，正想辩解两句，身边杜长卿一把扯住银筝，低声道："别骂，那是太师府的马车。"

陆瞳闻言，心中一动，侧首问杜长卿："你说的太师府，可是威太师府上？"

杜长卿有些意外："你也知道太师府的威名？"

陆瞳没说话，神情有些发沉。

那头，马车帘被掀开，有人下了马车。

是位戴着帷帽的小姐，一身烟霞色洒丝合欢花留仙裙衬得身姿格外轻盈，被丫鬟挽扶着走下马车，露出绣鞋上精致的玉兰刺绣。

她走得很小心，纵然瞧不见脸，也叫人感到楚楚风流。

这样如花似玉的小姐，身边护卫却高大而凶恶，只大声斥骂驱逐周遭百姓，好叫主子畅通无阻地进入宝香楼。

杜长卿哼哼了一声："这些权贵……"到底没敢说下去。

陆瞳正注视着那位太师家的小姐，鼻尖倏尔闻到一股极轻的血腥气。还未出声提醒，陡然间，从长街尽头传来一阵兵马追逐的乱蹄声，伴随着一路尖叫与叱喝。

"都闪开！官差抓人！"

"杀人啦——"

"滚远点！"

一路当街小贩茶摊被掀翻，兵马在街上横冲直撞。陆瞳心中暗道不好，下意识拔出发间绒花攥在掌心，又抓住银筝欲往旁边商铺里退去，就见眼前突然传来一道劲风，迎面掠来一个人身影，伴随着强烈的血腥气。

那人看也没看陆瞳，径自冲向太师府家小姐，眼看着就要抓住那吓得花容失色的太师千金，她身边的护卫突然扫了陆瞳一眼。

下一刻，陆瞳感觉自己手臂被攥住，身子被人猛地向前一推，推到了黑衣人跟前。

"姑娘——"银筝惊呼出声。

四周宛然寂静一刻。

那护卫见已有人做了替死鬼，毫不犹豫地带着自家小姐退进宝香楼。陆瞳感到自己脖颈被刀尖贴着，有人扼着自己的肩，试图往街道另一头逃走。

然而他的打算落了空。

另一头的街道上，已有大批人马赶来，将这人与陆瞳前后围堵在中间。

这人已经进退维谷、穷途末路了。

陆瞳被这人紧紧抓着，微微侧头，依稀看见了他的侧脸。

是个约莫四十来岁的中年男子，面上全是血，神情狰狞而慌乱。陆瞳感到对方握刀的手有轻微颤抖，他的声音也是颤抖的，带着末路之下的疯狂，冲前面官兵道："让开！不然老子宰了她！"

为首的是个穿官服的男子，青缎皂靴，颧骨很高，坐在大马上，居高临下地开口："罪人吕大山，莫要垂死挣扎，还不快束手就擒！"

男人闻言，"呸"了一声，神情似哭似笑，高声道："什么罪人？谁是罪人，军马监监守自盗，却让老子背锅，做梦！"他握紧拿刀的手，"少废话，快点让开，不然老子现在就剁了她！"

官兵头子眯了眯眼，没说话。

四周的百姓都已散开，离此处极远。陆瞳眼睁睁看着身背箭筒的官兵对着自己遥遥抽出长箭搭于弓弦之上，不由心中一沉。

这变化也被吕大山注意到了，他神情越发紧张，迫向陆瞳脖颈的刀尖猛地下压，一滴鲜血顺着玉颈缓缓流了下来。

银筝慌了："姑娘！"

"没用的。"杜长卿拉住欲往前的银筝，目光里满是惊骇与惧怕，"那是兵马司巡捕雷元。此人贪功冒进，从不将平民性命放在眼里。这么大阵仗追捕那个吕大山，恐怕……"

恐怕雷元不会因陆瞳一人的安危放走吕大山。

陆瞳也意识到这一点，一颗心渐渐狂跳起来。

吕大山颤声吼道："都给我闪开！"

雷元只皮笑肉不笑地瞧着他，小幅度地对身后摆了摆手。陆瞳瞧见离他不远处，一个弓箭手正缓缓拉动弓弦。

她心中蓦地发寒，此刻她被吕大山抓着挡在身前，犹如吕大山的一块肉盾，就算对方弓箭手身手再如何高超，一箭过来，只会将她和吕大山一起射穿！

她可不想莫名其妙地死在这里！

思及此，陆瞳不动声色攥紧了手中绒花。

吕大山的注意力全都放在雷元一行人身上，并未将陆瞳放在眼里，毕竟她看起来只是个手无缚鸡之力的弱女子。

雷元身后的弓箭手已将弓弦拉紧，只等雷元一声令下，就要一箭射来。

就在这时，陆瞳猛地扬手，吕大山猝不及防之下被她带得后退两步，然而抓着她肩的手掌并未松开。

下一刻，陆曈将手中的绒花花针恶狠狠刺向吕大山左眼！

身后响起了惊呼声。

扑哧——

温热的血溅了陆曈一脸。

周围一片嘈杂。

混乱之中，吕大山侧身躲闪，花针没能刺中他的眼睛，刺中了他左颊。

陆曈下手极重，银针几乎半截没入对方脸皮中，脸皮又被狠狠划开，登时显出一道血肉淋漓的口子。

吕大山吃痛，暴怒至极，顾不得雷元，刀尖直冲陆曈而去："臭婊子，我杀了你！"

然而陆曈早在他躲闪的那一刻挣脱了桎梏，立刻朝前跑去。刀尖带起的凶暴杀意从侧方袭来，她躲避不及，眼看着那丝银光将要落在脸上。

"姑娘小心！"银筝心提到了嗓子眼，这一刀下去，纵然不死，也必然容貌尽毁。

而他们身后，雷元眯了眯眼，一挥手，身后手下长箭直冲吕大山而去。

陆曈感到冰冷刀锋已经近在眼前，不由咬了咬牙。

她并不在乎容貌，如果容貌能换回性命，她会毫不犹豫地将容貌舍弃。

但不是在现在。

千钧一发之时，远处忽有破空之声。众人还未看清楚，就见一线金光穿透人群，重重擦过陆曈眼前的刀锋，将刀尖撞得往旁边一歪。

陆曈一惊，下一刻，一道身影突然出现在眼前，来人顺势握住吕

大山拿刀的手,只听得咯吱一声,似是骨头被捏断,吕大山痛得大叫出声:"放手!"

他的下一句话还未出口,就被重重踢飞出去。手中长刀却落入对方之手,挡住了朝他心口飞来的利箭。

哐当一声。

箭矢落在地上,发出清脆声响。

四周寂静。

这一套动作行云流水,没有半分迟滞,偏偏每一分都恰到好处,早一刻或是晚一刻,都不会是这种结局。

陆疃瞧着地上的那支金色箭矢,方才,这人就是用箭撞飞了吕大山朝自己袭来的刀尖。

她抬眼朝前看去。

长街上满是摊铺被掀翻后的一片狼藉,重重兵马中,站着个手持弯弓、穿大红锦狐嵌箭衣的年轻人。

被如此多兵马围着,此人也神情轻松,气势半分不弱。他顺手将长弓一收,适才看向雷元,笑道:"抓个人而已,雷捕头阵仗真不小。"

雷元神情有些难看,半晌,道:"裴殿帅。"

陆疃心中一动,殿帅?

那头的杜长卿正对银筝低声道:"他是当今殿前司天武右军都指挥使裴云暎,看来,雷元这回是踢到铁板了。"

地上的吕大山蜷缩在角落呻吟着,他手腕被折断,又被踢得骨头俱碎,再没了刀,不过垂死挣扎。

雷元看向裴云暎,面上挤出一抹笑来:"殿帅,我等奉命捉拿逃犯,现下逃犯就擒,烦请回避。"

裴云暎啧了一声:"雷捕头抓人,上来就放死箭,刚刚要不是裴某出手，逃犯差点就死了。"他若有若无地笑了一下，"事关军马监一案，犯人交由刑狱司往审刑院收理。雷捕头如此下死手，不会是要杀人灭口吧？"

雷元霍然变色，冷冷道："殿帅，饭可以乱吃，话不能乱说。"

年轻人又笑了，他道："玩笑而已，雷捕头这么紧张做什么。不知道的，还以为雷捕头是心虚了。"

"你！"

他侧首唤道："段小宴。"

从人群中走出个圆脸圆眼的青衣少年："大人。"

裴云暎看了一眼吕大山："把他带回去，交由刑狱司。"

"是。"

雷元看向裴云暎，语气很冷："殿帅，吕大山是我兵马司要抓的人。"

"涉及军马监一案，同天武右军也有几分关系，我送去也一样。再者，雷捕头抓到人，不也要送往刑狱司吗？"裴云暎饶有兴致地开口，"莫非雷捕头还有别的私刑要用？"

这话说得诛心，一旦传到天家耳中，必然又是一场无妄之灾。

雷元定定看着他，裴云暎似笑非笑。

僵持片刻，许是已察觉到今日之事已再无转圜余地，雷元也不再纠缠，只看向裴云暎意有所指地开口："那就有劳殿帅费心了。待回到兵马司，下官会将今日之事回禀上头，多谢殿帅一片好意。"

裴云暎懒道："辛苦。"

雷元又狠狠看了一眼角落里的吕大山，这才勒令手下离开。

长街上霎时间少了一半兵马。剩下的一半，是裴云暎带来的。

陆瞳方才瞧见这二人暗流涌动的官司，忽然感到肩头一片濡湿，抬

手摸去，才发现是刚刚被吕大山刀尖划破的伤口将衣领染红了。

银筝扑了过来，紧张地盯着她的脸："姑娘，你流了好多血......"

陆瞳抬手抹去脸上血迹，浑不在意地开口："不用担心，不是我的血。"方说完，就听见头顶传来张皇喊声："小姐没事吧？"

陆瞳抬头，就见方才那位太师千金正坐在二楼的花台处，被众人簇拥着细细安慰。

吕大山出现时，这位太师千金被护卫护着退进宝香楼，此刻吕大山被带走，像是受了惊，她头上帷帽已经摘下，透过人群依稀可以瞧见半张脸，生得玉软花柔，声音里尚带惊惶颤抖。围着她的人不知是雷元的手下还是裴云暎的手下，足足有七八人，个个嘘寒问暖，送水端茶。

"戚小姐不必担心，已叫人通知太师府上了。"

"这里护卫森严，今日事出突然，令小姐受惊，是兵马司之过。"

"小姐要不要先用些凝神香茶？"

体贴的话顺着风不断飘到人耳中，陆瞳这头无人问津，孤零零的。

银筝也瞧见了两头鲜明的对比，低声道："姑娘颈上的伤……"

陆瞳收回目光，宝香楼隔壁不远处有家胭脂铺，她道："去旁边清理一下吧。"

银筝扶着她站起身，往那胭脂铺走去。这边的官兵们有人瞧见了她们动作，喊道："哎，等等，那边两位，还没誊记呢！"

杜长卿忙迎上去笑道："我来，我来帮她们写！那姑娘是我们仁心医馆里的陆大夫！我是东家！"

这动静落在裴云暎耳中，他看了一眼杜长卿，收回视线，面无表情地往前走去，走了两步，突然又停了下来，转头去看身后。

方才走过的地方，一片狼藉中，躺着一朵蓝雀绒花。

绒花半朵花瓣被血浸透，泛着斑驳湿意。

他俯身,捡起地上绒花,待看清这绒花的背后,神情忽而闪过一丝异样。

绒花背后的花针锋利尖锐,淬着惨红的血。

一共有三根银针。

陆曈被银筝扶着,走到了离宝香楼不远处的胭脂铺里。

胭脂铺的掌柜是个丰腴妇人,方才吕大山冲出来的时候她吓坏了,躲在店门后窥见了全过程。此刻见陆曈满身血迹,女掌柜也心生同情,去叫人打了盆热水,让她们二人在里间清洗一下。

银筝将帕子在水里浸湿,一点点替陆曈擦拭面上血迹,语气十分担忧:"这刀痕不知以后会不会留疤……"

"无碍,"陆曈宽慰她,"伤口不深,回客栈上点药粉就是。"

银筝瞧着瞧着,愤然开口:"那逃犯一开始明明是冲着旁边那位去的,要不是她家护卫出手,姑娘何至于此,真是歹毒心肠!"

她说的是太师府那位小姐。

陆曈垂下眼睛。

想来吕大山逃至此处,也是瞧见了太师府的马车才动手劫人。倘若他今日挟持的是太师千金,真能逃出生天也说不定。

可惜阴差阳错地挟持了她一介不值钱的平民。

银筝一边拧着帕子,一边问陆曈:"不过,姑娘刚才怎么就突然动手了?吓了我一跳。"说起刚刚一幕,她仍心有余悸,"姑娘素来冷静,今日却有些鲁莽,那逃犯虽凶恶,官差来得也不少。姑娘就算不动手,他们也会将姑娘救出来的。"

陆曈心中嘲讽地一笑。

雷元会救她?

她分明看到雷元身后的弓箭手已经搭紧弓弦,可没有丝毫在意她死

活的意思。

而且方才那个裴殿帅字里行间之意,雷元似乎想杀吕大山灭口。

她是这场官司中最微不足道的一环,死了也无足轻重。

陆曈道:"因为我不信他们。"

银筝一怔:"姑娘?"

"他们对逃犯势在必得,我怕他们为了抓人,拿我当了靶子。"陆曈声音平静,"我并非千金贵女,只是一介平民。在这些官户权贵眼中,蝼蚁不如。"

"我不想将性命交到他们手上,我只相信自己。"

银筝愣了愣,一时没有说话。

一片沉默中,忽然有人声响起。

"听上去,陆大夫对盛京权贵颇有怨气,莫非曾有过节?"

陆曈蓦然抬眼。

胭脂铺里弥漫着香甜的脂粉香气,里间无窗,只点了昏暗油灯。一大扇屏风上画着几枝新开的芙蓉,粉凝芳叶,暗香初绽。灯影摇曳中,从屏风后走出个人来。

年轻人大红箭衣艳丽,腰间皮质蹀躞漆黑泛着冷光,将他衬得身姿颀长又英挺。他亦长了一张俊如美玉的脸,皮相骨相皆是一流,站在此处,将昏暗的屋子也照亮了几分,宛如花间醉梦。

陆曈眸光微动。

这是雷元嘴里那位"裴殿帅"。

方才混乱之中,她并未细看对方的脸,此刻看来,此人谈笑生辉,器服华贵。再联想他方才和那官差言语讥讽,对方口口声声叫他"殿帅",这青年瞧着也不过二十出头,年纪轻轻已身居高位,想来家世不浅。

聪明又狠辣的权贵子弟,她当尽量远离。

陆瞳心中这样想着,就见对方笑着将手中一物放至她面前小桌上,不紧不慢道:"陆大夫,你东西掉了。"

陆瞳眉心一跳。

翠雀绒花就躺在桌上,在灯火照耀下泛着冷色的血,无端显得有些瘆人。

她定了定神,随即淡声开口:"多谢大人。"就要伸手将绒花拿起来。

一只手按住了那朵绒花。

陆瞳抬眸。

年轻人的指节修长,按在深蓝绒花上,将手衬得白玉一般。

而他手指轻轻敲击着绒花,似在思索,虽是在笑,一双眼眸却漆黑幽深,仿佛要将人看穿。

裴云暎道:"裴某还有一事不明,还请陆大夫为我解惑。"

陆瞳冷冷看着他。

他笑道:"陆大夫的绒花,怎么会有三根银针?"

寻常绒花只有一根花针,而陆瞳的花针,却足足有三根。

银筝站在一边,面露紧张之色。

陆瞳淡淡道:"我发丝厚密,寻常一根花针容易滑落,所以用了三根。"

裴云暎微微挑眉,陆瞳神情自若。

他的目光在陆瞳云雾般的发瀑间停留一刻,又很快移开:"原来如此。"

不等陆瞳说话,他再次漫不经心地开口:"那陆大夫,为何要将绒花花针磨得如此锋利?"他似笑非笑地提醒陆瞳,"吕大山脸上伤痕,

寻常花针可划不出来。"

陆曈心下微沉，这人实在是难缠。

时下女子簪花，珠花也好，绒花也罢，背后花针为免伤人，总是被磨得圆润。而陆曈所佩这朵蓝雀花，花针尖锐，别说重重划下，只怕轻轻掠过，皮肤上也会留下一层细痕。

这花针，是她自己磨的。

店铺里胭脂甜香将周遭弥漫出一层红粉色彩，陆曈的目光顺着他的手往上，瞧见他护腕上精致的银色暗纹，顿了片刻，才抬起头，平静开口："大人，据我所知，盛京没有哪条律令规定女子簪花花针不能锋利吧？"

她语气平淡，目光里却藏着分毫不让的针锋相对。

裴云暝眼中闪过一丝意外，随即莫名笑起来，点头道："也是。"

他神情重新变得轻松起来，松开按着绒花的手，从怀中掏出一个巴掌大的瓷瓶放在桌上："陆大夫的伤还需好好处理，留下疤痕就不好了。天武右军的祛疤药效果不错，陆大夫可以试试。"

陆曈没动，只看着他道："多谢了。"

外头有人在叫他："大人，太师府的人请见。"

他应了，又笑着看了陆曈一眼，这才转身离开。

直到这人的身影完全消失在屏风后，陆曈才在心中松了口气。

不知为何，这人明明在笑，语气也称得上和煦，却让她不由自主地感到危险。

好在不过是一场风波下的萍水相逢，他们二人日后应当也不会有机会再见了。

她心里这般想着，银筝站在一边，小心翼翼地开口："姑娘，那咱们现在先回去？"

"收拾行李。"陆曈收回视线,"我们今夜就离开来仪客栈。"

陆曈本意是想今夜换间客栈住下,不承想杜长卿动作很快,当下就替她二人找到了落脚之地。

银筝抬头,望着头顶"仁心医馆"四个字,面露震惊:"这不是医馆吗?"

身侧的杜长卿轻咳一声:"你们跟我进来。"

陆曈二人随着杜长卿走了进去。

这店铺狭窄,铺里昏暗,已近傍晚,里头看不太清。杜长卿提了盏油纸灯笼,掀开里间帘布,径自往里走。

陆曈和银筝跟上,待进了里头,不由微微一怔。

仁心医馆后头竟是一间小院。

小院许是长久无人居住,地上落满了灰,角落里堆着些干柴,挤满了半个院子。

银筝狐疑:"杜掌柜,你说的落脚之地,不会就是这里吧?"

杜长卿摸了摸鼻子:"原先医馆里还有坐馆大夫的时候,那老头就住这里。"

见银筝皱眉,杜长卿忙又道:"你别看这院子破,收拾出来很不错的。陆大夫,"他觑着陆曈脸色,"不是我不帮忙,只是京城寸土寸金,一时半会儿想要找价钱合适的宅子不太容易。况且仁心医馆什么情况你也瞧见了,我自己都穷得揭不开锅。要不这样,"他一拍手,"等咱们那药茶卖得红火了,我亲自为您找一间两进大院住着,如何?"

陆曈没说话,拿过杜长卿手中的灯笼,细细打量起整间院子。

这院子连通前边的仁心医馆,医馆狭窄,这院落却很宽敞。院落一面挨着高墙,隐约能瞧见屋顶檐瓦,另一面接着一道石廊,石廊一侧,

是三间空屋并列。

杜长卿指着那三间空屋:"陆大夫,这里三间屋子都很宽敞,你和银筝姑娘随意选哪间都行。你看,前面还有后厨、更衣处……"

陆瞳心中一动。

顺着石廊往前走,果然有一间厨室。后厨很宽大,有土灶锅盆,底下胡乱塞了把枯柴。再往里更黑了,是如厕净身的更衣处……

陆瞳怔怔望着眼前院子。

这院落的布局,和常武县陆家宅子的布局格外相似。

杜长卿还在卖力地劝说:"陆大夫,你看这院里的石桌,正适合你夜里在此捣药。窗前这棵梅树,到了冬日开花可香了,姑娘家喜欢得很……"

"等等,"银筝打断他的话,"杜掌柜不是说我们暂住此地,怎么都说到冬日去了?"

杜长卿噎了一噎:"这不是顺嘴了嘛,陆大夫,你看……"

"就这里吧。"陆瞳转过头,对他微微一笑,"多谢杜掌柜。"

似没料到陆瞳如此好说话,杜长卿愣怔了一瞬,随即生怕陆瞳反悔般,将她们放在外头的行囊搬了进来,只热情笑道:"既然如此,那陆大夫就安心在此住下,住多久都行。"

他又不知从哪寻来两床干净被褥交给银筝,交代了一些事宜,这才放心离开了。

待他走后,银筝不赞同道:"姑娘,咱们怎么能住店铺里?好歹找个正经民宅住下。"

陆瞳走进离后厨最近的那间屋,将窗户打开,正对窗户的梅树尚未开花,伶仃地矗立着。

她望着那棵梅树,开口道:"仁心医馆地处西街,再往前是酒楼,盛京无宵禁,西街每夜有城守巡视。你我雇不起护卫,住在此地,比住别地安全。"

"何况,这里离柯家最近。"

银筝想了想,终是有些不平:"总归让那姓杜的占了便宜,咱们住店铺里,他也省了帮咱们垫房钱,真不怕咱们卷了他的药材跑了?"

陆曈失笑。

杜长卿只留了院落的钥匙,可没将药柜钥匙给她。除非她一一将药柜劈碎,或是寻个力士将药柜搬走。不过西街随时都有巡街城守,四面又都是杜长卿的熟人,只怕还未走出这条街,就要被扭送到官衙了。

那位杜掌柜,瞧着没什么正形,却是个精明人。

她走到外头,拿起放在院落里的竹扎扫帚:"先将这里清理一下吧。"

银筝挽起袖子,点头应了。

小院宽敞,扫洒起来便格外费力,又因长久无人居住,不过简单的一番收拾,二人也忙了许久。

待将院子里最后一捆干柴搬到了后厨,夜已经很深了。

银筝望着宛然如新的小院,不由得精神一振:"姑娘,这院子真好看!"

陆曈也有些怔忪。

院落的青石被扫开灰尘,洒上清水,显得干净清爽。后厨土灶上的碗盆被分类堆放,角落里整整齐齐码着柴捆。

三间房都被收拾干净,因无人居住,里头东西都很清简。陆曈住的那间,掀开斑竹帘,摆着一张旧画屏,遮住外间的圆桌和衣橱。绕过屏风,则是张黄木床,铺了床秋香色褥子。窗前有一张书案,映着外头的梅树,清雅古朴,十分好看。

银筝高兴道:"等明儿我写封字挂墙上,将墙上那抹旧痕遮一遮。再等天气暖和些,多在院子里种些鹅黄牡丹,那才叫好看呢。"她扭头去看陆曈,见陆曈神情淡淡,遂问:"姑娘不觉得好看吗?"

陆曈笑了笑,将手上灯笼放到了窗前书案上,道了一声:"好看。"

院子是好看的,打扫干净的小院,看起来更接近她脑海中陆家的旧貌了。

想到陆家,陆曈面上笑意淡了些。

今日宝香楼下,误打误撞,她见着了那位太师府上的小姐。

柯家发达,承蒙太师府惠顾,陆柔的死,或许和太师府也脱不了干系。

而今日所见,她被掳流血,无人问津。太师千金安然无恙,反被嘘寒问暖。

那位小姐,甚至都没正眼瞧过她。

太师府与她,如天与地,云与泥。

灯火下,陆曈乌眸湛湛,如看不到底的深泉。

成为医馆大夫,不过是一切开始的第一步。

她要如何才能接近柯家?

还有……太师府。

是夜,京营殿帅府。

裴云暎从外头回来时,天色已晚。

刚进厅,段小宴就从里迎了上来。圆脸圆眼的青衣少年没了往日活泼,一反常态显得有些打蔫儿。

裴云暎瞥他一眼:"怎么了?"

"云暎哥。"私下没旁人时,段小宴从不叫他"大人",闻言长叹一声,"今日太师府那位小姐,指明了想要你护送她回府。你将这差事扔给我,她岂能对我有好脸色?一路上差点将我给吃了。"

裴云暎顺手解下佩刀放到桌上,继续朝里走,道:"你平时不是嫌升迁太慢,给你个表现机会不好吗?"

"这算哪门子表现机会?"段小宴跟在他身后,有些埋怨,"她是看中了你的美貌,又不是看中我。再说,太师府管不到殿前司,咱们也不用讨好他们。"

裴云暎没理会他,边走边问:"吕大山怎么样?"

"已经送到刑狱司了。不过云暎哥,"段小宴低声问,"兵马司那个雷元是皇后娘家表亲侄子,军马监的案子和陈家恐怕也脱不了干系,咱们这么得罪陈家……"

裴云暎不置可否:"怎么,你怕他?"

段小宴无言:"你是不怕,我就不同了。"他说了两句,突然又想起了什么,从怀中掏出一物,"对了,差点忘了这个。"

裴云暎脚步一顿。

那是白日里他给那位女大夫的祛疤药。

"胭脂铺女掌柜追出来给我的,说咱们落下了东西。我一看这不是上回太后娘娘赏你的祛疤药吗,怎么落在胭脂铺了?"

裴云暎若有所思地盯着药瓶看了片刻,忽而摇头笑了,随手将药瓶抛给段小宴,往前走去。

段小宴手忙脚乱地接住:"云暎哥?"

他摆手:"送你了。"

仁心医馆今日开门得早。

西街一众街邻都知晓,杜家少爷是个好吃懒做的主儿,杜父死前给他了大笔家业,可惜杜大少爷自己不争气,成日和一群无赖子弟驾

犬驰马，流连于三瓦两舍，把偌大家业败了个精光。待幡然醒悟时，只剩西街的一间小破医馆，还经营得入不敷出，摇摇欲坠，眼看就要撑不下去了。

但今日的医馆似乎与往日有些不同。

门上那块牌匾被擦拭了一遍，字虽潦草，却显得亮堂了一些。堵在店门口的黄木长桌往里撤了一点，铺面瞧着便没有之前逼仄。药柜里外外被清理得干干净净，一眼望过去，原先狭窄陈旧的铺面一夜间就整洁宽敞了起来。

不过最打眼的，还是站在药柜前的那位年轻姑娘。

仁心医馆里，来了位陌生姑娘。

这姑娘生得很漂亮，冰肌玉肤，神清骨秀，穿一件缟色薄棉长裙，乌发斜梳成辫垂在胸前。通身上下除了鬓边那朵霜白绢花外，并无任何饰物，却将别家精心打扮的小姐都比了下去。

貌美姑娘站在药柜前低头整理药材的模样，让周遭店铺里的人都看直了眼。

隔壁裁缝铺里的葛裁缝家中老母肠结，过来买巴豆，趁势将杜长卿拉到一边，望着药柜前的姑娘小声问："长卿，这是谁啊？"

杜长卿看一眼正在分药的陆曈，哼笑一声："这是本少爷请回来的坐馆大夫，陆大夫！"

"坐馆大夫？"葛裁缝愕然看向他，"女大夫？"

"女大夫怎么了？"杜长卿不乐意，"女大夫招你了？"

"女子怎么能做大夫？而且她这年纪，看着还没你大？"葛裁缝想了想，眼珠子一转，露出一个了然的笑容，"我知道了，她是你相好吧？相好就相好呗，整这么神秘干啥？"

"你少胡说八道。"杜长卿没好气地开口，"人家是正经大夫！会瞧病做药，当谁都跟你一样不要脸！"

葛裁缝平白挨了一顿奚落，拿着巴豆悻悻走了。

杜长卿瞧着他石墩子似的背影，骂了一句"狗嘴里吐不出象牙"，再看药柜前出水芙蓉似的姑娘，既有些心虚，又有些得意。

过了一会儿，他自语道："女大夫怎么了？那不比杏林堂里老树皮子看着顺眼吗？"

他啐了一口，不知是要说服自己，还是说服别人。

"长得丑的本少爷还不要呢！"

"懂个屁！"

仁心医馆来了位漂亮姑娘一事，眨眼就传遍了西街。

西街铺贩都是做了十多年生意的老熟人，抬头不见低头见，杜老爷子当初在西街起家，后来发迹迁走，一众街邻又羡又妒，如今他小儿子一朝落魄，又回到了老父当初的起点，街邻们唏嘘之余，又有些同情。

不过这同情还没多久，杜长卿就请了个漂亮姑娘来坐馆，四坊们就有些瞧不上他这做派了。

看样子，杜少爷这是迟早得把家产败光啊。

果然烂泥扶不上墙！

不远处杏林堂里，掌柜白守义坐在里铺桌前，慢条斯理呷了口茶。

白守义今年四十，白净面皮，身材微胖，穿件宝蓝直裰，腰间系着彩色丝绦，逢人便带三分笑意，看上去和气仁善，可亲得很，却生了一双精明眼。

他原本是做零散药材起家，渐渐攒了些家资，在西街盘下一处大铺面办起了杏林堂。杏林堂铺面宽敞，药材种类繁多，客流丰富。但白守义并不满足于此。

他早已看中仁心医馆，仁心医馆虽老破，但正当街口，位置绝佳。

白守义想将铺子盘下做间专门瞧病的医馆，杏林堂则主卖药材，这样整个西街的病人都归杏林堂所有，银子便能源源不断地往腰包里流。

然而仁心医馆的东家杜长卿却怎么也不肯将铺面出卖。

白守义心中很瞧不起杜长卿，杜老爷子给杜长卿留了偌大家财，居然也能被败光，若换作是他，早已将家产翻了几番。杜长卿都颓废了半辈子，突然又幡然醒悟，做浪子回头的模样给谁看呢？

他并不担心杜长卿不肯出卖医馆，毕竟仁心医馆每月来的客人屈指可数，杜长卿只怕坚持不了多久，到那时不得已之下贱卖，他白守义出的价只会更低。

白守义只等着仁心医馆倒闭、杜长卿哭着低头求他那日，谁知今日却从旁人嘴里听说，杜长卿不知从哪请了个漂亮姑娘来坐馆。

实在叫人好奇。

杏林堂的伙计文佑打听消息回来，站在白守义面前事无巨细地交代："……的确是站了个年轻姑娘在医馆里，长得挺漂亮，对了，那姑娘前些日子也来过杏林堂，找周大夫卖过药。"

白守义捧茶的动作一顿，看向药柜前的男子："老周，有这回事？"

这男子叫周济，原是仁心医馆的坐馆大夫。杜老爷子死后，周济见杜长卿潦倒，便寻了个由头离开转去了杏林堂。

也就是从周济走后，杜长卿才破罐破摔，几乎将医馆经营成了药铺。

周济生得干瘦，黑黄面皮上蓄些髭须，穿件茧绸长衫，显得身子如竹竿在衣衫中晃荡。这人仗着医术，待医馆的伙计总是傲慢，却对东家白守义极尽讨好恭维。

听闻白守义发问，周济想了想才答道："前几日的确有两位外地女子来卖过蒲黄炭，似乎还想寄卖药茶。那蒲黄炭炒得勉强过眼，药茶我没敢用，让人丢出去了。"

白守义满意点头:"你是个明白人,杏林堂不比那些小药铺,来路不明的东西用不得,省得自砸招牌。"

"掌柜的,仁心医馆那边……"周济试探地问。

白守义将茶杯往桌上一放,慢条斯理地开口:"一个外地女人,杜长卿竟然也敢让她当坐馆大夫。我看,他是贪图美色,自己找死。且看着吧,过不了几日,仁心医馆就要成为整个盛京医行的笑话了。"

他自理着腰间丝绦,轻蔑一笑:"扶不上墙的烂泥,管他做什么。"

杜长卿并不知道自己在隔壁白守义嘴里是一堆烂泥。但纵然知道了,眼下也没工夫计较。

医馆里,陆曈正将做好的药茶丸子一个个捡到罐子里。最外头的黄木桌上,已叠好了约莫十来罐药茶,一眼望过去,如一座巍峨小塔,壮观得很。

不过,纵然杜长卿卖力地吆喝了大半日,来看漂亮姑娘的多,药茶却无人问津。

银笋将杜长卿拉到一边:"东家,门前如此冷清,你不能想点别的办法吗?譬如找人将这药茶编成歌谣传唱,或是请几位姑娘来门前招揽生意,总好过在这里枯坐着发呆好吧?"

杜长卿翻了个白眼:"银笋姑娘,这里是医馆,又不是花楼,怎能如此轻浮?"

银笋面色微变,一时没有继续开口。

杜长卿浑然不觉,只絮絮道:"……之前我就同你家姑娘说了,一个女子行医坐馆,未必有人买账。你瞧那些浑蛋,都是来看笑话的。他们既不信女大夫,自然也不肯试新药茶。咱们开门大半日,一罐也没卖出去。"说着说着,自己眼底也浮起些焦灼。

正犯着愁,外头的阿城突然喊了一声:"胡员外来了!"

这可真是绝地里的活菩萨，杜长卿闻言，眼睛一亮，立刻扬起一抹笑，三两步往外迎上去，边道："叔！"

正在装药茶的陆曈抬眼，就见门外走进来个头戴方巾，儒员打扮的半老头子。

胡员外被杜长卿搀扶着往医馆里走，方唤了一声"长卿啊——"，一眼瞧见了药柜前的陆曈，面上浮起疑惑之色："这是……"

杜长卿将胡员外迎进里铺坐下，招呼阿城去泡茶。如今铺里被打扫，重新挪移了药柜位置，显得宽敞了许多，胡员外四处打量了一下，惊讶极了："长卿，你这铺子瞧着比往日顺眼了许多。"

杜长卿笑笑："稍稍打理了一下。"

"不错。"胡员外很欣慰，"看来老夫上次说的那番话你听到了心里，颇有长进。"

杜长卿赔笑。

胡员外又看向陆曈："这一位……"

杜长卿笑道："这是小侄新请回来的坐馆大夫，您的茶就是……"

"胡闹！"

不等杜长卿一句话说完，胡员外就猛地站起身，斥道："无知妇人，怎可坐馆行医？"

银筝被胡员外突如其来的怒吼吓了一跳，下意识看向药柜前的陆曈。

陆曈整理药茶的动作顿了顿，神情很淡。

这半老头子忿然作色，山羊胡都气得撅了起来，一手指着杜长卿，痛骂道："杜长卿，仁心医馆是令尊留给你的遗物，纵然医馆经营不善，进项不丰，那也是令尊辛辛苦苦打拼来的，怎可被你如此糟蹋？"

杜长卿茫然："我怎么糟蹋了？"

"你找个年纪轻轻的女子过来当坐馆大夫，是要你爹九泉之下都不能闭眼吗?"

"我为什么不能找年轻女子过来当大夫?"杜长卿不解,"医馆里有漂亮的坐馆大夫,我爹自豪还来不及。就算九泉之下不能闭眼,那也是高兴的。"

"你!"胡员外气急,干脆将矛头指向陆瞳,"年轻姑娘家不学好,打了坐馆的幌子来骗人,你赶紧走,别以为长卿年轻不知事就会上你的当。"又对杜长卿道:"老夫受令尊嘱托,绝不能眼睁睁看着你泥足深陷!"

他这一番颠三倒四的话说完,一屋人皆是瞠目结舌。

陆瞳顿时了然。

原来,胡员外是将她当作不怀好意的骗子了。

沉默须臾,杜长卿轻咳一声,尴尬开口:"叔,陆大夫不是什么骗子,她真是坐馆大夫。"

"你见过有这样年轻的坐馆大夫?"胡员外痛心疾首道,"长卿啊,你让她坐医馆里,旁人怎么瞧你?只会说你这医馆糊弄人都糊弄得不够诚心,弄得乌烟瘴气,像什么样子!我同你说……"

一杯茶搁到胡员外面前的桌上。

胡员外一愣。

陆瞳直起身,看着胡员外淡声道:"老先生口疮肿胀,热痛如灼,忌心烦热郁,纵然有气,也不妨先喝杯温茶化浊解毒、清心泄火。"

胡员外下意识回了句:"多谢。"端起茶喝了一口,忽而反应过来,瞪着陆瞳,"你怎知老夫生了口疮?"

陆瞳笑了笑,没说话。

杜长卿忙挤开阿城,觍着脸道:"叔,小侄都同你说了,这位陆大夫真会治病,不是什么骗子。你那治鼻窒的药茶,就是陆大夫亲手做

的。是不，阿城？"

阿城连连点头。

这下，胡员外真意外了。他上下打量陆曈一番，眼神犹带一丝怀疑："你真是大夫？"

陆曈颔首。

"不可能啊，"胡员外思忖，"如今翰林医官院那位天才医官，正经行医也是及冠以后，你这丫头才多大，莫不是随意学了两招就出来唬人了？再者女子行医，不过是做些接生妇科之流，如老医者般坐馆……"他看了一眼杜长卿，"长卿啊，仁心医馆原先那个周济，也是过了而立才开始坐馆的！"

十来岁的小姑娘和行医多年的老大夫，任谁都会觉得前者不值得信任。

陆曈闻言，并不在意，只道："老先生信不信都不重要，我很快就要离开盛京了。"

此话一出，杜长卿和银筝皆是一震。

胡员外更是错愕："什么？"

陆曈不紧不慢地开口："我师从名医，师父离世后，我独自进京，为的就是悬壶济世、以承师父遗志。不想人们多以貌取人，不信我坐馆行医。我既不能得人信任，亦不能使医馆起死回生，自然无颜久待此地。"

她走到药柜前，从药屉里拿出几包药茶，放到胡员外跟前。

"我知员外今日来是为了取药茶，所以特意多做了几包，这里还有几包药茶，省着点可饮两月。"陆曈道，"来日春柳盛长，老先生切记少出门。"

她说话语气平静，姿态谦和，不见半分恼怒，倒是莫名让胡员外心中起了一丝愧疚，再看这小姑娘身子单薄娇小，如寒风中的一片轻盈落叶,胡员外顿生英雄豪情,一时也忘了自己初衷,只道:"胡说八道!谁说你不值得信任?"

银筝暗暗翻了个白眼。

胡员外叹道:"你一个小姑娘,独自上京,此乃有勇。继承师父遗志,此乃有义。愿意悬壶济世,解病除疾,此乃有德。有情有义、有德有勇之人,难道不值得信任?单就这份心,也是世间佼佼!"

这回,连杜长卿也忍不住翻了个白眼。

胡员外又看向陆曈,语气有些踟蹰:"陆大夫,你真要走了,那药茶……"

"药茶自然不做了。"陆曈道,"这方子,我也不卖。"

"这怎么可以!"胡员外跳了起来,这回是真急了,"那药茶我如今喝了鼻窒好了许多,这两日连河堤都敢去了,往日那河堤上杨花一飞,老夫就鼻渊成河。陆大夫,药茶一定要继续卖,你也千万不能离开盛京啊!"

陆曈不语。

杜长卿适时地插进来,长叹一口气:"都怪我这医馆没什么名气,陆大夫又生得实在美貌,竟无一人肯信我们卖的药茶有效。要是有一个颇有声望、又良朋众多的人愿意为我们引客就好了。可惜我这人只有狐朋狗友,名声也一塌糊涂……"

胡员外倏然一怔。

杜长卿又循循善诱:"说起来,过几日就是桃花会了……"

胡员外跳起来,拿起桌上的药茶闷头往外走,只道:"老夫知道了,放心吧,陆大夫,十日,十日以内,你这鼻窒药茶必然名满盛京!"

他匆匆走了,杜长卿抱胸看着他的背影,摇了摇头:"这老酸儒,性子惩急,难怪要生口疮。"

陆瞳重新走到药柜前坐下,阿城有些不解,看着木桌上小塔似的药罐问:"陆大夫,鼻窒药茶不是还有这么多罐吗?为何刚刚要骗胡员外说只剩几包了。"

杜长卿一脚朝他屁股踢过去,骂道:"蠢货,不这么说,那老酸儒会心急吗?"

他哼了一声:"别以为他那么好心帮忙,不过是怕往后没了药茶可喝才出手的。不过陆大夫,"他看向陆瞳,冲陆瞳挤眉弄眼,"你也不赖嘛,三言两语的,以退为进,就叫那老家伙上了火。"

"姑娘,"银筝有些担心,"那位胡员外,真的会带来买药茶的客人吗?"

陆瞳微微一笑:"会的。"

两日后,是盛京的桃花会。

胡员外这样的风雅儒人,势必会闲游观景、旗亭唤酒,届时大醉高朋间,胡员外说出鼻窒药茶一事,难免惹人好奇。

有时候文人口舌,比什么漂亮招牌都好使。

"等着吧。"她轻声道:"两日后就知道了。"

第三章 扬名

两日后,是盛京一年一度的桃花会。

落月桥中,轻舟往来如梭。河堤两岸,烟柳重重。顺着河堤往前,走约六七里,有一处小湖,湖心有一庭廊。湖亭四面停了三两只小舟,原是来观桃花会的雅士们在此聚乐。

此处幽静,四面是湖,抬眼可见河堤盛景,远处又有树树桃花动人。文人雅士最爱此处,年年桃花会湖心赏景,总要凑出几册诗集文选。

今年也是一样。

儒士文人们在此侃侃而谈,诗兴正浓之时,又一只小舟在湖亭前停下,从船上下来个人。戴着幞头,穿一身崭新栗色长衫,看上去神采奕奕,分外精神。

原来是胡员外。

湖亭众人见了胡员外,先是一怔,随即讶然喊道:"胡员外,你今日怎么好来得桃花会?"

胡员外嘴巴一绷:"我怎么不好来得?"

"你不是时年鼻窒,一见到杨花柳絮就要鼻渊不止吗?"又有一人奇道,"往年春日,你连门都不怎么出,怎么今日还出了门。这路上杨花可不少。"

也有人盯着他诧然:"也没见你拿巾帕捂着,老胡,你这……"

胡员外走到凉亭桌前坐下,矜持地一抬胳膊,待众人都朝他看来,才慢条斯理地开口:"老夫今日不仅来桃花会,还去河堤边转了几圈,上小舟之前,还在落月桥下买了碗糟鸭吃。至于巾帕嘛,"他忍着得意,淡淡一笑,"老夫鼻窒已解,自然用不着巾帕了。"

"老胡莫不是在诓人?"不等他说完,就有同座怀疑,"鼻窒向来难解,咱们多少老友正因此患,不得前来桃花会,错过文会花酒。你这如何解得?"

胡员外闻言,哼了一声:"我诓你们作甚?对老夫又没多好处。不信,你们自己去西街巷仁心医馆,买鼻窒药茶,喝个两包,就知我有没有骗人了。"

他随手扯过众人手中的诗册:"这么多年了,老夫还是第一次正经看杨花。我看今日这诗会,就以杨花为题吧!"

杨花诗会的热闹盛景,陆曈是无缘得见了。

杜长卿从前做纨绔子弟时走鸡斗狗,赏花玩柳,如今一朝从良,往日风花雪月全不顾了。桃花会那日,他躲在铺子里看了一日的账本。

虽然那账本无甚好看。

不过,即便他有情致,陆曈也不得空闲。这几日,陆曈都在不慌不忙地做药茶。

鼻窒药茶的材料并不昂贵,杜长卿便很大方,只管让陆曈放手去做。倒是银筝总是很担忧,问陆曈:"姑娘,咱们药茶做了这么多,到现在一罐也没卖出去,是不是先停一停?"

"不必。"陆曈道:"总会有人买的。"

"可是……"

话音未落,突然有人声响起:"请问,贵医馆可有鼻窒药茶售卖?"

陆曈抬眼一看,就见医馆前呼啦啦站了一群人,约莫五六人,皆是幞头长衫的文士打扮。这群人瞧见陆曈的脸,也愣了一下,似是没想到

坐馆大夫竟然是个年轻姑娘。

杜长卿将手中账本一扔，热络地迎上前来："诸位是想买鼻窒药茶？有有有，整个盛京，只有我们仁心医馆有这药茶。"

为首的年轻儒生不敢抬头看陆瞳的脸，红着脸道："是胡员外告诉我们，此处有药茶可缓鼻窒鼻渊……"

陆瞳抬手，从小塔中取出几罐药茶，放到几人面前，道："要买'春水生'么，三两银子一罐。"

"春水生？"儒生不解。

陆瞳微笑："'杨花散时春水生'，鼻窒多为杨花飞舞时征现，须近夏日方解。此药茶色泽青碧，气味幽香，形如春水。茶出，则杨花之恼自解，故名'春水生'。"

银笋和杜长卿呆了呆，那群文士却高兴起来。有人道："风雅，风雅！这药茶竟取了如此雅名，纵是没什么效用，我也要试一试的。姑娘，"他笑道，"我要两罐！"

"我也要两罐！"

"我祖父鼻窒多年，又爱诗文，这不买两罐送他岂不是说不过去？给我也来两罐！"

仁心医馆前一时间热闹起来。

黄木桌上的药茶罐转瞬成空，阿城在人群中艰难冒出头："公子们先等等，小的再去拿，别挤，别挤啊——"

……

仁心医馆这头一反常态地热闹，隔壁不远的杏林堂里，白守义正负手浇着自己新得的那盆君子兰。

幽兰芬馥，雅如君子。白守义满意地欣赏了片刻，忽然想起了什么，问药柜前的周济："对了，老周，仁心医馆最近怎么样了？"

长天似水，凌乱的好景良宵，冷桂疏萼，琴音、灯烛，月下庭院对饮的两人，乌衣子弟钟离英拔，年轻医女榴弱花娇，倒显得他们如一双相识已久的故人。

灯花笑
花时恨

灯花笑

花时恨

"不怎么样。"周济也随着笑,"杜长卿请了一个年轻姑娘做坐馆大夫,旁人如何能信?根本是自砸招牌,我听闻,自打那女人来了后,仁心医馆连买药的人都没了。恐怕再过不了多久,铺子真就砸手里了。"

白守义闻言,幸灾乐祸,大白圆脸上笑眯眯的:"这杜大少爷,就是被他爹当年宠废了。明明已经及冠却仍一事无成,手不能提肩不能扛,你说,这么好的一间医馆,没想到居然被他胡闹成这样,真是作孽。"

他装模作样地叹了口气,一手摆弄着兰花叶片,边道:"实在不成,我这个街坊也发发善心,将那医馆收了得了。回头你再去问他铺子的事,但是如今的出价可比不上半年前的价银……"

正说着,门外突然响起伙计文佑的喊声:"掌柜的,仁心医馆……仁心医馆……"

白守义举眼:"仁心医馆怎么了?"

"仁心医馆门前,来了好多人!"

"好多人?"白守义一怔,心下盘算着,"难道是那女的治死了人,病人来找麻烦了?"

年轻女大夫,自以为医术高明,实则不懂装懂,捅了篓子治死了人是常有的事。杜长卿自以为另辟蹊径,实则是自己找死,这不,麻烦上门了。

白守义心中这般想着,就见文佑支支吾吾地开口道:"不是,听那些人说,他们是去仁心医馆买药茶的。"

啪的一声。

浇花的水洒了一地。

白守义高声道:"你说什么?"

……

盛京今年的桃花会,最出名的不是湖心亭名士宴后整理的诗集,也

不是落月桥河堤畔梨园小旦班上缥缈清越的歌声,而是仁心医馆里一种叫"春水生"的药茶。

此药茶据说能极大缓解鼻窒之恼,使得春日无法出门的雅士得以再见春光。对往年因鼻渊鼻窒错过盛景的文客来说,实属地狱中的活菩萨。

何况,它还有这样一个动人的名字。

春水生,光是听名字也觉得齿颊留香。

听说仁心医馆里卖药茶的,是位弱柳扶风、雪肤花貌的年轻姑娘,这姑娘还是位坐馆大夫,就更让人心生好奇了。

于是这几日来,一半人为了看那位"药茶西施",一半人为了附庸风雅,来买"春水生"的人络绎不绝,仁心医馆门前每日车水马龙,与前些日子的萧条截然不同。

杜长卿数着进项的银子,一张脸快要笑烂,语气比吃了蜜还甜:"陆大夫,咱们这五日以来,一共卖出四十多罐药茶,刨去材料,赚了近一百两。天呐,"他自己也觉得不可思议,"我爹死后,我还是第一次赚这么多银子!"

银筝趴在药柜前,看着陆曈笑道:"姑娘说得没错,只要给这药茶取个好听的名字,果然不愁卖不出去。"

陆曈低头整理药材,闻言不甚在意地一笑。

银筝通诗文,她问银筝要了许多有关杨花的诗句,选了"春水生"作为茶名。与胡员外交好的多是些文人雅客,这些人不缺银子,爱重风雅,胡员外稍加引导,这些人便会前来尝鲜。

一传十、十传百,盛京从不乏追逐时兴风潮之人,来买药茶的只会越来越多。

再者,春水生对缓解鼻窒本就颇有奇效,只要有人用过,知其好处,必然会回头再来。

阿城将一锭锭白银收进匣子，杜长卿瞅着陆曈，瞅着瞅着，突然开口："陆大夫，我瞧你心思灵巧，纵然不做药茶，做点别的也必有作为。不如你我二人联手经商，在盛京商行里杀出一条血路，成为梁朝第一巨富，你觉得怎么样？"

他还真敢想。陆曈淡道："不怎么样。"

"怎么会呢？"杜长卿认真道，"我有银子，你有头脑，你我二人强强联手，必然所向披靡。"

银筝忍不住插嘴："东家，您要真有银子，不如先将我家姑娘的月给添一添。世道艰难，第一巨富这种事，我家姑娘可不敢想。"

杜长卿看了一眼不为所动的陆曈，"喊"了一声："我知道，陆大夫志向高洁，一心只想悬壶济世嘛。"

陆曈"嗯"了一声。

杜长卿仍不死心："陆大夫，您真不考虑考虑？"

陆曈抬眼："杜掌柜有心想这些，不如多寻点药茶材料。今日是第五日，买过药茶煎服的第一批人应当已见成效。若无意外，明日买家只会更多。"

"果真？"杜长卿闻言，精神一振，立刻起身招呼阿城过来搬药材，"走走走，阿城，咱再多搬点，别让陆大夫累着。"

他人逢喜事精神爽，边走边看了一眼外头，得意地挽了个戏腔："绝处逢生，想来杏林堂那头，如今应该气惨了也——"

……

白守义的确是淤了一口恶气。

接连几日睡不好，使得他脸庞发肿，连带着常挂在脸上的笑都有些发僵。

仁心医馆前几日突然多了一群雅士前去购买药茶，白守义叫人去打

听了一番，原是胡员外在桃花会上一番说辞引人好奇，给仁心医馆招揽了不少生意。

胡员外是杜老爷子生前好友，杜老爷死后，胡员外总是对杜长卿看顾两分。说起来，杜长卿那间破医馆若不是胡员外隔三岔五买点药材，早就撑不到现在。白守义也瞧不上胡员外，一个装模作样的酸儒，惹人厌烦的老家伙，活该讨人嫌。

是以，得知是胡员外在其中作引后，白守义很是不屑。

想来杜长卿为了令医馆起死回生，穷途末路之下找了个来路不明的女人来当坐馆大夫，又捣鼓出什么药茶附庸风雅，让胡员外帮忙。这种投机取巧的东西，糊弄一时还行，想要长久维持下去是不可能的。

心中这般想着，但不知为何，白守义总觉得有几分不安。

他在杏林堂宽敞的后院里来回踱着步，紧攥着腰间丝绦，连那盆新开的君子兰也顾不上欣赏。

似是瞧出白守义的烦躁，一边的周济安慰他道："掌柜的不必担心，这鼻窒鼻渊本就难治，咱们医馆的鼻窒药丸每年春日卖得最好。如今那些人被桃花会上文士所言吸引，买入药茶，也多是为了附庸风雅。待煎服一段时间不见效用，自然不会再买。"

白守义忖度着他这话，也觉得有几分道理："这倒是。那些读书人少有官身，一群臭读书的，常常打肿脸充胖子。'春水生'一罐三两银子，不是小钱，纵然愿意为风雅花银子，也不会愿意日日都当冤大头。"

"正是这个道理。"周济点头，"况且仁心医馆将药茶吹嘘得如此厉害，届时买回去的人喝几日，发现一无效用，都无须咱们出手，那些文人唾沫子也能将他们淹死，何须忧心？"

白守义目光闪了闪，沉吟了一会儿，伸手唤来伙计，在文佑耳边低声道："你去外头散布些流言，就说仁心医馆的'春水生'，喝了即刻能使鼻窒缓解，颇有奇效。多在市井庙口处游说。"

小伙计点点头，很快离开了。

白守义眉头重新舒展开来。

市井庙口的平民，不比胡员外这样的酸儒手头宽裕。尤其是那些精打细算的中年妇人，将银子看得很重，若花重金买了药茶却半分效用也无，只怕隔日就会闹上仁心医馆。

捧杀嘛，捧得越高，摔得越惨。

白守义咧嘴笑起来，眉眼间和善似弥勒。

街口的那间铺子早已被他视为囊中之物，他连收回来如何修缮装点都想好了，就等着拿房契的那日。

西街只能有一家医馆，至于杜长卿……

他哼了一声。

纨绔嘛，就要有纨绔的样子。

学什么浪子回头。

时日流水般过去，转眼进了三月，天气越发和暖。

杨柳青青，杨花漫漫，落月桥边丽人士子游玩不绝，对名花，聚良朋，街上香车马骑不绝，金鞍争道，将盛京点缀得红绿参差，韶光烂漫。

出行的人多，"春水生"便卖得不错。陆曈将药茶茶罐叠成小塔，置于仁心医馆最前方的黄木桌上，又让银筝写了幅字挂在桌后的墙上。

常有来买药茶的士人来到医馆，没先注意到药茶，先被后头的字吸引住了眼光。

"清坐无憀独客来，一瓶春水自煎茶。寒梅几树迎春早，细雨微风看落花。"有人站在医馆门口，喃喃念出墙上的诗句，又低声赞了一声："好字！"

陆曈抬眼，是个儒生打扮的中年男子，戴一块方巾，穿一身洗得发白的青色长衫，衣肘处藏了补丁。这男子面色窘迫，只红着脸问药柜前的陆曈："请问姑娘，这里是不是卖鼻窒药茶？"

陆曈也不多言，只示意那一叠小山似的罐筒："一罐三两银子。"

这人衣饰清贫，菜色可掬，一罐三两银子的药茶对他来说应当不便宜，不过他闻言，只深吸了口气，从怀中摸出一个分不清形状的旧袋囊，从里抖出一团七零八碎的银角子来。

阿城拿去称，三两银子分毫不差，陆曈遂取了一罐药茶给他，嘱咐他道："一日两至三次，煎服即可。一罐药茶可分五六日煎。"

儒生点头应了，揣宝贝般地将药罐揣进怀里，这才慢慢地走了。

待他走后，银筝望着他的背影，有些奇怪："这人瞧着不富裕，怎生还来买这样贵的药茶，岂不是给自己多添负担？"

陆曈顺着她的目光看了一眼，低头将罐子重新摆好，轻声道："许是为了心中牵挂之人。"

儒生离开西街，绕过庙口，进了一处鲜鱼行。

鱼行一边有数十个鱼摊，遍布鱼腥血气，此时已经收市。他小心翼翼绕开地上的污血和鱼鳞，拐进了一户茅屋。

这屋舍已经很破旧了，不过被打扫得很干净。听见动静，里头传来个老妇沙哑的声音："我儿？"

儒生"哎"地应了一声，放下茶罐，忙忙地进去将里头人扶了起来。

这儒生叫吴有才，是个读书人，本有几分才华，却不知为何，于考运之上总是差了几分运气。屡次落第，如今人到中年，仍是一事无成。

吴有才早年丧父，是生母杀鱼卖鱼一手将他拉拔大。许是积劳成疾，前几年，吴大娘生了一场重病，一直缠绵病榻。到了今年春节以后，越发严重，吴有才寻遍良医，都说是油尽灯枯，不过是挨日子。

吴有才是个孝子，心酸难过后，便变着法儿地满足母亲生平夙愿。今日给母亲买碗花羹，明日给她裁件衣裳。他不读书的时候，也杀鱼赚点银钱，有些积蓄，这些日子，积蓄大把花出去，只为了老母展露笑颜。

吴大娘病重着，时常浑浑噩噩，有时清醒，有时犯糊涂，如今清醒的时候越来越少，一连许久都认不出自己儿子。前几日与吴有才说，想去河堤上看看杨花。

看杨花不难，可吴大娘素有鼻窒，往年一到春日，巾帕不离手。就在这时，吴有才听去桃花会的士人朋友回来说，西街有一医馆在卖一种药茶，对鼻窒鼻渊颇有奇效。他闻言很是心动，虽一罐药茶三两银子，于他来说着实昂贵，但只要能满足母亲心愿，也就值得了。

他将药茶细细分好，又拿家中的瓷罐慢慢地煎了小半日，盛进碗里，晾得温热时，一勺勺喂母亲喝下。母亲喝完，又犯了困意，迷迷瞪瞪地睡下。吴有才便去外头将白日里没料理的鱼继续分了。

就这么喝了三日，第三日一大早，吴大娘又清醒过来，嚷着要去河堤看杨花。吴有才便将母亲背着，拿了巾帕替她掩上口鼻，带母亲去了落月桥的河堤。

河堤两岸有供游人休憩的凉亭，吴有才同母亲走进去坐下，边让母亲靠在自己身上，边试探地一点点挪开母亲面上巾帕。

吴大娘没流露出不适的意思。

吴有才的眼睛一点点亮起来。

这"春水生"竟真的有用！

落月桥上游人不绝，万条新绿被风吹拂，扬扬无定。吴有才一时看得恍惚，自打母亲生病后，他白日忙着卖鱼照顾母亲，夜里要点灯念书，许久不曾有闲暇时日瞅瞅风景，也就在这时，才发现不知不觉，竟又是一春了。

"这是杨花啊——"身侧有人说话,他回头,见母亲望着河堤两岸烟柳,目光是罕见的清明。

吴有才心头一酸,险些落下泪来,柔声道:"母亲,这是杨花。"

吴大娘缓缓侧头,凝神看了他一会儿,似才想起面前这人是谁:"你是有才啊。"

竟能认得出他了!吴有才一把握住母亲的手,只觉那只手骨瘦如柴,哽咽开口:"是我,母亲。"

两岸新柳翠色青青,衬得妇人鬓发如银。吴大娘笑着拍拍他的手,如幼时抚慰被先生训斥的他般柔声夸慰道:"谢谢我儿,带娘出来看杨花了。"

吴有才心下大恸。

吴大娘没注意他的神情,笑着望向远处烟柳:"说起来,你小时候最爱来河堤放风筝。每次过落月桥,总要缠着你爹买面花儿。"

吴有才哽咽着附和。

那时他尚是无忧无虑的年纪,父亲还在,母亲每每忍着鼻窒之苦,捂着巾帕陪父子俩来河堤,一面抱怨着一面替他捧着风筝跟在后头。

后来父亲去世,母亲去鲜鱼行干活,不得不每日与鱼鳞腥气为伴,他立志要读书出头,悬梁刺股,不再有时间去周遭玩乐。今日听闻母亲一言才发现,与母亲来河堤踏风逐青,竟已是二十多年前的事了。

吴有才终于忍不住落下泪来。

他望着母亲佝偻枯瘦的身体,哭道:"都是儿子不孝,这么多年,不曾考个功名让娘享福。娘为我吃苦多年,做儿子的却无以为报,只知道读几句死书,至今仍不得中……"

一只手抚上他的头。

吴大娘的笑容温和,藏着心疼,只看着吴有才柔声道:"我儿莫要这么说。论起来，是我与你爹无用，没什么可留给你的。读书是你的志向，但功名究竟是身外之物，做娘的只盼着儿子平安康健。"

"娘没念过书，但也晓得好事多磨的道理。我儿既有才，迟早能挣份前程，何必现在耿耿于怀。"

吴有才泣不成声。

吴大娘又笑道："再说了，说什么无以为报，你不是送了我好一份大礼吗？"

吴有才一愣。

吴大娘指了指自己的鼻子，笑叹道："你买的那药茶好使得很，这么些年，你娘我还是第一次这么舒坦地来河堤看花。你也莫要伤感，好生瞧瞧风景，明儿个，再陪娘来看，还要买碗滚热蹄子来吃！"

吴有才抹去眼泪，笑道："嗯。"

鲜鱼行吴家之事，陆瞳并不知晓。于她而言，吴有才不过是来买药茶的士人中，再平凡不过的一个，一朝打过照面，转眼就忘了。

她忙着做更多的药茶。

仁心医馆的"春水生"卖得比想象中还要好。

适逢春日，为鼻渊鼻窒所恼之人本就多不胜数，市井中传言煎服此药茶后，鼻渊鼻窒能大大缓解。许多人抱着试一试的心情前去买药，回头煎服个两三包，发现果有奇效。

"春水生"一罐三两银子，虽说不便宜，可对于深受鼻窒之恼的人而言，实属灵丹妙药。况且就算不买"春水生"，零零散散抓药来喝，最终价钱和"春水生"也差不离多少。那些惯会过日子的妇人一盘算，还不如买"春水生"。一来二去，"春水生"就在盛京中打下了名气，连带着仁心医馆的名字也有人知道了。

这名气也传到了殿前司。

京营殿帅府。

段小宴从门外走了进来。

少年年纪不大,模样生得讨喜又亲切,穿一身紫藤色长袍,活像殿帅府里一朵纤妍藤花,步履轻快地进了屋内。

屋子里,有人正批阅公文。

年轻人一身绯色圆领公服,袖腕绣着细致暗花。日光透过花窗落在他脸上,将他俊美的侧脸镀上一层朦胧光晕。

听见动静,他亦没有抬头,只问:"何事?"

段小宴道:"逐风哥说他要晚几日回城。"

裴云暎批阅公文的动作一顿,蹙眉问:"萧二搞什么鬼?"

"说是城外有一处农户种的梅子树差几日快熟了,滋味极好,他要在城外等梅子熟了再走。"段小宴说到此处,也甚是不解,"奇怪,从前没听说过逐风哥喜欢吃梅子啊?"

裴云暎闻言,先是怔住,随即想到了什么,失笑道:"算了,随他去。"

"太师府那头也来了帖子。"段小宴道,"要请你去……"

"不去,就说我公务烦冗。"

段小宴叹了口气:"我就知道是这样。"他有些感慨,"定是上回太师府家小姐瞧中了你的美貌,才来打探来着。都说一家有女百家求,这男的也一样啊,自打我来了殿帅府,帮你拒过的帖子没有一百也有八十了。"

段小宴望了望裴云暎那张俊美得过分的脸,这才摇了摇头:"干咱们这差事的,时不时就会英雄救美。你这英雄长得扎眼,身手又厉害,要换作是我,被救一次也想倾心相许了。说起来,这些年救下来的姑娘里,好像就上回咱们遇到的那个姑娘连谢也没道就走了。面对你这样的美色都能坐怀不乱，那姑娘还真是成大事之人。"

裴云暎嘴角含笑，望着他淡淡开口："我看你悠闲得很，恰好眼下也该宿卫轮班……"

"打住！"段小宴忙道，从怀中掏出一个巴掌大的罐子拍在桌上，"云暎哥，我可是来给你送茶的，怎能如此恩将仇报？"

裴云暎拿起面前茶罐瞟了一眼："杨花散时春水生？"

"你不知道吗？近来盛京可时兴这'春水生'。说煎服可缓解鼻窒鼻渊，奇效可观，且茶水幽碧，极为风雅。我托人买了两罐，送你一罐，怕去得晚了，仁心医馆就没得卖了。"

听到"仁心医馆"四个字，裴云暎神色微动。

片刻后，他将罐子扔回段小宴怀中："还是你自己留着吧，我不喝。"

"虽不算什么名贵茶叶，也不必如此挑剔吧，我好不容易才买来的。"段小宴撇嘴，"又没下毒。"

裴云暎嗤地一笑："那可未必。"

仁心医馆这汪春水，既吹到了相隔甚远的殿前司，自然也吹到了毗邻不远的杏林堂。

只是杏林堂里荡来的便不是春水留下的潋滟横波，反似刺骨寒风凛冽。

白守义宝蓝直裰上起了几个褶儿，没顾得上将平，往日和善的眉眼显得有些发沉。

他让文佑去市井中散布"春水生"的流言，刻意夸大药茶功效，以图买回药茶的人发现药茶名不副实，好闹上仁心医馆。未曾想几日过去了，无一人上门闹事，"春水生"却越卖越好。

那药茶，竟真有缓解鼻窒之效。

鼻窒鼻渊，向来难解，每年春日，都会有大量病者前来杏林堂抓

药。这药一喝就是两三月，杏林堂也能进项不少。

如今因"春水生"的出现，没人再来杏林堂抓鼻窒的药，杏林堂这月进项足足少了近一半。倘若先前对杜长卿只是轻蔑厌恶，如今的白守义，对仁心医馆可谓是怨气冲天。

"近日来杏林堂抓药的人少了。"白守义理着腰间丝绦，不知说与谁听，"来瞧鼻窒的病人也减了六成。"

周济心中咯噔一下。

杏林堂就他一个坐馆大夫，原先周济仗着医术高明，将医馆里其他大夫都排挤离开，因病人认他这活招牌，白守义也就睁一只眼闭一只眼。可如今出了问题，白守义的迁怒也就落在了他一人身上。

眼见着白守义心气不顺，周济只好硬着头皮道："掌柜的，那药茶我尝了几日，确有缓解鼻窒之效。或许杜长卿这回请的坐馆大夫，并非虚有其表。"

"并非虚有其表？"白守义皮笑肉不笑地瞧着他，"既然如此，当初那女人来杏林堂寄卖药茶时，你怎么不留下，反倒叫杜长卿捡了便宜？"

"我……"周济面上谦恭，心中却大骂，寄卖新药向来都是熟家供给，他一个坐馆大夫怎么做得了主，往日寄卖新药都是白守义自己点的药商。只是今日白守义想寻借口发难，他也只能咬牙忍着。

白守义这人看着和和气气，实则小肚鸡肠又刻薄。如今药茶在仁心医馆，银子便往仁心医馆流，白守义少了银子，他这个坐馆大夫又岂能有好果子吃。

周济正想着，听见白守义又在装模作样地叹气："可惜'春水生'没落在杏林堂里，否则如今赚银子的，就是咱们杏林堂了。"

春水生落在杏林堂里？

周济心中一动。

他兀自站在原地，一双山羊眼闪了闪，突然开口："掌柜的，小的有一个主意。"

白守义瞥他一眼："什么主意？"

周济道："坐馆行医需对症下药，做药茶药丸却不同，只要找出所用材料加以炮制，就可复刻同样功效之物。"

闻言，白守义眼睛一亮："你是说……"

"那女子既然年纪尚轻，必然没有行医经验，估摸只是胜在方子讨巧，本身炮制技巧并不高深。小的坐馆多年，想来要复制这味药茶，并不困难。"

周济说得自信，他的医术在盛京医行里也是排得上名号，一个年轻女子能做得出来的药茶，他岂能做不出来，是以言语间多有狂妄。

白守义默了一会儿，慢慢地笑起来。

他一笑，眉眼舒展，和气又慈善，又假惺惺道："这样的话，未免有些不厚道。毕竟这抄学的事说出去也不光彩。"

"怎么会呢？"周济佯作惊讶，"既是医方，合该互通共享，以缓病人疾厄。这是天大的恩德，是掌柜的您菩萨心肠。"

一番话说得白守义笑意更深，他亲昵地拍了拍周济的肩，叹息一声："难为你想得长远，倒是我心胸窄了。既然如此，就辛苦你操劳些了。"

周济只笑："都是小的应该做的。"

白守义点头，敛了笑意，又吩咐外头扫洒的小伙计进来。

他道："去仁心医馆买几罐'春水生'来，要快。"

又过了几日。

"春水生"的名气越发大了，无论是士人雅客，或是平民百姓，只要用过此药茶的，都昧不出良心说出不好二字。

来买药茶的人众多，做药茶的却只有陆曈一个，未免辛苦。有时候仁心医馆还未开张，清晨就有买药茶的人在门口守着。

这一日清晨，又有一小厮打扮的后生到了西街，嘴里咕咕叨叨着："老爷要买春风生？不对，是春花生？到底是春什么生来着？"

那劳什子鼻窒药茶近来盛行得很，士人中很是推崇。自家老爷惯受鼻渊之苦，听闻有此药茶，特意吩咐他来买。奈何小厮记性不好，记得头记得尾，偏不记得中间的字。

待到了西街，商铺热闹，客送人迎，小厮险些看花了眼，待再一抬头，就见离前不远处有一间大医馆，极为气派宽敞，上头写着三个字"杏林堂"。

小厮有心想问一问，遂上前问那药柜前的中年男子："劳驾，这西街是不是有一处卖鼻窒药茶的医馆？"

中年男子转过脸来，笑问："客人说的可是春阳生？"

"春阳生？"小厮茫然，是叫这个名儿吗？好像差不离，就问，"是治鼻窒的吗？"

"正是！"男子热络地将一罐药茶放到他手中，和气开口，"可缓鼻窒鼻渊，颇有良效。二两银子一罐，小兄弟要不带一罐回去试试？"

二两银子一罐，小厮奇道："不是三两银子一罐吗？你们这何时调价了？"

男子笑而不语。

"罢了。"小厮从怀中掏出几锭银子递出去，"先买五罐好了。"他心中暗喜，医馆调价是好事，回头多了的银子他自留了去，天知地知他知医馆知，总归老爷知不着。

小厮买了药茶，喜滋滋地去了。白守义瞧着他的背影，把玩着腰间丝绦，笑吟吟自语："日在上，水在下，我在你上，自是压你一头。春阳生……"

他叹道:"真是个好名字。"

这头杏林堂渐渐忙了起来,西街巷仁心医馆门前却没有往日热闹了。

除了胡员外偶尔还来买点药茶照顾生意外,鲜少有新客临门。眼见门前桌子上"春水生"的罐子渐渐又堆成了一座小塔,杜长卿有些坐不住。

他半个身子趴在桌上,看着正往罐子里捡拾药茶的陆瞳,问道:"陆大夫,你说你这药茶是不是做的时候出了点差错。先前咱们卖的那批,确实卓有成效,后头新做的几批,或许效用不如先前。否则怎么喝着喝着,还将客人给喝没了呢?"他试探地开口,"我绝对没有怀疑你学艺不精的意思啊,只是,是否有一种可能,您制药的工艺还不够纯熟呢?"

他这怀疑的语气令银筝即刻发火,立刻反唇相讥:"东家这话说得奇怪,我家姑娘炮制的药茶若真效用不佳,那胡员外何以还要继续买?纵是为了照拂医馆生意,来得也太勤了些。"

杜长卿语塞。这倒是事实,胡员外会看在他老爹的面上隔两月来买些药材,但却不会像如今这般对药茶格外上心。这几次见胡员外,也没瞧见他用巾帕捂着鼻子,鼻窒之患,应当有所缓解。

既然药茶功效没问题,为何来买茶的人却越来越少?

正苦苦思索着,阿城从外头跑进来,气喘吁吁道:"东家、东家不好了!"

杜长卿不耐烦道:"又怎么了?"

阿城看了一眼认真分拣药材的陆瞳,才小心翼翼地开口:"我刚刚去西街转了一圈,听说最近杏林堂新出了一种药茶,只需要二两银子,可缓解鼻窒鼻渊……"顶着东家越来越难看的眼神,小伙计支支吾吾地吐出几个字:"叫'春阳生'。"

银筝一愣。

既是鼻窒药茶，又是春阳生，岂不是明明白白地抄学？还比他们减一两银子，分明就是故意冲着仁心医馆来的。

杜长卿登时破口大骂起来："无耻！我就说这几日医馆生意怎么如此萧条，原来都被杏林堂截了胡。他白守义还是一如既往不要脸，用这种下三滥手段！"

杏林堂铺子大又宽敞，名声也响，但凡生人进了西街，一问之下必然先去杏林堂。客人都被杏林堂抢了去，更没人会主动来仁心医馆了。

杜长卿气势汹汹地就要往门外冲，誓要找杏林堂讨个说法，陆曈道："杜掌柜。"

杜长卿恶狠狠地看着她。

"你不会还要拦着我吧？"杜长卿一指门外，气得手都在发抖，"这是仁心医馆新制的药茶，他白守义抄学不说，还取个这样的名字，是想故意恶心谁？咱们辛辛苦苦打出了名声，全为了他杏林堂做嫁衣？我能甘心？反正药茶生意被抢，医馆还是开不下去，我到杏林堂门口臊一臊他，也算不亏！"

"然后呢？"陆曈平静看着他，"买药茶的人听了一通臊，还是会买更便宜的药茶。杏林堂进项不减，杜掌柜又能得到什么？"

杜长卿一滞。

银筝和阿城有些不安。

陆曈放下手中药茶，取过帕子擦拭手中药屑，淡淡开口："新药不同坐馆行医，只要找出方子，用同样材料，同样炮制手法，就能制出同效之物。不说杏林堂，再过几日，别的医馆也会售卖相同药茶，除了'春阳生'，还有'春风生''春花生'，杜掌柜难道要挨家挨户去臊一臊？"

杜长卿被噎得半晌无言，没好气道："那你说怎么办？总不能白白

096

咽下这口气。或者,"他迟疑地盯着陆曈,"我们也学他们降下价钱,二两银子一罐?"

"杏林堂在盛京医行声誉颇响,名声远胜仁心医馆。同样二两银子,平民只会先选杏林堂买入。低价售卖,不是长久之计。"

杜长卿更沮丧了,恨恨道:"天要绝我!莫非老天爷真要我杜长卿一辈子做个废物,不得长进?"

陆曈望着他:"杜掌柜,我说过,旁人未必会制得出我这药茶。"

杜长卿一愣。

当初在来仪客栈茶摊前,杜长卿的确预见过今日之景。当时他问陆曈,万一别的医馆学会了药茶制作,仁心医馆有何胜算。

而那时的陆曈回答——"且不论我的药茶别人能否学会,杜公子怎么不想想,我能做出鼻窒药茶,难道不会做出别的药茶",言语间胸有成竹,不见忐忑。

如今事已至此,陆曈面上仍不见半分忧色。

他想了又想,过了一会儿,才迟疑开口:"陆大夫,莫非你这药茶内藏玄机,难以复制?"

陆曈拿起面前一罐药茶,指尖拂过罐子上杨花图画,轻声开口:"想要配制相同药茶,需辨出药茶所用方子,我在药茶里添加了一味材料,旁人难以分辨。我想,杏林堂的大夫,应当也分辨不出来。"

杜长卿心中一动,喜道:"果真?"

陆曈放下茶罐,重新看向杜长卿:"杜掌柜,我若是你,与其在这里恼怒,不如做点别的事。"

"别的事?"杜长卿茫然,"做什么?"

陆曈笑笑:"当初桃花会后,承蒙胡员外引荐,'春水生'供不应求。那时市井之中传言,'春水生'颇有奇效,煎服鼻窒即缓。世上罕

有立竿见影的灵丹妙药，对一味新药而言，如此夸大效用，是祸非福。幸而'春水生'效用不假，方才撑起了名声。"

杜长卿点头，骂道："不错，也不知是哪个杀千刀的四处捧杀！"

陆瞳看着他。

对上她的目光，杜长卿怔了一下，随即神色渐渐起了变化："你是说……"

陆瞳淡道："杏林堂想复制春水生，可辨不出方子，效用便会大打折扣。短时间内尚能支撑，时间一长，买回药茶的人发现名不副实，信誉必然崩塌。"她看向杜长卿，"杜掌柜，以其人之道还治其人之身，既然杏林堂开了头，何不再为他们添一把火呢？"

"我若是你，现在就会立刻让人去市井中散布传言，杏林堂的春阳生功效甚奇，药到病除，远胜仁心医馆的春水生多矣。"

她不紧不慢地说完，四周一片寂静。

阿城和银筝目瞪口呆。

杜长卿望着陆瞳那双明亮乌黑的眼睛，不知为何，蓦地打了个冷战。

片刻后，他吞了口唾沫，小声道："好、好的……就照你说的办。"

自打杏林堂新出了春阳生后，春水生的名字便渐渐鲜少有人提起了。

一来是，春阳生与春水生，本就只有一字之差，听来听去难免混在一处。二来是，杏林堂毕竟是大医馆，又有老大夫坐镇，买药的人到了西街，一眼先瞧见了气派辉煌的杏林堂，进来买了春阳生，谁还知道有个春水生？

于是杏林堂门前日渐热闹，仁心医馆的药茶无人问津。

杜长卿见此情景，郁郁寡欢，倒是陆瞳一如既往沉得住气，每日该做什么做什么，不见半分愁色。

转眼又过了几日，这天晌午，一辆马车停在落月桥边河堤岸上，有人被小厮扶着颤巍巍地走下马车，来到了河堤边，往士人游聚的凉亭中走去。

这人约莫天命之年，一身藕荷色绸直裰，发髻梳得光亮，乌须极长，看起来十分潇洒。那群正饮食论茶的士人瞧见他，便招呼道："陈四老爷今日怎么也来了？"

陈四老爷叫陈贤，家中原是做团扇铺子起家，后来生意越做越大，陈四老爷将生意交给子女打理，自己倒是学了雅客做派，成日里游山玩水，品诗论道，誓要成为盛京第一名士。

不过盛京第一名士，遇到了春日恼人的杨花，一样没辙。

这位陈四老爷在所有士人好友里，最讨厌古板守旧的胡员外，偏偏患上了和胡员外一样的鼻窒，一到春日，苦不堪言。

前些日子，陈四老爷听说胡员外竟去了桃花会，一时十分惊讶。胡员外的鼻窒比他还要严重，桃花会上花粉飞舞，他如何熬得住？后来又听说胡员外在好友中大肆宣扬一种叫春水生的药茶，说可缓解鼻窒，胡员外就是喝了药茶，才能大摇大摆地出现在桃花会上。

陈四老爷知道胡员外这人惯爱夸张，这鼻窒属于顽瘤，向来难治，一时有些将信将疑，便令人去市井中打听，果然听说此药茶疗效显著。于是陈四老爷放下心来，令小厮去买了几包，认真煎服，想着等过几日，也能清清爽爽地追窥春光。

一连喝了五日，陈四老爷自觉应当可以了，便换了一身精心准备的新衣，佩了香袋，甚至擦了一点桃花粉，打算在诗会上好好展露自己积攒了一个冬日的才华。

他笑着轻咳一声，正欲回答，不想一阵风吹来，似有熟悉痒意倏然

而起，令他不由自主地张大嘴巴。

"阿嚏——"

一声惊天动地的喷嚏响起，众目睽睽之下，陈四老爷鼻下如飞瀑肆流，眼泪横飞，一簇鼻涕甚至飞到了最近一位年轻后生发丝上。

众人目瞪口呆地看着他。

"阿嚏——"

"阿嚏——"

"阿嚏——"

一个又一个喷嚏不受控制地从他嘴里不断飞出来，迎着众人各异眼光，陈四老爷狼狈地捂住脸向后退，而后朝着马车飞奔起来。

"老爷——"小厮在身后急切地喊。

陈四老爷眼泪鼻涕一把，心中悲愤交加。去他的胡赖子，果然没安好心！这春阳生喝了五日，一点效用也没有，方才在友人面前大出洋相，他日后怎么有脸出门了？

说什么鼻窒神药，分明是假药！

他急急忙忙上了马车，小厮从身后跟上来，小心翼翼地睨着他的脸色："老爷……"

"去胡家！"陈四老爷恨恨咬牙，"我今日非要找姓胡的讨个说法不可！"

这头陈四老爷一腔怒火，马车赶得飞快。那头胡宅门口，胡员外正拿着一卷诗文欲出门访友，还没跨出大门，就听到有人气势汹汹地喊他："胡赖子！"

胡员外脸色变了变，待转头，看见了从马车上下来的是陈四老爷，胡子险些气竖了起来，高声道："陈扇子，你混说什么？"

陈四老爷虽看着瘦弱，动作却麻利，三两步走到胡员外面前，抓住胡员外的胡须就是一通乱揉，嘴里嚷道："你这骗子，满口谎言！说什么药茶可治鼻窒，害我在友人面前丢丑。那卖药的究竟给了你多少好处，让你这样帮他骗人？"

胡员外一边奋力将自己的胡须从他手中夺回来，争辩道："什么骗子，那药茶本就颇有奇效，老夫喝了几罐，现在日日呼吸通畅，你自己鼻子不对劲，怪人家药茶做什么？有病！"

陈四老爷见他到现在都不知悔改，再想想自己方才在众人面前一把鼻涕一把泪的模样，越发生气，抓他胡须的动作陡然用力，直扯了一绺胡须下来，骂道："老骗子！"

胡员外不甘示弱，反手拽住对方乌须："死无赖！"

二人竟就此扭打在一起。

一边的小厮想要将二人分开，奈何两人明明都是半老头子，力道却挺大。胡宅门前，便响起他二人的对骂声。

"老骗子，连同医馆卖药茶骗钱，一点用都没有！"

"死无赖，将灵丹妙药说成破烂玩意儿，我看你就是想讹钱！"

"混说，那药茶喝了五日我依旧连连喷嚏！"

"胡搅，老夫只喝了三日就能杨花拂脸，面不改色！"

"春阳生一点用都没有！"

"春水生就是最好的！"

"哎？"胡员外一愣，下意识地停下动作，被陈四老爷趁机将最后一绺羊须连根拔掉，他疼得"哎哟"一声，偏还记得方才陈四老爷的话，只问，"你刚刚说什么，春阳生？"

"可不是吗？"陈四老爷脸上的桃花粉掉了一层，衣裳头发被扯得乱七八糟，手里举着一绺羊须，仍不解气，骂道，"什么春阳生，分明就是借故骂买药的人蠢样生，好歹毒的医家！"

101

"不对啊？"胡员外呆了呆，问身边小厮，"你去将我屋里那罐药茶拿出来。"又问陈四老爷，"你说你买的药茶叫春阳生？"

陈四老爷："还要我说几次！"

胡员外不言，待小厮拿回药茶罐，便将罐子举起，好叫陈四老爷，也叫围在一边看热闹的人看清楚："你看清楚，老夫买的是春水生！你自个儿买了假药，不去找那卖假药的算账，来我这里发一通脾气，是甚道理！"

陈四老爷闻言，一时愣住，下意识地想要上前看清楚那罐子："春水生？"

"陈扇子，你从前是鼻子有毛病，怎么现在连眼睛也不好使了？"胡员外冷笑，"你睁大眼睛好好看清楚，老夫这罐子上到底是什么字！"

陈四老爷亦是不可置信。

这罐子与他买的药茶罐子十分相似，做得很是小巧，上头贴张极小的白纸，用墨笔写着一首小诗，十分风雅。他当初看见这罐子时，还为这巧思赞叹了一番。

不过……

这上头确实写着春水生三字。

不是春阳生啊？

莫不是真买了假货？

陈四老爷猛地看向身侧小厮，高声喝问："你这奴才，是去哪里买了假药来混骗主子？"

小厮吓了一跳，忙不迭地跪下身来喊冤："不可能啊老爷，小的是在西街杏林堂买的药茶。那杏林堂是老字号，医馆名气很大，不可能有假货的！"

"杏林堂？"胡员外讶然，"那不是白掌柜的医馆吗？"

胡员外站在原地,神情有些发蒙。

他有些日子没去西街了,不知道西街又出了味新药叫春阳生,更不知道这春阳生是杏林堂所出。

杏林堂是白守义在经营。

胡员外对白守义的印象是个和和气气、慈眉善目的老好人,除了他家药材卖得比别家贵,对西街一些穷人来说有些吃不消外,还算是个不错的商人。

如今陡然听闻春阳生的消息,胡员外也着实惊讶。

他虽是个酸腐文人,却并不傻得透顶。春阳生和春水生只有一字之差,又都是缓治鼻窒的药茶,旁人听来听去,难免混淆,背靠杏林堂这样的大医馆,到最后,旁人多会只闻春阳生,不知春水生。

这白守义,分明就是故意要抄学仁心医馆的药茶。

抄学一事,本就落了下乘,尤其是大家都是一条街上的邻坊,抬头不见低头见。这般寡廉鲜耻之举,与白守义过去老好人形象大相径庭。

但白守义为何要这样做?要知杏林堂红红火火,白守义自己又家资丰厚,而杜长卿一个落魄公子,好容易才靠春水生扬眉吐气,眼看着医馆就要起死回生,他白守义来这么一遭。

对一个处处都比不上自己、又没什么威胁的杜长卿,犯得着往死里相逼吗?

胡员外想不明白。

正思忖着,那头的陈四老爷已经整了整衣领,跺脚道:"原来如此,必是那杏林堂学人家医馆卖药茶,学艺又不精,既是假货,还四处宣扬奇效。这等没良心医馆,本老爷今日非得上门讨个说法不可!"说罢,兀自招呼小厮起来,就要乘马车往前去。

胡员外一个激灵回过神,道:"陈兄等等!"

"干什么？"

胡员外三两步跨进马车，将他往旁边挤了一挤，这时也顾不上方才拔胡子之仇，一心只想弄清楚这究竟是怎么回事，便道："我陪你一起去！"

"你去做什么？"

胡员外摸着自己肿起来的下巴，振振有词道："春水生最先是由老夫发现推崇，如今有假货搞鬼，连带着老夫的名声也被连累，若不说清楚，岂不委屈？自然要去一去的。"

他一拂袖："走！"

却说胡员外和陈四老爷二人坐了马车，一路直奔西街杏林堂。待到了西街门口，二人方下马车，走了几步，远远地就瞧见了杏林堂那块金字牌匾。

陈四老爷深吸口气，一甩袍角就往医馆门口走，边道："这混账好大的招牌！"

胡员外赶紧跟上，又顾念着其中一条街的邻坊吵起来面上不好看，免不得要劝慰几句："好好说，千万莫打起来。"

二人正说话间，忽地一阵风旋过，从旁走来个膀大腰圆的高壮妇人，将胡员外撞得往旁边一歪。

他站住，正待发怒，一抬眼，就见那妇人气势汹汹冲进了杏林堂，一拍药柜前桌子："有没有人，给老娘滚出来！"

胡员外和陈四老爷的脚步同时一停。

这又是唱哪出？

杏林堂里间，白守义正小心翼翼地将君子兰移到了屋内。

近来盛京夜里常雨水连绵，一夜间便将院子里的芍药摧折不少。这君子兰娇贵，不敢再放在院外。

君子兰是他前些日子他花一两银子高价买来的，兰花香气幽洌馥郁，将铺子里药味冲淡了一些，深嗅一口，顿觉心旷神怡。

诚然，他最近心情也不错。

杏林堂的"春阳生"卖得很好。

同样效用的药茶，杏林堂比仁心医馆还要便宜一两银子，何况杏林堂又是声誉颇响的老店，需买药茶的人都不必衡量，自然会走进这里。

听说仁心医馆的生意一落千丈，这几日门前都没见着几个人来，想到这里，白守义便心中顺意。

杜长卿一个废物纨绔，能有多大本事。纵是一时锦绣，也不过是水月镜花，长久不了，实在不值得正眼相待。

白守义望着面前的花枝，盘算着本月进项。不得不说，这药茶颇有赚头，才十来日，已抵得上过去数月进项。药茶的材料并不昂贵，瞧着如今供不应求的模样，想来整个春季一过，杏林堂收益必定可观。

多赚些银子自然是好，待他将仁心医馆收为己有，整个西街的医馆唯他一家。届时将诊金与药材钱提高，那些平民不想买也只能买，何愁日后赚不得银子？

白守义这般盘算着，笑容越发透着股春风得意，正想着，忽听见杏林堂外头有吵吵嚷嚷的声音传来，似是有人闹事。

他眉头一皱，撩开毡帘往外看，见是个包着头巾的高壮妇人，正站在周济面前粗声喊道："叫你们掌柜出来！"

许是来扯事的，这些贱民……

白守义眼中闪过一丝轻蔑，面上却露出亲切笑意，从里间走出来，和和气气地开口："这位婶子，在下白守义……"

"呸"的一声，一口浓痰吐到了白守义脸上。

白守义惊呆了。

他在西街开医馆开了多年，又在盛京医行颇有名气，因医馆药材不便宜，来得起杏林堂瞧病的多是些富裕之家，言谈间总要顾及些体面。何曾遇过这样的泼妇？一时间竟头脑发茫，只觉一股恶心涌上胃里。

那妇人却丝毫不在意白守义神情，冲他骂道："好一个杏林堂，说什么春阳生药茶，喝了鼻窒立解，原来都是骗人的！吹得天花乱坠，害得老娘省吃俭用买了三罐回去煎服，没见着一丝半点功效，还妙手回春呢，我看是阎王爷贴告示——鬼话连篇！"

这妇人身形高壮，口齿伶俐，一番话说完，半点不带喘气，叫白守义差点端不住体面，他深吸一口气，竭力使自己语气平静，道："无凭无据，这位夫人怎可在我医馆门前随意污蔑，毁人名声？"

"名声？你有个屁的名声！"那妇人冷笑一声，言语尖利，干脆转身面对着铺面外人来人往的街道，大声喝问："有胆子你自己来问问，你这春阳生喝了，有半丝效果没有？"

杏林堂门口早因这番吵闹汇集了不少看热闹的人，陈四老爷和胡员外正躲在其中，闻言胡员外还没说话，陈四老爷仿佛得了人起头，立刻冲出来嚷道："可不是嘛！这药茶有甚效果？我依言喝了七八日，一出门，还是呛得鼻涕眼泪直流，说什么鼻窒立解，唬鬼呢！"

"一罐二两银子，花了我十两银子，钱是收得爽快，效果不见半分，还有脸说旁人污蔑？殊不知做生意的都要讲究货真价实，何况你是人命关天的医馆！"

陈四老爷过去是做生意起家，原先嘴皮子就利索，而今学了些诗文，越发咄咄逼人。

人群中也有买过春阳生的，从前只因都是四邻，抬头不见低头见，说破了难做人，买了药茶无效也就自认倒霉。如今听陈四老爷一说，有人带起了头，渐渐地，议论声就传了出来。

"说的也是,先前听传说杏林堂药茶颇有奇效,我也买了几罐来喝,同普通的鼻窒汤药没什么区别嘛,哪有吹嘘得那般好?"

"不错,我还以为是自己的问题,原来不止我一人这么觉得啊。"

又有人道:"那外头传得如此厉害,杏林堂也太名不副实了吧。"

"许是为了赚钱,你知道这些人为了赚钱,连良心都不要了。"

"啧,杏林堂这样的大医馆也会没良心……"

诸如此类的议论传到白守义耳中,白守义神色顿变。

杏林堂多年的好名声,如今却因这药茶为人诟病,这怎么了得?

他正欲开口,这时候,人群中不知有谁说话:"哎呀,一分钱一分货嘛。这杏林堂的药茶,本就是抄学人家仁心医馆的春水生。一开始颇有奇效的,也是春水生。要我说,赝品和真货就是有区别,诸位,要治鼻窒,还得去仁心医馆才是!"

"仁心医馆的春水生,才是真正有奇效的灵药!"

这声音不高不低,恰好落入众人耳中,却叫白守义目光陡然阴鸷。

仁心医馆……

他咬牙,又是杜长卿。

杏林堂这点官司风波,不过一炷香时间,便传到了仁心医馆耳中。

杜长卿恨不得叉腰大笑,眉毛几乎飞到了天上,只在医馆里来回走了两圈,兴奋道:"大快人心,大快人心啊!"

见摆放药罐的陆瞳神情不见波澜,他又觍着脸凑上前恭维:"陆大夫,你可真是料事如神,如今白守义那老混账连杏林堂大门都不敢开了,躲在屋里装孙子呢。该!这种心术不正的王八蛋,就该吃点苦头!"

阿城眨了眨眼睛:"听说好多人都去杏林堂骂假药,要杏林堂退银子。"

杜长卿冷笑:"他赚的那点银子只怕都不够赔的,杏林堂声誉受

损,这回真是搬起石头砸自己的脚,赔了夫人又折兵。"

银筝从外面走了进来,走到陆疃跟前,低声道:"姑娘,都办妥了。"

陆疃点头。

这几日,她让阿城去留心河堤那边士人游聚的情况。阿城打听消息回来,得知近来那些士人间总是争吵,原因就是春水生。

譬如本是好友的两位雅士,一人说药茶颇有奇效,一人却说药茶半点功效也无。兀自争论不休,好一点的则能发现两人所买药茶不同,坏一点的,割袍断义后都不知道自己问题出在何处,彼此都认为对方谎话连篇。

这也怪不得这些士人一根筋,实在是春阳生与春水生在杏林堂刻意诱导下,已经十分相似,旁人难以辨清。倘若市面上有这两种药茶,就免不得为人混淆。

是以,只能让春阳生从盛京彻底消失。

杜长卿给了陆疃一点银子,陆疃见时候差不多了,便让银筝去庙口寻了个农妇在杏林堂门口挑事,又买通了几个闲人混在人群里浑水挑拨,果然让杏林堂名声一落千丈。

这也是杏林堂咎由自取。

杏林堂的春阳生卖了这么些时日,究竟有没有奇效,买药之人心中应当也已经清楚。那些市井中关于春阳生的吹捧将杏林堂举到了极高的位置,平民花费银子,却买到了名不副实的药茶,自然心生怨怼。待攒够了众怒,只需轻轻挑拨,多得是人冲上前讨要说法。

最后,她让那些闲汉趁势说出仁心医馆的春水生,将春水生宣扬一波。人最怕比较,一个是稍贵却立竿见影的真货,一个是便宜却半丝效果也无的赝品,高下立见,这样一来,别说是杏林堂,想来这之后,别的医馆药铺也不敢再不自量力想要复刻这味药茶了。

既是杀鸡儆猴,也算借此扬名。

杜长卿眉飞色舞,喜笑颜开,只道:"姓白的想占咱们便宜,结果聪明反被聪明误,只怕现在躲在屋里,肠子都要悔青了吧——"

白守义肠子究竟有没有青不知道,不过这会儿脸倒是青了,是被气的。

杏林堂大门已经关上,里铺点起了灯,依稀能听到外头前来闹事的百姓呼喝声。

白守义拿帕子拭掉脸上污渍,似乎还能感觉到方才浓痰覆在脸上的黏腻感,不由又是一阵恶心。

文佑战战兢兢地瞧着他:"掌柜的,现在该怎么办?"

过去杏林堂因抓药比旁的医馆更贵,来瞧病的病人家中富裕,总要些脸面。那些平民却不同,为了银子可以豁出一切。一旦有人开头闹事要医馆赔银子,一群人就立刻拥上想要分一杯羹。

白守义都不知道竟有如此多的平民来买了药茶。前些日子春阳生名扬街巷时,他还暗中得意,如今才是悔不当初。

白守义神情阴沉,看向从药柜下爬出来的周济:"周济,这到底是怎么回事?"

周济心中叫苦不迭,赔笑道:"掌柜的,我不知道啊。"

"你不知道?"白守义早已没了和善笑容,面无表情盯着他,"是你说能配出同样的方子,怎么如今做出来的药茶效用大打折扣?让那些贱民找上门来!"

周济亦是不解:"方子没错啊,菊花、栀子花、薄荷、葱白、蜂蜜……"他絮絮地念,仍是不肯相信般,"除了这些,不曾辨出别的药材,怎么做出来的药茶不如先前?"

白守义见他如此,低声骂了一句"蠢货"。

门前挤了不少人,若非他当机立断让文佑赶紧将大门关上,外头人今日非要拆了杏林堂不可。那些贱民个个形同饿狼,分明是打定主意要借此讹人。

白守义眸色沉沉。

他在西街经营了这么些年,虽药材和诊金比其他医馆贵一点,但因名气大,时间又久,杏林堂的位置牢不可动,除了小部分穷人外,大多人看病抓药都会选择来他这间杏林堂。

眼看着仁心医馆就要倒闭,他马上就能成为西街唯一的医馆掌柜,却在这个关头吃了个闷亏。

如今因春阳生这一出,杏林堂声誉受损,待传出去,且不提别人怎么看他,光是铺子进项,也定会受损明显。

毕竟开医馆药铺,有的时候,声誉与医术一样重要。

那些贱民平民嘴又碎,谁知道会说出什么鬼话来。万一传到医行耳中,惹来什么麻烦⋯⋯

白守义咬了咬牙。

此事不仅要顾及眼下风波,还关系到杏林堂未来前途。如何处理,还需细细思量。

外头哄闹声不绝,伙计文佑小心翼翼地问:"掌柜的,咱们要在这里待多久?"

白守义厌恶地开口:"自然是等这些贱人散了。"

这些平民素日里无事可做,得了讹人机会,岂能不狮子大开口一番?他今日若回到府中,只怕接连几日都不能出门,杏林堂也暂时不能继续开张,否则只怕一开大门,那些贱民就会蜂拥而至。

看来这几日是不能开门了。

不仅不能出门,还得避着他人口舌。

白守义眼色森然,语气凉得骇人,吩咐身边周济和文佑:"再过半刻,将门打开,你俩将人引走。"

"这几日先别来医馆了,在家等着。"

第四章

万福

杏林堂这回研制春阳生,本想趁势打击仁心医馆,没想到事与愿违,终是搬起石头砸自己的脚。

自打那些士人百姓在杏林堂门口闹了一通后,一连八九日,杏林堂都没再开张。

阿城去打听消息回来,说白守义这些日子躲在白宅,大门不出二门不迈,生怕被人再一口唾沫吐到脸上。

杜长卿闻此喜讯,一扫前几日的晦气,说话嗓门都比往日响亮了几分。

他从外头进来,恰好看见陆瞳正在分拣新药,遂轻咳一声:"此次杏林堂自食恶果,亏得陆大夫心机深沉……我是说聪明,你这样为我们仁心医馆出了口恶气,我这个东家很感动。东家不会忘了你的好,待月结时,给你涨一涨月给。"

银筝闻言,立刻拉着一边的阿城道:"我和阿城都听到了,掌柜的可不能骗人。"

"放心吧。"杜长卿大手一挥,又看向陆瞳,有些好奇地问,"不过陆大夫,虽说此事是因那老梆子东施效颦而起,但你也不是什么省油灯。不过叫几个人来拱火,就叫白守义吃了一肚子闷亏。白守义可不是好对付的,你如此冷静应对,这手段可不像是普通人家姑娘能使得出来的。"

他凑近陆瞳,恍然开口:"莫非你是什么大户人家的小姐,偷偷离家出走好为体尝平民生活？"

陆瞳动作一顿。

银筝拼命对杜长卿使眼色。

杜长卿没看到银筝暗示，见陆瞳不答，兀自继续猜测："说起来，你和银筝两人上京，你爹娘都不担心，平日里也没见你写信，他们……"

陆瞳打断他的话："我爹娘已经不在了。"

杜长卿一愣。

银筝不忍再看。

杜长卿脸色尴尬起来，结结巴巴地开口："对不住，我不是故意的……我不知道……"

"没关系。"陆瞳继续分拣药茶，动作娴熟，并不受到半分影响。

杜长卿看着看着，挠了挠眉毛，小心翼翼地问："既然令堂令尊都已不在，陆大夫为何还要独自上京？要知道你们两个姑娘家孤身在外，谋生实属不易，既有医术，为何不在本地寻一医馆制药售卖，在盛京扬名可不是一件容易事。"

他这话说的也是事实。

陆瞳眼睫微动。

杜长卿这人有时候瞧着傻里傻气，有时候又精明异常。秉承师父遗志这回事，骗骗旁人还可以，杜长卿恐怕是不会信的。

她想了想，便开口道："我到盛京，是为了寻一个人。"

"寻人？"杜长卿眼珠子一转，"寻谁？心上人吗？"

银筝翻了个白眼，正想说话，就听见陆瞳道："不错。"

这下连阿城都惊住了。

"不可能啊。"杜长卿想也没想地开口，"陆大夫，虽然你性子不够温柔，不会撒娇，也不爱笑，还常常让人瘆得慌，可这模样挺能唬人。光

说外表也是纤纤柔弱、楚楚可怜的一位美人,让你这样的漂亮姑娘千里相寻,哪位负心汉如此没有眼光?"他一惊,"你不会是被骗了吧?"

"不会。"陆曈神情自若,"我有信物。"

"信物有什么用?还不及房契铺面来得实在。"杜长卿对此事十分关心,"你且说说你要寻的人姓甚名谁?我在盛京认识的朋友也不少,届时让他们帮你找找,待找到了,再和那没良心的算账。"

银筝有些茫然地看向陆曈。

陆曈想了想,随口道:"我不知他姓甚名谁,不过偶然路上相救。他说他是盛京大户人家的少爷,留了信物给我,说日后待我上京,自会前来寻我。"

杜长卿听得一愣一愣的:"所以你非要到我医馆坐馆行医,就是为了扬名盛京,好叫那男的听到你名字主动来找你?"

他连理由都帮陆曈想好了,陆曈更没有否认的道理,遂坦然点头。

杜长卿长叹一声:"我就说你是被骗了!陆大夫,你是戏折子看多了吧,路上救个人,十个有九个都说自己是富家少爷,还有一个是官家流落在外的私生子。那男的既然有心找你,为何不直接告诉你名字和家门,还让你巴巴地千里相寻。估计送你的那信物,不是块假玉就是不值钱的破指环。"

陆曈不说话,似是默认。

杜长卿又恨铁不成钢地瞅着陆曈:"我瞧你平日里生得一副聪明相,怎生这事上如此犯蠢。想来那人定是个粉面朱唇、空有一张脸的小白脸,才将你唬得昏头转向。我告诉你,像我这样长得好看的年轻男子,都是些中看不中用的绣花枕头,专骗你们这种小姑娘的!"

他这话一竿子打翻一船人,银筝听不下去,辩驳道:"也不能这样说,上回我们瞧见的那位殿帅大人,形容出众,举止不凡,身手更是厉害，他总不能是绣花枕头吧。"

闻言，陆曈神色一动，想到那人在胭脂铺里咄咄逼人的相问，动作不由停了停。

杜长卿哼笑一声："人家是昭宁公世子，怎么能和他比？"

陆曈问："昭宁公世子？"

"是啊，昭宁公当年也是盛京出了名的美男子，先夫人亦是仙姿玉色。父母出众，做儿子的自然仪容不俗。"杜长卿说到这里，有些愤愤，"人家出身公侯富贵之家，是以年纪轻轻就能一路青云直上，不过二十出头做到殿前司指挥使，纵是绣花枕头，绣的也是宝石花，这枕头也是金丝饕餮纹玉如意枕。咱们这些凡夫俗子，如何比得起？"

银筝瞅着他："杜掌柜，我怎么听你这话酸里酸气的，不会是妒忌了吧？"

"谁妒忌了？"杜长卿脸色一变，愤然反驳，"我除了出身差点，容貌与他也算不相上下吧！可惜我没生在昭宁公府，否则如今殿前司指挥，就该换人来做了。"

银筝笑得勉强："您真是自信。"

杜长卿被银筝这么膙了一下，面上有些挂不住，又匆匆教训了陆曈几句不可上了男人的当，才掩饰般地拉阿城进里间盘点药材去了。

待杜长卿走后，银筝凑到陆曈身边："姑娘方才那番寻人的话如此离谱，杜掌柜居然如此深信不疑，莫不是个傻子吧？"

陆曈道："三分真七分假，他自然辨不清。"

银筝惊了一下："莫非姑娘说的是真的？真有这么一位大户少爷被您救过一命？"

陆曈笑笑，没有回答。

银筝见她如此，便没继续追问，只望着天叹道："若真有，真希望那

是位侯门公府的少爷,也不必他以身相许,只要多给些报酬银两就是。"她倒务实,"最好是昭宁公世子那样身份的,上次见那位指挥使,他那身锦狐衣料一看就贵重非凡,为报救命之恩,一定会千金相送。"她说着说着,自己先笑起来,"届时,就能给姑娘的妆奁多添几支宝石珠花了。"

银筝这头幻想的昭宁公世子,此刻正在演武场操练骑射。

望春山脚,四面覆满白杨树林,正是春日,草短兽肥,山上旌旗飞舞,长风吹散浮云,日光遍撒长台。

空旷辽阔的演武场,有银色骏马似风驰来。

马上年轻人金冠束发,一身黑蟒箭袖,卓荦英姿,耀眼超群。他背挽雕弓,马过蹄疾,自远而近时,从背后抽出几支长箭,俯身搭弓,遥遥对于演武场正前方草靶,而后箭矢如惊电,只听得箭镞鸣响,草靶应声而中。

有少年人欢呼鼓掌声响起:"好!"

段小宴望向裴云暎的目光满是崇拜。

昭宁公世子裴云暎,生来富贵尊荣。裴老太爷当年辅佐先帝开国,先帝念其功勋,钦封爵位。到了昭宁公这一代,裴家越发繁盛,昭宁公夫人去世后,昭宁公请封十四岁的裴云暎为世子。

裴云暎身份尊贵,先夫人又只有这么一位嫡子,真要入仕,昭宁公必会为其铺行坦途。偏偏这位小世子生性叛逆,先夫人去世后,不声不响地背井离家,待再出现时,竟已成了殿前司禁卫。

人都说裴世子是沾了他爹的光,才会年纪轻轻就做了殿前司指挥使,升迁速度未免太快了些。段小宴却不这么认为,裴云暎的身手,放在整个盛京也是数一数二。而且四年前皇家乐宴那一夜,陛下遇袭,尚是禁卫的裴云暎以身相护,险些丢了性命。倘若这样也算承蒙家族荫庇，昭宁公的心怀也实在叫人佩服。

疾马如风，一路行云。年轻人神色不动，再度背抽长箭搭于弓弦，正要射出，忽见一截箭羽横生飞来，断中靶心。

段小宴一怔，下意识回头，看向箭矢飞来的方向。

从远处走来一穿墨绿锦袍的年轻男子，生得高大英俊，眉眼间冷峻如冰。这人手挽一张长弓，方才的箭就是他射出的。

段小宴喊道："逐风哥！"

绿衣男子是殿前司右军副指挥使萧逐风，前几日适逢休沐，顺便去邻县查看新军编修情况。本来几日前就该回京了，偏多延了几日。

另一头，裴云暎也回身勒马，瞧见萧逐风，不由微微扬眉。

他翻身下马，朝萧逐风走去，边走边问："什么时候回来的？"

萧逐风将袖口束紧，回道："昨夜。"

裴云暎走到树下，顺手将箭筒递给萧逐风，箭筒里还剩些没用完的羽箭，他笑着打量萧逐风一眼，调侃道："听说你为了等梅子新熟，特意在邻县多留了几日，真是用心良苦。"

萧逐风不为所动，淡淡开口："听说你在宝香楼下和兵马司雷元对上，得罪了陈家。"

裴云暎叹道："消息真快。"

"吕大山也死了。"

"知道，"裴云暎低头解下手上护腕，语气不甚在意，"敢在刑狱司动手，胆子还真不小。"

"军马监一案事关重大，此事你贸然掺入，陈家恐怕会找你麻烦，最近最好当心点。"萧逐风面无表情地提醒，"不如你也休沐几日躲一躲，或者去戚太师府上拜访一回。"

裴云暎看着他，悠悠道："我怎么听你这话，还有些幸灾乐祸？"

他将解下的护腕扔给萧逐风,"你练吧,我先走一步。"

段小宴茫然:"哎,不再多练几圈吗?"

裴云暎抬了抬下巴:"萧副使回来了,容我轻松两日。"说罢就要转身离开。

"等等。"萧逐风叫住他。

"又怎么了?"

"梅子我放在殿帅府门口了,记得拿走。"

裴云暎一顿,随即笑着拍拍他的肩:"谢了。"

春风澹荡,既吹过望春山的白杨,也吹过长兴坊白家的宅邸。

白府里,楠木云腿细牙桌上,摆着一壶茶。

茶具是描梅紫砂茶具,一整套摆在桌上,颇藏时趣。茶盘里放了些麻糖黑枣之类的点心。

从前里白守义最爱趁着傍晚坐在府内院落前,泡上一壶香茶欣赏院中风景,不过近日却没了心情。

原因无他,自从上回有人在杏林堂门口闹事,杏林堂已经七八日不曾开张了。

事关医馆声誉,白守义也不好贸然行动,只托人给医行里的官人送了些银子打点,恳求此事不要闹得更大。

不过,医行那头是压了下来,西街的风波却并未平息。

正心烦意乱着,门前毡帘被人打起,从里走出个妇人来。

这妇人身材微显丰腴,脸盘略宽,大眼阔鼻,穿一件杏黄色的素面褙子,长发挽成一个髻。

正是白守义的夫人童氏。

童氏走到白守义身边,见白守义眉间仍是郁色难平,宽慰道:"老爷还在为铺子里的事烦心？"

"能不烦心吗？"白守义脸色难看至极，"文佑早上去了趟杏林堂，门口扔的烂菜叶都有一箩筐，这样下去，什么时候能重新开门，这些日子可是一文钱都没进！"

童氏欲言又止。

白守义见她如此，皱眉问："你有什么主意？"

童氏嫁与白守义之前，家中也是做生意的，平日里白家出个什么事，白守义也愿意听她拿主意。

童氏叹了口气："老爷，此事是杏林堂有错在先，如今一味推脱反是耽误时日，反累白家声誉。当务之急是赶紧开张，同那些平民致歉，将过错引在周济身上。"

"周济？"

童氏不紧不慢开口："就说周济学艺不精，制药的时候出了差错，又被有心之人利用在市井中讹传奇效。这样，白家顶多也只是个失察之错。不过……"

白守义问："不过什么？"

"不过，要平息那些平民的愤怒，少不得银子打点。前些时日赚到的银子，须得舍出去了，不仅如此，还要多赔些，堵上那些贱民的嘴！"

白守义又惊又怒，下意识道："那可是不少银子！"

"我当然知道。可是，如今也没有更好的办法。"

白守义神情阴晦。

他杏林堂如今遭了一通罪，吃进去的全得吐了出来，却平白给仁心医馆做了招牌。何其不甘？

可是……童氏说得没错。

不能为了眼前小利毁了今后将来，杏林堂绝不能在此倒下，只有致

歉赔钱，方能挽回一些声誉。

他咬牙道："就照你说的办。"

夜里，小院里起了风。

药铺大门已经关好，院子里的灯笼亮了起来。

银筝问杜长卿讨了几个旧灯笼，用帕子擦拭得干干净净，挂在小院四角的屋檐下，天色一黑，青石地上便洒了一层晕黄。

月色如银，将小院映得雪亮，小院正中的石桌前，燃着灯一盏。

陆瞳坐在石桌前，正不紧不慢地捣药。

盛药的是一只银罐，罐面刻着宝相缠枝纹，纹饰精致繁复。捣药的药锤也是银质的，落在罐中，在夜里发出清脆撞响。

银筝从屋里走出来，手里拿着几朵新做的绢花，伸手到陆瞳鬓边比画了一下："姑娘，我新做了几朵绢花，你且试试。上回那朵蓝绒花浸了血，洗不掉不能再用了。这两朵我换了新式样，保管好看。"

陆瞳目光落在她手中花朵上，不由一怔。

她对于穿衣打扮并不擅长，毕竟常年待在山上，见不着什么人。偶尔年节时，芸娘会突然兴起，下山给她买几件衣裳，等那些衣裳实在不合身时，就会等来下一次的新衣。

芸娘最后一次给她买新衣是一年前，那之后不久，芸娘就死了。

她自己的衣裳都只有几件，首饰就更不可能有了。不过银筝手巧，总挑了同色的帕子缝了绢花之类，好教她配着衣裙穿戴。

陆瞳手中捣药动作不停，只道："其实我不需要这些。"

"怎么不需要了？"银筝兀自比画着，"你这样的年纪，正是打扮的时光。若穿得素素淡淡，岂不是白白浪费了这张脸。这些绢花材料只需几文钱的帕子就能做好，却能为姑娘增添不少颜色。"

"姑娘千万要相信我的手艺。"银筝将绢花从陆曈鬓边收了回来，仔细调整着针线，"原先在楼里，别的不敢说，穿衣打扮梳头我可是精通的。等杜掌柜发了月给，姑娘可去扯几尺轻纱，过几月要入夏了，得做两件轻薄夏衫才行。"

陆曈轻轻一笑。

银筝说着说着，又想起了一件事，看向月色下认真捣药的姑娘："我听隔壁葛裁缝说，今日杏林堂重新开张了。白掌柜主动同那些买药的百姓致歉，多赔了许多银子，还承诺日后不会再卖春阳生。那些百姓得了银子，便不再闹事，估摸着此事是要渐渐平息了。"

陆曈道："有钱能使鬼推磨。白守义选择破财免灾，是个聪明人。"

银筝瞅着陆曈脸色，有些担忧："不过，他们这次吃了亏，不会因此记恨上咱们吧？"

陆曈头也不抬，用力捣着罐中草药："记恨又如何？我既要扬名，总免不了得罪同行。仁心医馆并不出众，想要脱颖而出，就只能踩着其他医馆的招牌往上。"

"也是。"银筝叹了口气，很快又笑道，"别管怎么说，杏林堂这下可得消停好一段日子，咱们医馆也算有了名气。至少姑娘那药方别人做不出来，如今杜掌柜恨不得把姑娘供起来，这坐馆大夫的位置，姑娘是坐得稳稳当当。"

陆曈笑笑："是啊。"

如今她已是正经的坐馆大夫，仁心医馆也渐渐有了些底气，接下来，就该考虑柯家的事了。

柯家……

想到柯家，陆曈目光暗了暗。

说起来，现在的柯家，应当已经收到"王莺莺"的消息了。

盛京柯府中，柯老夫人正吃完一匣香糖果子。

蜜糕、糖酪、蜜饯，用一巴掌大的红木小匣子装起来，里头分了格子，各有各的滋味。

柯老夫人上了年纪，最喜甜烂吃食，一日要吃许多糖，大夫劝过应忌太甜，不可由着她吃，柯家大爷平日里劝说不停，可惜柯老夫人并不听，依旧嗜甜如命。

柯老夫人坐在黄花梨透雕弯纹玫瑰椅上，微阖着眼。李嬷嬷在身后替她捶肩，边有一搭没一搭地和她说话。

"老夫人，老奴晌午听大爷房里的碧情说，大奶奶又因银子的事与大爷吵架了。"

柯老夫人眉头一皱，睁开眼，脸色就沉下来，骂道："这秦氏也是，仗着自己的官老子，在家中作威作福。把个男人的钱管得这般紧，前几日我给兴儿添了几封银子，转头她见了，收了不说，还在我面前指桑骂槐说了一通，摆明了做给我看。"

李嬷嬷笑道："大奶奶出身高，难免心气儿高些。"

"什么心气儿高，就是没规矩不懂尊卑。"柯老夫人越发不悦，"要说，还不如前头那个。虽无甚依仗，又长了一副惹事的狐媚相，却好拿捏，伺候人也周到。不像这个，哪是娶了个媳妇，分明是供了个菩萨！"

李嬷嬷没敢接腔，柯老夫人自己先叹了口气："前日里去常武县打听消息的回来说，陆家的确有一门子在苏南的亲戚，也是有个什么妹妹的叫王莺莺。八九年前，还在陆家住过一段日子。"

李嬷嬷想了想："想必上回来府上的，就是那位王家小姐了。"

"你说得没错，估摸着就是来打秋风的。"柯老夫人端起茶来抿了一口，冲掉嘴里的甜腻，"可惜，要是陆氏还在，许还能给她点银子。如今秦氏当家，手头紧得一个子儿都不肯撒，要听说了先头那位的事，只怕又要闹起来。"

李嬷嬷笑道:"老夫人菩萨心肠。"

柯老夫人摆了摆手:"倒也不是我菩萨心肠,只是怕节外生枝罢了。眼下天气渐渐暖和,待过了六七月,太师府寿宴,又得咱们家送瓷器过去。兴儿平日里粗心怠懒,眼下柯家依着太师府过活,万不可不小心,否则学了那陆氏惹祸……"

她说到这里,忽而停住,不知想到了什么,眼中闪过一丝惧意。

李嬷嬷也不敢出声,静静地站在身后。

过了好一会儿,柯老夫人才摆了摆手,叹道:"罢了,你去跟万福家的说一声,我这些日子想吃落梅饼,让她早些去官巷花市收梅花吧。"

李嬷嬷忙应了:"是。"

盛京的春近了尾声,渐渐有了夏的炎意。

一大早,柯家的宅门被人推开,从里走出个中年妇人。

这妇人一身半旧蜜合色梭布裙子,头发挽成髻,圆胖身材,面善得很,臂弯里挽一只竹编的挂篮。

门房同她打招呼:"万嬷嬷。"

万福家的点头应了,一径朝官巷花市的方向赶去。

柯老夫人喜甜,万福家的做甜食手艺好,最擅长蒸造各式各样鲜花做的糕饼。近来老夫人最爱吃落梅饼,以梅花碾成汁末混入新鲜酥饼中,压成小朵梅花形状,盛在盘里,好看又好吃。

不过如今已过谷雨,眼看着再有半月要立夏,梅花早已该下市。眼下官巷花市中买的梅花是去年所存,待卖完这批,只能等今年冬日。是以,万福家的赶得早了些。

待到了官巷,还未进花市就闻得扑鼻异香。春夏花多,各处摊位上

摆着花卉、山兰、素馨、芍药、紫兰……馥郁芬芳，处处热闹。

万福家的寻了卖梅花的摊子，将这摊子上剩下的梅花尽数买完，又买了几把做甜食用的香草，方才挎了篮子往回头走。

官巷门口本就人多，车马不绝，花市人挤人。万嬷嬷才往外走，冷不防从花市外窜出来个十二三岁的乞儿，一头撞在人身上，直撞得万嬷嬷"哎哟"一声摔倒在地，不等叫住对方，那小乞儿见状不妙，一溜烟跑了。

万嬷嬷半个身子歪倒在地，只觉得脚腕钻心地疼，一时竟爬起来不得，撑着将撒出去的花草收进篮里，又低声骂了几句。

这时候，忽然听得有人在耳边说话："大娘没事吧？"

万嬷嬷抬头，看见眼前站着两个年轻姑娘。

一个穿着青色比甲，生得俏丽机灵，梳着个丫鬟发髻，另一个一身深蓝布裙，唇红齿白，肌骨莹润，正关切地望着她。

万嬷嬷这会儿脚疼得很，四周人来来往往又很是不便，就道："劳烦姑娘将我扶到巷口那块石凳上坐一会儿。"

那青衣丫鬟便笑着搀扶起她道："不妨的。"

万嬷嬷被这二人扶着走到外头的石凳上坐下，越发觉得脚腕疼得厉害，想试着站起来走走，才一用力，又疼得龇牙咧嘴。

蓝衣姑娘看了看她脚腕，摇了摇头："扭了骨头，眼下是不能走的了，三五天里也最好不要用力。"

万嬷嬷"呀"了一声，慌道："这下坏了。"

她是出来买梅花的，花市离柯家还有好一段距离，这会儿要去叫马车也赶不及。

蓝衣姑娘想了想，对万嬷嬷道："虽说扭了骨头，但用金针刺一刺，不用半日也能好。"

"针刺？"万嬷嬷疑惑,"这附近有针刺的地方吗？"

青衣丫鬟笑嘻嘻道:"我知道这附近有个仁心医馆,离花市很近,大娘要不要去看看？"

万嬷嬷一愣:"仁心医馆？"她诧然,"是不是最近卖鼻窒药茶卖得很好的那间医馆？"

丫鬟一怔,又笑道:"您也听过仁心医馆的名字？"

"那当然了,这药茶名儿近来处处都能听到。"万嬷嬷看了看自个儿脚腕,"既然都说仁心医馆做的药茶好,多半有些真本事,劳烦两位姑娘,将我送到仁心医馆。待后日我脚好了,一定好好谢谢二位。"

"小忙罢了,大娘不必挂在心上。"丫鬟笑着看了蓝衣姑娘一眼,"姑娘,咱们一起将这大娘扶着走过去吧。"

"好。"

陆瞳与银筝将伤了脚腕的万嬷嬷扶了一路,回到了仁心医馆。

杜长卿正坐在药柜前发呆,见陆瞳回来,还有些奇怪:"陆大夫,你不是去买花了吗？怎么这么早就回来了？"

一大早,仁心医馆刚开张,陆瞳就对杜长卿说自己要去花市买花,带着银筝先走了。

万嬷嬷听了杜长卿的话,诧异地看向陆瞳:"陆大夫……你是大夫？"

陆瞳颔首。

银筝笑眯眯地搀着万嬷嬷的胳膊往里走:"放心吧大娘,我家姑娘医术高明得很,那药茶就是她做的,等下给你脚腕子刺一刺,保管一会儿就不疼了。"

杜长卿尚有些不明情况,待听陆瞳说了来龙去脉以后,一言难尽地瞧了她一眼:"你倒是发善心,处处济世。"又往近凑了一凑,低声

问:"不过你真会针刺?不会是骗人吧,我先说了,要是给人戳坏了,我可保不住你。"

陆曈没搭理他,兀自去医箱里取了金针来。

外头,万嬷嬷半靠在躺椅上,望着陆曈的目光还有些怀疑,迟疑道:"陆大夫,要是不行……"

"内属于脏腑,外络于肢节。"陆曈已除去万嬷嬷的鞋袜,坐着稍矮些的椅子,将对方的腿放在自己的膝头。

只见那脚腕处肿着老大一个包,瞧着吓人,她道:"针刺后经络畅通,淤肿消退,很快就能下地,大娘不必忧心。"说罢,抬手将金针刺进万嬷嬷脚腕。

万嬷嬷满腹的话便都说不出口了。

陆曈的动作实在太快了。

银筝见状,从旁倒了碗茶递给万嬷嬷,笑道:"大娘宽心,我家姑娘既是这里的坐馆大夫,本事自然不小,且先喝杯茶缓一缓,刺完等约莫个把时辰就好了。"

万嬷嬷接过茶来,笑得很是勉强。

银筝又搬了个杌子坐在万嬷嬷跟前,与她闲话:"我刚刚听大娘的口音,不像是盛京口音,倒像是应川的。"

万嬷嬷闻言,倒是被转了注意力,笑道:"不错,我就是应川人。"

"真的?"银筝高兴起来,"我家也是应川的。没想到在盛京也能瞧见同乡,真是有缘!"

万嬷嬷亦是意外:"竟有这样的事,难怪我今日一见姑娘就觉得可亲!"

她二人同乡乍然相逢,自是生出无限亲切,立刻热络攀谈起来。银筝本来就伶俐活泼,与万嬷嬷说些家乡话儿,不一会儿就将万嬷嬷哄得心花怒放，拉着银筝一口一个"我的姑娘"喊得亲热，说到兴头上，连自己脚腕子上的金针都给忘了。

杜长卿掏了掏耳朵，对这铺子里叽叽喳喳的攀谈有些厌烦。

陆瞳却微微笑了。

自打进了仁心医馆以来，她没有一刻忘记自己的使命，从不懈怠对柯家的打听。

这妇人每隔五六日，都要去官巷花市铺子里买些花草，又说得一口地道的应川话。银筝当初沦落欢场时，认得一位家在应川的姐妹，侥幸学过几句。

于是陆瞳早早买通了庙口乞儿，去官巷花市自演了一出助人为乐的戏码。

冲撞，施善，引人，同乡，一切不过是为了故意接近这妇人的手段。

她垂着头，从绒布上取下最后一根金针，慢慢刺进万嬷嬷的腕间穴位，听得万嬷嬷笑道："我屋里人少，当家的跟着柯大老爷做事，今日一早是出来买梅花的，可惜被那小混账冲撞，梅花碎了不少。"

陆瞳刺针的手微微一滞。

须臾，她笑着抬起头来，问："柯大老爷？可是盛京卖窑瓷的柯家？"

万嬷嬷看向陆瞳："姑娘也知道柯家？"

"盛京里谁不知道柯家大名？"银筝佯作惊讶，"听说太师府里都要用上柯家的窑瓷，这是何等风光。原来嬷嬷是在柯府做事，这般体面呢。"

"都是做奴才的，说什么体面不体面。"万嬷嬷嘴上谦虚着，神情却有些得意。

陆瞳淡淡一笑。

万嬷嬷当然不是个普通奴才。

她的丈夫万福是自小跟着柯承兴的贴身小厮。

万福跟了柯承兴已有二十来年，也就是说，万福是看着陆柔嫁进柯府的，陆柔身死，万福不可能不知道其中内情。

陆曈本想从万福处下手，奈何此人生性谨慎，又寻不到由头接近，于是不得不将目光转向了万福的妻子，万嬷嬷。

万嬷嬷自表明了身份，又得知银筝是同乡后，说话便随意、亲近了些。又说到今日买梅花一事，絮絮地念叨："这梅花散了，做出的饼子味儿不对，回头夫人问起来生气，怕又是要挨一顿骂了。"

陆曈已将金针全部刺完，坐在椅子上等针效发作，闻言便笑问："不是说柯大奶奶性子温柔宽和，怎会为几朵梅花计较？嬷嬷多心了吧。"

"温柔宽和？"万嬷嬷扑哧一下笑出声来，"姑娘这是打哪儿听来的话。那一位可和温柔宽和四字沾不上边。"

陆曈目光闪了闪，疑惑问道："不是吗？我听闻柯大奶奶人品端方，又是个难得的美人，莫非旁人在诓我？"

万嬷嬷瞧着她，正要说话，突然想起了什么，兀自压低了声音："姑娘或许也听得不错，只是旁人嘴里那位，恐怕是先头那位柯大奶奶。"

"先头那位？"

"是啊，先头那位奶奶，那才是人品相貌一等一的出众哩！可惜没什么福气，过门没等多久就去了，平白便宜了现在这位。"万嬷嬷似乎对柯家新妇不甚满意，言辞间颇有怨气。

陆曈不动声色地问："过门没多久就去了？是生了病怎的？"

"是啊。"万嬷嬷叹了口气，"也不知怎么就生了疯病，明明先前还好端端的。许是不想拖累大爷，一时想不开便投了池子，多好的人，待下人也好，可惜了。"

130

她倒是真的对陆柔惋惜，却叫陆曈目光沉了沉。

柯老夫人说，陆柔是勾引戚太师府上公子不成，恼羞成怒投了池。万嬷嬷却说，陆柔是生了疯病不想拖累柯承兴寻了短见。

二者口径不一，说明同戚太师有关之事，万嬷嬷并不知晓。

柯老夫人为何要瞒着下人？除非其中有什么隐情。

看万嬷嬷的样子，并不知道实情，恐怕她的丈夫万福也不曾给她透露。

越是隐瞒，越有蹊跷。

陆曈看了万嬷嬷一眼，忽而又笑道："那柯大爷是先夫人去世不久后就又娶了这一位？如此说来，男人可真是薄情。"

"谁说不是呢？"万嬷嬷心有戚戚，"夫人六月去的，九月就在准备新夫人的聘礼。就连我们这些个做下人的也觉得寒心。"

她说着说着，似乎也感到不妥，忙又将话头岔开，引到自己身上，一会儿说自己家中那个儿子前些日子被狐朋狗友带着学会赌钱，常惹万福生气，一会儿又说新夫人管家严格，从上到下用度都很苛俭。再说到柯老夫人喜甜平日里要吃好几格子甜食。

就这么碎碎地不知说了多久，万嬷嬷忽觉自己脚腕子上的疼痛轻了些，低头一看，那肿胀已消得七七八八了。

陆曈将她脚腕上的金针一一拔去，又拿热帕子敷了敷。万嬷嬷起身活动了几步，顿时一喜："果然不疼了！"

银筝笑着邀功："我就说了，我家姑娘医术高明，不会骗你。"

万嬷嬷穿好鞋袜，称扬不已，又道了一回谢。

银筝不肯收她银子，只笑着将她往门外推："嬷嬷都说是同乡了，还说什么谢不谢的。今日在花市上遇见也是个缘分，不必说什么俗物，日后无事时，来这里陪我们说说话就好了。"

万嬷嬷本还想再谢,但看时候已不早,梅花在外放久了就蔫了,遂与银筝说笑了几句,这才提着篮子去了。

待万嬷嬷走后,趴在桌台前的杜长卿看着陆曈,哼哼唧唧道:"没想到你真会行针。不过忙活了这么半日,一个铜板都没收到,陆大夫还真是视钱财如粪土。"

陆曈没理会他,掀开毡帘,径自进了药铺里间的小院。

银筝瞪了他一眼,也跟着走了进去。

杜长卿平白得了个白眼,气得跳脚:"冲我发脾气干什么?莫名其妙。"

陆曈进了小院,走到了里屋。

窗户是打开的,梅树枝骨嶙峋,映着窗檐,如一幅朴素画卷。

银筝从后面跟进来,将门掩上,瞧着陆曈的脸色:"姑娘。"

"你都听到了。"陆曈平静道,"万嬷嬷说,柯大奶奶是六月走的。"

而常武县的人说,陆谦收到陆柔死讯时,是三月。

或许,那并不是一封记载着陆柔丧讯的不祥之信。

又譬如……

那是一封求救信。

银筝想了想:"可听万嬷嬷的意思,她并不知柯大奶奶生病的内情,她又说新大奶奶进门前,柯老夫人唯恐惹新妇不高兴,将原先夫人院子里的旧人全都换了。姑娘,咱们现在是要找那些旧人?"

"不用了。"陆曈道。

既已换人,说明柯家人想要遮掩真相。想来那些知晓真相的,早已不在人世。而那些侥幸活命的,多是一知半解,帮不上什么忙。

还得从柯承兴身边的人下手。

陆曈沉默片刻，开口问："今日听万嬷嬷说，万福儿子前些日子迷上了赌钱？"

银筝点头："是的呢，听说为这个，那儿子都挨了两回打。眼下倒是乖觉了，在家乖乖念书。"

陆曈"嗯"了一声，又问："银筝，你可会赌？"

"我会啊。"银筝想也没想地点头，"当初在楼里，琴棋书画赌鸡斗酒，都要学的。不止会赌，有时候为了骗那些傻公子的银子，还得会出千做局……"说到此处，她突然愣了一下，看向陆曈，"姑娘是想……"

有风吹来，窗外梅枝摇曳。

陆曈凝神看了一会儿，收回视线。

她道："银筝，我想请你帮个忙。"

夜里下起了雨。

雨水淅沥，打在小院里新种的芭蕉叶上，声声萧瑟。

陆曈做了一个梦。

梦里，她回到了常武县陆家的宅子，正是腊月，逼近年关，风雪脉脉。

陆柔从宅子里走出来。

长姐分明还是少女模样，却梳了一个妇人头，穿件梅子青色的素绒绣花小袄，俏丽温柔一如往昔。

陆柔见了她，便伸手来拉陆曈的手，嘴里嗔道："你这丫头又跑哪儿皮去了？娘在家叫了半日也不见回答，仔细爹知道了又要说你。等下要贴红字了，陆谦正写着，你快来换件衣裳。"

她混混沌沌，顺从地被陆柔牵着往屋里走去，听得陆柔在前面低声

说:"你这一去就是许久,这么些年来,姐姐一直把那簪子给你留着,得亏回来了……"

簪子?

什么簪子?

陆柔为何说她一去就是多年,她去哪儿了?

恍若一声惊雷炸响耳边,陆瞳猛地睁开眼。

屋里灯火晕黄,黑沉沉的天里,只有雨水滴滴答答。

她慢慢从床上坐起身来,再难入梦,只默默地望着那灯黄,一直等到天亮。

待天亮,银筝也起了榻。二人将医馆大门打开,没过多久,杜长卿和阿城也来了。

春既进了尾声,又接连下了几场雨,来买药茶的人便少了些,正是清晨,店铺里有些冷清。

杜长卿泡了壶热茶,使唤阿城买了两个烫饼来吃,权当早饭。

陆瞳走到他跟前,道:"杜掌柜,我想同你借点银子。"

杜长卿一口饼差点噎在嗓子里,好容易将饼子咽了下去,这才看向陆瞳:"你说什么?"

"我想向杜掌柜借点银子。"陆瞳道,"与你打欠契,过些日子就还你。"

杜长卿上上下下将她打量一番,哼了一声,越过她往里走,不多时,又从药柜底下摸出一把钥匙,不知从哪翻出一个匣子来递给陆瞳。

银筝觑着那匣子,试探地问:"这是……"

杜长卿没好气道:"前几日我就算过了,这两月来,刨去材料,春水生净赚两百两银子。陆大夫,虽然你的月给是二两银子,不过我也不是占你便宜之人,再者你替我教训了白守义那个老王八蛋,本掌柜很欣赏。这一百两是给你的分成。"他艰难地将自己目光从匣子上移开，很心痛似的，"也不必给我打什么欠契。日后再多做几味这样的药茶，就算回报了。"

陆瞳意外，这人平日里对银子斤斤计较，没想到这时候竟很爽快，难怪能将偌大一副家产败得精光。

她看向杜长卿："多谢。"

杜长卿摆了摆手，只顾埋头继续吃饼子。

银筝微微松了口气。

许是莫名其妙少了一百两银子，虽表面装作爽快，心中到底还是难受，这一日的杜长卿有些郁郁。傍晚天色还未暗下来，他先带着阿城回去了。

银筝把大门关上，回到药铺里间的小院，陆瞳已经换好了衣裳。

衣裳是件半旧的藕灰色素面夹袍，男子款式，是银筝从庙口卖旧衣的妇人手中收的。陆瞳将长发挽成男子发髻，只粗粗用根竹簪绾了，她生得单柔动人，这样男子打扮，越发显得白净标致，一眼就能瞧出女子身份。

银筝摇头笑道："还得涂涂粉遮掩下才行。"

又胡乱涂了些脂粉，天色已近全黑。银筝见外头店铺的大门不知何时被人挂上了一抹蓬草，便对陆瞳道："姑娘，可以走了。"

陆瞳点头，拿起竖在墙角的竹骨伞，同银筝一起出了门。

春雨清寒，总似离人低泣。

城南却很热闹。

落月桥下，画船箫鼓，往来不绝。桥栏系着几百盏牛角灯，如点点银珠，将河面照得光耀灿烂。

转过坊口,有一清河街,因地处坊间,一条街全是茶馆酒肆、赌坊花楼。达官显宦、贵游子弟常在此通饮达旦,或是会酒观花。晴夜时有烟火蔽天,处处灯光如昼,一派太平盛景风流。

今夜也是一样。

一辆马车在遇仙楼前停了下来。

从马车上下来个身穿织金云缎夹衣的年轻人,面容如珠玉俊美。他身姿笔挺,并未擎伞,低风细雨中,径自进了酒楼。

遇仙楼中一片热闹。处处酒招绣带,影拂香风。姑娘们身上胭脂香气混着酒香,将这寂寥雨夜暖得再没半点寒意。一楼的花厅里,有梨园子弟在唱《点绛唇》。

倒是十足的温柔乡、富贵场。

俊美青年进了楼里,有红妆丽人见他锦衣华服,仪容出众,遂袅袅盈盈地朝这头走来,伸手欲来挽这青年的手,却被身侧好友拉了一把,听得小声提醒:"莫去。"

丽人一怔,迟疑间,眼前人已经与自己错身而过,余光并未多看自己一眼。

她咬了咬唇,正不甘着,陡然又见那年轻人径自进了楼上雅座,脸色不由变了变。

楼上……是贵客才能去的地方。

她忙挽了好友的胳膊,急急地掉头而去。

楼上雅座里,暖玉梅花香炉里燃着沉月香。

香气馥郁,将月色云纱帐也熏得多了几分雅气。

房间布置得很清雅,矮几前摆着副绿玉翠竹盆景,菊瓣翡翠茶盅里是新鲜的云雾茶,鲜果盛在宝蓝珐琅彩果盘中,鲜艳得恰到好处。

年轻人姿态闲散,靠窗坐着,顺手撩开窗前竹帘。

从此处看去，整条清河街灯景尽收眼底。夜雨霖霖，在灯笼下碎成晕黄寒丝，一隙晕黄溜进来，将青年五官衬得越发精致夺目。

他漫不经心地侧首，看着看着，目光突然顿住。

夜深微雨，檐下宫灯似明似暗，对街热闹门坊前，有两人正在收伞。其中一人束着发髻，眉眼被灯火模糊得不甚真切，只余一双瞳眸幽深，似长夜泛着薄薄的寒。

裴云暎眉梢一动。

陆曈？

这人眉眼间，竟很似上次在宝香楼下遇到的那个大夫。

他望着灯下人，心中有些异样。

裴云暎对陆曈印象很深。

因他办差，难免遇到刀剑无眼的危急时刻，见过的女子亦不在少数。唯有那个陆曈与别的女子格外不同。

她生得很美丽，眼如秋水鬓如云，弱柳扶风，不胜怯弱，看似一阵风都能将其摧折的娇花一朵，下手却比谁都狠毒。

裴云暎见过吕大山的脸，伤痕深可见骨，没猜错的话，当时的陆曈是冲着吕大山眼睛去的。

她原本想要刺瞎吕大山的眼睛。

裴云暎垂下眼帘。

寻常女子被挟持，第一个反应不会是用绒花刺瞎刺客的眼睛。

寻常女子的花簪也不会锐如刀锋。

那三根银针哪里是花钗，分明是暗器。

胭脂铺里甜香弥漫，一大扇屏风前，芙蓉开得烂漫夺目。女子目光平静得近乎冷漠，一如她被吕大山从挟持到脱身，从头至尾，未见半分失措——

身侧有人唤他："红曼见过世子殿下。"

裴云暎收回思绪，看向来人。

是个梳着双环望仙髻的年轻女子，妃红蹙金海棠花鸾尾长裙衬得她肤色如雪，她亦生了张风情万种的脸，光是站着，也是芳菲妩媚。

遇仙楼的红曼姑娘，姣丽蛊媚，群芳难逐。多少王孙公子为博美人一笑豪掷千金。如今美人站在屋内，对着坐着饮茶的年轻人，神情是旁人罕见的恭谨，似乎含着一丝隐隐的畏惧。

红曼从袖中取出一封书信，往前走了两步，呈给裴云暎，低声道："王爷已派手下去定州寻人，军马监一案，如今陈家插手，不便行动，王爷请世子静观其变。"

裴云暎"嗯"了一声，伸手将书信接过。

红曼退到一边，恭敬地垂首等待。

裴云暎很快看完信，将信纸置于灯前烧毁，又端起桌上茶盏将茶水一饮而尽，将空盏置于桌上。

他道："这几日我不会过来，有事到殿帅府寻段小宴。"

红曼忙应了。

他起身，正欲离开，忽然又想起了什么，撩开竹帘，看向窗外的对街。

雨下大了些，门坊前空无一人，只余檐下孤灯摇摇晃晃，映照一地昏黄水色。

裴云暎问："对面是什么地方？"

红曼顺着他的目光看过去，轻声回道："是快活楼赌坊。"她见裴云暎望着窗外的神情有异，遂小心询问："世子是在这里瞧见什么人了吗？"

青年松手，竹帘落下，掩映外头一场风雨。

他笑了笑，不甚在意地开口："没什么，认错人了。"

快活楼里，总像是装满了世间所有极乐。

牌九、斗鸡、斗蟋蟀、骰子、投壶……但凡市面上有的种儿，快活楼都有了。

来此楼中玩乐的都是些赌鬼，这里并无外头的风雨寒气，只有喝雉呼卢的赌徒在牌桌上，或得意若狂，或神情疲倦。无论是贫穷抑或富贵，出自侯门公府抑或清贫之家，一旦上了赌桌，恍若褪了人皮的猴子，眼里只有贪婪与癫狂。

角落灯下桌边，正围着一群人，桌上两人对坐，一人是个穿青衣的年轻人，生得瘦弱清秀。在他对面的，则是个穿棕色褂子的男子，似乎赌得正在兴头上，虽面色疲倦，一双眼却熠熠闪光。

万全心中快活极了。

他前些日子才学会赌钱，方在兴头上，不知哪个碎嘴的告诉了他老子万福。他老子将他好一通打，关在家里消停了几日。这天，他在门前偶然听得人闲话，说巷里的赌馆算什么，清河街上的快活楼才是盛京第一赌坊。

说话之人只将快活楼说得天上有地下无，将万全勾得心痒痒，趁着这几日柯大奶奶生辰要到了，他娘他老子都要在柯府里忙生辰筵的事，万全才得了机会偷跑出来。

他一出来便直奔快活楼，一进来，果然见这里什么赌种都有。这里人多热闹，不时又有赌坊的伙计端黄酒来送与赌客喝。

酒愈喝便愈是兴起，愈兴起就愈赌愈大。

万全今日手气不错，他到了快活楼后，到现在为止，一把都未曾输过。就他对面这个姓郑的小子，带来的二十两银子，眼看着就都要输光

给他了。

那位"郑公子"似乎也觉得自己手气不佳,咬了咬牙,又掏出几锭银子摆在桌上:"啐,这样赌好没意思,不如来赌点大的!"

万全心中暗笑,这人怕是气昏了头,不过到手的肥羊焉有不宰之理,遂笑道:"赌就赌!"

"那就以一两银子为底,下一局翻番二两银子,再下一局四两银子,再下……"

"好——""郑公子"一气说完,人群中先哄闹起来。

气氛如潮,万全更没有拒绝的道理。他将袖子往上一挽,仰头喝完伙计送来的热酒,将骰子往桌上一置:"来就来!"

气氛比方才还要热闹,不过万全的好运气似乎到此为止了。

接下来,他连输几把,直将方才赢的子儿全输了出去,气得鼻尖冒汗。再看对面郑公子,一扫先前颓然,满是春风得意。

"还赌吗?"郑公子问他,眼中似有讥色。

万全有些踟蹰。

他自己的银子已全部输光,不过……怀中尚有些银票。

柯家的新大奶奶秦氏管家严苛,柯家大爷手头紧,背着秦氏有几处私产,每年还能收不少银子。柯大爷怕夫人发现,前月收了几年的租子,让万福替他收管着,那些银票加起来也有小两千。

今夜来快活楼前,万全听人说,快活楼不似普通赌坊,容不得寒酸人进入,得有千两银子方可入楼。他便撬开箱笼,将这些银子揣在身上,权当充场面,没料到进了此处,并无人查验。

如今,他输得没了筹码,只剩这些银票。

万全有些犹豫,这毕竟不是他的银子,过几日柯大爷是要问他爹拿用的。

对面的郑公子似乎等得不耐烦了，只将赢了的银子往自己包袱里一倒，哗啦啦听得人心烦，郑公子笑道："万兄还赌不赌了？不赌，小弟要回家睡觉去了——"

他面上的笑容格外刺眼，万全脑子一热，一股酒气直冲前庭，喊道："来，再来一把！"

楼上，陆曈站在栏杆前，望着正与银筝对赌的万全，微微笑了笑。

鱼儿上钩了。

柯承兴心腹小厮的这个儿子，性子并不似他爹谨慎，要接近他，比接近万福要简单得多。

她不过让人在万全门前随意说了两句快活楼的消息，万全便迫不及待地趁夜来赌坊一访风采。

银筝幼时沦落欢场，一手骰子早已玩得炉火纯青。要引出万全的赌瘾，实在是轻而易举。

芸娘曾对她笑言："小十七，我告诉你呀，你要是讨厌谁，就给那人下毒，毒得他五脏六腑烂掉，方可解恨。"

赌瘾啊……

那也是一种难解的毒。

陆曈眼神晦暗，静静注视着楼下人。

灯下的万全却开始颤抖起来。

他的好运气到头，坏运气却一眼望不见底。

对方翻番看似不经眼，却一把比一把更大，银票流水一般地泼出去。每一次他都想，下一把，下一把一定赢回来。可是下一把，财神依旧没能眷顾他。

酒气渐渐冲上头来，他面皮涨红，眼睛也是通红的，不知输了多少，再摸向自己怀中时，竟已空空如也。

没了?

怎么可能?

那可是两千两银子!

万全脑子一蒙,风把外头的窗户吹开,一隙冰凉夜雨砸到他脸上,令他方才激动的酒气散去,也略清醒了些。

"我、我输了多少?"他混混沌沌地开口。

身侧计数的伙计笑道:"您一共输了五千两银子。"

"五千两?"万全茫然看向他,"我哪来的五千两?"

他统共只带了两千两银子,哪里来的五千两?

"您银钱不够,以城中柯家府上为名,写了欠契呀。"小伙计笑得依旧热情,"您这是吃酒醉了,不记得了?"

万全如遭雷击。

他写了欠契?

他何时写了欠契!

他刚刚不过是在和郑公子赌钱,他输了很多,但五千两银子怎么会在这样短的时间里输出去?

郑公子……对了,郑公子呢?

万全抬眼看去,赌桌对面人声鼎沸,一张张嘲笑的脸正对着他,不见郑公子身影。

不对……不对……

他上当了!

小伙计笑问:"公子还玩吗?"

万全将桌子往前一推:"玩什么玩?你们这赌坊作假,出老千骗人!"

话音刚落,小伙计面上的笑容就消失了,他的声音也变得阴沉:

"公子是想抵赖了。"

"谁想赖账?"又有人声音响起,从赌坊深处走下来一身材高大的男子,这男子生得满面横肉,凶神恶煞,一看就让人心生畏惧。

万全瑟缩了一下,见这男子身后还跟着一灰衣人。灰衣人身材瘦弱,被前面人挡了一半,看不清楚面目,依稀年纪很轻。

年轻人开口说话,声音清冷,却叫万全瞬间头皮发麻。

他说:"曹爷,对方既想赖账,便按快活楼的规矩,一百两银子一根手指。"

身边小伙计踟蹰:"可他欠了三千两。"

那人淡淡开口:"那就把手指脚趾一并除了。"

第五章 威胁

柯府这几日分外热闹。

再过几日就是柯大奶奶秦氏的生辰了，同先头出身低微的陆氏不同，秦氏的父亲乃当今秘书省校书郎。秦父官职虽不显，到底也比平民高上一头，对于柯家这样的商户来说，能与这样的人家结亲，实属捡到宝了。

是以整个柯家上下都对这位新进门的大奶奶格外迁就讨好，她的生辰筵，提前半个月就开始准备。

万嬷嬷忙了一日安排生辰筵当日要用的甜食用材，万福也忙着交发器物以及周全柯大老爷宴请名单，二人忙完回到屋时，已是深夜。

万福叫万全给他倒杯水来，叫了两声没听见响儿。

万嬷嬷从寝屋走出来："全儿不在屋里。"

万福的眉毛就皱了起来，骂道："这么晚了，又跑出去厮混！"

"说不准是有事耽误了。"万嬷嬷为儿子开脱，"他又不是小孩儿，你别老拘着他。"

"这混账就是叫你惯得不成样子！"万福有些生气，道了一声"慈母多败儿"，自己先卸衣上了榻，兀自睡下了。

待这一夜睡完，再醒来时已是卯时。万嬷嬷陪小女儿起夜，睡眼惺忪地看隔壁屋一眼，万全床上空荡荡的，没见着影子。

竟是一夜未归。

万嬷嬷心中有些不安，待万福也醒了后，忍不住同他说起这回事。

万福气道:"定是宿在哪个楼里姑娘床上了,他眼下越发学得放荡,等回来看我不打死他个下流种子!"

又等了小半个时辰,府里丫鬟小厮都渐渐起来做活,万全仍是没有回来。倒是相熟的门房过来,塞给万福一封信,道:"今儿早上门口有人塞给我的,叫我拿给福叔。"

万福接着那封信,不知为何,心中陡生不安,于是快步回屋,将手中信打开。

万嬷嬷好奇,边给坐在镜前的小女儿梳头边问:"谁给的信?"

她问了一句,半晌没听到万福回答,抬头一看,就见万福脸色发白,嘴唇微微颤抖,活像是被人劈了一刀。

万嬷嬷吓了一跳:"怎么了?"

万福一言不发,匆匆进了里屋,翻倒起屋里箱笼来。箱笼藏在衣柜最底下,放着冬日的厚衣裳,素日里鲜有人翻动。如今箱笼被打开,里头衣裳被刨得乱七八糟,最下头空空如也。

追进屋的万嬷嬷见状,问:"这是在干什么?出什么事了?"

万福手在箱笼底下掏了两把,脸色越发惨白,只抖着嘴唇气道:"孽子……孽子!"

万嬷嬷一头雾水:"你倒是说明白!"

万福气怒:"你教的好儿子,昨夜偷了我给大爷收的两千两租子去快活楼赌钱,输光了不说,还欠了人三千两。人家说不交齐银子不放人,写信来要钱来了!"

万嬷嬷听闻此事,如遭雷击,一面责怪不孝子做出这等荒唐事,一面骂那快活楼吃人不吐骨头,又哭自己命苦。最后,万嬷嬷慌慌地看向万福:"当家的,你快想个办法,全儿不能一直留在那里!"

万福本就气得面如金纸,又听万嬷嬷一番哭闹,越发大怒,却又担

心着儿子。他统共就一儿一女，儿子虽不成器，到底还是流着他的血。

只是如今欠的银子实在太多，他虽是柯大老爷的贴身小厮，可柯家给的月银也并不丰厚。从前还能捞些油水，自打秦氏进门后，他们这些做下人的再难得到好处。

别说三千两银子，就算将他所有家产变卖，都凑不齐一千两。

何况，万全还将柯大老爷的两千两给挪用了……

老妻和幼女在屋中的哭声扰得万福头疼，他咬牙道："对方让我去快活楼接人，我先去求一求，看能不能缓些时日。"

万嬷嬷连连点头。

万福走了两步，又回过头来叮嘱："别哭了！那坏种用了大爷的租子，暂时还没被发现，此事莫要声张，想法子遮掩住，否则事发，我也保不住他！"

万福寻了个由头，说要出府替柯承兴买点铺子上要用的纸衬，同柯承兴告了小半日的假。得了柯承兴的应允，万福便匆匆出了门。

他心中有事，一路直奔快活楼，方到快活楼门口，门口有个小伙计拦住他，说主人在隔壁茶馆等他相见。

万福便去了伙计给他指的茶馆。

茶馆叫竹里馆，是清河街尽头的一处茶室，虽地处闹市，却由闹中取静，独独辟了一方竹林。茶室就在竹林里，清幽雅静，桌椅皆为紫竹材质。从雕花窗栏看去，院中清风寂寂，松竹青青。

万福走了进去，见这雅室很宽敞，最左边靠窗有一张桌子。桌上摆着一壶莲芯茶，两只青瓷盖碗，红漆描金梅花茶盘里盛着翠玉豆糕，颜色配得恰到好处。

似乎在特意等他过来。

屋子里没见着其他人，万全不在这里。

万福在桌前坐下，方坐稳，就听见一个女子的声音："万老爷来了。"

他心中本就紧张，闻言吓了一跳，下意识去寻声音来源。才发现这雅室中右面垂下的青色纱竹帘后，竟影影绰绰显着一个人影。

这纱帘后坐着人。

他慌张一刻，反而慢慢镇静下来，道："不敢称老爷，小姐是……"

"令郎欠我三千两银子未还，不得已，只得寻万老爷前来相商。"那人慢慢地说。

万福心中一紧。

他听这纱帘后的人声很是奇异，依稀是个女声，但不知因为这雅室回音的关系，还是因为别的什么，对方声音含混沙哑，似磨了沙般粗糙，一时听不出年龄。

他左右看了看，试探地问："敢问万全如今……"

"万老爷放心，他很好。"对方声音平静，"令郎如今在一处安全的位置，正等着万老爷拿钱来赎。"

万福心下稍宽，踌躇片刻，赔笑开口："小姐心善，任小的那不孝子玩闹。只是家中贫寒，一时拿不出三千两银子，可否容小的缓缓，先将那不孝子接回去，等凑齐了银子，再给小姐送来可好？"

屋子里静了静。

万福心中正七上八下着，听得竹帘后的人开口："万老爷想得很好，不会是想先将人领回去，再寻个借口以柯家之势强行赖掉那三千两欠账吧？"

万福心下一沉，他的确是这么想过。柯家虽不是官家，但如今因和太师府攀上几分关系，说出去唬唬人也是够的。

届时这账，也说不准能赖掉。

不等他说话，帘后人又笑了一声，笑声似含淡淡讽意："且不说你能不能赖下三千两的欠契，就算赖下了，令郎挪用的两千两私产，要是被柯大老爷发现了，恐怕也免不了死罪。"

万福顿时失色。

自打秦氏进门，柯承兴统共就这么点私房银子，要是被柯承兴发现，万全怎么躲得过？

不过……这女子怎么知道万全是挪用了大爷的私产？

有什么东西从心头飞快掠过，不等他抓住，万福又听见对方开口。

"万老爷，闲话少叙，我想问你几个问题，如果你回答得好，我就当着你的面将欠契撕掉。我与令郎间的债务一笔勾销。"

万福闻言，眼睛一亮，顾不得细想方才异样，忙道："小姐请问。"

帘子里的人影抬手，端起茶盏来饮了一口，衣袖拂过桌面，发出窸窣碎响，挠得人心忐忑。

一片寂静中，女子开口了。

她问："柯家先大奶奶陆氏，是被你们大爷杀害的吗？"

万福大惊。

他攥着拳，险些从椅子上跳起来，只道："怎么可能？"

帘后人轻声开口："如此说来，她是被太师府的人杀害的了。"

此话一出，万福猛地抬头："你怎么知道太师府？"

四周悄然无声。

万福突然反应过来方才心中那丝异样从何而来，他看向淡青色的竹帘，恨不得将帘后人看个清清楚楚："你是谁？"

这人上来就问陆氏的事，言谈间又提及太师府。再想想万全素日里虽不像话，却也不会好端端地输掉几千两银子。

但若是被人引着去的就不一样了。

对方分明是有备而来，恐怕设这么一出局，全是为了此刻。

"你是故意引全儿去快活楼欠下巨债，你想对付柯家？"万福咬牙，"你到底是谁？"

竹帘后，陆瞳垂眸看着眼前茶盏，讽刺地笑了笑。

万福是柯承兴最信任的小厮，听万嬷嬷同银筝说，秦氏进门前，柯家曾换过一批下人，尤其是陆柔和柯承兴院子里的。

万福是唯一留下来的那位。

这位心腹年纪不小，除了忠心外，口风还很紧。或许正因如此，柯承兴才会在陆柔死后仍将他留在身边。

陆瞳慢慢地开口："万老爷，我是谁并不重要，重要的是，令郎如今的安危系在你一人身上。"她声音似含蛊惑，"你只需回答问题，三千两的欠契就能作废。你若不回答……"她叹息一声，"万老爷不妨低头，看看桌屉里是什么。"

万福下意识低头看向黑漆彭牙四方桌，抽出扁扁的桌屉一看，里头躺着一方雪白绢帕。万福打开绢帕，随即"啊呀"叫了一声，险些从椅子上滚落下来。

那方雪白绢帕上，竟然躺着一只血淋淋的断指！

"全儿！"

万福喉间逸出一丝悲鸣，眼泪顿时似断珠滚落，捧着那截断指痛哭起来。

正当他哭得悲愤难抑时，听得帘中人声音传来："万老爷先别哭，不妨再仔细瞧瞧。"

万福倏然一滞，再凝神去看，忽然一喜，喊道："不对……全儿小指上有颗黑痣，这手指上没有，这不是全儿的小指！"

帘后人笑着开口："万老爷爱子之心，令人感动。先前不过是与万

老爷开个小玩笑罢了。这断指,是快活楼另一位欠了赌债的公子所抵。"

"万老爷恐怕还不知快活楼的规矩,欠债一百两,则断一指。令郎欠下三千两,削去手指脚趾,也还余一千两未还。"

"如今我与万老爷在此商议,我的人还守着万少爷,倘若咱们没能谈拢,一炷香后,我的人没见我回去,便也只能照快活楼的规矩办事了。"

帘后人又问:"其实我也很好奇,不知万老爷究竟是忠心柯大老爷多一点,还是更心疼儿子多一分?"

万福面色灰败。

倘若先前他还有一丝犹豫,想着与这人周旋,说些胡话来敷衍对方,眼下真是一点对峙之心也无了。那截断指摧毁了他所有防线,令他瞬间溃不成军。

倘若万全真被剁了手指脚趾,可就真成了个废人了!

他颓然看向帘后:"小姐究竟想知道什么?"

屋子里寂然一刻。

须臾,帘中人声音再次响起:"我要你告诉我,柯大奶奶陆氏究竟是怎么死的。"

万福闻言,心中一震,目光闪烁几下,才斟酌着语气道:"大奶奶生了病……"

"我看万老爷不想与我谈了。"帘后人断然起身,就要离开。

"等等!"万福忙叫住她,咬了咬牙,才道,"其实小的也不知道。当时……当时小的没进去。"

帘后人动作顿了顿,重新坐了下来。

万福松了口气,复又叹道:"那已经是大前年的事了。"

永昌三十七年,新年不久,惊蛰后,万福随柯承兴去铺子上送年礼。

柯家行商,原先在盛京也算颇有名气,只是后来柯老爷去世后,府中瓷窑生意便一落千丈。不过瘦死的骆驼比马大，虽不如以往，但也还能撑得过去。

每年新年过后，商行都有春宴，宴请各家大商户。

柯承兴也要去应酬。

应酬的酒楼就在城南丰乐楼，柯承兴酒量不好，席间有些醺醺，吃醉了便打发万福回去叫陆氏煮点醒酒的乌梅桂花汤来。

万福劝了几次，没劝动，只得回了柯家。

陆氏听闻，倒是好脾气地应了，大晚上的，急急忙忙煮了醒酒汤，又乘马车去了丰乐楼接人。丰乐楼的人说柯承兴吃得烂醉，先在楼上的暖阁里宿着。陆氏就带着丫鬟上了楼。

因万福是小厮，不便跟上去，遂将提前准备好的春礼先送给商行里的人，待周全了礼仪散席，估摸着柯承兴也该酒醒了，就去了楼上的暖阁。

楼上暖阁里没人，万福找到了柯承兴，柯承兴醉得烂泥般，四周却不见陆氏的影子。

万福当时就有些着慌，四面去找，结果在最靠近尽头的一间暖阁里找到了陆氏。

万福回忆起那一日的画面，声音不觉抖了抖："当时……当时大奶奶浑身是伤，额上还在流血。她的大丫鬟丹桂就在地上，已经没气了。"

他吓得就要大叫，那里头却踉跄走出个人来，是个衣着富贵的公子，神色恍惚不定，只笑嘻嘻瞥他一眼。他有心想要追上去，不知为何却有些害怕，一面又听榻上的陆氏传来气若游丝的喊声，便暂且抛了那头先去管陆氏。

再没多一会儿，柯承兴也醒了。万福心知出了大事，不敢耽误，忙将此事告知柯承兴。柯承兴听闻此事后勃然大怒，就要去找丰乐楼掌柜寻始作俑者。万福要看着陆氏，没敢跟上。

屋子里静得很，帘后人平静问："然后呢？"

万福吞了口唾沫："大爷寻了掌柜的，不多时又回来，神情很古怪，没说什么，只让我赶紧将夫人带回去。"

他心中隐隐猜到了什么，也不敢多问，便将陆氏带回柯家。

然而陆氏回家时衣衫不整、伤痕累累的模样难免惹人怀疑。府中便有人悄声议论。

再然后，那些议论的丫鬟小厮，不是被打死就是被发卖了。

府中上下明令禁止再提此事，万福也不敢多说。

"陆氏如何？"帘后人问。

万福道："大奶奶……大奶奶总是闹。"

陆氏当日那般情态，任谁都会猜度几分。一开始瞧她被送回来时奄奄一息的模样，众人还猜测她是活不成了，没想到过了些日子，竟慢慢地好了起来。

但好起来的陆氏，开始频繁地和柯承兴吵架。

她吵架时声音很大，甚至称得上歇斯底里，口口声声说太师公子玷污了她。外头渐有风言风语传出，为免招麻烦，柯老夫人就令人对外宣称，是陆柔不守妇道，勾引太师府公子不成倒打一耙。

"我们这样的人家，如何敢与太师府对着干？要是被太师府知道大奶奶在外乱说，整个柯家都要跟着遭殃。"万福下意识地为柯承兴辩解。

帘后人声音淡淡："不只是这样吧。柯大爷是个男人，为了避祸却主动将绿帽往身上揽，看来是要命不要脸。"

万福噎了一噎，一时没回答。

帘后人继续问："然后呢？以免招惹口舌，柯大爷杀了陆氏以绝后患？"

"不是的！"万福忙道，"不是这样。"

"本来大爷只将大奶奶关在家里,不让她出门,对外称说大奶奶突染疯疾。可是后来……后来……"他有些迟疑。

"后来怎样?"

万福踟蹰许久,终是开口:"后来又过了几个月,查出大奶奶有了身孕。"

砰的一声。

茶盏倾倒在桌上,滚热茶水翻了一地,打湿女子霜白的袖口。

陆瞳缓缓抬眸:"你说什么?"

万福觉得有些冷。

雅室的香炉里点了明檀香,香气馥郁清雅。帘后人声音平静,却又古怪粗粝,拂过人身,让人即刻起了一层细小的鸡皮疙瘩。

万福定了定神,继续道:"郎中确定大奶奶有了身孕那一日,大爷和老夫人都慌了神。"

"当天夜里,有一辆马车来到府上,来人见了大爷,和大爷说了些话。时候不长,只有一炷香左右。"

帘后人问:"来的可是太师府的人?"

"小的没进屋,不知对方什么身份。"万福顿了顿,又怕帘后人不满意,忙补上一句,"不过来人走时,大爷送到门口,估摸身份应当不低。"

"第二日,大爷又和大奶奶吵架,小的在门外听见大爷责骂大奶奶,说大奶奶先前买通了府里下人往外面送信。他俩吵得很凶,我本来想去劝,大爷连我一块骂出去,我便只好去找老夫人来。谁知……"

万福眼底闪过一丝惊悸。

他想起那一日自己带着柯老夫人匆匆来到院子里的情景。

已近夏日,满院红蕖灿然艳丽,一片碧绿涟漪中,有人的雪白衣袂起伏漂浮,如一方素白缟色,凄艳又悚然。

陆氏投了池。

人捞上来的时候已没气了,柯大爷跌坐在一边,神情如纸般苍白,嘴里不知在喃喃什么。

柯老夫人嫌不吉利,又怕外人多舌,很快将陆柔收殓入葬了。这之后,府中便不敢再提起陆柔的名字。

帘后人道:"柯承兴杀了陆氏。"

"没有、没有!"万福惶然喊道,"大爷很疼大奶奶!"

对方讽刺一笑,提醒:"但柯家在陆氏死后,立刻与太师府搭上了关系。"

万福说不出话来。

这是事实。

陆柔死后不久,就是太师府大人生辰,不知为何,那年太师府独独点了柯家的窑瓷杯盏碗碟。柯家窑瓷在盛京算不上独一无二,无论如何,太师府也不该瞧上柯家。

一夜间,柯家被商行奉为上宾,铺子里的生意比柯老爷在世时还要更上了一层楼。

一切就是从陆氏死后发生的……

万福从不往这头想,不是因为他想不到,而是因为他不敢想。

若陆氏真是被柯承兴所杀……

帘后人又问:"陆氏的兄弟又是怎么回事?"

万福本就心乱如麻,闻言一愣,对方竟连陆谦的事也知晓?

他本能地感到不安,不愿再继续说下去,却见帘后人的影子晃了晃,有什么窸窸窣窣的声音响起。

"万老爷,欠契在此。你我的这场交易,还有半炷香时间。"

万福下意识看向香炉前,明檀香燃了一半,还剩半截。分明是宁心静气的香气,却叫他越发惶惶。

只是万全如今还在对方手中……

万福心一横,咬牙道:"陆家二爷的事,小的也不是很清楚。只是大奶奶入葬后不久,陆二少爷就找到了柯家,小的听闻他去同大爷和夫人闹了一场,之后就不欢而散……再然后,小的听说陆二少爷犯了事,审刑院的详断官范大人治了他死罪。再后来,就没怎么听闻他的消息了。"

帘后人沉默。

万福看向帘后,语气一片恳求:"小姐,小的就知道这么多了,求你放过全儿吧!"

他起身走到帘后,不敢贸然掀开竹帘去看对方的脸,只咚咚朝人影磕了几个响头。

对方叹息一声:"万老爷说的话,虽不真切,勉强也有些分量。既如此,这张欠契就还你。"

只听嘶——的一声,竹帘被人从一旁撩起,一只雪白的手从里伸了出来,还未叫万福看清,就有两张雪片从帘后飘飘摇摇地落到他脚边。

万福捡起来一看,竟是万全写的三千两欠契,被撕成两半。

他心中一喜,忙又将那欠契撕得更碎,再把碎纸揣进袖中,又央求道:"小姐,那全儿……"

帘后的人影捧起茶,不紧不慢地喝了一口,才道:"万老爷,我刚刚说,你说得好,便将欠契撕了。但我没说过,你说得好,就放人。"

万福脸色一变:"既没有欠债,快活楼焉有不放人的道理?就算是赌坊规矩,欠债已清,莫非还要一直扣着人不成?"

帘后人轻笑道:"万老爷不必生气,不提别的,你真的觉得,令郎现在归家,是件好事吗?"

"什么意思?"

"万老爷似乎忘了,三千两的欠契作废,可令郎实实在在挪用了柯大爷私产之事不是假的。以万老爷之家资,要凑够两千两好像有些困难。偷窃主子财物的奴才,一旦被发现,打死也是轻的。又或者,"她笑道,"万老爷与柯大爷主仆情深,万老爷笃定就算柯大爷发现自己银子没了,也不会怪责令郎,放令郎一条生路?"

万福手心登时冒出一层细汗。

柯承兴会放万全一条生路吗?

不会的,或许从前会。但如今秦氏管家,柯承兴手头紧得很,这两千两银子好不容易瞒着秦氏藏下来,要是被柯承兴发现,别说是万全,就算是他也吃不了兜着走。

帘后人又道:"或许万老爷想,不如将今日与我见面一事对柯大爷和盘托出,或许柯大爷会体谅你的苦衷,与你一致对外,反将令郎的错处轻轻揭过。"

万福心中一跳,他的确是这样想过。对方既是冲着柯家而来,对万全设局,将此事告诉柯承兴,或许柯承兴会放他们一线生机。

他看向帘后的人影,心中不免有些骇然,这人……怎会如此度量他心?

对方轻轻一笑:"万老爷真是忠心,或许正因如此,柯大爷才对你如此看重。不过,陆氏死后,柯大爷还能留你在身边,正是因为你从不多问陆氏有关,口风也严,哪怕对着你的妻儿都不曾吐露一言半句。"

"今日万老爷将此事告诉我,或许柯大爷会想,你将此事告诉我,难不成就没有告诉过别人?也许令正、令郎也都听过此事。"

"就算真没有也没关系,只要让柯大爷如此觉得,就可以了。"

"柯家往日伺候陆氏的那些丫鬟,万老爷不是已经亲眼见到其下场了吗?"

她一席话说得万福骨寒毛竖，惊魂魄散。

要是让柯承兴怀疑万全也知道了此事，无论如何，万全都逃不过一死了。

这人从一开始就对他势在必得。

万福委顿在地。

凡所作为，必为利益图谋。对方对柯家事了如指掌，又步步紧逼，分明是要利用他来对付整个柯家。说起来，柯家自打攀上太师府开始，瓷窑生意蒸蒸日上，眼红的同行不在少数，或许是得罪了什么人也说不定。

这人想用陆氏之死来对付柯家，他一个做奴才的只能任人摆布，甚至今日这竹帘后的女人，也许只是个喽啰，背后真正的主子甚至都未露面。

万福面如死灰，失神地问："小姐想要做什么？"

"我想请万老爷为我做事。"

"万老爷若答应，我便让人好好照顾令郎，直到此事彻底平息。"

"若不答应也无妨，我会在今夜将令郎送回，同时告知柯府令郎挪用私产赌钱一事，顺带当着令郎的面提一提陆氏。"

万福猛地抬头。

帘后人声音不疾不徐："万老爷放心，我不会伤害令郎，也不会对你咄咄相逼。万老爷可以回去好好想想，想好了写信送到快活楼。"

陆曈起身，影子在青色竹帘后勾勒出一抹蒙眬暗迹。

"但我这人耐心不足，等不了太久。"

"所以，"她淡淡开口，"明日酉时前，给我答案。"

陆曈戴上幂篱，出了竹里馆。

银筝从外头迎上来，走到陆曈身侧，低声道："姑娘，银票已经尽数交给曹爷了。"

陆曈点头:"好。"

快活楼的曹爷,原本无赖出身,不知从哪得了运道,攀上了贵人,得以在城南的清河街开了一处赌坊。

曹爷从前就是在赌场放债吃利钱起家,胆子本就大,如今有贵人在身后撑腰,更不将人放在眼里。当日陆曈去赌坊,曹爷不是没看出来银筝出千设局,不过,当陆曈将银筝赢来的两千两银票交给曹爷时,曹爷便很乐意帮陆曈这个忙了。

曹爷只要银子,至于底下的暗涌官司一概不管。何况能在城南开赌坊的,背后焉能没有大树倚靠?就算万全搬出柯家,可万福终究只是柯家的小厮。

一个小厮,曹爷还真不放在眼里。

有关曹爷的事,是先前在医馆里无事闲谈时,陆曈从杜长卿嘴里得知的。他从前是浪荡子,盛京但凡有个青楼赌坊,他比谁都门儿清。他随口那么一提曹爷的话,却叫陆曈记在了心上,于是设了这么出局,请万全入瓮。

如今曹爷得了偌大一笔银子,便顺水人情帮着陆曈扣下万全,也叫陆曈省了许多事。

银筝看先前喊来的马车已经到了,忙拉着陆曈一道上了马车。

马车在盛京街道上转了好几圈,陆曈与银筝又倒换了几次,确定无人跟在身后时,二人才姗姗回到医馆。

医馆里,杜长卿正趴在药柜前看雨,见二人回来,便抬一抬眼皮子,抱怨道:"陆大夫,大雨天还往外跑,你也不怕湿了鞋。"

银筝一边收伞,一边瞅着他:"反正医馆里这几日买药茶的人少,杜掌柜一人就够了。我陪姑娘出去走走,恰好瞧瞧盛京的雨景。"

杜长卿呵呵笑了两声:"还挺有雅兴。只是真想赏雨,何不到城南遇仙楼去赏？那楼上临河见柳，一到雨天，烟雨蒙蒙，河水都是青的，要是找个画舫坐在里头就更好了，请船娘来弹几句琴，再喝点温酒，叫一碟鹅油卷，那才叫人间乐事……"

他兀自说得沉醉，一抬眼，发现面前空无一人，唯有阿城指了指里间，对他眨了眨眼："她俩进去了。"

杜长卿恼道："没礼貌，倒是听人把话说完啊！"

陆瞳此刻着实没什么心情听杜长卿的显摆。

绕过小院，进了屋，银筝帮陆瞳将被雨打湿的衣裳脱下，换了一身灰蓝的素罗薄衫，又将湿衣裳拿到檐下里去洗了。

陆瞳在桌前坐了下来。

桌上的竹节旧笔筒里斜斜插着两只狼毫，窗前摆着笔墨。

这是银筝从屋里的黄木柜格子中翻出来的，许是从前住在这里的主人所留旧物。银筝有时候会在窗前写字，映着梅枝，临风伴月，颇有意趣。

陆瞳很少写字。

大多数时候，她都在院子里碾药，今日却坐在桌前，取了纸笔，又蘸了墨，写了个"柯"字。

字迹与银筝的簪花小楷不同，非但不娟秀，反而十分潦草狂放。

陆瞳望着那个"柯"字，微微失神。

父亲是教书先生，家中三个孩子课业皆由父亲亲自启蒙。陆柔的字温润闲雅、秀妍飘逸，陆谦的字结体谨严、遒劲庄重，唯有陆瞳写字胡画一气，喜怒随心。

父亲总被她交上来的书法气得跳脚，愈罚愈草，愈草愈罚。于是陆谦背着父亲寻了一本字帖，偷偷塞给她道："这是名家程大师的字帖，他的字诡形怪状，志在新奇，比别的字帖更适合你。你好好写，别再乱画了，省得爹成日骂你，听得人心烦。"

陆曈翻看那字帖，果真甚合她意，于是将字帖翻来覆去地摹，都快将帖子摹烂了。后来她才知道，那字帖贵得很，足足要一两银子，陆谦为了攒钱买这本字帖，替家中富裕的同窗抄了整整半年的书稿。

陆曈望着白纸上的黑字。

那本字帖早就不知道遗失到哪里去了，但如今一落笔，竟还是当年的字迹。

她默默看了一会儿，又提起笔，在"柯"字后添了"戚太师"与"审刑院"两个名字。

今日她见了万福，万福虽有所隐瞒，但很明显，整件事情的脉络已经非常清晰了。

永昌三十七年，惊蛰后的三月，陆柔在丰乐楼中不幸遭遇太师府公子凌辱。

柯家畏惧太师府权势，将此事按下，甚至为求发达，不惜变作伥鬼，将陆柔锁在家中，诬蔑她染了疯病。

但陆柔并非逆来顺受之人，遭此横祸，无论如何要讨个公道，更不愿意被当作疯子囚禁于柯府之中，于是写信寄往常武县向陆谦求助。

陆柔写信一事不知为何被柯承兴知道了，同时柯家发现陆柔有了身孕。同年六月，太师府的人同柯家施压，于是柯家，或者说柯承兴杀陆柔灭口。否则无论如何也无法解释为何前一日太师府来人，第二日陆柔就投了池，并在陆柔死后不久柯家的窑瓷生意得太师府中看重。

种种行径，更像是太师府威逼利诱，以陆柔性命换取柯家腾达。

陆柔死后不久，陆谦进京，先去柯家质问陆柔之死，之后不久，陆谦锒铛入狱，审刑院详断官范大人治罪陆谦。

陆曈在"审刑院"三个字上重重打了一个圈。

陆谦一定是发现了什么，否则不会莫名其妙背上这样一个罪名。看上去正像是因陆谦之行，连累父亲与母亲都一并出事。

陆谦发现的线索一定很重要……

陆曈握紧了笔。

常武县的人说陆谦是永昌三十七年三月得到了陆柔死讯，可那时候陆柔分明还活着，是谁买通了，或者说误导了常武县的四邻，到底是何人有这般大的手笔？

仅仅一个太师府，就能这样只手遮天吗？

陆曈眼底掠过一丝冷意。

银筝洗完衣裳晾好，从外头进来，见陆曈写在纸上的字，不由微微一怔。犹豫了一会儿，银筝才开口道："姑娘今日见了柯大老爷的小厮，如果他愿意为姑娘做事…………姑娘是打算找出真相，替陆家平反吗？"

"平反？"陆曈望着窗外，低声自语。

时节快近夏了，今日有雨，天色不如以往澄净，黑云翻墨，有轻雷滚响。

她抬头，幽冷黑眸映着浓云，似有戾气一闪而过。

平反做什么？

真相又有什么用？

陆柔被污，不愿忍气，拼了命地想要求一个公道，结果被溺寒池，成为芳魂一捧。

陆谦心痛长姐，心怀正义，不顾世情凉薄也要亲自奔走搜寻证据，结果声名尽毁，到死也没能扒开真相让天下窥见。

还有她的爹娘，做好人做了一辈子，却落得那么个灭门绝户的凄惨下场。

找出真相，就能平反吗？

就算平反，就能让那些人恶有恶报吗？

戚太师既然能买通柯家，买通审刑院，或许未来还会买通大理寺，又或者他与皇亲国戚沾亲带故，就算真相大白，有天子庇佑，不会治他死罪，关个三五年便又放出来，重重拿起，轻轻放下。

可她陆家的四条人命却不会再回来了。

凭什么？

凭什么权宦的命就要高贵，平民的命就要低贱？

凭什么他们害死一门四口人，却还能当作什么事都没发生？

陆曈道："不，我不打算平反。"

银筝讶然望着她。

少女身形单薄，乌发微湿垂在肩头，在寒风细雨前，如被雨浇淋的一湾微云，茫茫易散。

她低下头，盯着白纸上狂草般的字迹，慢慢地伸手将纸揉皱，又置于灯前烧掉。

白纸转瞬成烟烬，又被风吹走。

"我姐姐已经死了。"

陆曈喃喃道："我要他陪葬。"

第二日雨停了。

趁着有太阳，银筝将发潮的被褥拿到小院里晒。房檐下牵了粗线，半旧的玫瑰色捏边薄毯挂上去，撒上一层日光，小院也多了几分暖意。

杜长卿从外头的小窗前瞟了一眼，道："银筝姑娘，院里都被被子晒满了，你倒是腾点地儿晒晒药啊。"

银筝捋着被角的一个褶儿回说："药材日日都在晒，这褥子再不晒晒就要发霉了。再说杜掌柜，"她看了杜长卿一眼，"您给姑娘和阿城发月给，又没给我发月给，这晒药的事也不归我管。"

杜长卿一噎，不好反驳银筝的话，悻悻地出去了。

待他进了外铺，阿城在擦桌子，陆曈在整理药柜。

再过半月就要立夏了，这些日子雨水多，杨花不如先前扰人，来买鼻窒药茶的人少了许多。杜长卿忙过前一阵子，眼下又开始无所事事起来，往长椅上一倒就开始看闲书。

陆曈在药柜前，边拉开柜屉一一核对里头的药材，边问杜长卿："杜掌柜，盛京近来有什么热闹可瞧吗？"

杜长卿一愣，狐疑地看向陆曈："你问这个做什么？"

陆曈也不看他："我看最近来医馆买药的人少，又罕有病人前来寻医，打算同你告假休息两日。我和银筝初来盛京，对附近不甚熟悉，所以问问你近来可有盛会或庙集，好去开开眼界。"

这话一提，杜长卿瞬间就来了兴趣，坐直身子笑道："陆大夫，这你就问对人了。本少爷当年在盛京也是游山玩水，没有哪处热闹是不知道的。至于你说的盛会或庙集……"他沉吟片刻才开口，"要说最近的，就是四月初一的青莲盛会了。"

陆曈盘点药材的动作一顿："青莲盛会？"

"你知道的嘛，"杜长卿摊手，"那些香火旺盛的寺庙，每年都要做几次会，不是观音会就是地藏会，好骗些香烛灯钱。"

"万恩寺最热闹的就是四月初一的青莲盛会，就说四月初一那天，菩萨睁眼，要是有什么罪孽深重的，就去放生清洗业障。要是有什么心愿未遂的，就去点灯诚心祈祷，菩萨会保佑善心人心想事成，犯恶者广积阴德。"

"这些东西我是不信的，不过信的人不少，尤其是那些做生意的。一到四月初一，就跑到万恩寺里烧香祈福。"

"我爹还在的时候，年年都要拉着我去，非要我烧头香，又是送油又是捐米，求菩萨保佑我出人头地。到头来我还是个废物，可见这菩萨

是不靠谱的，光拿钱不办事，不是什么好货色。"

他说得不见半分恭敬，只道："虽然菩萨不怎么样，但青莲盛会你还是可以去瞧一瞧，四月初一那天会点大法灯在青莲池中。法会完后，万恩寺还有好多卖小吃、佛像的摊贩，那山上风光也还行，游人不少，热闹起来比得上新春庙会。如今新春庙会你是赶不上了，青莲盛会还能挤一挤。"

杜长卿见陆曈听得认真，似对他口中的盛会极感兴趣，越发来了兴致，细细说与陆曈听："那万恩寺也不小，分了好几殿供奉的菩萨，我是认不清哪位是哪位的了。只知道东殿是求姻缘的，西殿是求学业的，南殿是求财运的，北殿是求康健的。你去之前先打听打听，可别求错了人，原本想求个财运亨通，不小心拜了个求子娘娘，这拖儿带口的，医馆也住不下……"

"青莲法灯是要放在法船上点的，我小时候有一次背着人偷偷爬上法船，结果掉下来，差点没淹死。我爹揍得我三天没下床，不过你应当也不会偷偷爬上法船。"

"做法会那天还会有放生礼程，那些商户官家买个几千筐王八泥鳅就往池子里倒。我听说法会完了后，和尚们会把那些泥鳅捞出来炒来吃，不知道是不是真的。"

"反正我有一次去的时候，偷偷进了他们存放泥鳅的后殿，就绕过树林后走条小路就到了。那后殿没人来，水缸可真大，我捞了最肥的烤来吃，有点腥，可能是因为没放盐。"杜长卿陷入美好回忆，神情似有沉醉。

阿城忍不住打断他："东家，说不定就是因为你对菩萨不敬，还吃了人家放生用的泥鳅，菩萨才不保佑你出人头地呢。"

"胡说八道！"杜长卿骂他，"我吃两条泥鳅怎么了？那我吃完了还给菩萨磕了个头呢,这事儿也就算过去了,怎么还能抓着不放?菩萨能这么小气吗?"

阿城只好闭嘴。

杜长卿说得琐碎又详细,银筝出门了一趟,回来之后杜长卿居然还没说完,遂又等了小半个时辰。

直到杜长卿口干舌燥,再也没可说之物后,才道:"总之,外地人来盛京,多少都要去青莲盛会瞧一瞧。你今日听我说了这么久,估计想不动心也难。我看,四月初一我就容你一日假吧,你去瞧瞧,不过山上路远,最好提前半日出发。回来时记得帮我带点儿万恩寺的杏脯……"

陆曈微笑着应了,将药柜整理好,同银筝走到了里铺去。

一进屋,银筝就凑近她低声道:"姑娘,快活楼那边传信过来,今日一早万福去了快活楼,只让人带了一句话——他同意姑娘说的。"

陆曈轻轻"嗯"了一声。

万福答应替她做事,她并不意外。

柯承兴只是个主子,而万全却流着万福的血。孰轻孰重,一目了然。更何况以万福的头脑,早该想到柯承兴当年能为陆柔灭口别的知情下人,未必不能灭口他万家。

人总是自私的,趋利避害是常人本能。

银筝问:"眼下万福答应为姑娘做事,就好办多了。姑娘如今打算怎么做?"

陆曈没说话,走到桌脚下的医箱前蹲下身来,打开箱盖,从里头找出一个布囊。

"四月初一,是万恩寺的青莲盛会。"

她将布囊里的东西拿出来,紧紧捏在手中。

"青莲盛会,菩萨睁眼。"

陆曈望着窗外,一字一句地开口:"这样好的日子,穷凶极恶之徒,当受狱报才是。"

天气越发热了,昼日变长了些。

已近夏日,院落里的芍药被日头晒得久了,有些打蔫儿,残红藏在翠叶中,不如往日嫣然。

一大早,柯府院子里,秦氏就在斥责下人。

"这府里下人都是怎么做事的,这么大一摊水也没瞧见?我昨日让人新换的绒毯,今日就印了水印,没得素日里惯着你们,个个都学得懒怠!"

柯承兴刚换了衣裳出来听到的就是秦氏在训人,不由皱了皱眉。

他走到外头,轻咳一声,缓了口气道:"怎么又在生气?不就是弄脏了毯子嘛,许是昨夜下雨,哪个丫头不小心带进来的。"

"什么不小心,哪个不小心能淌这样大一摊水?"秦氏柳眉倒竖,"你且来看清楚,这脚印这样清楚,像是特意踩上去的。不行,萍儿,你去叫院里的丫头都进来,一个个拿鞋比对,我今日非得将这杀千刀的找出来不可!"

柯承兴听得头疼,忙找了个由头避开了。

待出了屋,万福给他端了杯茶来漱口,柯承兴用了,随口问:"怎么有些日子没见着万全了?"

万福目光闪烁几下,笑道:"亏得爷惦记,前几日他庄子上的表哥来了,两兄弟合议上山玩去,我没料管他,任他去了,得过几日才回。"

柯承兴点头:"他年轻,多走动走动也好。"

万福忙笑着应了。

又走了几步,柯承兴叹了口气:"不知怎么回事,我这几日睡得不好，一夜要醒四五次。有时睡了，忽地惊醒，一看时候才四更。"

万福提议："不如寻个大夫来瞧瞧？"

柯承兴想了想，便同意了，遂又拿了帖子去请了一个相熟的大夫来。

大夫把了脉相瞧了病，也没发觉什么不对，开了些安神的方子就离开了。

大夫离开后，万福见柯承兴仍旧有些郁郁，宽慰他道："老爷宽心，许是天气热了，人不舒坦。等服了这几帖药再瞧瞧。"

柯承兴点头，又去外头转了一圈，待回到屋，发现秦氏正坐在屋里生闷气。

柯承兴笑着上前握住她肩："可找出来那泥脚印是谁的了？"

"没有！"秦氏没好气地拨开他手，"你说奇不奇，这院里的丫鬟都对了一遍，愣是没找出那脚印的主子，真是见鬼了！"

柯承兴就笑："找不出便罢了，一块毯子而已，明日再买一块就是了。"

秦氏冷笑："说得那般容易，你是不当家不知柴米油盐，口气才这般大……"她絮絮地说了一气，嘴舌又快，周围还有丫鬟婆子伺候着，说得柯承兴面红耳赤，忍了许久，终于逃进了书房。

待进了书房，柯承兴适才松了口气。

他实在是很怕这个夫人。

说起来，秦氏长得也算俏丽，亦是小官之女，论条件，实属柯家高攀。但许是家中娇惯，秦氏性子便跋扈了些，一到柯家，先将管家之权抓在手里，性子又泼辣。柯家铺子里的进项入账，柯承兴都不敢随意取用。

柯老夫人总劝他暂时忍耐些，等秦氏诞下嫡子，性情自然会收敛。但每每柯承兴面对新娶的妻子，总有一种喘不上气的憋闷感。

每当这时，柯承兴都会想起陆氏。

陆氏的性情与秦氏截然不同，她总是温柔清婉，凡事以他为先，又处处体贴。她容貌也生得好，明眸善睐，兰心蕙性，回身举步时，恰似柳摇花笑润初妍。

这样的陆氏，没有男人不会被她吸引，所以丰乐楼中，她才会……

柯承兴猛地打了个冷战，没有再继续想下去。

万福从外面进来，替他端了些新鲜瓜果，又沏了壶酽茶。秦氏不仅泼辣，还将他管得很严，进门后将院子里伺候的丫鬟先敲打一遍，纵是有心想攀扯的，见了秦氏也不敢再动作。

时日久了，柯承兴难免心里痒痒。

他问万福："先前叫你帮我收的租子都齐了吧？"

万福心中一跳，不露声色地笑道："快了，还差一点儿。"

柯承兴"嗯"了一声，低声道："再过几日，趁她生辰过了惫懒时候，你拿着那租子，随我去丰乐楼闲一闲。"

万福笑着应了，又回了几句柯承兴问话，这才退下。

时至快至正午，日头越烈，顺着窗外照进屋中，晒得人浑身懒洋洋的犯困。

柯承兴本想躲进书房避一会儿秦氏的唠叨，便随手捞了本书来看，谁知看着看着，不知不觉睡着了。

他接连几日没睡好，这一觉睡得倒很沉，还做了个梦。

梦里他睡在榻上，床边有个梳堕马髻的年轻女子正低头与他掖被子，这女子穿着件月白描金花淡色小衫，身姿窈窕玲珑，垂着头看不清脸，只看得见后颈处有粒殷红小痣。

美人在怀，柯承兴难免心猿意马，有心亲近，便欲坐起身搂住对方，谁知无论如何都动弹不得，只听得那女子的声音自远而近飘进他耳朵，一声声唤他："老爷。"

他隐约觉得这声音有些熟悉，又不知究竟是在哪儿听过，正苦苦思索着，忽然觉得自己身上一片冰凉，下意识抬头一看，就见那女子垂着头，一滴滴冰凉水珠顺着乌黑发丝滴淌下来，将他身上的被褥浸得冰寒。

"你……"

那女子抬起头，露出一张惨白娇艳的脸："老爷……"

柯承兴惨叫一声。

他猛地睁开眼，外头日光和暖，院子里芍药花香沁人，柯承兴抹了把脸，才发现自己额上冷汗涔涔。

他松了口气，随即低低骂了一声："晦气！"

这样好的日子，竟无缘无故梦着了陆氏。亡妻后颈处的那颗殷红小痣如今看着再无从前的风情可爱，反倒令人惊悚，让人想起她死的那一日。被打捞起的尸体在日光下，红痣似血般晃眼。

柯承兴揉了揉眉心，忽而又觉得有些热，低头一看，身上不知谁给披上了一层薄毯。

这样热的天气还盖毯子，难怪捂得他出了一身汗。柯承兴不悦道："万福，万福——"

他叫了两声，见万福没答应，遂站起身，想去门外喊人，刚走了两步，突然顿住了。

书房门是紧闭的，自他窗前书桌前到书房门口，不知何时出现了一行湿漉漉的脚印。

这脚印沾满水痕，仿佛来人是刚刚从水里爬出来走到这里，淅淅沥沥地淌出一行深色水渍。

形状小巧，巴掌来长，那是一行女子的脚印。

柯府的大爷最近快疯了。

事情的起因是他书房中莫名出现了一行湿脚印。

那一日柯大爷在书房小憩,醒来后发现屋内多了一行女子的湿脚印,顿时大发雷霆,喝问院子里的丫鬟是谁干的,结果比对一圈,愣是没找出脚印的主人,纵是有相近的,当日也在外院做事,甚至都没进屋里。

柯大爷找不出脚印的主人,便似落了心病,一开始是言之凿凿说院子里有下人搞鬼,渐渐地如着了魔般,非说府内家宅不宁,有鬼魅作祟,竟不顾秦氏的阻拦去请来道士作法。

道士来柯府逛了一圈,说有祟气缠绕,需要作法驱邪。于是在院中摆了法坛,大张旗鼓地驱邪三日,领了五百两白银的香烛供奉使费才去了。

既是为了柯府做法事,银钱自然得从公中支使,这叫管家的秦氏很是不满,背着柯大爷同自己身边的婢女抱怨:"大爷一句有鬼,就拨了五百两银子出去。那些个道士表面说是驱邪捉鬼,我瞧着就是招摇撞骗,混骗了几顿大鱼大肉,还拿走了大笔银子,大爷怎么这般糊涂!"

身侧丫鬟想了想:"大奶奶,勿怪奴婢多心,不过几行湿脚印,何以将大爷吓成了这样?这世上有没有鬼且不说,大爷那模样,怎么瞧着不太对劲?"

秦氏闻言,面色就变了变。

秦氏是不怎么信鬼神之说的,她老子做官,倘若将鬼神看得过重,难免被同僚背后指点,于仕途也不顺。那湿脚印的事确实让她心中忐忑,但绝非会像柯承兴那般吓成如此模样。

柯承兴这样着急地请人来做法事,倒像是心中有鬼。

丫鬟又提醒道:"说起来,先头那位夫人说是发了疯病才投了池子。会不会……"

"尽胡说!"秦氏斥道,"什么话都敢往外说。那陆氏自己命短怨得了谁?难不成这也怪大爷?"

不过虽嘴上驳斥了丫鬟,秦氏心中不免有些疑惑,于是晚上见了柯大爷时,秦氏就主动论起了陆氏的事,问柯承兴:"说起来,那陆氏是投池去的吧?好端端的,怎么就想不开至此?"

柯承兴方端起茶还未喝,听得秦氏一言,面色一僵,舌头都直了,半天才吐出一句:"怎么突然想起陆氏了?"

秦氏觑着他的脸色:"这不是近来做法事的人道士说,咱们府上有阴祟作怪,我想着会不会是……"

"不会!"不等她说完,柯承兴就断然打断了她的话,厉声道,"陆氏早就死了,这府里两年间都安稳着,怎么会是她!"他说得又快又急,不知道是要说服秦氏还是说服自己,言罢将茶杯往桌上一搁,"时候不早,我去看看母亲。"

柯承兴冲出了屋,瞧着背影倒像是落荒而逃。秦氏看着桌上冷掉的茶水,不知为何,心中有些不安。

却说那一头,柯承兴出了屋,先去了柯老夫人院中。

柯老夫人几日前受了风寒。

许是天气变幻无常,一会儿日头大,一会儿又下了冷雨,凉热交替间难免受感风凉。

柯老夫人身子不爽利,这些日子就在屋中养着。柯承兴一进屋,李嬷嬷正在给柯老夫人揉腿,见了他叫了声"大爷"。

柯承兴眉眼烦躁,只让李嬷嬷先出去。

李嬷嬷会意,临走时将屋子里的丫鬟小厮一并喊出去了,屋中便只剩柯老夫人和柯承兴二人。

柯老夫人咳嗽了几声,皱眉看着他:"兴儿,你这几日在做什么?我听秦氏说你请了道士来府中做法,搞得院子里乌烟瘴气,像什么话!"

前些日子湿脚印一事,柯承兴并未告诉柯老夫人。一来是柯老夫人

身子受寒抱恙，说出来怕她操心，反误了病程。二来，柯承兴也疑是自己多心，背后有人捣鬼，不敢轻易结论。

不过如今，他是真的怕了。

柯承兴神色惊恐，低声喊道："母亲救我！陆氏……陆氏回来了！"

"陆氏？"柯老夫人面色一寒，"你在胡说些什么？"

"儿子没有胡说，"柯承兴满脸惶然，"这些日子，府里老有些湿脚印出现，我先前以为是丫鬟带进来的，可那些丫鬟的脚掌没一个和脚印对得上！这还不止，有时候儿子睡醒，发现衣裳已经叠好了，那衣裳叠得四角掖进去，是陆氏的叠法……"

他惶惶然说着，柯老夫人听得心头火起："荒谬，这天底下又不止陆氏一人会这般叠衣，或是秦氏，或是你们院子里的丫头叠的。"

柯承兴摇头："儿子问过了，他们都说没叠过。还有儿子的书，摆放位置也不对，是按陆氏从前的习惯摆的。儿子半夜有时还会听见有人啼哭。"柯承兴面色惨白，恍若惊弓之鸟，"不瞒娘说，这些日子，儿子夜里经常梦见陆氏……梦见她浑身湿淋淋地同儿子索命来了！"

柯老夫人勃然怒道："住口！"

柯承兴猛地噤声。

屋子里静悄悄的，烛台里的火光跳跃，镀上一层浅薄火光在柯承兴面上，将他双目衬得越发悚然无神，竟不像是个活人。

柯老夫人心中只觉一阵憋闷。

这个儿子自小被家中宠着长大，素日里别的还好，就是胆子小了些。从前老太爷在世时，便因此事喝骂过他许多次，总觉得大儿子妇人心性，难以立成大事。

直到陆氏那件事上，柯承兴倒表现出与过去迥然不同的果断与狠辣。

这反而让柯老夫人放下心来。毕竟要担起一门兴衰，做主子的心肠狠总比心肠软好。

然而陆氏的事已经过去快两年了，偏是在这个时候，柯承兴犯了魔怔。

他自己发癫不要紧，但如今秦氏进门，要是被秦氏发现其中端倪，起了疑心，就要坏事了。

柯老夫人年事已高，自己并不相信鬼神之说，柯家生意做到如今地步，要说全然没沾过血也不可能。人都死了，纵是鬼又能做得了什么？

再说陆氏最后落得那么一个下场，又怨不得他们柯家，冤有头债有主，也该去找始作俑者。

见柯承兴仍旧惊魂未定的模样，柯老夫人放缓了语气，道："兴儿，此事多半有人暗中捣鬼，你可不能自乱阵脚。你仔细想想，要真是陆氏鬼魂，早已找你索命，故弄玄虚这些做什么？"

她风寒还未好，说几句便要停下来缓一阵："我看这院中多半有人起了异心。我如今病还未好，先打发李嬷嬷助你查一查你院中的人。待我病好了，找出那人来，倒要看看到底是哪路小鬼在兴风作浪。"

"你如今莫要慌张，被秦氏看出不对劲。也勿要去找那些道士作法了，万一说漏了嘴传出去，反生事端。"她唤一声仍在出神的柯承兴，"兴儿？"

柯承兴猛地回过神，正想说话，瞧见柯老夫人病容憔悴的模样，到嘴的话又咽了下去，只低低应了一声。又与柯老夫人说了几句话，见李嬷嬷进来服侍柯老夫人吃药，柯承兴才退了出去。

待一出屋子，门外的万福迎了上来，问："大爷，老夫人怎么说？"

柯承兴缓缓摇了摇头，语气沮丧："母亲不信我的话。"

万福一愣："老夫人连大爷也不信吗？"

柯承兴苦笑一声："母亲一向以柯家名声为重，只怕我这畏惧鬼神

的拙行传出去叫柯家成了笑话……她哪里知道我的难处！"

万福忙道："小的知道大爷难处，大爷别担心，小的就是粉身碎骨，也定护着大爷安平。"

一番尽忠的话说完，柯承兴看向万福的目光便流露出一丝感动，叹道："万福，如今这府里，也只有你信我了。"

所有人都认为他是发了魔怔，唯有万福对他的话深信不疑，找道士来作法一事就是万福的主意。可惜的是，也只消停了几日，那些道士走后，往日的异常又重新出现。

想必是陆氏的鬼魂太凶了，不过如今秦氏和柯老夫人应当都不会同意他再请一次道士，他又要再次被陆氏的鬼魂折磨，不知何时才是尽头。

万福想了一会儿，突然道："大爷，小的有一个主意。"

"什么主意？"

"过几日不是青莲盛会了吗？"万福凑近柯承兴，低声说道，"都说万恩寺菩萨灵得很，大爷要不趁着四月初一青莲盛会去趟万恩寺，求一求菩萨。佛门重地，那陆氏鬼魂再凶，总不能连菩萨都不怕吧？"

柯承兴眼睛一亮，自语道："是个好办法。"

须臾，他一合掌，语气有些激动，吩咐万福道："快快，快叫人准备些香油米烛，咱们过两日就上万恩寺！"

万福吩咐人准备好上万恩寺要用的米面香油供奉钱，自己先回了屋。

一回屋，他就从怀中掏出两个布囊装的香饼子，丢进火盆里烧了。

香饼丢进火里，即刻发出一阵奇异芳香，芳香没入人鼻尖，没来由地让人心中生出一股烦闷来。

万福忙用袖遮了口鼻。

这两个香饼子是万全打欠契的那位"郑公子"随信附给他的，要他将这两个香饼子挂在身上。

万福虽心中不愿,但把柄被人拿在手中,只得照做。香饼子佩戴在身上,香气很淡,不仔细闻根本闻不出来,佩戴这么些日子倒也无性命之忧,除了让人夜里难眠,心悸不安。

对万福来说,失眠固然算不得什么大事。但对于心病缠身、一心担心陆氏鬼魂前来索命的柯大老爷来说,这份心悸不安如同雪上加霜,实在是很要人命。

"郑公子"要万福在柯家装神弄鬼,伪装陆氏鬼魂前来索命的假象,好摧折柯大老爷的心志。

于是万福就按信中所说,叫人做了两只木头刻的鞋模,用水一淋,便显出两个润湿的脚印。

陆氏的脚不大,绣鞋都是她自己做的,外头不好买,鞋模子却可轻而易举地做到。他再时不时地帮柯承兴叠叠衣裳,收拾收拾书,言语间暗示或有女子半夜啼哭,果真不久就叫柯承兴吓破了胆。

寻常丫鬟进不得柯承兴屋子,万福却可以,陆氏叠衣收书的习惯旁人不知道,跟在柯承兴身边的万福却了然于心。只是柯承兴信任万福,竟从未将怀疑的矛头指向身边小厮,于是万福再趁热打铁,提议让道士来做场法事驱邪。

驱邪那三日,万福没有扮鬼吓人,柯承兴更相信了邪不压正,一切都是陆氏鬼魂作祟。而这动静惊动了秦氏与柯老夫人,这二人不让柯承兴继续在府中做这些鬼神之事,走投无路的柯承兴听到青莲盛会这样最后一根救命稻草时,自会深信不疑。

万福暗暗心惊。

"郑公子"实在是可怕,他根本未曾进到柯家,却似已料到柯家发生的每一步,一步步将柯承兴引入青莲盛会。

至于青莲盛会上会发生什么,万福想都不敢想。他既已做到这步,想回头都不可能了。

万嬷嬷从外头进来,瞧见万福正将烧光的灰烬扫到一处,顿时没好气道:"成日做这些究竟是要干什么?"她往前走了两步,悄声急问,"你老实告诉我,全儿现在到底如何了?"

万福没有将所有事情告诉万嬷嬷,只告诉她万全欠了赌债,他正想法子筹银子去换人。只因此事事关重大,万嬷嬷本不清楚陆氏之死的内情,要是知道了反而危险。不说"郑公子",柯大老爷也饶不了她。

所以万福瞒着万嬷嬷,毕竟有时候,无知反而是一种福气。

他站起身,将竹帚往万嬷嬷手里一塞:"快了,再过几日就回来了。你别被人瞧出来,大爷的银子能瞒一时是一时。"

万嬷嬷被他神情的严肃所感,下意识点了点头。见万福又出了门,忙向他背后追了几步,问:"该吃饭了,你这是又上哪儿去?"

万福没答她的话,身影很快消失在屋外。

白日总是过得很快。

买药茶的人少了些后,医馆里就没别的什么事,杜长卿带着阿城早早地回家去,银筝将铺子里的大门关好,将剩下的药茶罐子盘点清楚后,已是掌灯时分。

院里灯笼摇摇晃晃,前些日子下过场雨,灯笼被雨水打湿,上头花案被洇得模糊,越发显得陈旧。

厨房的小窗紧闭,窗缝间漏出些橙色灯火,给小院多添了几分柔和与宁静。

陆曈在后厨做药。

她近来总是很忙。杜长卿在铺子里发呆时,陆曈常常先回后铺的小院，一钻进厨房就是几个时辰，有时候常常忙到深夜，第二日清晨又起来开门。

银筝走到廊上，望着窗缝间的灯火，心中也很疑惑，自家姑娘难道不会感到累？寻常人操心至此，早已惫懒不堪，偏她每日神情清明，不见倦怠。

廊前的青石缸中盛满清水，一只葫芦做的水瓢漂在水面上，灯火下漾出浅浅漪纹。

银筝定了定神，推门走进去，道："姑娘……"

整个后厨间烟雾缭绕，一股奇异的香气扑面而来。

这香气很古怪，似乎混合着某种松香，又像是寺庙里的檀香，既馥郁又清浅，既明澈又浓浊。香气一钻进鼻尖，人仿佛被灌进一口搁置了许久的陈年烈酒，熏得人脑胀。

银筝一怔，下一刻，耳边传来陆瞳厉声喝止："出去！"

她鲜少用这般严厉的语气对银筝说话。银筝吓了一跳，快步退后几步，顺带将屋门拉上，不知为何，心中怦怦乱跳几下。

那屋中烟雾缭绕，不像是在做药，还有那香……

外头的冷风吹散方才的惊悸，小院中夜色静谧，银筝一颗狂跳的心慢慢平静下来。她想了想，回头寻了个机子，搬在后厨前的廊下坐好，安心等待起来。

油灯的灯油燃了小半盏，后厨的门被打开了。

陆瞳从里面走了出来，她的褐色布衣被烟熏得发灰，眉眼间隐有倦色。

银筝站起身，轻声道："姑娘，快活楼那边回过消息，万福说一切都准备妥当，明日一早，柯家大爷出发上万恩寺。"

她丝毫不提方才后厨中闻到的异香，只对陆瞳笑道："柯家大爷对

万福的提议深信不疑,没想到这头居然如此顺利。"

  一开始陆瞳给万福送去香饼子时,银筝尚且有些不安。找人装神弄鬼固然是个办法,可柯家那位老夫人看着可不是个好糊弄的,一旦被发现,找上门来,难免麻烦。

  谁知陆瞳送去的香饼子里还送了一味凉膏,此药膏本就容易令人体虚,万福偷偷在柯老夫人素日用的杯盏边缘抹上几次,柯老夫人一吹风,不久就受了凉。

  拖着病体的柯老夫人不好再操劳府中事,也只好由得万福在柯承兴身边撺掇摆弄。

  让柯承兴答应上万恩寺,竟比预想中要容易许多。

  银筝看向陆瞳:"不过姑娘,我们何时出发呢?"

  陆瞳淡淡道:"上山要半日时间,明日晌午出行,至寺中已是傍晚。过夜以后,第二日是青莲盛会。"

  她垂下眼帘:"明日午后出发。"

第六章

菩萨

盛京的青莲盛会热闹盛过春节新年，不止平民关注，侯府官家也常顾香火。

城南文郡王府，今夜亦是灯火通明。

当今文郡王穆晟，世承其父爵位，老郡王与先皇情同手足。老郡王过世后，皇上体恤先臣，对郡王府百般荣宠，王府中格外显贵尊荣。

院子里寂然无声，只有琉璃风灯发出荧荧光影。有青衣嬷嬷端着木盘穿过院子，绕过珠帘绣幕，进了里屋。

广寒木七屏围榻椅上铺了软软的垫子，上头坐着个梳慵来髻的美人。美人穿一身蜜粉色镶银丝万福苏缎长裙，耳边垂着两粒淡粉色珍珠，衬得整个人粉腮红润，顾盼生辉。

这便是当今的文郡王妃，裴云姝。

裴云姝乃昭宁公嫡长女，与昭宁公世子裴云暎乃一母同胞的亲姐弟。

嬷嬷将木盘放在桌上，从盘里端出一个白瓷碗来，里头盛着褐色汤药，还未凑近便闻到一股难耐的苦气。

裴云姝忍不住皱了皱鼻子。

嬷嬷笑道："王妃，这是熬好的安胎药。"

文郡王妃摸了摸平坦的小腹，蹙眉道："放这儿吧，我等下再喝。"

嬷嬷端起药碗，仿佛没听到她的话般，握住勺子舀了一勺递到她嘴边，笑劝道："夫人别嫌药苦，这是郡王殿下吩咐熬下的，趁热喝了方有好处。"

裴云姝眸色冷了冷,身侧婢子正欲说话,外头有人来报:"王妃,昭宁公世子来了!"

裴云姝面色一喜,顺手接过嬷嬷手中药碗往桌上一放就要起身,婢子芳姿忙扶住她,才往外走了两步,就见重重夜色里有人前来。

院中一庭明月,灯火幽微,那人的身影在夜色中忽隐忽现,待走近了,檐下风灯明亮了些,也将年轻人照得更加清晰。

是个华冠丽服的年轻人,穿一件乌色绣金纹的团花锦衣,长发以金冠高竖,越发显得貌美夺人,在这春寒夜重里,自成好景,似明珠熠熠生辉。

裴云姝被芳姿搀着往前走了两步,年轻人见了她,只笑了笑,顺手握住她手臂,将她扶进了屋里。

待裴云姝重新坐下,裴云暎才无奈说:"不是说了吗?姐姐你身子重,不要到外头来接我。"

"才刚怀上,都没显怀,哪有那么娇贵,走两步都不得了?"裴云姝嗔道。

裴云暎扫了一眼屋内,突然轻笑一声,声音含着淡淡讥诮:"你堂堂一个郡王妃,查出有孕,屋中除了芳姿外,没见几个伺候的人,确实不够'娇贵'。"

"寻常人家主母有孕,还要多找几人照顾,郡王府没落至此,本世子也深感意外。"他虽是含笑的,语气却有些冷意。

身侧送药的嬷嬷不由面色一僵。

这位郡王妃虽生得美丽,又是昭宁公嫡女,身世容貌都不差,可惜性子并不温柔小意,不得郡王宠爱。郡王妃又多年未曾有孕,在这府中,裴云姝不过是担着王妃的虚名,常被另一位骑到头上。

如今郡王妃倒是有了身孕，可郡王瞧着也并不上心，府中下人难免怠慢。平日里还好，郡王妃自己也掩着不叫旁人发现，偏偏今日被昭宁公世子抓了个正着。

要知道，那位昭宁公世子、殿前司的裴大人，看着和煦，实则手段厉害又高明，连郡王都要对他畏惧三分。事实上，若非这位裴大人护着，只怕如今郡王妃的地位还要更低。

嬷嬷思忖着，眼下这位裴大人从进屋到现在，看也没看她一眼，分明是故意给她难堪。她不敢惹怒对方，只好笑着与他行礼。

裴云暎正眼也不看她，目光只在桌前木盘上一扫，落在了那碗褐色汤药上。

嬷嬷忙解释："这是郡王殿下令后厨给王妃熬的安胎药。"

"安胎药啊……"他沉吟着，走到桌前，将药碗拿起放到鼻尖下，唇角微微一扯。

裴云姝看向他。

嬷嬷莫名有些紧张。

年轻人笑了笑，手臂微抬，一碗汤药尽数淋在桌角的水仙盆景中。

"不好。"他淡淡道，"太苦了，重熬一碗吧。"

嬷嬷心下一松，又赔着笑道："世子殿下，药哪有不苦的，良药苦口……"

裴云暎看向她，俊美的脸上笑容温和，语气却带着沁骨凉意："那就熬到不苦为止。"

嬷嬷说不出话来。

裴云姝默了默，开口道："嬷嬷先下去吧，我与世子有话要说。"

嬷嬷本就被裴云暎迫得说不出话来，闻此特赦，求之不得，立刻带着空碗走了。

待她走后，屋中气氛才松弛几分。

裴云姝瞪了对面人一眼："好端端的，你吓她做什么？"

"这哪叫吓，"裴云暎不甚在意地一笑，"我今日当着郡王府上下一刀杀了她，这才叫吓。"

"你又胡说。"裴云姝不愿与他说这个，只将话头岔开，"说起来，你今日怎么突然过来了？不是说这些日子公务烦冗，脱不得身？"

裴云暎笑道："庄子上送来几篮新鲜荔枝，特意给你送来。不过你身子重，不要贪多。"

裴云姝诧然："你先前送来的梅子我才吃完，又送了荔枝来。真当姐姐是猪了？"她说完，自己先笑起来，"不过你送来的梅子确实不错，前些日子我吐得快下不得榻，用了你的梅子后，胃不如先前泛酸了。"

"那可是新摘的梅子，自然不错。"裴云暎挑眉，"你喜欢就好。"

"我当然喜欢。纵是从前不喜欢的，眼下也喜欢了。"裴云姝说着，忽而又想起了什么，"对了，马上要到青莲盛会了，今年我有孕在身，恐怕不能与你一道去。"

自打昭宁公夫人去世后，年年青莲盛会，裴云姝都要与裴云暎上万恩寺点莲灯祈福。只是她今年身子实在不方便，只能令人备下香烛米油，央裴云暎一块儿带上去了。

裴云暎叹口气："早就料到了。"他看一眼裴云姝，不疾不徐道，"放心，该说的话我都会帮你说的，请菩萨保佑你腹中孩儿活泼康健，平安降生，母子平安，母女平安，岁岁都平安。"

裴云姝拧一把他胳膊，没好气道："胡说！我明明要求的是，要我那不成器的弟弟赶紧遇上一位心仪的姑娘，早日成家立业，否则日后人人都有了家室，唯有他一人孤家寡人，岂不伶仃凄惨？"

"喂，"裴云暎嗤笑一声，指了指自己，"你看看我的脸，我这

样的,还需求菩萨保佑?每次来你们郡王府,路上捡到的帕子都有一山高。"

裴云姝闻言,扑哧一声笑出来。

这倒是事实,每次裴云暎来郡王府时,王府里的婢子们便格外殷勤,各个打扮得花枝招展往这院里扑。所以后来裴云暎再来,都不让门房大声通报了。

裴云姝望着对面人,心中感慨,别的不说,自家弟弟这模样身板,确实怪招人喜欢。她嫁到郡王府,人人都知她不得宠,每次夫人们花宴,她与那些贵女都说不到一块儿去。唯有裴云暎……那些夫人们变着法儿地来打探昭宁公世子的亲事。

可惜落花有意流水无情,裴云暎长这么大,一个喜欢的都没有,白瞎了一张好脸。

她又与裴云暎说了几句,身子渐渐地乏了。芳姿扶裴云姝上榻休息后,又将裴云暎送到院子外。

琉璃灯在夜风中微微摇曳,青年面上笑容淡去,一双黑眸比夜色幽深。

芳姿跟在他身后,低声地禀道:"……院里其他丫鬟这些日子都被侧妃的人寻理由打发出去了,只剩奴婢一个。王妃怕生事,没再领新人进来,不过应当撑不了多久。屋里的茶饮汤药都没敢动,王妃偷偷地倒掉了……"

芳姿是裴云暎安排进来的人。

裴云姝是昭宁公嫡女,纵然再不得郡王宠爱,郡王府的人也不敢谋害她的性命。

但有了身孕的郡王妃就不一样了。

郡王妃若生下儿子,就是郡王世子。这世上富贵险中求,只要利益够大,什么事做不出来?

所以裴云暎令芳姿进入郡王府,暗中保护裴云姝安危。

他走到一处灯火下,停下脚步,只道:"过几日我会再送两人进来。"

芳姿恭声道:"是。"

"府里人多眼杂,未必没人看出你身份。一旦被人抓住把柄,供出我就是。"

"是。"

"如果有人对王妃不利,保护王妃为先,只要不将穆晟弄死就行。"

"是。"

他顿了一下,才继续开口:"就算弄死了也没关系。"

浓得化不开的沉沉夜色中,花枝葳蕤,似有人影幢幢。

他往后瞥了一眼,笑了笑,语气是漫不经心的残酷。

"弄死了,我负责。"

第二日是个阴天。

天上黑云沉沉,灰雾蒙蒙,白日也显得昏暗。寒风里,陆曈背着医箱,和银筝一块儿上了马车。

马车是杜长卿帮她们雇好的,早早地等待在门口。

万恩寺位于望春山顶,从西街过去至少要走半日车程。杜长卿容了陆曈一日的假,只让她明日傍晚前回来关铺子就行。

马车一路疾行,银筝忍不住撩开车帘往外看,心中紧张着中途落雨,泥地难行。

好在天公作美,虽瞧着黑云压城,这场雨却是等她们到了山顶寺门前才下起来。初来时雨势不很大,蒙蒙一层水幕,倒给万木掩映中的古

寺增了几分清幽旷远。

车夫在前面笑道："小姐，马上要到寺门了。"

陆曈撩开车帘一角，顺着帘隙看向窗外。

万恩寺极大，占地又广，从望春山山腰起，山脉两侧石壁阶梯前都雕了各色佛像图腾。寺庙四处种满槐树和松竹。此时有风有雨，吹得竹林风动，暮雨打梨花，万恩寺便如神异志怪中的古庙，隐者自乐。

然而这寺庙又极热闹。

许是因此庙灵验，香火旺盛。先前上山路上已见到不少马车，此时到了寺门，马车更是络绎不绝，堵得四处都是。女眷香客很多，四处都是人，山上有僧人撞钟，钟声辽远空灵，容着烧香的烟雾溟蒙。

一面是热闹，一面是幽谧，既入红尘又脱红尘，既热闹又冷清。

陆曈正看着，冷不防马车被人重重一撞，将她撞得身子一斜，险些摔了下去。银筝忙扶了把陆曈，将车帘一掀，问："怎么回事？"

就见自家马车前粗暴地挤进了另一辆更为宽大华丽的朱轮华盖马车，前头马车上的车夫手持马鞭，正回转身来看着她们，不耐烦地开口道："还不快让开！惊扰了少爷，看你们如何担待得起？"

银筝正欲说话，被陆曈按住手，她侧头，就见陆曈微微摇了摇头。

银筝只好按捺下来。

车夫见他们二人没有争辩，冷哼一声，复又驾马车继续向前。在他身后，又跟上几辆差不多的华盖马车，顺着这辆马车进了寺门。

银筝气道："这些人好霸道，分明是我们先来的。"

陆曈放下车帘："争执无益，随他们去吧。"

银筝点头称是。

既入了寺门，两人便下了马车，车夫牵着马车去外头休息去了。明日清晨莲花法会后，他会在寺门等她们下山。

陆曈与银筝先去了寺门负责住宿的僧人处交了六两银子，僧人便带她们二人去宿院。

每年的青莲法会观会信众不少，许多官家平民女眷都是提前一日上山。万恩寺中宿处够用，各宿处的银钱又是不同。

譬如最外头的洗钵园，一人一两银子一夜，是普通的宿间，斋饭也一般，宿在此处是看不到里寺风景的。

逢恩园又要比洗钵园好些，一人二两银子一夜，宿间更宽敞，斋饭也更丰富。香客们可在宿间园子里走动。逢恩园中花木繁盛，清堂茅舍，也算别有意趣。

陆曈与银筝住的无怀园则更贵，一人三两银子一夜，其中长廊曲折，清溪泄雪，茑萝骈织，莫此为胜。至于斋饭就更讲究了，总不至于辜负了这三两银子。

还有揽镜园、时缘园……听杜长卿说，万恩寺中还有一方尘镜园，不过那已不是银子能买到的宿处，唯有皇亲国戚或是位高权重的世宦之家，才能居住于此。

领路的僧人穿过长亭游廊，往无怀园的方向走去。此时已至黄昏，寺庙各处都点上灯火，夜雨霏霏，天色长阴，一片淅淅沥沥。

四处都是擎着纸伞前去宿院的香客，个个行色匆匆，免得雨水沾湿衣袍。

有人的身影从远处行过，陆曈瞥过去，不由微微一怔。

黄昏渐深，远处帘拢寂静，孤灯夜雨中，年轻人侧影俊秀，身材修长挺拔，他没有持伞，冒雨行于风雨中，潇洒又英气，不见空寂禅意，反添几分红尘华美。

昭宁公世子?

陆曈眸光一动。

上次在宝香楼下的胭脂铺里，这位裴殿帅虽含笑娓娓，实则心机迫人，眼下出现在这里……

不知此处有没有殿前司的人。

她思索间，前面的僧人见她未曾继续跟上，有些疑惑地问道："施主？"

陆瞳收回目光，道："走吧。"

待又走了一炷香时间，眼前人烟少了些，直到了一处茂密园林，园林有长廊，长廊每隔一段距离就有间房。

此时夜色渐晚，长廊屋内都点起灯火，夜雨昏黄中，若朦胧荧虫。

僧人双手合十，敛眉询问陆瞳道："此地便是无怀园，还剩西面几间空屋舍，施主请选一间。"

陆瞳望向长廊，伸手遥遥指于尽头一间，道："那处即可。"

领路僧人有些诧异，好心解释："此间屋舍最靠里，恐是冷寂，看不见寺中风景。"

"无妨。"陆瞳往前走去，"我不爱热闹，况且夜雨天黑，也瞧不见什么风景。"

僧人见状，不再多说，只将二人领到最后那间屋舍前，交给她们二人门锁的钥匙，这才离开了。

陆瞳与银筝推门走了进去。

屋舍宽敞，分外屋与里屋，共置了两张长榻，被褥都是很干净的。桌上放些香炉经书，是为了香客无聊时候打发时间用。

银筝才将包袱放好，又有僧人送来斋饭，一碟冬瓜鲜，一碗糟黄芽，陆陆续续又送来藕鲜、拌生菜、莼菜笋、杏仁豆腐，都是些时令蔬菜。最后是两碗碧粳粥，一小碗吉祥果，还有一盘梅花香饼，大约是为了照顾女眷口味。

因赶了半日路,香客方到此地,难免松弛,再看这一桌清粥小菜,纵是再挑剔的人,也多半生出些好胃口。

银筝摆好碗筷,见陆曈站在窗口,遂问:"姑娘现在是要出去吗?"

陆曈摇了摇头:"不是现在。"

雨下大了些,外头不见人影。若是晴夜,从此处望去倒也光景幽丽,然而眼下暗风吹雨,便只见寂寞冷清。

陆曈伸手关窗,于是那一片潇潇愁色都被关在门外。

她走到桌前坐下,拿起筷子,平静开口:"等子夜出门。"

雷声千嶂,雨色万峰,整座万恩寺都笼在烟雨中。

万恩寺的尘镜园中,钟声潺潺。

因香客众多,万恩寺修缮许多宿处,有费银钱少的,也有费银钱多的,唯有位于寺门后山处的尘镜园,再多银钱也买不到。

此处只接待皇亲国戚或是书香世宦的贵人。

霞光殿中,隐隐传来吟诵经文之声,有袅袅梵香萦绕大殿,青灯古寺,雨夜阑珊,端似世间幽境。

而在细雨中,渐渐显出一个人影,打破这份幽谧。

这人冒雨前来,穿过竹桥,走到了殿前。

是个金冠束发的年轻人,身上被雨淋得微湿,他刚走到殿前,从殿中又走出一名高大的绿衣男子,腰佩长剑,神色冷峻。

裴云暎拂去身上雨珠,就要往里走,被萧逐风一把拦住。

萧逐风道:"殿下正与净尘大师辩经。"

裴云暎叹了口气:"一个时辰了,还没辩完吗?"

萧逐风木着张俊脸开口:"佛经晦涩,佛法庄严,宁王殿下厚德积善……"

"算了吧,萧二,"裴云暎毫不客气地打断好友的话,嗤道,"善

事常易败，善人常得谤。这话你也到我跟前说。"

萧逐风沉默片刻，声音放低了些："太后娘娘近来抱恙，殿下奉血自请手抄经书为太后祈福……"

裴云暎"哦"了一声："原来如此。"又看了一眼殿门，悠悠叹道："做皇帝的兄弟，也真不容易。"

二人站在殿门前，檐下雨脚如麻，凄凄飒飒，一眼望过去，如殿前两尊矗立的黑石。

裴云暎看了一会儿雨，突然开口："明日青莲法会，你去不去点灯？"

"明日一早我要随宁王殿下下山。"

裴云暎只盯着雨幕："我以为你要点灯替她祈福。"

闻言，萧逐风神色微动，须臾后开口："听说你昨夜去见她了，她还好吗？"

裴云暎沉默，过了片刻，他叹了口气，认真道："萧二，要不你把穆晟杀了吧，这样的话，说不定这辈子还有机会做我姐夫。"

萧逐风平静道："她不会高兴。"

"也是。"裴云暎说完，又是沉默，过了一会儿，他笑了笑，伸手拍拍好友肩膀，没说什么。

唯有寂寞夜雨不绝。

夜雨在寺中，总显得有几分凄凉。

但凄凉总比诡异好。

无怀园的一处屋舍中，柯承兴摸了摸肩膀，觉出些冷意来，起身将窗户关上了。

小厮万福蹲在地上，正替他整理着手抄的经书。

不知是多心还是真有奇效，自打柯承兴来到万恩寺后，果真没再遇着陆氏的鬼魂了。

事实上,从他打算来青莲盛会的那一日起,陆氏的鬼魂似也识得利害,不如以往猖狂,不像往日一般夜夜入梦,他难得睡了两个整觉。

因此,柯承兴更将万恩寺视作救命稻草。

纵是再凶恶的厉鬼,见了神佛也如老鼠见了猫。柯承兴在桌前坐下,僧人已送上精致斋菜,他惶惶不安了些日子,瘦得厉害,而今心下渐宽,久违的胃口重新出现,便径自取来碗筷,大快朵颐起来。

吃着吃着,柯承兴就想起了陆氏。

自打陆氏鬼魂出现,他强迫着自己不去回忆亡妻,那些噩梦已经足够吓人,柯承兴并不想自讨苦吃。但如今身在古寺,菩萨保佑,这样的庄严清净之地,他终于敢正大光明地在脑海中回忆起陆氏的容貌来。

柯承兴待陆氏,其实是一见钟情的。

他去县里收父亲在世时窑瓷的旧账,路行途中遇到匪徒,马车被人劫走,车夫为救他重伤不治,而他逃了几里地后,陡然发现自己身处陌生荒野中,求助无门。

那时天色已近傍晚,四周并无人经过,常有野兽吃人的事发生。正当柯承兴心生绝望时,从书院游学归家的陆谦乘车经过,见他处境困难,便出手相助,带他一同回了常武县。

柯承兴就是在那时遇到的陆柔。

陆谦带他回到了陆家,陆家人瞧他可怜,被劫走钱财又身无分文,便收留他住下。柯承兴写信寄往盛京,请母亲遣人来接。在等待柯家来人的那些日子,柯承兴与陆家也算相处尽欢。

柯承兴还记得初见陆柔的那日。

他刚死里逃生,浑身泥泞,狼狈不堪。陆谦扶他到一处屋舍前,他瞧着面前简陋屋门,不由皱了皱眉。

县城本就不大，临街宅屋瞧上去实在寒酸，这样用泥巴与干草夯的屋顶，没下雨还好，要是下雨，难免要漏雨。

正想着，陆谦已经冲门里喊道："爹，娘，姐！"

从里面传出个清澈女声，紧接着，黑黢黢的屋子里走出个年轻女子。

这女子梳着个云髻，只在发间插了支刻花木簪，穿件藕荷色棉布花衫裙，长眉连娟，微睇绵藐。她虽钗荆裙布，亦难掩丽色。那破旧的小屋，顷刻因这美人变得光鲜起来。

柯承兴当时便被陆柔惊艳得说不出话。

没料到这小城中竟有如此佳丽。

他对陆柔一见钟情，在陆家时便时时注意这女子。陆父是个教书先生，家中仅有一子一女，陆柔的弟弟陆谦在书院读书，再过两年即可参加举考。陆柔虽是女子，陆父却如别家教儿子般地教女儿，识文断字，诗书礼仪比盛京的学子都不差。

柯承兴越发动心，待柯家来人将他接回盛京后，立刻与柯老夫人说了想娶陆柔一事。柯老夫人起先并不同意，认为陆家背景清贫，配不上柯家。

当时柯承兴跪在柯老夫人面前很是坚持："母亲，陆家虽现在清贫，但陆家二子陆谦如今在学院念书，听闻学业颇有所成，未来举考有极大可能中第，待一朝得中，陆家也算有了官身。"

"咱们商户，要与官家结亲何其不易。要是聘回寻家世好些的女子，那女子家中多半娇惯。我在陆家待了大半月，陆家女温柔体贴，行事周到，又是读过书的，知晓几分体面，真进了家门，也断不会无理取闹，又因家世低平，难免对咱们敬畏三分，岂不是很好？"

柯老夫人听闻他一席话不无道理，心中有些意动，于是遣人去常武县打听陆家门风人品，得到陆家人品清正的说法。她又实在拗不过儿子坚持，便找了冰人去陆家说项。

亲事定下得很顺利。

柯承兴虽是商户出身，可生得清俊潇洒，儒雅动人，单看外表，说是官家公子也不为过。在陆家那些日子，他又在陆家人面前竭力表现得温和识礼，君子谦谦，陆家人都对他印象不错。

而且那十四抬聘礼也足够表达柯家的诚意了。

总之，陆柔顺利进了柯家的门。

柯承兴得此娇妻，焉有不足？况且陆柔不仅生得美貌，还识大体懂进退，族中子弟都在背后暗暗艳羡他娶了这样的贤内助。

直到那一日丰乐楼中……

窗外大风把窗户啪的一声吹响，将他从思绪中惊醒。

远处夜色沉寂，山寺在沥沥雨声中如盘伏的庞然巨兽。

柯承兴抬起头，打了个冷战，问在一边收拾的万福："现在是什么时候了？"

万福看了看屋中漏刻，答道："快子夜了。"

"这么快？"柯承兴神色一凛，站起身来，"拿好东西，咱们这就出发。"

万恩寺乃历经两朝的百年名寺。

如今寺中供奉着正统神佛菩萨，年年四月初一热闹非凡。但在百年前，万恩寺最初的前身也只是一处野庙。

据说几百年前，有个庄户人家家中遭劫匪横杀，一门十口人尽数身死，唯有庄主家小儿子被家丁带着逃出生天。

那家丁走到半道也不行了，只剩下五六岁的稚童流亡途中路经一破庙，又饿又乏，已奄奄一息，一抬头，见这破庙里供奉着一尊不知什么名字的神像，便伏倒就拜，希望神佛能睁眼体察人世苦楚，使得恶人有

所业报。

  稚童拜完后不久就死了。没过几日，劫匪被官差抓住。有人就说，这破庙中的神佛极为灵验，就有富商出钱帮着塑像重镀金身，又在这附近盖了一座大些的庙。

  这就是万恩寺的前身。

  万恩寺香火旺盛，这传说也不过是以讹传讹，增些神话色彩罢了。不过寺中确有一处废弃偏殿，殿里有一破败神像，不受供奉。

  据寺中僧人说，这神像不属于正统神佛，是前朝期间万恩寺的住持留下的。后来前朝覆灭，万恩寺重新修缮了一番，怕说不敬神佛，这神像也不好毁掉，但也无人供奉。渐渐地，那一处法殿就废弃了，僧人们常用此殿来堆放法会上要放生的鱼龟之类。

  夜雨比傍晚时分更大，山寺里已没了僧人与香客的影子，只有随处可见的灯盏在法殿中摇曳，拖拽出拉长的人影。

  废弃偏殿门前，站着两个人。

  柯承兴抹了把脸上的水珠，将雨披递给身边的万福。

  万福接过来，又将包袱送到柯承兴手中。

  柯承兴掂量了一下包袱，对万福低声吩咐："你就在外面等我。"

  万福点了点头。

  柯承兴提着包袱，将殿门推开了一条缝，悄悄进了殿中。

  这法殿已经很陈旧了，不如先前在寺里看见的那些法殿庄严华丽，因许久无人打扫过，散发出一股腐朽霉气。

  柯承兴走了两步，险些被脚下的东西绊倒，他借着昏暗灯火一看，这才瞧清楚这殿中大大小小水缸、竹筐里盛着的，都是放生要用的龟鳖泥鳅。

  泥水腥气与陈腐霉味混在一起，几乎令人作呕。

殿中的法灯也燃得很少，统共没有十盏，勉强能照明，却将法殿映得更加诡异森然。

一阵冷风吹来，柯承兴不由打了个寒战，忙加快了脚步，忍住鼻尖的腥气，快步走到了大殿最前方的神像前。

这是一座废弃神像，早已无人供奉，身上的彩塑七零八落，斑驳淋漓，依稀能看得清是个青脸红发的男子，不怒自威的模样。

柯承兴只看了一眼便低下头，不敢再抬眼正视。

他寻了许久，才在神像脚下寻到个倒了的龛笼，忙扶正了，又拖来一个破蒲团，端端正正地跪好。

末了，柯承兴从包袱里掏出一把香，用火折子点燃了。

"菩萨，老爷，神仙——"

他手拈着香，磕头恳求道："求您救救小的，降下神差将那女鬼捉走，免得她为祸人间。"

青雾袅袅腾起，神佛敛眸不言。

柯承兴是来烧香的。

万福不知从哪打听来，万恩寺中，各殿菩萨有各殿菩萨的司职。一殿管姻缘，一殿管学业，一殿管康健，一殿管财运。

或是管子嗣，或是管官运，但唯有这处废弃的偏殿神像才是管捉鬼的。

只是这神像无人供奉，又是前朝遗物，香客不会主动供奉，免得引祸上身。万福就提议，不如等子夜时分，摸到这偏殿里上几炷香，让神佛知晓他内心诚意，自会接到他心中所愿。

而且那陆氏的鬼魂一路跟着他，将她引入这殿中，说不准还能被神佛困住，永出不得。届时，他可得解脱，后顾无忧。

万福对他道："老爷，都说阴司势利，人间尚有拿人手短的道理。

你多备些香火,好贿赂贿赂神仙老爷,或是办差的仆从也行。"

柯承兴虽觉得这办法说不出的古怪,但如今他被陆氏鬼魂吓怕了,所谓病急乱投医,于是也只稍稍一犹豫,就同意了万福的提议。

是以今夜子时,他才带着香烛,偷偷来此殿供奉。

柯承兴没让万福跟进来,是因为他对神佛恳求的内容不能被外人听到。

他将香点了,插在佛龛里,拜了几拜,又掏出些纸马疏头,在铁盆里细细地焚烧。

火光映着他的脸,他双眼显得张皇而恐惧。

他言语间又恶狠狠的,只低声絮絮道:"神仙老爷,菩萨老爷,我今日烧了香,也求您救救小的,那陆氏怨气极重,恐为祸杀生,求菩萨老爷将她驱走,或是度化超生,也是功德一件。"

他胡说一气,胆子越发大了些,又道:"此事虽是小的不对,但要论其因果,也怪那太师府仗势欺人,我与陆氏原本也是对恩爱夫妻,何至于到如今地步!"

柯承兴目光有些晦暗。

那一日丰乐楼中,他酒醒后得知陆氏或遭人凌辱,心中恼怒至极,连杀了对方的心都有。听说对方还未离去,柯承兴气势汹汹地找上门去,见到了太师府公子。

那位年轻的公子正眼也不看他,正神色恍惚地任丫鬟整理腰带。见柯承兴来讨说法,他身边管家模样的下人便塞了他一叠银票。

柯承兴自然不肯罢休,那管家却看着他笑道:"眼下不过是一场误会,柯大老爷要将事情闹大,太师府不过丢些面子,柯大爷日后要在盛京做生意,恐怕就很难了。"

那管家叹口气,关切地提醒他道:"就算柯大老爷不为自己想想,也要为老夫人想想,老夫人年事已高,这种事传出去,老人家恐怕也受不得打击。"

柯承兴说不出话来。

柯老夫人一心只在乎柯家名声,而今要是得罪了太师府,整个盛京商行都要排挤他们柯家,日后岂还能好?

况且,他们也不敢得罪太师府……

柯承兴没办法,只能咬牙受了。

他平白无故得了这么场祸事,还未想好接下来该怎么办,醒转来的陆氏先闹了起来。

陆氏的反应柯承兴不曾料到。看起来柔柔弱弱的陆氏一反往日和顺,歇斯底里地要去告官。这动静也惊动了柯老夫人,于是柯老夫人也得知了一切。

母亲比他更为果决狠辣,只让他将陆氏关在屋中,对外称说陆氏得了疯病神志不清,又将院中议论的下人卖的卖,配的配,远远驱逐了出去。

陆氏见状,许是看出了什么,于是背着他们,偷偷买通下人给常武县的陆家送信。

这也罢了,更糟糕的是,她还有了身孕。

日子尴尬,也不知是不是丰乐楼那一夜留下来的。

大夫走后,柯承兴望着这一通烂摊子,不知该怎么办。

陆氏腹中的孽种或许不是他的,要说起来,该一碗汤药灌下去,省得自寻麻烦,总不能生下来,叫他给别人白养儿子。

但柯老夫人却打断了他吩咐人煮堕胎药的话,只让人传信给太师府,请太师府的人前来相商。

那时的柯承兴不解,询问柯老夫人:"母亲,这还有什么可商量

的？太师府那位公子还未娶妻，不可能先有外室子，这孽种生下来又养在何处？难不成养在我们柯家！"

"糊涂。"柯老夫人摇头，"太师府爱惜名声，必不会留下这个孽种。我让你先别给陆氏灌药，不是为了她，是为了你啊。"

"为了我？"

柯老夫人慢条斯理地开口："陆氏原本是你的人，却被他戚家强占了，只用点银票就想打发我们，真当柯家是好欺负的？当初我不在场，容得他们家轻易全身而退。这陆氏如今有了身孕，反倒是一件好事。"

"咱们柯家的生意，自你父亲过世已经日渐衰微，如今借陆氏，倒和太师府攀上了关系。有这样的关系，何愁生意不蒸蒸日上。"

"你啊，还是太年轻了。"

他望着柯老夫人枯槁的脸，一瞬间明白了什么。

当天夜里，太师府来人了。

还是那位笑容和气的管家，这回带来的却不是几张银票了。

老管家笑眯眯地对他道："自上次一别后，我家公子一直记挂着夫人的伤，本遣奴才早来看望一番，只是最近忙着老爷寿辰，耽误了些时候。"

他丝毫不提陆氏有孕一事，只看向柯承兴笑道："说起来，老爷每年寿宴所用碗筷杯盏不少，今年奉瓷的那户人家回乡去了，正缺个人……听说贵府窑瓷惯来不错？"

柯承兴先是一愣，随即激动起来。

太师府寿宴！

要是能为太师府做一桩窑瓷生意，岂不是有了和盛京官家交往的渠梁！

就算当年他父亲将柯家生意做至顶峰时，也没机会和官家搭上关系。给太师府供货，那是想都不敢想的事！

刹那间，所有关于太师府的怒气、憋闷、痛恨全不翼而飞，他看着面前的老管家，如同看着金光闪闪的财神，从天而降的大恩人，比亲眷族人还要可亲。

柯承兴忘记了他们之间的仇怨，忘记了对方赐予他的侮辱，那一刻他忘记了一切，只看到了戚家能带给他的富贵与商机，立刻与对方热情攀谈起来。

他说到陆氏的身孕，也说到妻子的怨气与眼泪，还说到那封背着人偷偷送往常武县的家书。到最后，他已不知道自己说这些话，是为了"商量"，还是为了讨好。

老管家十分体贴，听闻这些日子发生的事后，亦很惭愧，先又替主子道了一回歉，末了，才对柯承兴道："按理说，此事因我家公子所起，本该我家公子周全。可夫人是柯家人，说到底，这事也是柯家家事。"

"这事公子反倒不好贸然插手了。不过想来柯大爷应当能处理得好，毕竟日后还要料理老爷寿辰所用瓷窑，这等小事定然不在话下。"

这话中的意思便是，若是处理不好此事，瓷窑生意一事也没得谈。

柯承兴试探地问："那如何处理最周全呢？"

老管家笑道："夫人身子虚弱，如今实在不宜有孕。柯大老爷也说，夫人眼下得了疯病，四处胡言乱语。太师府最重规矩清白，这等闲言要是传出去，恐是不妥，公子这头还好，太师大人听闻了，恐怕要震怒。"

他叹道："这疯病啊，最难治不过。老奴曾经也认识一位得了疯病的夫人，日日说些癫语，神志不清，最后有一日在园子里闲逛，丫鬟没注意，叫她跌进池塘里淹死了……真是可惜。"

柯承兴没说话。

老管家看了眼漏刻，"呀"了一声，笑着起身道："说了这许久，

没注意夜已这样深了。老奴先回府了，回头将瓷窑的事禀一禀买办那头，得了消息，再来同大老爷说定。"

他又趁着夜色上了马车，矮小的身躯，瞧人时却似含着睥睨，叫人心中发虚。

柯承兴出神地看着神龛。

殿外夜雨声凉，滴滴打在殿窗，时续时断。

一簇又一簇，一帘又一帘，沁出些冰冷寒意，惹人彷徨。

唯有殿中青灯幽微。

铜盆里的纸马疏头已烧尽了，那些冥冥青烟在殿中缭绕，将神龛前高大的塑像模糊得不甚真切。偶尔能听到大水缸中红鱼龟鳖的扑腾声，将他惊得一个趔趄。

柯承兴莫名有些发怵，回过神来，正想再拜几下就离开，忽然间，大殿门口传来一声轻响。

他以为是万福进来了，正想说话，才一转身，只觉膝下无力。许是在蒲团上跪得太久，双腿发麻，猛地跌坐下去。

他想叫万福来扶自己，不承想一张口，惊觉舌头僵直，说不出话来。

怎么回事？

他怎么会突然开不了口，动不得身？

柯承兴面色惨白，心中蓦地生出一个念头。

有鬼！是陆氏的鬼魂跟来了！

他僵直地瘫在原地，身后的脚步声却越来越近。脚步声轻盈缓慢，袅袅婷婷，像是个女子，在他身后停了下来。

她要来索命来了！

柯承兴汗如雨下。

那脚步声停了停，又绕到了他身前。

柯承兴看到了一袭黑色衣袍，袍角沾了带着寒气的雨水，在幽暗灯火下一滴滴淌落——一如梦中陆氏身上流下的水渍。

他吓得魂飞魄散。

柯承兴抬不得头，只感到自己被人轻轻踢了一脚，身子顺势往后倒去，仰在水缸前，于是他费力地抬眼，借着幽暗灯火，瞧见了对方的身影。

是个穿着黑色斗篷的人。

黑色斗篷宽大至脚，几乎将对方整个人罩在其中。来人慢慢抬手，摘掉了斗篷的帷帽，露出一张美丽苍白的脸。

是个年轻女子，雪肤乌发，明眸湛湛，如株清雅玉兰动人。

柯承兴松了口气，这不是陆柔。

不过很快，他就疑惑起来，这女子是谁？为何大半夜出现在这里？

不等他想清楚，那女子突然开口了。

她说："佛经上言，求富贵得富贵，求男女得男女，求长寿得长寿。诸佛菩萨，不敢诳语欺人。"

声音清越柔和，比窗外的夜雨更冷，在殿中青烟下空灵若鬼魅。

女子垂眸，一双漆黑眼眸在幽暗灯火下深似长渊，越发显得整个人冷冰冰不似活人。她居高临下地俯视着脚下的柯承兴，神情平淡到近乎诡异。

她问："柯大老爷，你求的是什么？"

长殿空旷，山寺漆黑雨声掩盖了一切。

柯承兴迷茫地眨了眨眼，不明白这女子所言究竟何意。不过很快他就反应过来，看向对方的目光充满警惕。

她叫自己柯大老爷……她知道自己是谁？

柯承兴想叫万福进殿帮忙，可全身上下麻木无力，说不得话。他心

中惊疑不定，一面不知自己身体变化从何而起，一面又不知这女子是人是鬼。

水缸中传来龟鳖翻腾激起的闷响，女子往前走了两步，明灭灯火在她背后投出一道纤长暗影，随着火苗微微晃动。

柯承兴注意到此处，眼睛蓦地一亮。

有影子便不是鬼……

这女子是人！

不过，若她是人，为何会出现在这里？

既不是鬼魂，没有邪术，又是如何做到让自己浑身异状，不得言语动弹？

柯承兴只觉得整个人似在梦中，恍惚又不真切，神龛前自己插好的长香漫出弥弥烟雾，气味芬芳又馥郁，令人沉醉。

寻常梵香，有这般香气吗？

他迷迷瞪瞪地想着，见那女子走到了神龛前，指尖拂过未烧完的青烟。

她轻声道："它叫'胜千觞'。"

柯承兴望着她。

"焚点此香，香气入鼻，胜过饮尽千觞烈酒，醉不成形。故名'胜千觞'。"女子声音清婉，娓娓说来，"不过，闻香之人虽体僵舌麻，任人摆布，思绪却很清明。"

她微微侧头，看向柯承兴："柯大老爷是不是想问我，为何我吸入此香，仍可行动自若，不受影响？"

柯承兴努力点了一下头。

女子笑了，她说："因为，这香，就是我做的。"

柯承兴脑子一蒙。

这香怎么能是她做的呢?

这香明明是万福令人备好的,为了使"贿神"看上去更诚心些,万福还特意挑了几根粗香。当时他还夸万福办事妥当。

不过……万福怎么到现在还没进来?

他入法殿供奉,长时间不出去,以万福的谨慎程度,绝对会进来瞧瞧。

还有,这女子进来前难道没有见到万福吗?如果见到万福,万福为何不拦住她?

柯承兴心里隐隐浮起一个念头,一个他不敢想的念头。

女子背对着他,望着在青烟中若隐若现的神像,淡淡开口:"柯大老爷子夜拜神,看来实有畏心。只是你凭何以为神佛能救得了你?倘若世上真有神佛,我姐姐当初也不会死在贵府花池了。"

姐姐?

柯承兴瞳孔一缩。

她叫陆柔姐姐……她是陆柔的妹妹,可陆柔哪有什么妹妹?

不对!陆柔有妹妹!

前些日子,听母亲说陆家有个叫王莺莺的远亲来过府里,被打发走了。陆柔在盛京并无其他亲眷,想来就是那个王莺莺了。

但王莺莺不过是个为陆柔嫁妆而来、妄图打秋风的破落户,又为何要伙同万福将他引至此处?

他心中万般思绪萦绕不绝,怎么也理不清头绪。

"王莺莺"却继续开口了,她回转身来,看着靠着水缸动弹不得的柯承兴,轻声开口:"都云天地在上,鬼神难欺。眼下既过午夜,已是四月初一,菩萨睁眼,善恶昭彰。"

"柯大老爷,我有几个问题想问你,烦请你认真回答。"

说完，她走到柯承兴身侧，慢慢蹲下，伸出一只手扼住他的脖颈。

那只手冰凉潮湿，不似活人的手，让他即刻起了一层鸡皮疙瘩。

这女子看起来柔弱纤细，力气却很大，抓着他的脖颈，粗暴地将他拖至水缸前。

水缸巨大，里头装着明日放生要用的龟鳖，一股难闻的水腥气充斥鼻尖，他在幽暗灯火下看到了水面中自己和对方的倒影。

女子容颜美丽，眉似新月，目若秋水，神仙玉骨落在水中，动人若水月观音。

她的声音也是温柔的，在他耳边轻声地问："柯大老爷，我姐姐是被你杀死的吗？"

柯承兴一愣。

下一刻，观音图倏然而碎，他感到自己的头不受控制地被按入水中，一股铺天水流往他口鼻中灌来。

柯承兴奋力挣扎，但他刚吸完"胜千觞"，哪还有力气晃动，整个身子沉沉若木石，只觉眼前身上一片黑暗，仿佛被人投入深渊。

正当他极度绝望之时，身子陡然一轻，他被人抓了起来，离开了水面。

柯承兴无力地咳嗽。

"王莺莺"抓着他的头发，平静开口："你怎么不回答？"

她明明知道自己动弹不得，也无法开口，偏还要如此认真地问自己。

柯承兴说不出话来，看向王莺莺的目光充满恐惧。

这女人是个疯子！

"王莺莺"转了转眼球，视线与他对上，忽地轻声一笑。这一笑，若芙蓉初开，美不胜收。

她叹道："奇怪，人作恶时，总盼老天不知，行善时，又唯恐神仙不明。恶业文饰遮掩，善果昭行天下，这样看来，菩萨睁不睁眼，并无区别。"

她嘴角扬着，眼底却一丝笑意也无，站在空旷大殿中，苍白美丽若艳鬼。

柯承兴无法开口。

紧接着，抓着他头发的手渐渐收紧，耳边传来"王莺莺"轻柔的声音："第二个问题，陆家四口的死，是不是戚太师府上指使？"

柯承兴想要张嘴回答，奈何舌头发僵，什么声音都发不出来。

下一刻，女子的手粗暴往下一按，他又被溺在水中。

耳边似乎传来"王莺莺"叹息的声音，她道："你怎么又不回答？"

无数冰冷的水灌入他的鼻腔和胸腔，柯承兴感到沉闷喘不过气来。他想要挣扎想要喊叫，声音却闷在这巨大水缸中，被龟鳖的乱扑、山寺的夜雨、远处的钟声层层包裹，再也寻不到一丝缝隙。

哗啦——

水面再次破开。

他看到了对方那张美丽的脸，神情依旧平静而温柔。

柯承兴的眼泪流了下来。

他艰难地动了动身体，想同对方求饶，只求对方别再这么折磨自己。他想说话，"王莺莺"既是为陆氏而来，他可以告诉对方更多有关陆氏之死的事，还有太师府。

对，还有太师府！

这一切始作俑者都是太师府的人，她应当去找他们才是！

他费力地嚅动嘴唇，"王莺莺"也瞧见了他的动作。

她有些惊讶，轻声问："柯大老爷是想告诉我新的线索吗？"

柯承兴眨了眨眼睛，代替点头。只要对方放了他，他可以帮忙告发

太师府!

他期待着，希望对方能及时收手放过他。

然而下一刻，熟悉的溺水窒息感再次袭来。

女子站在水缸前，雪白的手抓着他的头发，那双手纤细柔软，却似有无穷大力，将他的脸粗暴地按进水缸里。

她微笑着开口："可是我不想听。"

夜雨寂寥，残龛灯焰。

斑驳神像生了锈迹，在青烟中半面慈眉，半面金刚。

殿中巨大水缸里，不时响起龟鳖乱腾带起的水花声，间或藏着些压抑喘息，被悄无人息地掩埋。

女子身姿单薄，站在神像脚下，扼着手中人的脖颈，不疾不徐地提问。

她问："陆谦被污蔑入狱，审刑院详断官范大人可知其中内情？"

她问："柯老夫人说陆柔主动勾引太师府公子，太师府公子是否对陆柔凌辱玷污？"

她问："陆老爷进京路遇水祸，水祸是何人安排？"

她问："常武县中一场大火，陆夫人身死其中，你柯家可在其中出力？"

她每问一句，便将柯承兴的头按进水中一次，叫他体会被水溺的憋闷窒息感。

她一遍遍认真问，一遍遍将他往死里折磨，末了，还要平静地斥道："你怎么不回答？"

他中了毒，口舌发僵，他怎么能回答？

他怎么能回答！

柯承兴浑身上下被水淋透，明明快至夏日，却如凛冬般寒气刺骨。

他感到自己变成了旁人的案中鱼肉，只能任人宰割。绝望和恐惧萦绕着他，让他只觉比亡妻鬼魂缠上还要痛苦。

"王莺莺"拖着他，如拖着一摊烂泥，看向佛龛前的神像，轻声开口："柯大老爷，你一心贿神拜佛，难道就没有求过业报？"

她低头笑笑，声音似带嘲讽："也是，世上要真有业报，何至于你如今锦衣玉食、高枕无忧？可见菩萨低眉，不见众生。"

"既然菩萨不中用，我只好自己动手。"

柯承兴惧到极致，不由得怒视着她，瞪着神龛前的佛像。

她怎么敢？

怎么敢当着菩萨的面，在这庄严神圣的地方杀人灭口？难道她就不怕报应吗？

"王莺莺"注意到他的眼神，似乎只在瞬间就明白了他心中所想，她道："你想问我为何不惧神佛？"

柯承兴浑身发抖，望着她像是望向世间最可怕的恶魔。

她莫名笑起来："我不怕啊。"

"我今日上山，不是来祈福的。"

她微微靠近，声音温柔，在他耳边一字一句地开口。

"我是来报仇的。"

哗啦——

他的头再次被按入水中，水中龟鳖被这动静所惊，扑腾着窜开。不知是他的幻觉还是怎的，他像是在那最黑暗的深渊处瞧见了亡妻的影子。

亡妻神情温柔明媚，秀丽纯澈若百合，然而眉眼间竟与方才的艳鬼有三分相似，笑着对他道："我妹妹，与我性情确实不同。"

柯承兴浑浑噩噩，亡妻在说什么？她怎么会有妹妹，是王莺莺吗？

但王莺莺是陆家的远房亲戚，眉眼又怎会和陆柔相似？

还有性情——

陆柔看着他,有些不好意思地笑道:"她走丢时还是个小姑娘,不过八九岁,尚未长开,表面上骄纵任性些,实则胆子小得很,遇见个蛇儿蜂子都会被吓哭。这些年不知过得如何。"

走丢……

犹如一道闪电划过夜空,蓦地,他突然想了起来。

不对!陆柔是曾经有过一个妹妹的。

不是陆家远亲王莺莺,是与陆柔、陆谦一母同胞的亲妹妹,陆家最小的女儿,那个在七年前被拐子拐走、不知所踪的陆家小女儿!

柯承兴彻底想了起来。

那时候陆柔刚刚嫁入柯家不久,与他恩爱缠绵后,说起一桩旧事。

陆家原本有个小女儿,陆柔的妹妹,七年前常武县闹瘟疫,陆家四口人都病倒了,陆三姑娘一人撑着家,眼看当时陆家人都快活不成了,不知陆三姑娘从哪寻了几包药来,煎完饮下后,陆家人竟渐渐地好了起来。

眼看着家中光景渐好,谁知陆三姑娘有一日出门没回来。后来街口有人说,见她跟着一个戴着幂篱的陌生人上了马车。陆家人忙派人去寻,什么都没寻到。

正因此事,陆夫人落下心病,一直郁郁寡欢,这些年陆家人也没放弃寻找失踪的小女儿,仍旧一无所获。

陆氏小心翼翼地看向他:"夫君,我听说柯家的窑瓷要送往各地,能否在送窑瓷的木箱上画上我妹妹的画像与名字呢?若是有熟人或是我妹妹见着了,说不准还能寻过来,此生亦有团聚之日。"

他随口敷衍"小事一桩",实则并没有放在心上。

一来,柯家在陆家人面前刻意夸大生意声势,实则空有虚名,别说送往各地,在盛京生意也只是勉强维持。

二来，柯承兴也不认为陆家小女儿还能被找到。这么多年了，那小女儿多半是死了，要么被卖到了花楼青窑，寻回来名声也不好听。

何必花那个冤枉银子呢？柯承兴想，寻画师过来画像也怪费事的。

所以他口头上应承着，并未付诸行动。

后来又发生了丰乐楼一事，陆氏怀孕，身死，他又娶了秦氏。当初的夫妻闲话早已被他抛之脑后，偏在这时，他被人溺在水池中求死不得时，忽然想了起来。

王莺莺不过是陆家远房亲戚，何以为陆家做到如此地步，除非是陆家血亲。

陆家的小女儿还活着吗？

这个女人，就是陆柔失踪的妹妹吗？

柯承兴满腹疑问，却无法说出，只觉得身子越来越沉，放生池的水缸似乎变得漫无边际，深不见底，池水漆黑，如同地狱无池。

然而在那一片漆黑中，又有灿烂的光亮传来。他看到一点火光，火光越来越大，越来越明亮，伴随着锣鼓喧天，花烛红彩，竟是有人在新婚。

喜帐上挂着艳艳的同心结，红烛高烧，一对新人坐在榻前，手持杯盏，正喝交杯酒。

柯承兴看到身穿喜服的自己，满脸都是意气风发，而他对面的女子，娇靥如花，一头金银珠翠，发钗轻摇，望着他的目光含着脉脉情意。

她羞道："夫君，饮下这杯合卺酒，你我夫妻一体，生死不离。"

他哈哈大笑，学着戏文里的书生立誓："我泥中有尔，尔泥中有我。我与娘子，今生今世，生同衾，死同穴。"

倏尔花爆锣鼓声皆尽，有人的声音远远传来："救命！救命！"

他张皇抬头，看见夏日午后的池塘边，满池红蕖艳丽似血，陆柔被家丁们按着往水中投去，她拼命挣扎，长发散乱，双手胡乱往上抓，抓

住池沿不肯松手。他心中又急又气,一面嫌手下人动手太慢,一面又怕动静被旁人听见,于是走过去想捂她的嘴。

陆柔看见他,便不挣扎了,只从眼里静静淌下两行泪,木然望着他。

他别开眼不忍再看,用力掰开她的手,将她按进满池清荷,直到冰冷池水吞噬了一切。

有女子温柔的声音一遍遍在他耳边回响:"夫君,饮下这杯合卺酒,你我夫妻一体,生死不离。"

一声惊雷打破山夜寂静,闪电照亮残殿青烟,也照亮佛前人冷漠的眼。

她静静看着水缸里不再挣扎的人,轻声问:"你是不是,很怕呀?"

无人回答,唯有丝丝缕缕黑发如团团缠绕水草,漂浮在放生池漆黑浑浊的水面上。

"怕就对了。"

陆曈平静开口:"我姐姐当时,也是这般怕的。"

第七章

再遇

陆瞳回到长廊尽头的屋舍前,轻轻敲了敲门。

等在门口的银筝迅速将门拉开条缝,陆瞳快步走了进去。

银筝有些紧张地看向她:"姑娘都办妥了?"

陆瞳"嗯"了一声。

银筝适才松了口气,又帮着陆瞳将身上斗篷脱下,将鞋子最外头的油布剥了下来,拿到火下细细烧了。

"姑娘,那香……"

"回来时撒进渠里了,今夜雨大,水一冲,不会留下痕迹。"

银筝点头,这回彻底放下心来:"那就好。"

无怀园这处屋舍,可以越过前面的树林小道直接通达万恩寺废弃的偏殿,路是绕了些,但胜在隐蔽。当初一听杜长卿提起自己幼时调皮玩闹之举,陆瞳就在心中记了下来。

这么些年来,小路并未变过。

神龛中燃尽的"胜千觞"已被她全部倒了出来,重新换了寻常香灰,"胜千觞"的香灰也早已丢进沟渠中,今夜大雨一冲,再无痕迹。

至于柯承兴……

陆瞳换下中衣,问银筝道:"万福怎么样?"

"早就回来了。"银筝低声回答,"在同角院的下人打叶子牌呢。"

陆瞳点头,往榻上走去:"睡吧。"

银筝一愣:"这就睡了?"她有满腹疑问想问陆曈,但见陆曈已经上了榻,也只得作罢。屋中烧油纸的烟气被风一吹就散了,银筝将窗关好,又熄了灯,自己也爬去榻上睡了。

许是雨天好眠,又或许是佛寺钟声沁耳,这一觉陆曈睡得很沉。

她做了一个很长的梦。

梦里是她刚随芸娘到落梅峰的头一年。

落梅峰很美,一到冬日,雪满山中,红梢压枝,到处皆诗境,一岭是梅花。

芸娘穿着件桃红色貂皮皮袄,乌发挽成高髻,正坐在院前熬药。

汤药的清苦香气充斥在鼻尖,陆曈坐在屋前的小杌子上,默默等着芸娘将新药熬好,端给她喝。

桌上摆着只漂亮的紫砂香炉,是芸娘从山下买回来的,里头点着细细线香,香气馥郁深幽。

她等了小半个时辰,没等到芸娘让她试药,芸娘让她去山腰采些川乌回来。

这个时节,山路难行,到了山腰采完药回来,天色必然很晚。未免耽误时日,陆曈便背着个竹筐往山下急急赶去。她怕动作慢了,等回去时天已黑,山上常有野兽夜里出没,要是遇到野狼在外徘徊,很是危险。

谁知等采完草药往回走时,陆曈却突然身子发软,跌倒在地。

她走不动了,也没办法叫出声来呼救,挣扎着爬到了一处泥地里便再也动弹不得,眼睁睁地瞧着天色暗下,月亮从山坳里升了起来。

四下被雪覆得一片银白,远处红梅似血。林间隐有狼低嗥,相邻的这片坟地里,渐渐亮起蓝紫色磷火,一团一团,鬼火荧荧。

陆曈怕得浑身发起抖来,动不得,也叫不得,又冷又饿,在野地坟冢中如一具僵硬尸体,咬着牙忍到了天明。

第二日，天色亮起来时，陆瞳浑身上下僵得像块石头。然而许是她出门时穿得笨重，居然没有被冻死，又因这处坟地鬼火幽魅，驱得野兽也不敢前来，阴差阳错保了条性命。

待她拖着竹筐回到小院，芸娘正坐在桌前吃早食，刚出锅的红豆糯米糕热气腾腾，莲心饮加了蜂蜜祛除苦气。

她看一眼形容狼狈的陆瞳，有些惊讶，拿手帕擦拭干净嘴角，才走到陆瞳跟前，将陆瞳打量一番，问："怎么弄成这副模样？"

陆瞳木然回道："走到一半时，突然浑身使不上力，也说不上话了。"

芸娘又细细盘问了她一番当时情状，这才高兴地笑起来："如此，新药算是成功了。"

她捧起桌上那只精致的紫砂香炉，陶醉般地嗅一嗅，又道："昨日我做完这支烟，究竟不知其效几何，没想到你不过闻了片刻，到山下就有了反应。不过还得再改上一改，起效再快些。"

她兀自沉思着新制的毒烟，过了许久才看到一边站着的陆瞳，遂冲陆瞳和颜悦色道："你倒有福，如此竟没被冻死。这回你也辛苦了，桌上有吃的，快去吃吧。"

陆瞳木讷地应了一声，爬到凳子上，抓起桌上的糯米糕狼吞虎咽起来。

她实在是太饿也太冷了。

身后芸娘还在继续说话："身僵口麻，行动不得，偏神志清醒，恍如醉态，胜过饮尽千觞烈酒。不如就叫'胜千觞'好了。"

胜千觞……

耳边似有邈远钟声清旷，伴随着人的尖叫呼喊，陆瞳猛地睁开眼。

日光从雕花木窗缝隙中透进来，在地上落下斑驳光影。

一夜雨后，日出天晴。

银筝从外面匆匆进来:"姑娘,出事了。"

陆瞳看向她。

她低声道:"寺里死人了。"

万恩寺中死了个人。

昨夜下了一夜雨,山寺安静,今日一早僧人去殿房搬移法会上要用的放生龟鳖时,才发现殿中水缸里溺死了个人。

这事惊动了寺中上下,青莲法会前一夜佛殿中死人,怎么看都是不祥之兆。

陆瞳和银筝出了房门,便见无怀园中一片嘈杂,香客女眷们听闻此事,都从房中出来,人人面带惊惶。

隔壁有人在问:"听说了吗?寺里昨夜死了个人,还是咱们无怀园的!"

又有人道:"咱们这边的?谁啊?"

"不知道,差人正盘问着。阿弥陀佛,怎么偏在这时候死人呢?"

陆瞳对耳边议论充耳不闻,只看向前方。那里,有皂衣差役正匆匆往偏殿方向赶去。

正看着,身后忽然传来一声:"陆大夫?"

陆瞳一顿,回身看去。

就见无怀园园口,日色新霁,垂柳荫中,倚着个穿乌色圆领窄袖锦袍的年轻人,乌发以金冠束起,玉质金相,生得极好。

他手里兀自掐着一簇新嫩柳枝,见陆瞳望过来,便粲然一笑,道:"又见面了。"

陆瞳微怔。

竟是那位昭宁公世子,殿前司右军指挥裴云暎。

陆瞳没料到会在这里遇到裴云暎。

昨日雨中匆匆一瞥，她见裴云暎随身边僧人离去的方向并不在这头，许是来寺中有别的事要做，没料到今日一早在这里遇到了。

她尚未回答，那头，裴云暎身边一个高大绿衣男子问他："这位是……"

他轻笑："一个熟人。"

陆瞳自认与这位裴世子不过一面之缘，绝对称不上熟悉。只是如今人在这里，晾着不理反倒欲盖弥彰，遂大大方方冲他颔首："裴大人。"

裴云暎笑着走到她跟前。

万恩寺的香客多是女眷，又因法会沉素，穿得多半素简。这人穿衣颜色并不艳丽，然而金冠乌衣穿在他身上，身后层层新柳碧翠、春草芬芳，总添几分常人没有的俊秀风流。

美貌青年无论站在何处，总是抢眼。不多时，就有人从方才命案的慌乱中回过神来，频频打量这头。

裴云暎看向陆瞳，向她身后无怀园的长廊望了一眼，问："陆大夫怎么在这里？"

陆瞳回道："我来上香。"

他笑着开口："不是说，医者与阎王是死对头，陆大夫怎么还信神佛？"

陆瞳语气不变："医者也要求姻缘。"

闻言，裴云暎似有些意外，随即很快看向园门处，更多的皂衣差役正往法殿方向走去。

陆瞳顺着他目光看过去，听见他道："放生殿死了个人。"

裴云暎转过头来看着她，语气不知是认真还是玩笑："陆大夫怎么不去看看？"

昨夜雨水未干，在他身后，几叶芭蕉上残雨滚落，洒了一地晶莹断珠。

银筝紧张得手心渗出一层细汗。

陆瞳平静开口:"大夫看活人,仵作才看死人。我不是仵作。"

他点头:"也是。"又看着陆瞳,叹了一声,"陆大夫,我怎么觉得你对我总是很防备。说起来,我还救过你,过去也不曾得罪过你吧。"

这人虽是叹息的,面上却含笑。上次在胭脂铺里光线昏暗,如今微暖日头下看得清楚,他笑起来时,唇边有一处小小梨涡,平白给他添了不少少年人才有的明朗亲切。

如果能忽略他眼底探究之意的话。

陆瞳神色未变,淡淡道:"裴大人多思。"

他看陆瞳一眼,正要再说话,忽然有人跑了过来,在他身边停住:"大人!"

是个穿紫藤色丝袍的少年人,圆脸圆眼,瞧见陆瞳,这少年亦是一怔,随即惊喜道:"这不是我们上次在宝香楼下遇到的那位姑娘嘛!"

陆瞳也认了出来,上一回,裴云暎就是让这少年将吕大山带回去的,她还依稀记得这少年的名字,似乎叫段小宴。

段小宴似有满腹寒温要和陆瞳相叙,奈何裴云暎只淡淡看他一眼,他便只能立好,一字一句地回禀方才得来的消息。

"放生殿中死了个人,溺死在装放生龟的水缸里了。仵作来看过,说是他酒后神志不清,失足跌进水缸里没爬起来才死了的。"

一边的萧逐风闻言,皱眉问:"既然酒醉,怎么还会到废弃偏殿?"

段小宴上前一步,压低了声音道:"可不是嘛,那殿里还发现了纸马疏头,神龛里还有香灰。这人是来拜神的,拜什么神不好,偏偏是前朝神像。这回麻烦大了,人虽死了,只怕家里还有得缠。"

没有明令禁止供奉前朝神像,但供奉前朝神像有没有罪,天下人心

知肚明。

裴云暎嗤了一声："喝了酒又要供奉，这人心挺宽啊。"

"我也奇怪。"段小宴又道，"不过后来人家盘问了死者的小厮，好像先前那死者就中了邪，成日说些见鬼的话，前些日子还找了道士去府中驱邪。听说这次来法会就是为了让菩萨帮忙超度怨鬼的。"

他说着说着，摩挲一下手臂："只是没想到缠上他的怨鬼竟如此厉害，不仅没被消灭，还迷了他心智，让他自己将自己溺死在水池中了。"

裴云暎哂道："这鬼话你也信。"

"我起先当然是不信的了！"段小宴喊冤，"可是仵作也没查出别的毛病，他就是自己淹死的。"

裴云暎沉吟一下，问："那小厮昨夜在干什么？"

"他说自家老爷昨夜睡得早，他服侍死者上了榻，等死者睡熟了后，去隔壁和几个小厮打了一夜的叶子牌。仵作验出那人死时，他已打了许久的牌了。有人做证，不是他杀的。"

裴云暎没说话。

段小宴小心翼翼地问："大人，您是觉得此事有内情？"

萧逐风冷冷开口："不管有没有内情，此人暗中供奉前朝神佛，这件事都到此为止了。"

他的死亡不及他的私罪重要。没人会为一个潜在的罪人寻找真相，甚至于死者的家人，恐怕还要为他所累。

裴云暎淡道："这案子不归殿前司管，段小宴，你少掺和。"

段小宴讪讪应了。

他们交谈这番话，并未避着陆曈，或许也因为交谈内容没什么机密的，万恩寺今日香客众多，这些表面消息，迟早都会传得人尽皆知。

陆曈并不打算在这里久待，今日寺中死人，青莲法会未必会照常举行，此时那些差役还未封锁寺门。

应当尽早下山才是……

陆曈刚想到这里，突然听到前面人群中传来阵阵惊呼，伴随着人惊慌失措的喊叫："死人啦！"

她抬眼一看，前面人群正飞快散开，仿佛躲避瘟疫般避之不及，分散人群渐渐空出被挡住的视线，就见在无怀园不远处的小亭中，正有个身形微胖的年轻公子半趴在地，大口大口地喘气。

陆曈眉心微蹙，犹豫不过片刻，便快步上前。

身后银筝一惊："姑娘？"

"没事。"陆曈道，"把我医箱拿过来。"

她几步走到凉亭里，就见那年轻人面色通红，如一条濒死的鱼，正拼命扒着自己嗓子，喘得不成形状，几乎要厥过去般。

银筝已从屋里取了医箱匆匆赶来，陆曈打开医箱，从长布中取出金针，对准这公子的百会、风池、大椎、定喘等一干穴位针刺。

银筝道："姑娘，他是……"

"宿痰伏肺，遇诱因引触，以致痰阻气道，气道挛急，肺失肃降，肺气上逆所致的痰鸣气喘。"陆曈按住地上人的手，不让他继续乱抓将金针碰到，只对银筝道，"无碍，针刺即可。"

她刚说完这句话，身后忽然传来一声妇人焦灼长唤："麟儿——"

不等陆曈开口，就见一浑身金饰、身材丰腴的丽服妇人匆匆行来，三两下拨开银筝与陆曈，扑到那公子身边，先一迭声"麟哥儿"地乱唤，又怒视着陆曈："你是何人？竟敢对我儿如此无礼！"

陆曈见她手不小心碰到了金针，不由眉头一皱，上前道："他喘疾发作……"

话音未落，这妇人身边不知从哪闪出一高大护卫，将陆曈重重往后

一推:"想干什么?"

这护卫人高马大,动作又极为粗鲁,陆瞳被他这么一推,一连后退几步,险些摔倒在地。

却在这时,身后有人扶住她胳膊,她的背贴至他胸前,仿佛被人拥入怀中。陆瞳闻到对方襟前传来清淡的兰麝香气,幽清冷冽。

紧接着,扶着她的手臂一触即松。

裴云暎站在她身后,距离不远不近得恰到好处,神情很淡,仿佛刚刚的亲密只是错觉。

陆瞳还未来得及对裴云暎道谢,那一头,年轻公子的母亲——丽服妇人又恶气腾腾地指向她,怒声呵斥:"混账,你对我儿做了什么?"

凉亭四处围满了看热闹的人,这妇人衣饰华丽,气势汹汹,瞧着颇有身份背景。

她身前的护卫婆子人数众多,最前头的那个高大护卫十分眼熟。陆瞳想了起来,昨日她与银筝上山,在寺门前被一华盖马车挤到一边抢占了先路,当时那车夫嚣张跋扈,在前头对她们大声呵斥,与眼前的护卫竟是一人。

眼前的妇人,想必就是马车的主人了。

陆瞳望着这兴师问罪的一干主仆,平静开口:"令郎原有肺喘宿疾,不知吸入何物,致肺宣降失调,是以呼吸气促,气郁上焦,若不及时温养后天,恐有性命之忧。"

银筝也跟着道:"没错,刚才若不是我家姑娘及时救治,您家公子可快喘不过气儿了。"

妇人闻言,气得脸色铁青:"满口胡言乱语!我儿好端端的,哪有什么宿疾?你这贱民,竟然在此胡说八道,诋毁我儿名声。胜权!"她想也不想地吩咐身侧护卫:"这女人在此大放厥词,还将我儿作弄成如此模样,将她拿下送官,打她几十个板子,看她还敢不敢乱说!"

那护卫闻言,二话不说就要来拉扯陆疃,然而还没等他碰到陆疃,一只手握住了他手臂。

那手修长白皙,骨节分明,却似含无穷力量,只听咯吱咯吱骨节交错的脆响,让这高大护卫忍不住面露痛苦之意。

年轻人似笑非笑道:"我竟不知,太府寺卿何时有了这么大派头?"

一句话,让那妇人的神情起了些变化。

陆疃看向裴云暎,裴云暎松开手,护卫陡然得了自由,犹似不甘,正要咬牙再上前。

只听唰的一声。

雪亮长刀出鞘,半截露在外头,杀气腾腾,半截藏在漆黑刀鞘中,淬着冷光,一如他面上冷淡的笑容。

裴云暎站在陆疃身侧,一手按着出鞘腰刀,笑意淡去:"谁要动手?"

萧逐风和段小宴见状,亦上前挡在裴云暎身前。

段小宴道:"大胆,竟敢对世子不敬!"

"世子?"妇人微怔。

段小宴解下腰牌,走到妇人面前,好教她看个清楚:"夫人莫非想将我们世子也一并绑走吗?"

那妇人先是有些不服气,犹似怀疑段小宴在骗人,待看清腰牌上的字后,神情顿时僵硬,再看向裴云暎时,目光隐隐含了几分畏惧,只道:"原是裴殿帅。"

陆疃闻言,心下一动。

对方先叫的"裴殿帅"而不是"世子",听上去,裴云暎昭宁公世子的身份还不及他殿前司指挥使的名头来得响亮。

再看这妇人的神色……莫非这位裴大人在位期间曾做过什么让人畏惧之事不成？

妇人笑道："我家老爷先前曾同我说起过裴殿帅年少有为，一表人才，今日一见，果真名不虚传。"她僵硬地与裴云暎打招呼，目光却有些焦灼地看着被仆从扶起来的儿子。

裴云暎笑了笑，将腰刀收起，看向她淡道："不敢。"

竟是不接对方示好。

妇人又看了看陆瞳，许是在猜疑陆瞳与裴云暎的关系，犹豫一下，咬牙道："方才是我心急，言语间误会了这位姑娘，还望姑娘不要放在心上。"

陆瞳垂下眼："无妨。"

正说着，那被仆从们搀着的公子又开始大口大口喘起气来，神情极为痛苦。妇人见状，面色一变，也顾不得陆瞳与裴云暎二人了，直将那公子揽在怀中，急得眼泪都快掉下来了："麟儿！"

她催促身边婢子："去请大夫了没有？"

婢子摇头，亦是焦急："寺里大夫下山去了，还未回来。"又倏尔压低了声音，"少爷今日发病得突然，瞧着竟比往日更重，这可怎么办才好？"

陆瞳见他们惊惶之下将她方才刺进病者身上的金针都给挤落下来，神情微顿。

裴云暎看了她一眼，忽然望向妇人开口："看样子，令郎眼下很不好。何不请位大夫来看？"

妇人闻言，终是连个勉强的笑也挤不出来了，只泣道："这山上哪里有大夫……"

裴云暎轻笑一声："眼前不就站着一位？"

此话一出，妇人与陆曈都是一怔。

裴云暎唇角含笑，慢慢地说："这位陆姑娘是仁心医馆的坐馆大夫，前段时日盛京盛行的'春水生'，正是出于她手。董夫人，"他熟稔地叫对方，"刚才陆大夫救了董少爷一次，只要她想，也可以救第二次。"

陆曈一怔，下意识看向裴云暎。

他如何知道"春水生"是她所做？

那头，董夫人闻言，便将目光投向陆曈，神情仍有些犹疑。

方才陆曈救董麟时她没瞧见，不知这人究竟有几何本事，可她这样年轻，又是个姑娘……

怀中董麟眉头紧皱，痛苦地呻吟着，气息奄奄。

董夫人神色变了几变，如今没有别的大夫，要等人上山来是来不及了，既有裴云暎作保，这女子总不能是个骗子，眼下也只能死马当作活马医了。

她心一横，转而看向陆曈，真心实意地恳求道："求陆大夫救救我儿，只要陆大夫能救我儿一命，我董家必然奉上重金酬谢！"说着，就要拜身下去。

一双手搀住她手臂，阻止了董夫人下拜的动作。

陆曈平静道："夫人不必客气，为人医者，救人是本分。"

董夫人看着她，强忍着对裴云暎的畏惧，又仰着脖子冷道："但若你只是招摇撞骗，误害我儿，延误了我儿治病时机……"

话中威胁之意尽显。

陆曈没说话，沉默着应了，将方才掉落的金针捡好，一转头，对上裴云暎似笑非笑的目光。

他扬眉，微微俯身，低声问她："陆大夫能治好他吗？"

青年个子很高，陆曈被笼在他身影中，是一个极亲密的姿势。

她不动声色与他拉开一点距离,道:"勉力一试。"

他点头,又认真道:"那陆大夫可要好好治,否则出了问题,连我也要被连累。"话虽这么说,这人眉梢眼角却全是笑意,语调轻松不见担忧,显然并未将此事放在心上。

陆瞳便不再多言,走到那少年跟前,让仆从将他扶好,擦净金针,重新替他针刺起来。

四周看热闹的人群已全被董家仆从驱走,只留了萧逐风和段小宴几人。

董夫人望着陆瞳动作,面色紧张至极,暗暗捏一把汗。相较而下,银筝倒是轻松许多。

段小宴见状,悄悄挪到银筝跟前,自来熟地开口:"姐姐,陆大夫医术真有如此高明?"

银筝方才见这少年给董夫人看腰牌的一幕,遂道:"自然。我家姑娘什么都会。"又叹口气,"可惜就是太年轻了,旁人常不信她。就如那位董夫人,"她说着说着,语气也带了些怨气,"姑娘好心救他儿子一命,她非但不感谢,还要将姑娘绑起来,世上怎么会有这样恩将仇报的人?"

段小宴扑哧一声笑了。

银筝转头看他:"你笑什么?"

"姐姐,"段小宴忍笑,"你也不想想,董家老爷是盛京太府寺卿,他家儿子却宿有痨病,这事要是传出去,哪个好人家的姑娘还敢嫁给他?瞒都还来不及。陆大夫刚刚当着众人的面儿说出董少爷病情,董夫人当然气恨,只有把陆大夫绑了,再给她安个行骗之名,董少爷的痨病才能被证实是假话啊。"

银筝听得目瞪口呆:"哪有这样的!再说,瞒得了一时瞒不了一世,好人家的姑娘又是造了什么孽,合该被人骗着嫁来?"

"嘘,小声点!"段小宴忙道,"姐姐别急,就算看在我们大人面子上,董夫人眼下也不敢再绑陆大夫了。再说,陆大夫要真治好了董少爷,董家感激还来不及。他们家对小儿子从来疼宠有加,董少爷的救命恩人,岂能怠慢?"

"谁要他们感激?"银笋生气,"这等人品,该叫我们姑娘远着才是!"

段小宴轻咳一声,不敢再说话了。

那头,陆曈正悉心替董少爷针刺着。

董少爷身材有些偏胖,素日里大概鲜少动弹,脉沉弦尺弱,肺肾两虚。

陆曈只对准他各处穴道一一针刺,平补平泻,不时又吩咐银笋去取温灸,眼见着董少爷面色渐渐缓和,喘息声也不如方才急促,似慢慢平息下来。

董夫人见状,嘴里直念了好几声阿弥陀佛,几乎要喜极而泣。

陆曈额上渐渐渗出些细汗,银笋见状,忙走过去递上帕子,陆曈头也不抬,只接过帕子随意擦了一把。

她今日穿了件素白短襦长裙,抬手时,露出一截皓白玉腕,玉腕上空空荡荡,什么镯子玉环都未戴,干净又柔软。

裴云暎本是漫不经心地瞥过,随即目光凝住,唇边笑意慢慢淡去,眼神渐渐凌厉起来。

那只手腕间,隐隐约约显着一道红痕,伤痕新鲜深厉,蜿蜒着向上蔓延。

那是一道新鲜血痕。

无怀园凉亭中无关闲人全被驱走,董家家仆围在一旁,紧盯着亭中人动作。

渐渐地,董少爷面上恢复了些血色,眼皮也睁开了,他费力呻吟一声,喊道:"母亲……"

"麟儿!"董夫人忙迎上去,握住他的手边哭边道,"你可吓死母亲了!"

陆曈起身,对董家家仆开口:"不要动他身上金针,再等一炷香时间即可。别让他大动,以免喘憋胸闷。"

董家家仆再不敢如方才那般对她轻慢,忙恭敬应了。

陆曈见董夫人与董少爷正低声说话,自己便转身往亭外走,这里人太多了,吵闹得很。

刚走到凉亭外没几步,就见前面站着个人。

暮春风吹杨柳丝,一片冉冉青青。年轻人转过身来,日光落在他身上,将他乌色锦衣上暗绣也泛出些细碎银光。他又生得绝丽,丰姿美仪,美如冠玉,站在花荫中,春风拂过,只教人感一时山光水净,红尘风流。

确实生了一副惑人皮囊。

他见陆曈从亭中出来,向亭内望了一眼,挑眉道:"陆大夫好医术。"

陆曈颔首:"刚才多谢裴大人解围。"

"举手之劳,"他笑笑,语气不甚在意,"陆大夫不必放在心上。"

银筝走到陆曈身边,还未说话,就听得那位昭宁公世子开口道:"昨夜陆大夫住在无怀园中?"

陆曈道:"是。"

裴云暎想了想,又道:"陆大夫可知,昨夜放生殿死的那个人,也是宿在无怀园中。"

陆曈抬眼。

他面上含笑,神情姿态轻松闲散,一双眼睛里却并无笑意,似他腰

228

间那把漆黑长刀，冷而锋锐，出鞘见血封喉。

陆曈看着他，目光平静："是吗？倒是不曾听说。"

裴云暎点头，眸光有些意味不明："陆大夫上万恩寺，只带了个丫头。两个女子孤身行路危险，怎么不多带几个护卫？"

陆曈回答了他六个字："手头紧，不方便。"

裴云暎笑着看她一眼："说起来，陆大夫上山烧香，点灯祈福，可陆大夫看起来不像是信佛之人。"

"裴大人看起来也不像是信佛之人。"陆曈反唇相讥，"来青莲法会又是为何？"

一边的银筝就算再迟钝，也意识到气氛不对劲，忙往陆曈身侧挨了挨，以免这位俊美指挥使突然发难。

裴云暎听闻陆曈的话，并未生气，只若有所思地看了陆曈一会儿，道："陆大夫手上伤痕从何而来？"

陆曈心里一动，只在瞬间便恍然开悟。

原来如此。

想来她方才给董少爷针刺时，被裴云暎瞧见了手腕伤痕。但仅凭一伤痕，他就能怀疑到自己身上吗？

这人敏锐得可怕。

陆曈淡淡道："行医制药，难免为药材所伤。"

他盯着陆曈的眼睛："什么药材？"

"刺槐。"陆曈回答得很快。

裴云暎定定地看着她，神情似笑非笑，像是洞悉了她的谎言。

陆曈不为所动，看向他的目光亦是冷淡。

正僵持着，那头董少爷不知说了什么，董家家仆在唤："陆大夫，陆大夫！"

微妙的沉寂便被这呼喊打破了。

陆瞳冲裴云暎轻轻点了点头,不再与裴云暎纠缠,转身朝着凉亭走去。银筝忙跟上。

裴云暎静静看着她的背影,目光渐渐冷厉。

段小宴和萧逐风自一边走过来,段小宴问:"云暎哥,你们刚刚说什么了?"

"不是说熟人?"萧逐风也朝凉亭的方向看了一眼,"她看起来一点都不想搭理你。"

裴云暎没答他的话,忽而侧首问萧逐风:"听过刺槐吗?"

"刺槐是什么?"段小宴疑惑,"能吃吗?"

裴云暎收回视线,笑了一下,道:"没什么。"

那头,陆瞳走到了凉亭中,被众人围在中间的董少爷已彻底清醒了过来。

一炷香时间已过,陆瞳蹲下身,替他除去身上金针。

董少爷不似董夫人般跋扈,有些腼腆,似也没料到救他的竟是一位貌美姑娘,瞧见陆瞳的脸,连头都不敢抬,只小声地对陆瞳道谢。

董夫人一改先前对陆瞳的冷脸相待。起初她见陆瞳抖落出儿子的宿疾,为儿子的名声着想,只想将陆瞳绑了。可后来董麟情势危急,若非陆瞳力挽狂澜,后果还真不堪设想。

更何况,陆瞳瞧上去与昭宁公世子裴云暎关系匪浅,于情于理,董夫人也不敢轻慢。

她冲陆瞳感激道:"多谢陆大夫妙手回春,今日救得我儿性命,先前对陆大夫无礼,实属我的不是……"

陆瞳打断她的恭维,看了眼董麟,轻声开口:"令郎肺有宿疾,喘憋气促,若遇诱因引触,难免复发。应好好调理。"

闻言，董夫人面色僵了僵，见已瞒不过去，遂长叹了口气，向陆曈低声道："这已是麟儿宿疾，从小到大吃了不少药，见过不少大夫，宫中御医也托人请来过的，仍是没用。去年一年不曾发作，我们都以为他已好了，谁知……"说着，面上真添些愁苦悲戚之意。

陆曈顿了顿："这也不难。"

董夫人一愣，忙道："此话怎讲？"

"肺为贮痰之器，上焦气机升降不利，致津液凝聚，痰浊久蕴，新感引动伏邪，则为哮。应当先治其标，疏风清热，后治其本，宽胸化痰，降气平喘，再以健脾益肾。"

董夫人不懂她说的医理，只问："陆大夫的意思是，我儿这病可治？"

"不敢说根治，十之七八可除。"

此言一出，董夫人顿时大喜，看向陆曈道："果真？陆大夫可不要骗我！"

陆曈微笑以对。

董夫人上下打量陆曈，心中兀自思量。

董麟被这病纠缠也已十多年，名医瞧过，药也吃了不少。去年宫中御医开了一方药，连吃了几月，董麟好了许多，久未发作，众人都以为他好了，没料到今日偏在万恩寺发作了，还如此凶险。

这位陆大夫看着年轻，刚才那番急情，却是实实在在将董麟救了回来，且从头至尾冷静从容，许是有几分真本事。

董夫人遂放缓了语气："陆大夫，你如此相助，当是董家恩人，待下了山，董家必然奉上厚礼相酬。"

这话一半是为了陆曈救命之恩，一半，大约是为了向昭宁公世子卖个好。

陆曈心知肚明，也不说破，只笑说："厚礼便不必了，不过，民女

确实还有一事相求。"

董夫人忙道:"陆大夫有何需求尽管开口。"

"我与丫鬟二人上山是为青莲法会祈福,如今法会出事,又在此遇见董少爷,时日耽误不少。雇来的车夫过了时辰已经先走。如果夫人方便,请帮我与丫鬟寻一辆马车下山。"

董夫人闻言笑起来:"原来是这回事,这有何难,不必寻了,府上马车多,你选一辆自乘就是。"

陆曈略一思忖,便答应下来,笑道:"也好,待到了医馆,我正好抓几副药拿给府上,回头给令郎煎服几顿,有助他保养。"

董夫人更是喜不自胜,对陆曈连连道谢。事情就这么定了下来。

董麟已经全然恢复了过来,看样子无甚大碍,董夫人便驱车匆匆下山,省得在山上又出什么意外。临行时,她又吩咐人给陆曈二人备好辆马车,护送他们下山回医馆。

上车前,陆曈特意看了眼四周,没瞧见裴云暎的影子,想来已经走了。

她收回视线,同银筝上了马车。

马车是董府的朱轮华盖马车,又宽敞又气派,里头垫了软垫和薄毯。银筝悄声对陆曈道:"姑娘,已经令人叫那车夫下山了。"

陆曈点头。

上山时雇的那辆马车自然不会如此快就下山,她故意这般说,只是想借一下董家的马车,也叫西街的人瞧清楚,连太府寺卿也要去仁心医馆瞧病,她陆曈的医术着实高明。

世上之人惯来踩低捧高,狐假虎威,未必不是一种生存方式。

所以她在看到哮病发作的董麟时,才会主动上前施救。并非她医者仁心,只因为她看见董麟的衣料与玉簪,实非寻常人所用般富贵。

232

无论是富贵人家还是官宦子弟，只要身份不低，就能助她谋事。

她太不起眼了，身份也着实卑微。柯家尚能接近，但要谋算审刑院朝官和太师府，如今这样的身份还不够。

她需要更大的名气，更多的人脉，才能接近自己的目标。

才能……复仇。

马车帘被人撩起，一个婆子出现，冲陆曈笑笑："陆大夫，老奴是董府下人，夫人让老奴跟着陆大夫和银筝姑娘一起，等到了医馆，顺带取回陆大夫开的药方。"

陆曈冲她颔首。那婆子便爬上马车，进来坐好。银筝也不再开口说话了。

下山路比上山路要好走，车程快了许多。那婆子起先还同陆曈与银筝寒暄，后来见二人都不甚热络的模样，便自己住了嘴，只半阖着眼打盹儿。

她们晌午出发，到了黄昏便至山脚，马车没有停留，一路疾行去往西街。

待到了西街，仁心医馆近在眼前。

银筝先下了马车，正笑着同陆曈说："今日杜掌柜倒勤勉，快至掌灯了也没关门，不会是特意等着我们吧……"话戛然而止。

陆曈见状，跟着下了马车，待看清眼前情状，不由顿住。

仁心医馆门口一片狼藉，大门被人扯坏了一扇，破破烂烂搭在一边，牌匾也被拽得歪歪斜斜，挂在门口摇摇欲坠。

门前对街站着三五个路人，正对着铺子指指点点。

陆曈与银筝走进铺子里，见最外头堆在黄木桌上那一座小塔似的"春水生"已全部不见了。

墙上挂着的那幅银筝写的字也被人撕掉，只剩光秃墙皮。

药柜被粗暴拉开，药材扔了一地，铺子里一片狼藉，仿佛刚被人打

劫过。

银筝小心翼翼唤了一声："杜掌柜？"

里铺传来哐当一声，像是有什么东西倒下。

陆曈绕过脚下药材，走到了里头。

杜长卿素日里常瘫坐着吃茶的那只竹编躺椅此刻被放平，阿城躺在上头，脸皮有些发肿，嘴角也破了皮，渗出些瘀血，像是被人打过。

桌上半盏油灯晃着昏暗的火，杜长卿坐在阿城身边，低着头一言不发。

陆曈静了静，问："出什么事了？"

铺子里沉寂了一会儿，杜长卿沙哑的声音传来，带着强自压抑的疲惫："熟药所的人来了。"

"熟药所？"

他抬起头，露出一张鼻青脸肿的脸，恨恨道："他们不让我们卖'春水生'。"

阿城的声音从椅子上缓慢传来。

"熟药所是由官府开办，盛京医行各药铺医馆所售成药都要通过熟药所检验。先前售卖药茶时，仁心医馆分明已过了熟药所官印，是可以自行售制成药的。但今日……"

今日熟药所的人前来，二话不说从医馆里搜出"春水生"药茶，只说药茶方子不对，成药有假，没收了仁心医馆售制药茶的官印契子，日后都不许仁心医馆再售卖成药了。

银筝问："那掌柜的和阿城脸上的伤……"

"是那些混账先动的手！"杜长卿咬牙。

起先熟药所的人要没收药茶，阿城舍不得，伸手去抢，未料那些人凶恶至极，对他一个小孩子也要下死手。杜长卿如何能看阿城吃亏,只恨自己也是个没力气的公子哥儿,搅进战局,不过是多一个人挨打而已。

陆瞳看向杜长卿:"熟药所的人为何会突然对医馆发难?"

杜长卿一拳擂在桌上,怒道:"还能为什么?当然是那个老王八从中作祟了!"

"熟药所的人从前和我爹相熟,新药制成,从未多问,今天分明是提前得人消息故意砸店。"

"白守义卑鄙无耻,抄学'春水生'不成,我还以为他安稳了一段日子,没想到在这等着。这个老王八!"

杜长卿说着,神情越发愤恨:"那些熟药所的人也是,当初我爹在时,处处讨好恭维,尾巴摇得比谁都欢,如今见人落魄了,个个上赶着来落井下石,呸,一群势利小人!要是我爹还在,非叫他们全都下不来台……"

话虽说得恶狠狠,语调却有些哽咽,杜长卿别过脸,手在脸上胡乱拂了一下。

银筝吓了一跳,觑着他的脸色,安慰他道:"杜掌柜也犯不着如此生气,一个大男人,遇到点事情怎么还哭上了?我家姑娘当初来盛京,钱快花光了也没住的地方,比你落魄得多,那时也没有流过一滴眼泪呢。杜掌柜,你可要振作起来啊!"

不说这话还好,一说这话,杜长卿更忍不住悲戚了,鼻音越发浓重:"你一个丫头懂什么。想当初,本少爷走到哪儿都是前呼后拥,人人奉承,如今却被这些人闯进来砸了铺子,连个诉冤的地方都没有,换你你不憋屈啊!"

银筝说不过他,和躺椅上的阿城对视一眼,转向陆瞳:"姑娘……"

陆瞳道:"我不憋屈。"

杜长卿抽噎的声音一顿,擦了把鼻涕,转过脸来看她。

陆瞳在桌前坐下。

"过去他们奉承你,是因为你是杜老爷最宠爱的儿子。杜老爷不在,你就只是个什么本事都没有的废物,自然不必花心思恭维。"

杜长卿怒视着她:"陆瞳!"

"从前你高高在上,只知锦衣玉食,不识人间疾苦。如今从云端跌落,毫无仰仗,落魄潦倒,就只能任人欺负。"

"白守义能欺负你,因为他有银子有家业,有个能赚钱的杏林堂,还不忘用心经营人脉。熟药局的人卖他面子,就能给你下绊子对付你。"

她言语不疾不徐,语气甚至称得上和气:"世道就是如此,你如今已不是备受宠爱的杜大少爷,想要别人尊敬你,不敢欺负你,就要自己向上爬,爬到比他们更高的位置,让他们讨好你,恭维你,甚至忌惮你。"

"说得容易,"杜长卿没好气,"你不是知道吗?我就是个废物,一摊烂泥,文不成武不就,怎么向上爬?"

"怎么不能?"陆瞳反问他,"难道没了杜大少爷这层皮,你就什么都做不成了?你不是还有间医馆吗?"

杜长卿看着她。

陆瞳笑了笑:"你能哄得胡员外在这里买药,将医馆支撑几年,当然也哄得了别人。"

杜长卿皱眉:"但现在熟药局不让我们制售成药了。"他忽地一顿,看向陆瞳:"你有办法,是不是?"

陆瞳没说话。

杜长卿陡然激动起来,一把握住陆瞳的手腕:"陆大夫,你可得帮我!"

陆瞳垂眸,目光落在他手上。

杜长卿轻咳一声,悻悻缩回手,望着她再次开口:"陆大夫,你有办法帮我是不是?"

陆瞳道:"我有办法。"不等杜长卿露出笑容,她又继续说道:"但我为何要帮你?"

杜长卿愣了一愣,下意识回道:"做朋友当然要讲义气啊!"

陆瞳沉默。

微小油灯如凝固光团,将气氛也停滞,银筝与阿城谨慎地闭嘴,杜长卿望着桌前人,目光闪过一丝困惑。

陆瞳是他认识的所有人中最奇怪的一个。

杜长卿做废物少爷做了多年,身边往来都是如自己一般的狐朋狗友,只知吃喝玩乐,不识人间疾苦。

陆瞳却不一样。

这个年轻姑娘的心性和她娇弱单薄的外表截然不同,总是冷淡又平静。说她冷漠,她却是以继承师父遗志为目标,宁愿不收药茶钱也要当坐馆大夫。说她心善,看她对付杏林堂的手段,四两拨千斤,步步为营,狡猾如白守义也没能在她手中讨得了好。

他看着陆瞳,斟酌着语句:"你我相识也有几月,咱们也算同甘共苦了许多日子,我们不是朋友……吗?"

最后一个"吗"字,自己也说得底气不足。

陆瞳但笑不语。

他仍不死心:"咱们这铺子要是卖不了成药,定然撑不了多久,届时这铺子一关,你这坐馆大夫也得流落街头,就算你另谋高就,又上哪儿去找如本少爷这般知冷知热、心明眼亮的东家呢……说吧,你想要什么?"

陆瞳道:"我需要银子。"

杜长卿跳起来嚷道:"前几日不是才给了你一百两吗?"

陆瞳:"用光了。"

杜长卿立刻转头去看银筝,银筝若无其事地别开眼,不与他对视。

"明人不说暗话,杜掌柜,你不想做废物少爷一事无成被人践踏,我在盛京立足需要花用银子。眼下既蒙难处,理应合作。今后我继续在医馆坐馆行医,我制作售卖的成药利润,你我对半分成。"

杜长卿:"对半分成?"

说实话,这要求并不过分,毕竟成药是陆瞳所制,只是这对如今捉襟见肘的杜大少爷来说,到底有些心梗。

阿城悄悄扯了下杜长卿衣角,肿着嘴角低声提醒:"东家,只要对半分,陆大夫已经很厚道了。"

"我知道。"杜长卿没好气回道,又看向陆瞳,犹犹豫豫开口,"你这条件提得爽快,我要是答应了,你怎么渡过难关?你在盛京人生地不熟,如何能让熟药所那帮浑蛋松口?别只会说大话。"

陆瞳站起身,道:"简单。"

杜长卿将信将疑地看向她。

陆瞳已起身走到了铺外。

仁心医馆外,董家的华盖马车尚停着,西街两边铺子里,各家都往这头看来。毕竟自打杜老爷死后,除了胡员外,已经许久没有这样显贵的马车前来寻医问药了。

董家的那位婆子还在外等着,见陆瞳出来,忙迎上前,笑道:"陆大夫。"

陆瞳歉意地冲她一笑:"董少爷宿疾尚未大全,本想做几味药温养,夫人令嬷嬷前来医馆取药,只是今日恐怕嬷嬷要白跑一趟了。"

婆子一怔,问:"这话怎么说的?"

陆瞳侧了侧身,好叫婆子看清铺里的一片狼藉,她叹口气,一脸为难:"前些日子医馆做了味鼻窒新药,愈效极好,不知怎么惊动了熟药所,东家和伙计都受了伤,暂且也不能继续售卖成药了。"她冲婆子致歉,"还请嬷嬷回府同夫人解释一番。"

那婆子听她说得无奈,又见走出来的杜长卿鼻青脸肿,心下兀自猜测几分,只笑着对陆曈回话:"陆大夫哪里的话?这又不是您的错。陆大夫也不必太过忧心,待老奴回头与夫人说清楚,不是什么大事。"

她与陆曈说了几句,便同董家的马车一同离开。杜长卿望着马车影子,疑惑开口:"这谁家的人?听说话口气倒挺大。"

"太府寺卿董家。"

闻言,杜长卿瞪大眼睛:"董家?就那个、有个肺痨小儿子的董家?你怎么和他家搭上关系了?"

杜长卿果真做过盛京的纨绔子弟,谁家府邸的密辛私事他倒是门儿清。

陆曈望着西街尽头方向:"没记错的话,熟药所隶属太府寺掌管。"

杜长卿心中一动:"你是想……"

"仗势欺人这种事,谁不会呢?"

陆曈轻声道:"要仗,就仗个大的。"

熟药所位于盛京外场南角楼下,是梁朝如今民间的官营药局,整个盛京城里医馆药铺所售成药,都要经过熟药所核验。

辨验药材官娄四此刻心情很好,正斜歪在椅子上哼曲儿。

他不是药所里研制局方的医官,也不是日日错不开眼的监察员,辨验药材官这个职位实在是一位肥差。各大药铺送来的成药都要经他之手,能否售卖全在他一念之间。

这权力在太医局、翰林医官院中毫不起眼,在这熟药所里,却是最

好捞油水的位置。

他正坐在椅子上盘算着下了差去哪家酒楼快活，冷不防小药员从外头进来，对他道："大人，翰林医官院的纪珣纪医官来了。"

娄四一愣，坐直身子："纪珣？他来干什么？"

他才起身整理好衣冠，就见一只手将长帘掀起，从外面走进个眉眼清雅的年轻人。

熟药所中药香袅袅似山谷云烟，青年一身淡青湖绸素面直裰，长发以一根青玉簪束成发髻，身材高瘦，若孤天之鹤，自有一股脱俗高士之意。

待他走近，娄四忙迎上去笑道："纪医官，您怎么来了？"

这松形鹤骨的年轻人叫纪珣，是如今翰林医官院中最年轻的入内御医。说来这纪珣也是奇怪，他父亲纪大人乃观文殿学士，他祖父乃翰林学士，家兄是敷文阁直学士，一家子文官，偏他自小醉心医术，少时不愿科举，背着家中人参加太医局春试，成了翰林医官院中最年轻的御医。

纪珣聪慧过人，性情清冷沉稳，医术更是超群。他在翰林医官院任职后，研制出许多新药方，被御药院收用。陛下和皇后都对他赞不绝口，就算不依仗纪家的声望，如今的纪珣也是宫中的红人，人人称赞的天才医官。

这样的红人，岂是娄四一个辨验药材官能得罪得起的，又惯知纪珣这人性情清高，娄四便忐忑询问："纪医官今日前来是……"

纪珣令身边小童上前，小童呈上一本红纸册。

他道："御药院挑选出一批局方下送熟药所，可在熟药所制售。"

娄四受宠若惊地接过，嘴上笑道："这等小事，说一声下官自会前去，何必劳烦纪医官亲自跑一趟。"

"无妨。"纪珣神色淡淡。

他送完局方册，转身要走，娄四正想再恭维几句，方才那小药员又跑进来,神情有些古怪:"娄大人,外头有人求见。"

"什么人?"娄四瞪他一眼,"没见着纪医官在这里吗?"

"说是仁心医馆的人。"见娄四皱眉,一时想不起的模样,小药员又补充了一句,"就是今日白日,咱们去西街没收药茶方子那一家。"

"没收熟药方?"娄四想了起来,"原来是那家!"

纪珣脚步一顿,看向娄四:"为何没收药方?"

娄四赔笑脸道:"纪医官有所不知,仁心医馆原本是家正经医馆,谁知老掌柜死后,将医馆给了家中不成器的小儿子。那小子是个纨绔,成日走马游街,只知吃喝玩乐,哪里懂什么药理?前些日子胡乱研制了一方药茶在京中售卖。下官身为熟药所的辨验药材官,岂能让他们这样拿百姓身子做儿戏?自然要阻止了。"

纪珣问:"成药可有问题?"

娄四噎了一下,复道:"自然!下官将他们家药茶送回辨验,那药性混乱,用材不一,实在不适合病者饮用。"

纪珣点了点头。

娄四暗暗松了口气,对那小药员义正词严道:"本官既验明药茶不实,已秉公处理,叫他们回去,莫要再来求情了!"

"可是……可是……"小药员有些为难。

"可是什么?"

"可是,那姑娘身边还跟着太府寺卿董家的人。"

董家?

娄四哽住了。

熟药局隶属太府寺卿手下,这仁心医馆何时与董家有了关系?娄四偷觑一眼一言不发的纪珣,心中一团乱麻。

纪珣是翰林医官院的御医,皇上面前的红人,性情清高脱俗,没听说

他容易被讨好这事。相较而言，熟药所时常要和太府寺卿那头打交道，这抬头不见低头见的，日后相处的时日还多得很，董家可不能得罪。

只是纪珣在这里……

娄四看向纪珣，假意冲那小药员斥道："纪医官眼下在这里，有什么事等下……"

他本意是暗示纪珣该走了，不承想这人闻言，看他一眼，淡道："无碍，我在屏风后，娄大人可与他们尽兴交谈。"说罢，径自走到药所里头那处屏风后，将身影掩住。

娄四愕然一瞬，随即心下咬牙，这分明就是监视自己来的。

只是他也怕耽误太久，董家人着恼，又想着虽有董家作保，一个仁心医馆的坐馆大夫料想也不敢太嚣张，遂对那小药员道："既然如此，让他们进来吧。"

小药员匆匆出去，不多时又领着几个人进来。

那两个男子娄四都认识。一个是杜老爷子的宝贝心肝儿，那个出了名的废物杜长卿。另一个男子身材高大，侍卫打扮，是董夫人身边的护卫胜权。

而站在他二人中间的，却是个脸生的年轻姑娘。

这姑娘生得五官动人，一身白布裙，如熟药所的药香般清苦，站在此地像是幅仙女画儿。娄四依稀听说仁心医馆的坐馆大夫是个女子，心中不由生疑，莫非这就是那位女大夫？可她瞧着实在年轻，也美丽得使人意外。

不等他发话，那女子先开口了："我是仁心医馆的坐馆大夫，'春水生'的方子正是出于我手。敢问娄大人，为何突然禁止仁心医馆售卖药茶。"

娄四定了定神，本想念在董家的分上宽慰几句，忽而又记起屏风后还有个纪昫,遂咳嗽一声,正色道:"自然是因为仁心医馆的药茶不合药理。"

"撒谎!"杜长卿忍不住骂道,"明明先前我送来方子时,你们是通过的,怎么突然又说不行了?分明是你收了旁人好处,故意为难我们!"

娄四冷笑:"杜少爷,话不能这么说。辨认医方本就需要时日,本官也是实话实说。"

陆曈闻言,点点头,平静开口:"既然娄大人口口声声说'春水生'不合药理,敢问娄大人,是哪里不合药理?是其中哪味药材不合药理?是药性相冲,还是药剂太烈?抑或药材微毒,医经药理哪一本哪一条?"

"民女愚钝,"她慢慢地说道,"请大人指教。"

娄四语塞,脸色渐渐难看起来。

仁心医馆的"春水生",先前盛名他曾隐隐听说过,并未放在心上。熟药所见过御药院的好方子多了去了,一间名不见经传的小医馆中做出的成药还不至于他另眼相待。之所以带人砸了杜长卿的铺子,还是因为白守义送来的五百两银子。

白守义亲自登门,送了娄四五百两银子,希望娄四能给仁心医馆些苦头吃。

娄四知道白守义肖想杜家那间医馆已经许久了,奈何那个杜长卿平日里手散,偏在这个事情上格外犯轴,怎么也不肯答应,前些日子还因为药茶一事,两家医馆生了些龃龉。

拿人钱财替人消灾,娄四身为辨验药材官,只需手中官印不落,仁心医馆就不能继续售卖成药,动动手指的事,于他来说不值一提。

要说从前杜老爷子还在时,娄四和杜家还算有几分交情,然而如今杜家落败,五百两银子和杜大少爷的面子,傻子都知道怎么选。

他收了白守义的银子,本就是为了找茬而来,怎会认真去辨验药茶

成色方理？眼下陆曈这一番不疾不徐的质疑，他竟一句也答不上来。

娄四目光闪烁几下："本官每日辨验成药数十方，如何能记得清每一味成药方理，休要胡搅蛮缠。"

杜长卿气笑了："你自己听听你这话是不是强词夺理？"

陆曈道："原来如此，我还以为如熟药所这样的官药局，每一味送来的成药核验过程都要记录在册。毕竟成药核验对医馆来说是大事，如果一味成药核验不过，医馆便无权再继续售卖其他成药，是不是，娄大人？"

娄四冷汗冒了出来。

这女子说话犀利又刻薄，一针见血，核验成药过程自然要记录在册，这他无法否认，况且一味成药不过，并不意味着医馆无权售卖其他成药……

他偷偷朝屏风处瞄了一眼，旁人不清楚，翰林医官院的纪珣不可能不清楚。

娄四含糊道："是。自然记录在册，只是熟药所的官册岂能为你们外人随意翻看？"

陆曈点头："既然如此，是我们僭越。"她转身，朝着董家那位护卫胜权道："胜大哥已听得清楚，如今医馆无权再售制成药，董少爷的病，恕我们也无能为力。"

娄四听得心头一紧，只问："等等，这与董少爷有什么关系？"

陆曈望着他，目光似有嘲讽，道："我奉董夫人之命，为董少爷研制成药。不承想如今医馆因成药辨验不过关，没有售制成药的资格。如此一来，自然也无法为董少爷治病，今后董少爷受疾病所扰，惹董夫人、董老爷伤心，理应怨我学艺不精，无法在熟药所通过成药核验。"

"为董少爷研制成药？"娄四有些不信，"胡说八道，纵然董少爷身体不适，董夫人放着宫中医官不用，怎么可能用你一个小医馆的女大夫？"

陆曈不言，只看向胜权。

胜权本就是个暴躁脾性，方才听陆曈与娄四说了一串话已十分不耐，再听娄四磨磨蹭蹭含糊其词更是心头火起，冲他哼道："夫人做事何须你来质疑？如今少爷急病需陆大夫制药，耽误了少爷病程，你熟药所担待得起吗！"

太府寺卿的下人们从来跋扈，熟药所又隶属太府寺卿监管，一个娄四，胜权并不放在眼里，一番怒言反将娄四吓了一跳。

娄四看着陆曈，目光犹疑不定。

太府寺卿夫人爱子如命，对董少爷格外疼宠，按理说，董少爷生病，只会令人拿牌子请翰林医官诊治方才安心，怎么会信一个名不见经传的小医女？

不过，胜权是董夫人身边得力护卫，他说的话也不会有假。

这到底是怎么回事？

那头的杜长卿见娄四脸色变了，打蛇随棍上，冷笑一声："娄大人不妨好好掂掂量量自己的官帽有几斤几两，可否承得起太府寺卿府上怒火。倘若董少爷真有个三长两短，不知你这个辨验药材官还当不当得下去？"

他这狐假虎威的势头拿得十足，胜权不悦地看他一眼。

娄四忙道："既如此，自然是给董少爷治病要紧。陆大夫，"他转向陆曈，"制售成药一事，先容你们几日。"

"恐怕不行。"陆曈摇头，"董少爷的病需细细调养，并非一日两日可全，至少也需三五年不可断药。"

胜权眯了眯眼，催促道："那就不设限期！"

娄四心中暗恨，这医女分明是借着董家势在朝他施压。可人在屋檐下，不得不低头，只得硬生生挤出一个"好"字。

245

陆曈朝他颔首："对了，今日因董少爷病情，使得娄大人未按规程办事，将医馆售卖成药的权限松放，外人说起来，难免说仁心医馆仗势欺人。为消解这名不副实之说，还请娄大人之后将先前春水生方子中的不对指明，陆曈好将药方改进，这样一来，春水生通过核验，医馆继续售卖成药，亦不耽误董少爷治病，是三全其美之事。"

竟连春水生的亏也不愿吃，娄四心中发闷，又碍于胜权在一边，只能勉强笑道："自然。"

陆曈朝胜权道："待熟药所的印契下来，便能将成药送至府上。"又冲娄四笑笑："今日叨扰大人多时，就不继续耽误大人正事了，告辞。"

她又与杜长卿二人离去了，倒剩了一个娄四站在原地有苦说不出，望着这三人的背影一句话也说不出来。

纪珣从屏风后走了出来。

娄四回过神，忙迎上去道："纪医官。"心中有些惴惴。

纪珣眉头微皱，语气不甚赞同："一介医馆，因有太府寺卿撑腰，就能如此有恃无恐？"

娄四松了口气，纪珣并不知白守义贿赂在前，只瞧见陆曈和杜长卿仗着董家威逼之举，是以有此偏见。他道："可不是吗？下官人微言轻，也不好得罪……"

他有心想将自己摘清，谁知纪珣闻言看了他一眼，冷冷开口："在其位谋其政，仅因畏上随行方便，熟药所恐怕也维持不了多久。"说罢，拂袖而去。

娄四呆呆站了半晌，直到小药员过来唤他方回过神，随即一甩袖子，骂道："这回真成了猪八戒照镜子——里外不是人！"

第八章 借钱

陆瞳与杜长卿回到仁心医馆后,银筝已将铺子里外重新收拾干净。

胜权同熟药所打过招呼,自回董家复命去了。陆瞳让杜长卿将阿城带回家好好休息,忙了一日,天色已晚,仁心医馆的大门关上,陆瞳进了里院,将分拣出来的药材拿去后厨。

董麟的肺疾需慢慢调养,与董家搭上关系对如今的仁心医馆来说多有裨益,至少熟药所总要忌惮几分。

银筝从外面进来,对陆瞳道:"姑娘,先前给曹爷送去了一些,还有咱们在万恩寺中宿费,咱们的银子眼下还剩四十五两。"

陆瞳点了点头。

银筝叹气:"从前不觉得,来了京中方觉得,这银子花出去真如流水一般。"

陆瞳道:"打点消息本就花用不少,何况日后还要费些钱同曹爷拉拢关系。"

"还好姑娘聪明,"银筝笑道,"同杜掌柜做了生意,今后售卖成药对半分成,每月进项一多,咱们手头也就没那么紧了。"

银筝又同陆瞳说了会儿话,才去隔壁屋睡下。

陆瞳打了盆热水回屋,在桌前坐下,又挽起衣袖,见右腕往上处,蔓延着一道一指长的血痕。

那是先前在万恩寺佛殿中溺杀柯承兴时,被水缸瓷口划伤所留。

她不甚在意地拿帕子浸了水，擦拭干净伤口，从桌屉里拣出个小瓶子，随手撒了些药粉覆在伤痕上，撒着撒着，动作慢下来，目光有些出神。

今日白日，万恩寺无怀园前，那位裴殿帅望着自己若有所思地开口："陆大夫手上伤痕从何而来？"

一句话，似对她起了疑心。

虽与这位裴殿帅不过两面之缘，他甚至还出手帮自己解了围，但陆曈总觉此人不如他看起来那般和煦。何况在宝香楼下初次见面，他对兵马司中人言行无忌，压迫感十足，再看今日董夫人得知他身份后面上的畏惧之色，此人绝非善类。

被裴云暎盯上，并不是件好事。

不过……

就算他怀疑自己，找不到证据也只能作罢。

陆曈回过神，将药瓶收好，重新扯下袖口遮住伤痕，掩上花窗，站起身来。

眼下柯承兴已死，任凭此事疑点重重，可一旦他私下祭祀前朝神像罪名坐实，非但不会有人插手此案，连带整个柯家都要遭殃。

万福为保全自己和家人，只会坐实柯承兴的罪责。毕竟只有柯承兴死了，整个柯家倒了，才没人会去计较他们这些下人鸡毛蒜皮的小事，万全挪用的上千两租银才会永不会为人知晓。

至于其他人……

陆曈黑沉眸色映出灯烛的火，明明灭灭。

走投无路的柯家，或许会将最后一根救命稻草寄希望于戚太师府上。

只是……

太师府会不会出手相助，那就是另外一回事了。

第二日一早，熟药所的人送来官契，准允仁心医馆继续售制成药了。不过春水生的改进方子，并没有一同送来。

杜长卿站在医馆里破口大骂："姓娄的这是什么意思？霸着春水生不让咱们卖，怎么，连太府寺卿的话也不听了吗？"

银筝从旁经过，忍不住侧目："杜掌柜，你这话说的，像你才是太府寺卿府上的人。"

杜长卿噎了一下："小丫头片子，你懂什么！"

阿城道："算了东家，再耐心等几日。"

阿城昨日回去休息了一夜，脸上涂了些药，已好了许多，精神还不错。

陆曈站在药柜前，正碾磨给董麟的补药，听得对面葛裁缝和邻边卖铁器的牛铁匠闲谈，说昨日万恩寺青莲盛会，有人偷偷祭祀前朝神佛，结果神佛显灵，这人好端端一头栽在放生池中，死了。

银筝眼珠子一转，拿起扫帚边扫着门前灰尘，边问葛裁缝："骗人的吧？葛掌柜，我们前日也上万恩寺了，只晓得出了事，怎么没听这么邪门呢？"

葛裁缝一拍大腿："银筝姑娘，我还能骗你？我家婆娘上山烧香，住得离出事的法殿近，可不就看得清清楚楚嘛，那一群一群的官兵往里赶呢！都说人死的时候跟鬼似的，多半是看见菩萨显灵了！"

他讲得绘声绘色，连带着阿城和杜长卿都被吸引，相邻的小贩们凑近去听，陆曈低头整理药材，眸中闪过一丝异色。

流言总是越传越离谱。

自然，也离真相越来越远。

看来，万福的说辞已得到大部分人肯定，纵有不肯定的，也不想与前朝扯上关系。

葛裁缝还在说:"那柯家原本好好的一户瓷商,这下坏了,同他们家做生意的也嫌晦气,纷纷要退了同他家生意,我瞧着,这家算是完了。"

蜜饯铺的刘婶子道:"他家新娶的夫人娘家不是做官的吗?我们铺子里还给他们家老夫人送过蜜饯呢。怎么着也不至于完了。"

"你知道什么,"葛裁缝哼笑一声,"人家一个年轻漂亮的新妇,老子当官,如今做女婿的出事,划清干系都来不及。听说柯大奶奶昨日就回娘家去了,哎,夫妻本是同林鸟,大难临头各自飞呀——"

"这事儿我也听说了。"丝鞋铺的宋嫂挤进来,"那柯家现在为了赔生意款,都将家中器物拿去当铺换钱。也难怪,柯家就柯大爷一个独子,又没留下个一男半女,柯大爷一倒,柯老夫人还能撑多久?"

听到此话,陆瞳动作一顿。

那头的银筝早已顺口问道:"果真?宋嫂可知他们去的是哪家当铺?说不准咱们去淘淘,还能拣点便宜,淘到什么好东西呢。"

宋嫂闻言笑起来:"银筝姑娘,好东西是有,可哪能拣得了便宜?那柯家再不济,穿用也是富贵。我听说东西抬去了城南清河街禄元典当行。银筝姑娘想看,倒是能去看个热闹。"

银筝笑眯眯道:"那回头得了空,我一定去瞧瞧。"

又说了些话,日头渐升,西街客人多起来,铺子小贩们都各自散去。银筝将扫帚靠墙放好,走进了里铺。

熟药所准允继续售卖成药的官印下来后,陆瞳就着手为董麟制药,因春水生的方子还未送来,白日里的人不如以往多。

快至午时,陆瞳对杜长卿道:"给董少爷的药丸里还差几味医馆里没有的药材,我去别处买点。"

杜长卿道:"叫阿城去买不就得了。"

"阿城伤还未好全呢,别四处走了。"银筝将擦桌的帕子塞到杜长卿手中,"不耽误多少时间,东家尽管放心。"言罢,推着陆曈出了门。

禄元典当行在城南清河街,曹爷所开的那间快活楼赌坊也在清河街上。前日上望春山前,陆曈已让人同曹爷说明,待万福下山后就放了万全。

盛京最容易打听消息的地方,无异于赌坊与花楼,这两处鱼龙混杂,三教九流的人都有,打听消息容易得多。曹爷是只管赚银子的生意人,日后许还有用得上的地方,需得用银子喂着待来时回报。

毕竟,有钱能使鬼推磨。

思索间,二人已行至清河街上,一眼就瞧见那间禄元典当行。

这典当行很大,沿街寻常商铺占了有三间铺子那般宽,又叠了好几层,乌木上以金字雕了"禄元"二字,极尽奢华。

听说这是盛京最大的一处典当行,陆曈与银筝方一走进去,就有一面目和气的老掌柜迎上前来:"小姐可是要典当东西?"

陆曈道:"我想买东西。"

老掌柜一怔,随即笑问:"姑娘可是要买死当之物?"

陆曈点头。

老掌柜了然。

典当行做生意,多是手头紧前来典当换些银钱的,其中一些无力赎回或是想多当些银两的客家,会选择死当。又有到期不见前来赎回的,器物归于典行。典行将这些旧物加价,有时也能卖出去。

毕竟当行里留下的东西里,也不乏有些好东西。

老掌柜问陆曈:"姑娘可有什么想买的?"

"我想买一些首饰。"

老掌柜笑道:"说来也巧,昨日典行里才收了一批死当的首饰,成色都还不错。姑娘要是有兴趣，老朽取来给您过眼。"

陆曈颔首："多谢。"

"不妨事，姑娘且在这里稍候片刻。"老掌柜说完，吩咐身侧小伙计上楼取货，边给陆曈二人倒了杯茶。

陆曈与银筝坐在楼下堂厅等着，银筝一手捧茶，低声问身侧陆曈："姑娘，你到底想赎回什么啊？"

陆曈垂下眼。

"没什么，一根簪子而已。"

小伙计进了屋，很快端出两方巨大铜盘，铜盘里垫了玫瑰红色绒布，各色珠宝被擦拭干净，盛在盘里呈了上来。

老掌柜笑道："这里是新送来的首饰，小姐可尽兴挑选。"

这两方铜盘里，一方里盛放的多是翡翠、玉石、玛瑙等成色较为昂贵的钗簪头面，一方盛放的则是些素银镯戒，有过裂痕成色普通的环佩项圈。

陆曈放下茶盏，望着两方铜盘，手指慢慢抚过铜盘雕花边缘。

柯承兴死后，柯家生意受创，柯老夫人要赔偿欠款，只能变卖家中财物。

当初陆柔出嫁，纵然家中清贫，但以父亲母亲的脾性，绝不会少了陆柔的嫁妆。陆柔死后，所随嫁妆不知被柯家用去几何，但想来，若有剩余，必然会被柯老夫人最先拿出来换成银钱。

而柯家新妇秦氏，如今巴不得和柯家撇清干系，多半不会再留着柯家带出来的旧物。

陆曈手在铜盘中拨弄两下，拣出一只精巧的竹节钗，一方成色还算光鲜的银质手镯，最后，越过绒布上琳琅满目的香红点翠，拿起了一只银镀金镶宝石木槿花发簪。

花簪似乎用了许久了,簪体已被摩挲得光润,上头镶嵌的细小宝石光泽却依旧璀璨。

陆疃将这三样东西拣出,看向老掌柜:"我要这些。"

老掌柜叫伙计将铜盘撤走,笑呵呵道:"小姐好眼光。这三样都是新来的典物。竹节钗五两银子,手镯十五两,这宝石花簪稍贵些,需一百两。不过老朽瞧小姐是生客,第一次来,抹去零头,小姐只付一百两即可。"

"这么贵?"银筝忍不住脱口而出,"又不是什么碧玺珊瑚,老师傅,您别欺我们不识货!"

老掌柜闻言也不恼,只耐心笑道:"姑娘有所不知,这簪子虽材质不如碧玺珊瑚,胜在工艺精巧特别,一百两银子绝对不亏。要是姑娘觉得价钱不妥,不如看看别的?"

陆疃沉默。

她为这木槿花簪子而来,价钱却在预料之外,就算单买花簪,银子也还差了一半。

如今,可真是有些为难了。

陆疃与银筝在典当行中为银子犯难时,隔壁遇仙楼里有人从楼上走了下来。

青年一身绯色窄腰公服,护腕绣了银色锦纹,日光下泛着一层暗光。他走到楼下,解开拴马绳,正欲翻身上马。

身后跟着的少年突然开口:"咦?那不是陆大夫吗?"

裴云暎上马的动作一顿,抬眼看去。

对街不远处的典当行里,正站着两个熟悉的人。陆疃那身白裙簪花实在打眼,她又生得娇弱单薄,一阵风也能吹跑,站在铺里,让人想不认出来也难。

段小宴有些兴奋："没想到才从寺里分别，就又在这里见到了，真巧。"

裴云暎若有所思地看了她半晌，道："是很巧。"

禄元典当行里，银筝还在与老掌柜据理力争："掌柜的，这簪子就算工艺再精巧，材料也就如此，若不是我家姑娘喜欢，旁人定也不愿花一百两买下。你不如少点卖与我们，日后我们还来这里买东西。"

老掌柜面上温和，嘴里分毫不让："姑娘说笑，实不相瞒，咱们这铺子开在城南清河街，租子本就比别地更贵，我们也是小本生意，姑娘若说少个三五两还好，这一开口就是五十两……实在是为难老朽了。"

"可是……"银筝还想再说。

一只手从身侧越过来，将一张银票落在桌上，身后有人开口："不用说了，我替她付。"

陆曈抬头，正对上一双含笑黑眸。

"裴大人？"陆曈微微皱眉。

没想到竟会在这里遇到裴云暎。

他似乎刚办完公差，身上公服还未脱，官帽遮住发髻，衬得人眉眼英挺，姿态里又带了三分风流，绯色公服穿在此人身上倒显灼灼夺目。

他冲陆曈一笑："陆大夫，又见面了。"

老掌柜也认出裴云暎来，忙挤出一个笑，这回笑容比方才面对陆曈时真诚得多，还带了一丝隐隐畏惧："早知这位小姐是小裴大人的朋友，老朽哪里还会收小姐的银子。这三样首饰小姐带回去即可，算是老朽送小姐的见礼。"

他伸手想将银票推回去，一只手将银票按住了。

裴云暎倚着桌台，不紧不慢道："老先生这铺子开在城南清河街，租子本就比别地更贵，既是小本生意，何来让你破费一说？"

他将老掌柜刚刚的话原话奉还，老掌柜脸僵了僵。

裴云暎屈指敲了敲桌子："劳烦掌柜的替她包起来。"

这回老掌柜不敢耽误，忙令小伙计将挑好的三样首饰包好递给银筝。

陆瞳与银筝收好东西，走出典当行，发现裴云暎正等在铺子外，身侧还跟着那个叫段小宴的少年，瞧见陆瞳二人，段小宴忙与她们招手打了个招呼。

陆瞳回礼，走到裴云暎身后，冲他道："刚才多谢裴大人。"

他转身，低头看着陆瞳，道："陆大夫眼光不行啊。"

陆瞳望向他。

"你好像被那老家伙坑了，"他看一眼银筝手上的布包，"就这点东西，也敢收你一百两。"

禄元当铺的老掌柜看似敦厚慈祥，实则人精，陆瞳心知肚明，若不精明，也不能将铺子开在清河街这样的繁华之地多年还屹立不倒了。

银筝愣了愣，鼓起勇气开口："那裴大人刚刚在典当行里时，为何不提醒我们姑娘？"

裴云暎抱胸看着陆瞳，忽然一笑："因为，说了的话，就没机会让陆大夫欠我一个人情了。"

他这神色暧昧，语气微妙，却叫陆瞳轻轻蹙了蹙眉。

陆瞳道："欠裴大人的银子，我回去后即刻取来送还。"

"不必。"裴云暎看着她，"听说陆大夫的医馆里，有一味叫春水生的药茶卖得很好，就用那个抵吧。"

"好。"陆瞳一口答应，"裴大人给我府上住址，明日我就让人送去。"

"不用麻烦，"他笑，"西街又不远，改日我上门来取就是。"

陆瞳盯着他，他神色自若，仿佛自己刚刚的话再自然不过。

片刻后,陆曈领首,平静道:"好。"

陆曈与银筝先走了。

段小宴随裴云暎往遇仙楼下走,段小宴道:"这陆大夫身上什么首饰都不带,我还以为她不喜欢钗环手镯,没想到也和寻常姑娘一样。"

裴云暎悠悠开口:"是啊,所以下差之后,你回典当行一趟,问问今日她买走的那三件首饰出自何家?"

段小宴"哦"了一声,忽而又反应过来:"你问这个做什么?昨日在无怀园你也帮了她,哥,我怎么觉得,你对陆大夫的事特别上心?"

裴云暎走到遇仙楼前,解开拴马绳,翻身上马,笑道:"可能会杀人的女人,不多上点心怎么行?"

言罢,不再理会段小宴,纵马而去。

段小宴愣了一下,忙跟着上马追去,问道:"杀人?谁啊?"

进了夏日,夜里渐渐没有那么凉了。

银筝种在院前的月季发了几枝,再过不了多久就能开花了。

屋里,陆曈坐在桌前,望着手中的木槿花簪出神。

柯大奶奶秦氏果真没有带走这只花簪,作为陆柔的嫁妆,这发簪又被柯老夫人第一时间典当了。

发簪精巧,昏黄烛光下,宝石泛出层朦胧旧光,仿佛常武县初夏山头的晚霞。

好像也是这样的夜晚,母亲坐在灯前做针黹,她刚刚沐浴完,躺在陆柔腿上,任陆柔给她用帕子绞干湿漉漉的头发。

陆柔替她梳拢头发,边笑言:"等我们小妹长大了,头发束起来也好看。"又俯身在她耳边悄声道:"放心吧,那只花簪姐不用,姐帮你留着,等你遇到了心仪的小郎君,姐给你梳头。"

她那时还小，童言无忌，想也没想地回答："好啊，那等我遇上了心仪的郎君，就带他一道上门来同你讨，姐姐可别说话不算数。"

母亲瞪她们二人一眼："不害臊。"

陆柔笑得直不起腰，捏着她的脸逗她："没问题，届时你带他来见我，我倒要看看是哪家小郎君有此殊荣，得我妹妹另眼相待。"

窗外有风，吹得烛火微晃，陆曈回过神，将手中发簪收进匣子里。

银筝端着水盆从屋外进来，陆曈将剩下的银手镯和竹节钗递给她："这个送你。"

"送我？"银筝惊讶，"姑娘自己不用吗？"

"本就是为了掩人耳目顺带买的。"陆曈道，"我素日也用不着。"

银筝接在手里，顿了顿才开口："那要不我再换一家给典当了？咱们今日去一趟典当行，花了不少，其中且不提裴大人那头，还欠着杜掌柜银子。成日问杜掌柜借钱也不是个办法，他自己瞧着也不剩多少了。"

"随你。"

银筝看向陆曈，陆曈坐在桌前，如初夏夜里含苞待放的一朵茶花，比她鬓边簪佩的那朵还要鲜妍。单看外表，着实招人怜惜。

"姑娘，"银筝斟酌着开口，"那位裴大人几次三番替你解围，今日又说不要你还银子……他是不是喜欢你呀？"

见陆曈不说话，银筝又想了想："他是昭宁公世子，长得好，身手也好，要是他真对你……"

"不是。"陆曈打断她的话。

"他不是喜欢我，他是在试探我。"

那位裴世子看她的眼里可没有半分情意，倒像是洞悉她的一切秘密，令人警惕。

不过，无论裴云暎对陆曈的试探是何目的，陆曈都没工夫理会。

接连几日,陆曈都在忙着给董麟制药。

太府寺卿府上,仁心医馆暂且得罪不起,加之董家给的诊银很丰厚,杜长卿也不好说什么。陆曈忙了几日,才将药做好,让杜长卿亲自送到太府寺卿府上。

这头才将药送完,那头熟药所来人了。

熟药所的药员站在陆曈跟前,恭敬道:"陆大夫,春水生的方子,御药院那头改进了一下,收为官药。日后春水生药茶只能在御药院和熟药所采买,别的医馆商户都不能再继续售卖。"

杜长卿刚从董府回来听到的就是这么个晴天霹雳,一时没绷住,揪起传话药员衣领:"你说什么?"

那药员年纪尚小,结结巴巴地开口:"这是好事呀,方子能进御药院局方,是无上的荣耀,掌柜的应该高兴才是。"

"高兴个屁!"杜长卿忍不住骂,"他将方子收走了,我怎么赚钱?姓娄的是不是故意?混账王八蛋,他连太府寺卿的话也不听了吗?"

"这是……这是御药院的决定,"药员无奈,"小的也做不了主。还请掌柜的……冷静一下……"

冲一个小药员发火的确不是办法,杜长卿撒开手,气得脸色都变了,咬牙道:"无耻!"

娄四不敢拂董家面子,准允医馆继续售卖药材,却在这关头釜底抽薪,将春水生的方子收用成官药局方。对寻常医馆来说,的确是面上有光之举,但对于如今靠春水生成为进项大头的仁心医馆来说,却不是一件好事。

捉襟见肘时,有名比不得有利。

阿城和银筝面面相觑,阿城小心翼翼地看向陆曈:"陆大夫,这下可怎么办?"

259

既不能继续售卖"春水生",仁心医馆也就没了最重要的银源,一朝又回到了当初。

陆瞳不言,收了药员的官印,目送小药员走了,才转身回到里铺,道:"不用担心。"

三双眼睛齐刷刷盯着她,杜长卿目光里闪过一丝希冀。

"同一家医馆,至多只能征用一方成药局方作为官药。春水生被熟药所收用,意味着仁心医馆自此制售的所有成药都不会再被熟药所收管。"陆瞳道,"杜掌柜,你自由了。"

"自由有个屁用啊。"杜长卿没好气道,"银子都没有了,我宁愿做财富的囚徒!"

"银子没了可以再赚。"陆瞳声音平静,"一方药被收走了,就再做一方。"

"再做一方?"杜长卿盯着她,"说得容易,你能做得出来吗?"

陆瞳没说话。

过了一会儿,她道:"我能。"

小满后,盛京的雨水多了起来。

落月桥下河水深涨,祈蚕节一过,"蚕妇煮茧,治车缲丝",新丝上市,隔壁裁缝铺和丝鞋铺的生意日渐兴隆。

早晚风凉,杜长卿减衣太狠不慎着了风寒,这几日极少来医馆。医馆生意冷清,没了春水生售卖后,瞧病的人寥寥无几。

阿城去市场买回来苦菜,小满时节宜食苦菜益气轻身,陆瞳在医馆里清洗菜叶,边听着西街小贩们各自的闲谈。

这闲谈里,偶尔也会提到盛京窑瓷生意的柯家。

听说盛京卖窑瓷的柯家近来日子很不好过。

柯大老爷在万恩寺中离奇溺死，官府的人来查看并未找出痕迹，只当他是醉酒落水结案。明眼人都能看出柯承兴是因为私拜前朝神像被官府刻意撇过。

柯家既出了这事，原先与柯家做生意的人家纷纷上门。自打当初太师府寿宴后，柯家凭着太师府关系搭上一批官家。如今事关前朝，谁还敢拿乌纱帽玩笑，纷纷撤下与柯家的单子。

柯承兴当初新娶秦氏，为拉拢秦父，柯老夫人将管家之权交到秦氏手中。如今秦氏一怒之下回了娘家，柯老夫人才发觉不知不觉里，秦氏竟已花大笔银子补贴秦家，账册亏空得不成样子。

不得已，柯老夫人只得典当宅铺来赔债，数十年积蓄所剩无几。府中大乱，下人散的散，跑的跑，有的卷了细软一走了之。陪着柯承兴多年的万福一家也在某个夜里不辞而别，偷偷离了京。

陆曈听到这个消息时并不惊讶，万福是个聪明人，当初陆柔出事，柯承兴仍将他留在身边，就是看中他谨慎。万福此人并不贪婪，柯承兴一死说到底与他脱不了干系，眼下好容易得官府不再追究，若再不趁此逃之夭夭，日后被人翻出旧账，只怕没好下场。不如趁柯家混乱时带着家人一走了之。

让陆曈稍感意外的是太师府。

柯老夫人家中落败，走投无路之下曾暗中去过一次太师府，许是想求太师府帮忙。不过，连太师府的门都没能进。

陆曈本以为太师府会因陆柔的把柄在柯老夫人手中而对柯家伸出援手，没料到太师府竟丝毫无惧。后来转念一想，陆柔是死在柯承兴手中，就算将此事说出来，柯家也讨不了好。太师府自然有恃无恐。

不过……

敢在这个节骨眼儿登门太师府，不管柯老夫人是否怀着威胁之意，

下场都不会太好了。

最后一丛苦菜摘好，银筝从铺子外走了进来。

阿城在门口扫地，银筝走到陆曈身边，低声道："姑娘，打听到范家那头的消息了。"

陆曈抬眼。

银筝将声音压得更低一些："审刑院详断官范大人前年九月擢升了一回。"

陆曈一怔："擢升？"

永昌三十七年的九月，是陆柔死后三个月，这个时候，依万福当初所说，陆谦已经来到京城，见过柯老夫人，不知何故成为官府通缉嫌犯。

陆谦的入狱与审刑院详断官范正廉的擢升有关？

银筝继续道："前年九月刑狱司确实出了一桩案子，刑狱司的差人曾提起，先是有人求见范正廉告发官家，后来不知怎的，举告人又被通缉，说是入户劫财。曹爷的人说，当时全城通缉，闹得很大，那嫌犯藏得隐蔽，还是他家亲戚大义灭亲，向官府供出他所藏处所，才将人给抓住。姑娘，"银筝有些迟疑，"您在盛京还有亲戚？"

陆曈闻言，摇了摇头："没有。"

陆家亲眷单薄，若真在盛京有门亲戚，或许陆柔也不至于势单力薄被人欺辱至此。

"我已经托曹爷继续打听那门亲戚是何人了，只是曹爷说，涉关官府的事不好打听，还有银子……"银筝叹了口气，"这回打听消息的银子还是杜掌柜给咱们做新药的材料钱，这几日是他病了没瞧见，要是知道咱们花了大半银子，到现在什么都没做出来，不知道得发多大的火……"

正说着，忽见陆曈站起身，掀开毡帘往里走去。

银筝愣了一愣："姑娘做什么去？"

陆曈回答："做新药。"

阿城拿着扫帚跟在后面，奇道："早上不是说，还不知道做什么新药吗？"

"现在知道了。"

殿帅府位于皇城西南边上津门以里，背靠大片练武场。夏日光盛，演武场一片炎意。

地牢里却冷风寒凉。

幽微火把在墙上闪烁，牢间深处隐隐传来声声惨叫。

靠里的一间刑房里，一排铁架上锁着六人。两个黑衣人站在架前，唰的一声，两桶刺盐水泼向架上，牢中顿时一阵惨叫。

正对铁架的沉木椅上，坐着个人。年轻人一身乌色箭衣，手握一把铁钳，正漫不经心拨弄脚下火盆中的烙铁。

周围横七竖八散落一地刑具，刀针铁器泛着淬泽阴暗冷光，有人声响起，带着压抑的痛苦，怒道："裴云暎，要杀要剐给个痛快，何必磨磨蹭蹭？"

"那怎么行？"裴云暎笑道，"都进这里了，怎么还能让你痛快？"

他手中铁钳在火盆中拨弄几下，指间黑玉嵌绿松石戒指映着一点翠色，若凛凛清渠，不过须臾，夹起一块烙铁来。

他走到说话人跟前。

这六人皆被扒光衣服，以布缚住双眼锁在铁架上，全身上下几乎已无一块好肉。用过刑后泼上辣椒盐水，若无十足毅力，一般人第一次用刑后便已招认。

但世上不是人人都怕疼。

裴云暎在说话人跟前站定,侧头打量对方一下,铁钳下烧红的烙铁突然朝这人前胸而去。

呲——

一股皮肉烧灼的焦味猛地蹿起,囚室响起嘶哑低号。

这人前胸处本就受了刑,旧伤未好,再添新伤,如何不疼?裴云暎神情淡淡,辨不清喜怒,手上动作丝毫不松,烙铁紧紧贴着对方前胸,像是要钻进对方皮肉,融进他骨头中去。

焦气充斥四周,惨叫在地牢中久久回荡,蒙眼人瞧不见画面,这瘆人阴森越发可怖。

良久,在惨叫声中,最左边的囚犯终于忍不住瑟瑟开口:"……我说。"

"住嘴!"正受刑之人闻言一惊,顾不得身上痛楚,喊道,"你敢……"

下一刻,雪亮银光闪过,呵斥声戛然而止。

裴云暎腰间长刀入鞘,若非地上鲜血,仿佛刚刚抽刀杀人之举并非出自他手。

架上之人脖颈垂下,血自喉间汩汩冒出,已无声息。

一片令人窒息的沉默中,他侧首,将手中铁钳扔下,看向方才说话之人,含笑开口:"现在,你可以说了。"

囚室中安静片刻。

囚犯被蒙住眼,未知反比已知更可怖,虽瞧不见发生了什么,但刚刚还呵斥自己的人再无声息,怎么也能猜到几分。那人面上流露出些恐惧,惶然开口:"是……是范大人。"

"哦?"裴云暎一挑眉,"范正廉?"

"是……是的。"囚犯紧张道,"军马监吕大山出事那一日,刑狱司手下提前得了大人差遣,吕大山的死,大人是知情的。"

裴云暎笑了笑:"果然。"

他转身,接过身边人递来的帕子,低头仔细擦拭手上溅上的血迹,末了,走出门去。

身后侍卫青枫跟上:"主子。"

裴云暎站定:"刚才听清楚了?"

青枫还未说话,前方又有人匆匆赶来,是个仆从打扮的人。这仆从走到裴云暎跟前,行过礼后,恭敬开口:"世子,小的奉老爷之命前来,下月是老爷生辰,老爷心中挂念世子,请世子回家一聚。"

青枫站在裴云暎身后不敢说话。

周围人皆知裴云暎与昭宁公惯来不合,几年前回京后干脆在外买了宅子,除了每年给先夫人祠礼,从不回裴家过夜。

提起裴家,自家主子眼中不见亲近,只有厌恶,想来裴家的仆从这次又要无功而返了。

果然,裴云暎闻言,想也不想回答:"没空。"

仆从擦了把汗,笑道:"世子许久未见老爷,老爷近来身体欠安,希望世子……"

"要我再说一次?"

仆从一滞。

这位世子爷喜怒随心,看似和煦,实则狠辣,性情更不如二少爷温和懂礼,强势如昭宁公也管不住这位儿子,何况是他这样的小小仆从。

仆从诺诺点头,落荒而逃。

裴云暎盯着他背影,眸底幽黑,无悲无喜。

青枫问:"主子,牢里的怎么处理?"

已经得到了想要的消息，刑审也就结束了。

"刑狱司教出来的人，嘴巴硬，骨头倒是软。"

他道："刚才那个留下，其他的没用了，杀了吧。"

"是。"

"姑娘，隔壁丝鞋铺宋嫂送的两条青鱼都翻白肚了，那鱼鳞已经取完……"

"剩下的没什么用了，杀了吧。"陆瞳道。

"这……"

银筝瞧着木盆里两条奄奄一息的鱼有些为难。

西街一条街上的摊贩四邻关系都挺好，原先杜长卿和阿城管着仁心医馆，懒得和周遭小贩打交道。自打陆瞳二人来了后，情况有了些变化。

银筝嘴甜又会察言观色，常常分些果子点心给街邻，人都是有来有往，她又生得俏丽讨人喜欢，一来二去，和一街小铺的人都熟了，时不时收些别人的回礼来。

这两条大青鱼就是宋嫂送来的回礼。

宋嫂将两条青鱼送到银筝手中，嘱咐她道："银筝姑娘，这两条青鱼拿回去熬汤给你家姑娘补补身子，陆大夫太瘦啦，纸糊似的，真怕一阵风就给刮跑了！"

银筝将青鱼拿回来，还未想好是要蒸着吃还是烧着吃，陆瞳先拿了小刀将两条鱼身上的鳞片刮了下来，说要用鳞片做药引。

鱼被刮了鳞片，翻着白肚扑腾在水面上，瞧着是不行了。

银筝站在原地没动。

陆瞳抬起头问："怎么了？"

"姑娘……"银筝为难地开口,"我不会杀鱼啊。"

她在花楼里学唱曲跳舞琴棋书画,却没学过洗手做羹汤。这厨艺还是跟着陆曈后勉强学会的,只能说将食物煮熟,至于杀鱼这种血淋淋的事,就更是敬而远之了。

陆曈看了她一眼,停下碾药的手,从石桌前站起身,拿起刀端着木盆走到院子角落里蹲了下来,抓住一条青鱼往案上一摔,本就不怎么活泛的青鱼被摔得不再动弹,陆曈干脆利落地一刀划破鱼肚,将里头内脏掏了出来。

银筝看得咋舌。

"姑娘,你连杀鱼也会啊。"银筝替她搬来一个小杌子,自己坐在一边托腮瞧着,忍不住佩服,"瞧着还挺熟练的。"

陆曈拿起水缸里的葫芦瓢泼一瓢水在鱼身上,将污血冲走,又抓起另一条青鱼,一刀剖开肠肚,低头道:"从前在山上时杀过。"

"啊?"银筝愣了一下,忽而反应过来,"是因为要取用药引吗?"

陆曈手上动作不停,良久,"嗯"了一声。

银筝点头:"原来如此。"又看一眼陆曈满手的鲜血,咽了下唾沫,"就是看着有点吓人。"

陆曈没说话。

其实她不止会杀鱼,处理别的野兽也驾轻就熟,不过倒不是为了取用药引,大多数时候,只是为了填饱肚子。

芸娘是个对吃食很讲究的人,也爱下厨,煮茶需用攒了一个冬日的积雪化水,面点要做成粒粒精致的棋子状,做一次二十四节气馄饨还得取用二十四种不同节气的花做馅料。

可惜的是,芸娘在山上的时间太少了。

芸娘时常下山,一去就是大半月,有时候山上剩下的米粮能撑些日

子，有时候芸娘忘记留吃的，陆曈就只能饿肚子。

她刚到落梅峰时，连下山的路都找不到。第一次饿肚子许久，在屋前地上捡到了一只受伤的山雀。

幼时的陆曈挣扎许久，还是将那只山雀给烤了。

她在陆家时，胆小又娇纵，鲜少干活，素日里看见个蜂子蛇儿都被吓得惊慌失措，然而人在饿昏头时，也顾不得什么害怕不害怕，只能被食欲驱使。

陆曈还记得第一次吃烤山雀时的感觉。

那时她甚至不懂烤鸟儿需要拔毛去除内脏，只囫囵地放在火上炙烤，烤成了漆黑一团，以为熟了，一口咬下去，咬出丝丝血迹。

陆曈"哇"地就哭了，从喉间泛出丝丝恶心的血腥气，她张口欲吐，腹中饥饿却又在提醒她这里没有别的食物了。于是她只能忍着难耐的腥气，一口一口将那只烤得漆黑的山雀吞进肚里。

那是陆曈自出生以来，吃过的最难吃的一餐。

不过，自那天以后，她开始意识到一件事。在落梅峰，想要活下去，总将希望寄托在旁人身上是不行的。她渐渐学会了制作捕猎陷阱，能捕到些小的兔子，又学会了将这些野兽处理得干干净净，做成肉干存放，以免下一次断粮。

芸娘回来后瞧见她，十分惊讶她居然还活着，又瞧见她藏在罐子里的肉干，看她的目光更加奇异。

"不错嘛。"她对陆曈道，"到眼下为止，你是在落梅峰上活得最长的那个。"她凑近陆曈，笑容古怪，"说不准，你能活着下山呢。"

说不准，你能活着下山呢。

陆曈垂下眼。

后来芸娘死了，落梅峰上再没了别人，她确实走到了最后，活着下了山。

只是……

只是那个努力吞咽烤山雀的小孩儿，大概是永远消失了。

手下青鱼蓦地一甩尾巴，拍出的水花溅在脸上，染上丝丝凉意，陆瞳回过神来。

青鱼都被剖得干干净净了，却还有余力动弹。陆瞳擦净面上水珠，银筝起身将两条处理干净的大青鱼提起来，放到厨房去，笑道："这下就好了，姑娘想怎么吃这鱼？"

"随你。"

"那就清蒸好了。"银筝道。她厨艺平平，好在陆瞳并不挑食。

银筝才将青鱼蒸上，那头的陆瞳已经叫她进屋来，待进屋，就见窗前桌上摆好了一叠厚厚纸笺。

"这是……"银筝拿起一张纸笺。

这纸笺很漂亮，是浅浅的粉色，凑近去闻，能闻到一股淡淡花香。若是写字在这纸笺上，光是瞧着也让人心动。

笔墨都已经准备好，银筝懵然看向陆瞳。

"新药快做好了。"陆瞳道，"还需你帮忙。"

"是要写字吗？"银筝恍然。

先前的春水生之所以能在短时间里风靡盛京，除了胡员外在赏花会上的帮忙外，银筝在药茶上包裹的诗词也起了不少作用。盛京文人墨客众多，好茶之人多风雅，瞧见春水生的名字，也愿意花银子买点意趣。

总是噱头。

不过，眼下这纸笺瞧着和先前春水生用的纸笺又有不同。倒像是女子传递情意或是闺中诗用的花笺一般。

"姑娘要我写什么?"

陆曈想了想:"你可有什么好的词句,用来写女子窈窕姿容的?"

"有是有,可是……"

"就写那个。"陆曈道。

一夜雨后,日头新盛。

杜长卿在家休养几日,总算将风寒养好了,一大早换了件春袍,同阿城刚到医馆,就见银筝在门口桌台后插了许多花。

花是石榴花,开得薄艳,丛丛火色似红绡初燃,又如红纸剪碎映在繁绿中,深红浓绿映得分外娇艳。

石榴花丛中,点缀了许多巴掌大的白瓷罐,白瓷罐上贴了粉色纸笺,如藏在繁花中的粉玉,玲珑可爱。

杜长卿随手拿起一罐,问银筝:"怎么摆这么多胭脂水粉?"

"不是胭脂。"银筝把字画挂到墙上去,"是姑娘做的新药。"

上回春水生背后挂着的字画被熟药所的人撕走后,墙面一直空荡荡的,银筝把字画挂上去,铺子就显得别致了一些。

杜长卿凑上前去念:"窈窕燕姬年十五,惯曳长裾,不作纤纤步。众里嫣然通一顾,人间颜色如尘土。一树亭亭花乍吐,除却天然,欲赠浑无语。当面吴娘夸善舞,可怜总被腰肢误。"

念毕,杜长卿懵然抬头:"这是什么?"

陆曈掀开毡帘从里头出来,将他手中的瓷罐放回去,道:"这是'纤纤'。"

"纤纤?"

陆曈道:"天热了,时下女子衣衫渐薄,或许希望看起来身形窈窕。这药茶,调整阴阳,协调脏腑,疏通经络,运行气血,对女子轻身健脾有良效。"

银筝笑道:"反正进了夏日,为鼻窒所恼之人大大减少,就算熟药所不将春水生收归局方,继续售卖也比不上之前。倒不如趁势卖卖新药茶。我瞧盛京女子个个美丽,想来格外爱重容貌,这药茶定会很好卖。"

"纤体?"杜长卿有些怀疑,"女子纤体药茶盛京药铺里不是没卖过,没听过什么卓有成效的。陆姑娘,我让你做新药,你怎么做这个?"他扫一眼花丛中的瓷罐,小声嘀咕:"整这么花里胡哨的,没少花银子吧。"

银筝气道:"杜掌柜,你怎么不信姑娘?那肯买这'纤纤'的,必然对美貌卓有要求,总不能随意找个铁罐放着吧,那谁还想买!"

正说着,隔壁丝鞋铺也开张了,宋嫂在里头对银筝打招呼:"银筝姑娘,陆大夫,昨日那青鱼尝了吗?"

银筝顾不得与杜长卿吵嘴,忙探头笑着应了:"尝了,新鲜得很,姑娘与我都吃了许多,谢谢宋嫂。"

宋嫂也笑,边笑边摆手:"都是一条街的,说什么客气话。"一转眼,瞧见仁心医馆门口桌台上摞起的瓷罐,讶然开口:"春水生又开始卖了吗?这罐子怎么瞧着与先前不一样了?"

银筝回答:"这不是春水生,这是我家姑娘新做的药茶'纤纤'。女子用此药茶,可补气纤体,喝个多日,就能面若桃花,体态轻盈。"她瞧一眼宋嫂,顺口问:"嫂子不如买两罐回去试试?"

宋嫂摸摸自己的脸,自己先笑了:"我买这做什么,一大把年纪,胖了好歹能撑一撑,真要瘦了,不多几条褶子给自己添堵吗?胖点儿就胖点儿,"她拍拍胸脯,"胖点儿结实,不然哪有力气干活?"说罢,一头钻进铺子里,招呼起客人来。

杜长卿站在银筝身后,冷眼旁观完二人对话,幽幽冷笑一声:"我

就说吧。"

陆瞳垂眸,将罐子继续在桌柜上摆好。

杜长卿凑近,诚心建议:"陆大夫,可不是我泼冷水,您这药茶可不如春水生好卖,要不换个别的?"

"不换。"

杜长卿瞪了她半晌,陆瞳不为所动。

过了一会儿,杜长卿气道:"固执!"

不管陆瞳是不是固执,仁心医馆的"纤纤"也已经摆出来卖了。

快至掌灯时分,对面丝鞋铺关了门,宋嫂从铺子里出来,去了城东庙口。

城东庙口挨着鲜鱼行,戴记肉铺生意一直很好,屠夫戴三郎子承父业,在此地卖猪肉已卖了十多年。他家猪肉新鲜,价格公道,从不缺斤少两,剁肉臊子也剁得好,附近妇人常在他这里买肉吃。

宋嫂到了肉铺,此刻已近傍晚,铺子里只剩一点带骨碎肉,戴三郎正在收拾案板,快收摊了。

宋嫂最爱在这个时候来买肉,快收摊时买,价钱比早上买便宜将近一半。

"三郎,"宋嫂熟稔开口,"还和以前一样。"

戴三郎"嗯"了一声,将碎肉从木案上合拢,拿油布包好。

他眉头紧锁,身形似座臃肿小山,因夏季天热,汗水从额头滚落,将撑得紧张的薄衫浸出一层濡湿,一眼看去,如一只巨大的刚出锅的酱色元宵。

宋嫂忍不住道:"三郎,你近来是不是又胖了些?"

戴三郎没说话。

"你这样可不行。"宋嫂道,"你这素日里吃荤,身子越重,总不是个办法。要说这样,"她凑近一点,"何时能成家?"

戴三郎收拾案板的动作一顿,脸色有些涨红。

戴屠夫中意西街米铺的孙寡妇许久,奈何孙寡妇爱俏,挑男人不看银子不看本事,就看一张脸。戴三郎与"英俊勇武"四个字实在相去甚远,是以到现在也没能落得孙寡妇一个眼神,只能暗暗伤心。

见这老实人垂头丧气的模样,宋嫂有心想要安慰几句,忽而心中一动,道:"说起来,仁心医馆的陆大夫今日刚出了新药,说是能帮人纤身轻体的。"

戴三郎一愣:"新药?"

"是啊,那陆大夫先前做的鼻窒药茶可有用了,要不你去试试?贵是贵了些,说不准有效。"宋嫂嘴巴上随便说说,不曾想过戴三郎真会去买。一来是这新药贵得很,一罐好几两银子,谁会为了瘦点儿买这个?二来么,也没听说过哪个男子爱美爱俏的。

宋嫂挑完剩下的肉走了,戴三郎关了铺子,没如往日一般立刻回家,站在门前想了好一会儿,抬脚朝西街的方向走去。

西街离城东庙口不远,夏日昼长,天黑得晚了些,戴三郎到了仁心医馆时,天色已近全黑,除了卖吃食的商铺前亮着灯火,大部分小店都收摊了。

杜长卿和阿城刚准备出门,迎面瞧见一个高大的胖子走过来,这人腰间两把混着油光的斩骨刀,走起路来脸上横肉乱抖,颇为吓人。

杜长卿吓了一跳,鼓起勇气挡在门口,道:"干、干什么?"

戴三郎抬眼看向他,杜长卿镇定地与他对视,过了一会儿,戴三郎移开目光,鬼鬼祟祟地开口:"我想买药。"

"买药?买什么药?"杜长卿狐疑。

"就是那个……"戴三郎似乎有些难以启齿般,吞吞吐吐地开口,

"能纤体轻身的……"

"什么东西？你大点声说！"

陆瞳从杜长卿身后走过来，将油灯往桌上一放，道："你想买的是'纤纤'吧。"

灯火微晃，照亮了戴三郎的脸，也照清楚了他额上因紧张渗出的大滴汗珠。他忸怩地点了点头，小声"嗯"了一声。

杜长卿愕然看向陆瞳。

陆瞳从身后药柜里取出一只白瓷瓶，道："一瓶三两银子，约莫喝半月，你要多少？"

这价钱对卖猪肉营生的戴三郎来说，实在算不得便宜，不过他只是咽了口唾沫，道："先买两瓶。"

陆瞳将两瓶"纤纤"递过去："每日三服，按时煎用。"顿了顿，她又问戴三郎，"你可识字？"

戴三郎摇了摇头。

"那我说，你听。服药时有禁忌，不可随意服用，否则效用不佳。"陆瞳又细细与他说了用药禁忌，一连说了三遍，戴三郎才点头表示记住了。他不爱说话，买完药后，就拿着药走了。

杜长卿看着戴三郎敦实的背影，有些费解地自语："我真没想到，买你这药茶的，竟然是一介屠夫。"

他以为第一位客人或许是位袅袅婷婷的纤瘦少女，又或许是位珠圆玉润的高门贵妇，但万万没想到竟然是位杀猪匠。

戴三郎小心翼翼把贴着粉色纸笺的药罐子放在腰间，和他那把泛着油腥的杀猪刀映衬在一起时，真是让人有种难以言喻之感。

杜长卿喃喃开口："屠夫怎么也会想要纤瘦呢？"

银笋顺着他的目光看过去，啐道："怎么就不能呢？只兴让女子身姿窈窕,偏对男人这般宽容。我瞧着这位屠夫小哥倒是胜过盛京大部分男子,至少明白自己仪容不佳,晓得挽救。"

她继续道:"要我说,盛京那些男子都应学学人家,好好拾掇拾掇自己,免得我们女子走在大街上,瞧见的都是些年纪轻轻就大腹便便的丑男人,偏还觉得自己是翩翩公子,实在倒胃口。"

杜长卿无言:"你这打哪听得这等歪理?男子当然不能只看相貌。"

"不在意相貌的话,杜掌柜为何要时时换衣装扑香粉。"银筝故意拆他台,"再说这盛京街上,我也没见着几个有才华的男子啊。长得好看和学识出众,总要占一样吧。"

"我说不过你,我不跟你说。"杜长卿转向陆曈,"不过陆大夫,你这药真能有效?不会喝一段日子他还是这样,一怒之下拿刀把你我都剁了吧。"

他补充道:"我先说,我可打不过他。"

陆曈垂下眼睛:"只要他想,他就能得偿所愿。"

"什么意思?"

陆曈没说话,过了一会儿,才开口道:"对他来说,很有效。"

日子总是过得很快。

仲夏登高,顺阳在上,五月初五是端阳。

西街家家铺面墙上挂上新鲜艾草菖蒲辟邪,宋嫂男人买来雄黄酒,宋嫂家小妹采了粽叶,打算在家好一同过节。

宋小妹在后厨里喊宋嫂:"娘,家里没咸肉了。"

宋嫂大声应了,只道:"你放着,我出门买去。"

粽子里也要放咸肉,不过卖猪肉的戴三郎前月回乡去了,说是家中老母偶感风寒要回家侍疾,宋嫂只能在别的肉铺买肉,买来买去,总归觉得不如戴记的猪肉好。今日天色早,想着干脆去瞧瞧戴记开张了没有。

才出门，迎面就走来一位提着竹篮的妇人。

这妇人约莫三十来岁，穿一件水绿绣金蓝缎领褙子，底下一条雪白褶裙，梳一个妇人头，肤色白皙，耳边垂着两粒金坠微晃，虽谈不上美貌，却颇有风韵。

宋嫂停住脚步，喊了一声："孙妹妹！"

这妇人便是孙寡妇了。

这孙寡妇也是个奇人，原是西街米铺掌柜家的女儿，十八岁时嫁了个盛京一个小官儿，谁知过了几年丈夫就病死了。这丈夫死前对她百般宠爱，田庄铺子都写了她的名契，夫家公婆又早已不在，留下好几间房子和几箱子金银首饰。

孙寡妇便带着丈夫留的银子和小女儿又回了西街，她手头有钱，人又生得不差，这些年倒是有不少人来打她的主意。不过遭来的媒婆通通被她打发了回去，原因就是这位孙寡妇不爱财也不爱才，就爱男人生得俏。

有上门的媒婆来说客，孙寡妇也好好地请人坐下吃茶，回头说一句"别的不要，只要人物齐整就好"。

人物齐整，听上去简单，可人与人之间的眼光大不相同，孙寡妇嘴里的"齐整"，大约和媒婆眼中的"齐整"相去甚远。媒人眼中的"齐整"，大概只要是个有眼睛有鼻子的男人就叫齐整，但孙寡妇显然不这么想。于是好几年过去了，一个入眼的都没有。

要说那些年纪小的，一心奔着吃软饭来的少年，她嫌人家脂粉气太浓，一团乳臭未干的孩子气；倘若找些年纪大的、一眼看上去靠得住的，她又说人家瞧上去糙了些，连个香袋都不佩，一看就与她不够登对。

早几年的时候孙寡妇还瞧上了杜长卿，不过杜长卿不当上门女婿，婉言谢绝，这门亲事也就作罢。

"孙妹妹这么早起来了。"宋嫂热络地同她打招呼。

孙寡妇笑着冲宋嫂点一点头,涂着丹蔻的手指轻轻往前一点,娇声娇气地道:"买点肉包粽子。"

宋嫂晃了晃神。要说,难怪这孙寡妇哄得她那早死的郎君把所有的田契都写了她名字,别说男人了,这娇滴滴的声音一入耳,她这个女人都忍不住酥了半边骨头。

宋嫂看看孙寡妇这一身精心搭配的衣裙,又想想戴三郎泛着油腥气的臃肿身材,忍不住心想:虽然戴三郎是个好人,不过有一说一,也确实有些癞蛤蟆想吃天鹅肉了。

二人便一起往城东庙口那头走,宋嫂是个热心肠,嘴巴又快,一路上直逗得孙寡妇笑得花枝乱颤,待二人走到庙口附近,老远瞧见挨近巷口的那间小铺子大门大开着,有人站在里头剁骨头。

"哟,三郎回来了。"宋嫂见状一喜,戴三郎回来了,今日总算能买到好猪肉。她又想起身边的孙寡妇,忙捅一捅对方胳膊,促狭道,"你要不也买点?他每回给你的肉都比咱们的多。"

"讨厌!瞎说什么,"孙寡妇推一把宋嫂,嘴里嗔道,"别欺负人家厚道。"

宋嫂点头:"三郎确实厚道,是个好人。"

"就是长得糙了些。"孙寡妇叹气。

"那倒是,"宋嫂附和,"要是再长得好些……咦,这不是三郎?"

此时已近戴记门口,正是清晨,夏日日头出得早,桌案前正站着个陌生男人。

这男人身材高大,宽肩窄腰,因天热,只穿件白布褂子,露出麦色皮肤,但见露出的胳膊结实有力。再往上看,这人生得浓眉大眼,五官周正,轮廓略显刚硬,不如那些少爷公子俊美,却自有一股野性粗犷之色。

他挥舞手中斩骨长刀,汗珠由前额滚落,顺着脖颈没入褂子领口,

潮湿又晶亮，莫名让人心里像是腾起团雾色的火。

宋嫂盯着这人，心中只觉夏日果然暑气重，否则她明明穿着清凉小衫，怎会觉得此刻脸庞和心头灼灼发热？

孙寡妇痴痴瞧了那汉子半晌，直到对方的斩骨刀停下，朝这头看来，她才回过神。

艳阳无声，远处有早蝉低鸣，孙寡妇顿了顿，迤迤然撩起耳畔垂落的一丝长发，将落发别到耳后，袅袅婷婷地朝那汉子走过去，一直走到对方跟前，她才抬起头，冲对方盈盈问道："这位俊小哥看着好面生，从前没在这里见过你。你是戴大哥家中何人？"

"我……"汉子似乎没想到孙寡妇会对自己主动搭话，一时间有些发愣，直直地盯着对方的脸不说话，像是看呆了。

孙寡妇心中得意，眼看着这人的一张脸越来越红，肖似煮熟的红虾，再逗下去恐怕都要落荒而逃了，她才忍笑道："我瞧着你与戴大哥眉眼间有几分肖似，你与他是亲戚？是兄弟还是侄子？从前怎么没听他提起过你？"

汉子的脸色更红了，憋了半晌，才吐出一句话："孙姑娘，我是戴三郎。"

俏丽孤孀面上的笑容僵住了。

宋嫂高亢的声音响彻了整个城东庙口。

"戴三郎？你是戴三郎？！"

第九章 纤纤

盛京五月五,落月桥下龙舟竞渡,时人午日爱以兰汤沐浴,所谓"午时水饮一嘴,较好补药吃三年"。

阿城提着木桶出了门,准备打些井水来泡茶。银筝坐在里铺包枣粽,杜长卿靠着长椅,有气无力地提醒坐在药柜前的陆瞳:"陆大夫,咱们一月没进账了。"

陆瞳不言。

"纤纤"始终无人问津。

三两银子对寻常平民来说,价钱未免过高。加之药茶本身不是治愈鼻窒一类顽疾,总教人心存几分怀疑。

而往日的老客人胡员外一类又对这类养颜轻身的药茶不感兴趣,纵是想照拂生意也没得照拂,医馆里一时冷清了许多。

杜长卿耐心有限,眼见着每日银子只出不进,难免心中着急。奈何陆瞳比他还要油盐不进,杜长卿也只敢在嘴上抱怨几句。

正说着,长街尽头远远跑来一个人影。正是夏日正午,今日又是端阳,城里人都去落月桥下看龙舟了,西街冷清得很,陡然出现这么一个影子,倒显稀奇。

影子从烈日下的长街滚过,直奔仁心医馆而来,一口气冲进铺子,不等陆瞳说话,自己先高声喊道:"药茶!我要两罐药茶!"

杜长卿嗖地一下从椅子上蹿起来,快步上前,对着这月唯一的客人绽开一朵热情笑容:"请问需要什么药茶?"

来人是个泼辣妇人,身形稍显丰腴,二话不说,一指藏在石榴花丛中的白瓷罐:"就那个!"

"纤纤?"杜长卿愣住了。

这药茶在医馆里放了近一个月无人问津,阿城摘来的石榴花都凋谢了,只剩光秃秃的枯枝摆在药柜前,缀着白瓷罐上的粉色纸笺,瞧着好不可怜。

"这药茶……"杜长卿想要解释。

妇人打断他的话:"喝了能瘦,我知道!"

银筝见状,笑着上前问:"大姐怎么知道这药茶喝了能瘦?"

那妇人道:"我亲眼看到的!城东庙口卖猪肉的戴三郎,原先胖得像头猪,就是喝了你家药茶,如今都成了美男子了,体面得很!"

因今日西街许多商贩都去看龙舟了,开门的铺子都少,隔壁葛裁缝正靠着门口吃茶,闻言忍不住道:"瞎说!那戴三郎谁没见过,腰比我家簸箕宽,和美男子能搭得上边?"

妇人看一眼葛裁缝宽厚的身材,冷笑一声:"可不是吗,那人家现在就是和以前不一样了,连孙寡妇都要抢着与他说话哩。你要是不信,自己去城东庙口看看呗!"

她说得十分笃定,倒把葛裁缝噎了一噎,一时间没接得上话。

杜长卿还想说话,门外又有人声传来:"我做证,她没瞎说!"

众人转头一看,来人竟是宋嫂,她手里提着个竹编篮子,跑得气喘吁吁,人还未到,声先响起:"我和孙妹妹一起去的戴记,那戴三郎现在俊得很,看着比杜掌柜还要英武多了!"

杜长卿:"……"

宋嫂的丝鞋铺就在这里,西街四邻小贩都认识,她又惯来不是个爱

乱说的，一时间，众人都将信将疑，纷纷询问："不可能吧？那戴三郎什么样大家都清楚，还能成美男子？"

宋嫂也不理会，一径奔进仁心医馆，冲陆瞳道："陆大夫，我娘家妹妹托我给她家丫头也买一罐，你这还有不？"

"有的。"陆瞳从药柜前拿出一罐递给她，让杜长卿称了银子。

杜长卿刹那间做成两笔生意，尚且晕晕沉沉，还未从这巨大的惊喜中回过神来，就听见阿城的声音从长街尽头响起："东家……东家！"

小伙计拖着个木桶从尽头狂奔而来，活像身后有人追杀，一气跑到仁心医馆里，杜长卿看着他手里空空的木桶，疑惑问道："你不是打水去了？水呢？"

阿城抹了把额上的汗，颤巍巍道："好可怕。"

"哪里可怕？"

"小的刚走到街口长井处，忽然来了一群人问我，仁心医馆哪里走，我想着那就给他们领路吧，谁知领着领着……"

"领着领着怎么了？人领没了？"

话音刚落，忽听见长街远处，自远而近一阵嘈杂轰响。众人抬头一望，见原本冷清的街道尽头陡然出现一大片黑压压的人群，这群人有男有女，个个身材壮硕丰润，跑动起来时像是要将长街踩碎，随着这震动声起伏，一群人疯了似的往医馆的方向跑，边跑边道："纤纤，给我留两罐纤纤！"

"我先来的，我要！"

"滚犊子，我先来的，掌柜的先给我！"

银筝惊呆了。

陆瞳当机立断，只说了一声"关门"，一把将大门拉回来。

砰的一声，像是有人撞在大门上发出巨响，紧接着，乒乒乓乓的声音响起,伴随着混乱的叫喊:"买药,我们要买药!"

"开门啊!关门做什么?"

"别躲了,快些出来做生意!别躲里面不出声!"

无数人簇拥在医馆门口,用力拍打大门,从冷清到疯狂,只在瞬息之间。

银筝有些意外,陆曈神色冷静。唯有阿城无助地看向杜长卿。

杜长卿咽了口唾沫:"果然……很可怕。"

仁心医馆门口的疯狂持续了许久,陆曈一直等到外头的人稍微冷静了些,才将门打开。

城东庙口卖猪肉的戴三郎如今是何模样,仁心医馆的人都没见过,但想来这人与从前的确判若两人,否则不会有如此多人见过如今的戴三郎后,毫不犹豫来此处讨买纤纤。

买药的人比杜长卿想得还要多许多,陆曈前些日子制作的纤纤不过顷刻便被售卖一空,只剩光秃秃的石榴枝兀自摇曳。

一位圆胖男子不甘心地在石榴枝中搜寻许久,终是没找到多余的一罐,可怜巴巴地看向陆曈:"陆大夫……"

陆曈道:"不用担心,这几日我会再制售一批纤纤。"

那男子闻言眼睛一亮,忙高兴地应了。他身后没买到的客人见状,纷纷嘱咐陆曈多做些,或是要先将银子付过,好提前定下药茶以免届时抢不到鲜货。

银筝连哄带骗的,总算是将这群人打发走了,又在西街一众四邻羡慕的目光中,提前将铺门关上。

天色已近傍晚,里铺的灯笼提前亮起。杜长卿小心翼翼将铁匣端出来,捧一把今日赚的银子,任银粒从指间流下,仍有些怀疑自己身在梦里。

银筝走过来,无言片刻,道:"已经数过三遍了,杜掌柜,今日一共卖了五十罐纤纤,这里是一百五十两银子,刨去前段日子您给姑娘五十两的药材钱,今日赚了一百两。"

"一百两……"杜长卿坐在椅子上,喃喃念了两句,忽而转身一把抓住陆曈的裙角,仰头望着她,如望着庙里供的财神爷,"陆大夫,你真是仁心医馆的大救星,我杜长卿的活菩萨!"

陆曈伸手,将他攥着的裙角扯出来,道:"可惜今日没多余的药茶了。"

"没关系啊!"杜长卿一拍大腿,将铁匣子往陆曈跟前一推,"这里的银子你拿去,咱们再多做点,不够的话我还有!咱们能做多少做多少,趁着这些日子,好好大赚一笔!"

他一扫前些日子的郁气沉沉,眼角眉梢都是欢喜。

阿城盯着他:"东家,你不是说没钱了吗?"

杜长卿啐他一口:"你懂什么,我要不这么说,银子都被败光了怎么办?一家里总要有一个持家的吧!"

这话阿城没法接。

银筝看不过:"可今早你还劝姑娘换别的卖……"

"我那是有眼不识泰山,眼光不好,陆姑娘当然不会跟我一般计较。"杜长卿能屈能伸,又叹道,"那些人把戴三郎吹得天花乱坠,我都想去见见了,说什么能及得上我英武,瞎编什么鬼话?就一月时间,能瘦成个美男子?"

"姑娘说药茶喝了能瘦,当然能瘦。"

杜长卿摆了摆手:"不过我原以为这盛京只有女子才爱美,没想到男子也一样。"

陆曈道:"也未必是爱美,毕竟人言可畏。"她把干枯的石榴枝从花盆里拔出来,"不管男子女子,总不喜欢背后被人指点。"

"说得有理。"杜长卿点头,看着陆曈想了想,忽然问,"陆大夫,你先前是不是做过这药茶?"

陆曈抬眼。

杜长卿摸了摸鼻子:"不然你怎么如此笃定这药茶效用颇好?也没见你跟谁试药啊。"

陆曈把干枯的石榴枝收拢在一起,道:"做过。"再抬头时,对上屋中三人亮晶晶的目光。

她顿了顿,想了一会儿才慢慢开口:"当初我随师父学医,大概五六年前,有一位夫人找到我师父,想要我师父为她研制一方灵药,可以纤瘦身形。"

陆曈在椅子上坐下,手里仍攥着那把石榴枝。

"这夫人与她丈夫少年夫妻,琴瑟和鸣,生儿育女。据她所言,她年少时身材窈窕,姿容出色。只是常年操持家用,难以顾及自身,所以等回过神来时,发现自己已年长色衰,身姿臃肿了。"

屋中三人没开口,安静地听着她说话。

"她的丈夫有心要纳一房小妾,小妾妍姿俏丽,袅袅娜娜,与她是截然不同的轻盈。"

"她对丈夫又恨又爱,恨的是他负心薄幸,罔顾发妻为自己付出多年心生嫌弃,又爱他对自己终究存着一分旧意,因他纳的那房小妾,无论是容貌衣着,还是一颦一笑,都肖似十八岁的她自己。"

"所以她找到我师父,希望我师父能为她研制一方灵药,服用后腰肢袅娜如弱柳,好借此挽回丈夫的心。"

"我师父便将这差事交与我,要我来为她做这方灵药。"

屋中灯火幽暗,小院的风隔着毡帘吹来,将火苗吹得摇摇欲坠。

陆瞳的目光渐渐出神。

她还记得那妇人的模样，穿一件洗得发旧的酱色长衣，因落梅峰雨天路滑，衣裳上沾了不少泥泞，一看就知是在路上滑倒所致。妇人从怀里掏出银匣，其中银锭被摩挲得发亮，接在手中，尚带人的体温。

风尘仆仆的妇人望着芸娘，像是望着世间所有的希望。

然而芸娘的诊费昂贵，仅仅百两银子是请不起芸娘为之制药的。

被芸娘一口回绝后，那妇人便似丧失了所有心气，委顿在地。陆瞳站在一边，心也为这人揪扯。

许是瞧出了陆瞳眼中的同情，芸娘笑着看她一眼："我虽不能为你制药，这丫头却可以。不如问问她？"

妇人一怔，下意识看向陆瞳，眼中再度升起希冀之色。

被那样的目光望着，很难说出拒绝的话，陆瞳挣扎许久，终是艰难地点了点头："我……试试。"

她接了妇人的诊费，便起早贪黑地为妇人制药，翻看无数医书，自己尝试着喝了无数药汁，就连夜里做梦都在想。芸娘饶有兴致地瞧着她努力，眼神中辨不清情绪。

一直到后来……

"然后呢？"阿城听得入了神，见陆瞳不再往下说，忍不住追问。

陆瞳回过神，顿了顿，道："然后我做出了这味药，将药交给了她。"

"她喝完药茶是不是变得很漂亮？她丈夫之后回心转意了？"阿城很着急。

陆瞳沉默了一下，道："没有。"

阿城一愣。

"她喝了药茶，的确纤瘦了许多，从背后看，与未出阁少女无异。

不过她丈夫并未回心转意，仍旧纳了那房小妾。"

"怎么会呢？"阿城忍不住愤然开口，"她都已经变美，她丈夫怎么还要纳妾？"

银筝冷笑一声："她只是瘦了，可毕竟不如新人颜色动人。何况男人这东西，就算找天仙也不耽误变心。岂是一味药茶就能挽回的？以色事人者，色衰则爱弛，爱弛恩必绝，少年夫妻，哪里及得上新鲜有趣？"

"同意。"杜长卿点头，"男人都不是什么好东西，既然找了小妾，就别再说什么顾念旧情了。"

阿城丧气："怎么这样……"又抬头问陆瞳，"那之后这位夫人如何了？"

"不知道。"过了很久，陆瞳才说，"我没再见过她了。"

"哎。"阿城长长叹了口气，神情有些遗憾，这不是他想要的结局。

听了一个不算让人高兴的故事，众人先前赚银子的喜悦被冲淡了许多，又在铺子里合计了一下接下来几日要制售的药茶，杜长卿才带着阿城离开。

银筝在院子里忙碌，将今夜要用的药材找出来，一一归类放在竹篓里。

陆瞳回到小院的屋中，窗前梅花树影子落在桌台上。那一小把枯掉的石榴枝摆在桌上，干瘦凛冽。

陆瞳拨弄了一下灯芯，将那一小把枯枝放在油灯之上，火苗发出炙烤的毕毕剥剥的声音，一小股焦味从油灯上冒出来，突兀地打破夜的宁谧。

她垂下眼睛。

其实，她后来还是见过那位妇人的。

用过药茶后瘦了的妇人再次回到落梅峰，陆瞳见到了她，她已不再

臃肿，甚至称得上伶仃，枯瘦的身体在衣袍中晃荡，仿佛一截枯萎的石榴枝，不见娇艳花朵，只有干瘪暮气。

明明她已经得偿所愿，然而她的目光看起来比从前还要绝望。

她奉出所有的银子，想要芸娘为她做一味返老还童的灵药，想要借此回到当初。

可这世上哪有返老还童的灵药？

芸娘笑着将她握着银子的手推了回去。

妇人面如灰缟。

"其实也不必如此麻烦，你想要挽回夫君的心，很简单的。"芸娘伸手，递过去一方雪白瓷罐，附在妇人耳边悄声耳语，"这里是一味毒药。无色无味，连用一月，其人必死，不会有人察觉。"

芸娘松开手，居高临下地望着茫然的妇人，温柔开口："他死了，就不会变心了。"

陆曈站在屋舍后，望着妇人紧握着手里瓷罐，跟跟跄跄地下山去了。

一月后，陆曈听说山下镇上有妇人毒杀其夫，后投井自尽。她跑回屋舍，芸娘正在做酒蒸鸡。厨房里充斥着醇酒的清冽和蒸鸡的香气，陆曈却觉得想要干呕。

芸娘拿着筷子转过身，笑盈盈看着她，末了，她问："可看清楚了？"

陆曈不说话。

芸娘淡淡道："药医不了人，毒可以。"

药医不了人，毒却可以。

摇曳火苗之上，最后一根石榴花枯枝已经燃完，桌台上遗漏了一地焦黑，辨不出原本烂漫痕迹。

银筝在院中喊："姑娘，药材分拣好了。"

陆曈应了一声,将灰烬清理干净,端着油灯走出屋门。

可怜总被腰肢误……

或许纤纤本不是药,而是毒。

就像她自己,从来也不是什么救死扶伤的大夫。

"纤纤"一夜扬名。

城东庙口的戴三郎不过月余,就由大腹便便的胖子摇身一变,成了结实勇武的美男子,惹得无数人心生好奇前去围观。待瞧见了戴三郎如今的模样,再经由丝鞋铺的宋嫂一番添油加醋,仁心医馆的纤纤想卖不出去也难。

每日都有许多人慕名前来买药,杜长卿更是数银子数到手软,连带着戴记猪肉都出了名,戴三郎还有了个"猪肉潘安"的美名,听说每日去瞧他的人都能从城东街头排到巷尾。

这名声也传到了太府寺卿董夫人耳中。

盛京太府寺卿府上。

陆曈收起医箱,对面前人道:"近来脉象已好了许多,咳喘也鲜少发病,董少爷,待我重新为你换一副药方,按新方服用半年,若无意外,日后就不必再服药了。"

在她对面,太府寺卿董家小少爷董麟垂手坐着,一面认真听陆曈说话,一面脸色微微发红。

自打在万恩寺无意救了董麟一次,陆曈就此和太府寺卿搭上了关系。后来白守义让熟药所的人为难医馆,陆曈干脆借着董家名号狐假虎威了一回,董夫人知道来龙去脉,并未置喙,显然是默许了。

这以后,陆曈每隔一段时间就来董家为董麟施诊,董夫人爱子心切,眼见着董麟的肺疾越来越少发作,自然喜在心头。

她低头提笔写新方子，董麟坐在小几前偷偷抬眼看陆瞳。

花梨木小几前，年轻姑娘坐着，微微俯身，一头如云乌发梳成辫子垂在胸前，只在鬓角簪了一朵冷色绒花。有一两缕发丝不慎滑落，挡住眼睛，被陆瞳伸手拂在耳后，越发衬得那脖颈纤细洁白。

她不似那些珠翠满身、粉光脂艳的千金，只穿一件半旧的深蓝布裙，鹅蛋脸面，蛾眉皓齿，如孤梅冷月，自有玉骨冰肌。

董麟看得有些晃神。

这个救了他一命的年轻大夫生得美丽，眉间似拢着一层丝雨似的愁痕，这点愁痕令她看起来格外脆弱，而她的眼神却像长峰下的溪流，藏着看不见的冷韧。

她抬起头，董麟便对上了那一条冷色的溪涧。

他悄无声息红了脸，别过头不敢与她对视。

陆瞳却没有移开目光。

直到董麟被看得坐立不安，有些耐不住沉寂，想要开口相询时，陆瞳说话了。

她道："董少爷近来好似消瘦了许多。"

董麟一愣。

陆瞳看着他，微微蹙了蹙眉："但我见您脉象不曾不对……"

陆瞳第一次见董麟时，他还有些微胖，这也加重了他的肺疾。不过今日一见，他已消瘦许多，连带着他身上穿的那件褐色长袍也变得宽大了些。

"不不不，"不等陆瞳再问，董麟自己先开口了，他小声道，"我不是因病消瘦的，我是……我是……"他似乎有些难以启齿，过了许久才继续说道，"我是用了陆姑娘医馆里新出的药茶。"

陆瞳一顿："纤纤？"

董麟难为情地点了点头。

陆瞳没说话。

董麟有些心虚。

陆瞳生得动人,董麟在万恩寺那一次时,就已对她一见钟情。

他打听过,陆瞳是外地人,在盛京举目无亲,如今是仁心医馆的医女。这样的家世背景是进不了太府寺卿的,就连做妾,董夫人也未必会同意。

但年轻人的心思岂是外物可以阻挡?董麟喜欢陆瞳,又畏惧母亲强势泼辣,怕被母亲发现自己心思,便让下人平日里多多帮衬仁心医馆,平日去仁心医馆买点药材什么的。

前些日子仁心医馆出了新药茶纤纤,董麟也叫人买回来许多,这本是为了照顾医馆生意,谁知没过多久,这药茶竟然莫名其妙出了名,说是效用极好。

董麟想起从前那些大夫也曾说过,他这身子也需清减一些更好,便尝试地用在自己身上,没料到过了些日子,竟真起了作用,这府中上上下下的人都说他看着瘦了一圈。

董麟见陆瞳若有所思的模样,生怕她窥见自己心思,忙岔开话头:"不过陆大夫,我只服了半罐,剩下的都叫我娘用了……莫非我的宿疾不能用这味药茶?"

"那倒不是,不过……"陆瞳看向董麟,"夫人的身材合宜,怎么也需要用这药茶?"

夫人的体态,可远远不到需清减的地步。

董麟不好意思地笑笑,看一眼屋外,才轻声道:"本来是无须用到的,可是再过段日子,盛京观夏宴,众夫人小姐都会前往,我娘……也不想在宴上落于他人。"

陆瞳了然:"原来如此。"

盛京这些夫人小姐,隔三岔五便有各种名头的小聚,真心相聚之人自然用不着这样的场合,到后来,这样的宴席,也无非是各家争奇斗艳,或是拉拢会联罢了。

才说到这里,外头有人推门,陆瞳回头一看,董夫人站在门口,先是往里张望了一眼,才笑道:"陆大夫,麟儿怎么样?"

陆瞳起身,将写好的方子递给董麟:"夫人无须担忧,董少爷无恙。"

"那就好。"董夫人招呼陆瞳,"陆大夫忙了许久,出来用杯茶吧。"

陆瞳应了。

董夫人从不让她与董麟单独相处太久,陆瞳明白,或许董夫人也怕自己趁着施诊与她儿子有了什么。

倒是格外谨慎。

陆瞳与董夫人一同走到花厅用茶。董夫人让下人送来今日诊银,又笑道:"麟儿这些日子咳喘发作得很少,府里也请别的医官来瞧过,都说麟儿的病好了许多。陆大夫,这都多亏你。"

陆瞳温声回答:"夫人言重,董少爷自有上天护佑,本就症状轻微,纵然没有我,以董少爷的体质,不久也能自行好转。"

这话董夫人爱听,面上的笑容又真切了些。

又闲叙了几句,陆瞳放下手中茶盏,对董夫人道:"夫人,民女有一事相求。"

"哦?"

陆瞳从医箱中掏出一个小药罐递给董夫人,董夫人接过一看,见上头写着"纤纤"二字,不由一顿。

这是一罐纤纤。

她看向陆瞳:"陆大夫这是何意?"

"这是我们医馆新出的药茶,名叫纤纤。"陆曈只字不提董麟先前与她说的事,只认真解释,"这药茶能纤体瘦身,女子服用效用尤好。"

董夫人目光闪了闪,语气有些意味深长:"你想送与我?"

陆曈笑笑:"夫人想用药茶,我便主动送上门,又岂会吝啬到只送一罐?"

"那你这是……"

陆曈低下头,有些赧然地开口:"我想着夫人地位高贵,定然认识京中不少达官显贵,若是能在这些夫人小姐面前略微提上一二,那对仁心医馆与民女来说,就是莫大的荣耀了。"

这话将董家地位捧得极高,又将自己姿态摆得极低,董夫人心中也受用。她看了一眼药罐,不甚在意地笑道:"我还以为是什么,原来是这点小事。不过是说两句话的功夫,你既救了麟儿,这点忙我还是要帮的。"

陆曈忙起身感谢。

董夫人瞧着她,忽然想到了什么,状若无意地开口:"不过陆大夫,这点小事,你怎么不找裴殿帅帮忙?"

陆曈心中一滞。

她抬眸,正对上董夫人探询的目光。

上回在万恩寺,董夫人与陆曈起了争执,是裴云暎出面解了围,当时董夫人似乎误会了裴云暎与她之间的关系,没想到今日又主动提了起来。

说起来,董夫人傲慢无礼,连太府寺卿的下人、护卫都对平民不屑一顾,偏偏这些日子府里上下对陆曈还算客气有礼,或许不只是因为自己救了董麟一命的关系。还因为,他们以为自己与裴云暎关系匪浅。

裴云暎……

陆曈心想,既然这位昭宁公世子的名头这般好使,索性她也就不客气地再借用一次好了。

她顿了片刻，笑容忽而变得有些腼腆，轻声细语地开口："殿帅府公务繁忙，这等冗杂小事，怎好屡次劳烦殿帅大人。"

董夫人注意到她说的是"屡次"。

那言外之意就是，她经常"劳烦"裴云暎喽？

霎时间，在董夫人眼中，陆曈原本腼腆的笑容，立刻就变得欲盖弥彰起来。

也是，若他二人真无首尾，裴云暎又怎会在万恩寺替这医女出头，须知那位指挥使可不是个善茬，素日也不是什么怜香惜玉的性子。

如果陆曈真是裴云暎的女人……这人可得罪不起。

思及此，董夫人便笑着拉过她的手："陆大夫什么都好，就是太客气了……说起来，之前在万恩寺，我与小裴大人间还有些误会，后来小裴大人没放在心上吧。"

陆曈微微笑着，面不改色地撒谎："没有，哪里的话，小裴大人心胸宽大，不会为这点小事生气的。"

"真的？那等小裴大人得了空，来府上坐坐，老爷早就想与他小叙一番。"

"好，我一定替夫人转达。"

"阿嚏——这谁背后编排我们呢。"

一声响亮喷嚏声陡然响起，打破殿帅府清晨的冷寂。

昨日下了一夜雨，院中一架蔷薇被打得七零八落，池塘水面如镜，飘浮数点嫣然落花。

屋中紫檀雕螭案上，摆着一副翡翠棋局。

裴云暎坐在楠木交椅上，手撑着下巴，正意兴阑珊地盯着桌上半幅残局。

段小宴揉着鼻子从门外走进来，见状道："都一月了，逐风哥给的这盘残棋还没解开?"

裴云暎"嗯"了一声。

殿前司天武右军副指挥使萧逐风,身为裴云暎挚友,身家清白,品性出众,无不良嗜好,不爱吃不爱色,就爱四处搜罗棋谱。

他自己棋艺又烂,寻到一方棋谱,解不开,就要拉着裴云暎来帮忙。裴云暎对下棋一事并无兴趣,奈何萧逐风每次的赌注总是诱人。此番赌注是萧逐风在外寻到的一把银锘刀,传言锐不可当,切玉如割泥。

为了这把银锘刀,裴云暎也只能在不上差的时候努力努力。

晨日从窗隙照进来,将他的脸照出一层朦胧光晕。裴云暎从玉碗里拣出一枚碧绿棋子,放在残局一角。

刹那间,纠结交错的残局豁然开朗,死地也绝处逢生。

他眉眼微动。

成了。

段小宴伸长脖子来看:"这就解出来了?"

裴云暎挡住他探来的手:"别动,回头让萧二拿刀来换。"

"那也得等他下差后再说。"段小宴撇了撇嘴,"他先前休沐得够久,可不得补回来差日,还要几日才得空。"说罢,又叹了口气,"寻常上差时总觉得时间不够用,这休沐时反倒不知道干什么,怪无聊的。"

裴云暎瞥他一眼:"嫌无聊?去演武场练箭。"

段小宴倒吸一口凉气,喊道:"大哥,休沐日让人去练箭,这还是人吗?这么大日头去演武场,你不如提前给我备点药。"说到"药"字,段小宴突然顿了顿,抬头看向裴云暎,"对了哥,你是不是忘了件事?"

"何事?"

"你忘了吗?"段小宴同他比画,"咱们上次在清河街禄元典当行,你帮陆姑娘付了银子,她说要用药茶抵银子的,银子快抵得上我两

月月俸了。你不会忘了吧？！"

裴云暎一怔，思忖片刻才道："是有这么回事。"

"你不打算去讨债吗？"段小宴提醒，"就算你不缺银子，也不能如此浪费……我听说西街一条街上全是小吃玩意儿，反正今日时候还早，顺路过去瞧瞧呗。那药茶你不要的话，我拿回去孝敬我爹，生辰贺礼都省了。"

他喋喋不休说了一堆，边瞅着裴云暎脸色，见裴云暎仍是一副无动于衷的模样，又凑上前去，拖声拖气地开口："哥——云暎哥——"

裴云暎眉头皱了一下，忍不住抬手抵住他探来的脑袋，看了他一眼，段小宴可怜巴巴地瞅着他。

半晌，裴云暎叹了口气："行吧。"

陡然被答应，段小宴还有些不敢相信："真的？你今日怎么这么好说话？"

"正好我要去城东一趟。"裴云暎站起身，顺手提起桌上长刀，"顺路。"

陆瞳离开董府时，已经是正午了。

此时正是日头最晒时，在外行走怕过了暑气，董夫人便让董府的马车送她回去。

一同坐马车的还有一位婆子王妈妈，是董府的下人，先前万恩寺那一次，也是这婆子陪着陆瞳一道回去的。

王妈妈如今待陆瞳的态度也客气许多，一路与陆瞳不咸不淡地交谈，待到了仁心医馆门口，陆瞳与王妈妈道了谢，撩开马车帘就要下车，冷不防听见身侧王妈妈"咦"了一声。

陆瞳转头，王妈妈指着马车外："那位好像是裴大人？"

陆瞳顺着她目光看去。

日头正晒,长街檐下雨后生出一层茸茸苔藓,绿得可爱,薜荔根蔓延上墙,一片夏日幽致里,冷暖两色泾渭分明。

有人站在檐下阴影里,似是察觉到陆瞳视线,于是脚步停住,抬眼朝她看来。

细碎日光从门口的李子树缝隙穿过,落下零星几丝在他身上,年轻人神情藏在暗色里看不真切,那双看向她的漂亮黑眸却含着几分幽深。

绯袍银刀,风姿英贵,正是那位殿前司指挥使裴云暎。

陆瞳不由心中一跳。

几个时辰前,她才在董夫人跟前信口胡诌,暗示自己与裴云暎亲密无间,不过须臾,就在此遇着了正主,实在有种撒谎被人抓了个正着的心虚。

王妈妈目光犹在裴云暎和陆瞳之间打转,陆瞳已提起一个笑,回头冲这婆子道:"裴大人是来找我的。今日劳烦妈妈跑一趟了,我先走一步。"

王妈妈忙道:"陆大夫忙自己的就是。"看她的目光却与方才又大不一样。

陆瞳见目的已到达,便不再多说,起身下了马车。

才一下马车,裴云暎身侧的段小宴见陆瞳走来,立刻用力朝陆瞳挥舞手臂:"陆大夫!"

陆瞳走过去,在裴云暎和段小宴跟前站住,道:"裴大人,段小公子。"

"陆大夫,"段小宴冲她展颜笑道,"我与大人刚到此地,正想着这医馆里怎么没见着你人影,还以为你今日不在,没想到就在这里遇到了。可真是有缘。"

裴云暎没说话，目光越过她身后落在了停在医馆门口的董家的那辆马车上。

"那是太府寺卿府上马车？"

陆曈道："不错。"

裴云暎点头，笑着看向陆曈，目光有些异样："陆大夫什么时候和太府寺卿这样要好了？"

陆曈心中一沉。

他语气平静，看她的眼神却如刀锋利刃，犀利得很。

陆曈定了定神，敛眉回答："这还多亏裴大人上回出手相助，董夫人与我解开误会，我便偶尔去太府寺卿府上为董少爷施诊。"

不动声色地又将球踢了回去。

裴云暎垂眼看着她。

过了一会儿，他点头："原来如此。"语气淡淡的，也不知信了还是没信。

陆曈又看向裴云暎："不知裴大人突然前来，所为何事？"

"来讨债啊。"

"讨债？"

他"嘖"了一声，笑着提醒陆曈："陆大夫真是贵人多忘事，怎么忘了，之前禄元当铺中，你还欠我两包春水生。"

禄元当铺？

春水生？

陆曈恍然。

这些日子她忙着制售纤纤，确实将这件事给忘了。

段小宴瞅了瞅陆曈："陆大夫，你还真是将我们大人忘得一干二净。"

银筝刚从里铺出来听到的就是这么一句，不由轻咳两声，这话说的，不知道的还以为陆瞳和裴云暎之间有点什么。

陆瞳转身往医馆走："我去拿药茶，裴大人、段公子，进来坐吧。"

铺子里很是清净。

今日太热，杜长卿怕热躲懒，没来医馆，只有阿城和银筝在店里忙活。

里铺倾倒的药材已被阿城收拾干净，银筝请二人在竹椅上坐下，又进小院给二人沏茶。

阿城远远站在一边，小伙计机灵，早看出这二人身份不同寻常，尤其是坐在屋中那位年轻人，金冠绣服，形容出众，瞧着是位俊美潇洒的世宦子弟，腰间那把长刀却凛然泛着寒光，将这锦绣也镀上一层锋利。

他虽笑着，笑意却又好似并未到达眼底。让人既想亲近，又生畏惧。

阿城走到陆瞳身边，望着裴云暎问："陆大夫，这是你的熟人吗？"

若非熟人，银筝怎会将这二人迎进来，还去给他们沏茶？能在仁心医馆喝上茶的，如今也就一个老主顾胡员外而已。

裴云暎："是啊。"

陆瞳："不熟。"

两道声音同时响起，答案却截然不同。

裴云暎似笑非笑地看向陆瞳，面上倒是没半分恼意。

陆瞳淡淡道："萍水相逢，几面之缘，算不得相熟。"

"陆姑娘这么说可有些无情。"段小宴摸了摸下巴，"且不提我们大人先前在宝香楼下救了你一命，也不说在万恩寺董夫人跟前替你周旋说情，光是上次在禄元典当行见面，也不过才过了一月。"

"我家大人替你付了银子才赎了钗簪首饰，这世道，非亲非故的，谁会好心借给旁人那么大一笔银子。"

段小宴撇了撇嘴："我都认识大人多少年了，他可从没借给我这

么多。"

闻言，阿城有些惊讶："陆大夫，你还买过首饰钗环？"

陆瞳素日里衣饰简单，从没戴过什么首饰珠宝。杜长卿还曾在背后与阿城提起，只说白瞎了这样一张容颜，连个打扮都不会，穿得比他家仙去的老祖母都素。

"怎么，"裴云暎随口问，"没见你们家陆大夫戴过？"

阿城笑起来："是没见过，说起来，自打陆大夫来我们医馆以来，小的还从未见她穿戴过什么首饰呢。"

他说完，又意识到自己这么说不好，看了陆瞳一眼，赶忙补了一句："不过陆大夫长得好，不戴那些首饰也好看。"

裴云暎轻笑一声，目光落在站在药柜前的陆瞳身上："那就奇了，陆大夫花费重金买下的首饰发钗，怎么不戴在身上？"

陆瞳正挑拣药材的动作一顿。

这人实在难缠。

银筝之前见过裴云暎几次，知晓裴云暎心思深沉，又在陆瞳的嘱咐下刻意避开与裴云暎交谈，免得被此人套过话去。

但阿城不同，阿城是第一次见裴云暎，不知裴云暎身份，也不知裴云暎危险。

她并不转身看裴云暎的神情，只平静回道："坐馆行医，钗环多有不便，若有盛大节日，自当佩戴。大人没看见而已。"

裴云暎点头："也是。"

他往后仰了仰，忽道："说来很巧，陆大夫在禄元当铺赎回的其中一支花簪，出自城南柯家。"

"柯家？"陆瞳转过身，面露疑惑。

他盯着陆瞳的眼睛："四月初一，万恩寺，陆大夫所宿无怀园中死的那位香客,就是京城窑瓷柯家的大老爷。"

阿城眨了眨眼,不明白裴云暎为何突然与陆瞳说起这个。

陆瞳道:"是吗?"

她垂下眼睛:"那可真是不吉利。"

段小宴问:"陆大夫不记得那个死人了?"

陆瞳微微睁大眼睛,语气有些奇怪:"我从未见过此人,何来记住一说?况且殿帅不是说过,我贵人多忘事,平日里忙着制售新药,无关紧要的人和事,早已抛之脑后。"

段小宴一噎,下意识地看了裴云暎一眼。

陆瞳这话的意思,不就是裴云暎也是"无关紧要的人和事",所以才会将先前禄元典当行的一干事情忘了个干干净净吗?

殿前司右军指挥使,出身通显的昭宁公世子,居然有朝一日也会被人嫌弃得这般明显。

真是风水轮流转。

正想着,毡帘被掀起,银筝端着两杯茶走上前来,将茶盏放在二人跟前:"裴大人、段公子请用茶。"

茶盏是甜白瓷小碗,入手温润,茶叶看起来却有些粗糙,香气泛着一股苦涩,闻上去不像是茶,更像是药。

段小宴怕苦,瞪着面前茶盏迟迟不敢下嘴,一旁的裴云暎却已端起茶碗抿了一口。

茶气淡于药气,涩得要命,他微微蹙眉,放下茶盏起身,目光落在这逼仄又狭小的医馆里。

仁心医馆药铺狭小,但因背阴,门前又有一棵大李树,枝繁叶茂几乎将整个药铺包裹进去,是以虽是夏日,铺子里并不炎热。

那位年轻东家大概也是会享受之人,茶垆禅椅,竹榻花瓶。药柜都

被擦拭得很干净，正对墙的地方悬着一方水墨挂画。

挂画下的桌上，胡乱放着一本《梁朝律》，翻到一半，被风吹得书页窸窣作响。

这铺子不大，却打理得极其雅素精洁，端阳悬挂的艾草与香囊还未摘下，四处弥漫着淡淡药香，既无蚊蝇，又消夏安适。

有风从里铺深处吹来，吹得毡帘微微晃动，院中隐有蝉鸣声响。

年轻人走过去，就要伸手挑开毡帘。

有人挡在了他面前。

他垂眸，看着眼前女子："陆大夫这是何意？"

陆曈站在毡帘前，神情有些不悦："裴大人，没人告诉过你，不要随意闯进女子闺房吗？"

"闺房？"裴云暎错愕一瞬。

一旁的银筝见状，连忙解释："裴大人，我家姑娘素日里就住在这小院里，的确是女子闺房……"

他有些意外，过了一会儿才开口："陆大夫怎么住在医馆？"

寻常坐馆大夫，都宿在自己家中，何况陆曈还是个年轻女子。

陆曈笑了笑："盛京不比别地，米珠薪桂。如我这样的寻常人，宿在医馆正好可以节省釜资。"

"殿帅乃官爵子弟，不理解也是自然。"

她言语无岔，但提起"官爵子弟"时，眸中隐隐闪过一丝隐藏不住的憎恶。

裴云暎若有所思。

半晌，他才道："这医馆地处西街，往前是酒楼，盛京无宵禁，西街每夜有城守巡视。陆大夫眼光不错，此地虽简陋，却比住别地安全。"

银筝心中一跳。裴云暎这番话与陆曈当初刚搬来仁心医馆时说得一模一样。

他又看了毡帘一眼,这才收回视线:"原来是闺房,陆大夫刚才这样紧张,我还以为里面藏了一具尸体。"

这听上去本是一句玩笑话,却让陆瞳的眸色顿时冷沉下来。

她抬眸看向眼前人。

裴云暎长得极好。

丰姿洒落,容色胜人。又因出身高门,纵然站在昏暗狭窄的药铺里也掩不住在锦绣堆中常行的风流矜贵。

他又生了一双动人眉眼,漂亮深邃,看人的目光初始觉温柔和煦,细细探去,骤觉凌厉又漠然。

这人敏锐得让人讨厌。

陆瞳整个人罩在他身影中,目光在他绣服上暗银云纹上停留一瞬,然后离开。

她开口:"裴大人玩笑,这里是医馆,不是阎罗殿。"

裴云暎不以为意:"就算真是阎罗殿,我看陆大夫也有办法不被人发现。"

他唇角微弯,目光从桌上那本翻了一半的《梁朝律》上掠过:"陆大夫不是已经将盛京律令研读透彻吗?"

陆瞳心中一沉。

他竟连这个也注意到了。

"大人有所不知,如我们这般门第低微的百姓,免不了被人上门找麻烦,若不将律法研读清楚,总是会吃亏的。毕竟,"她直视着裴云暎眼睛,"法不阿贵,绳不绕曲,是吧?"

裴云暎静静看着她,没说话。

他二人一来一回,言语神情温煦又平静,却如在狭小里铺里悬上一

柄将出鞘而未出鞘的利剑，让周围气氛都紧张起来。

阿城望着这二人，不知为何打了个哆嗦，走到陆瞳身侧小心提醒："陆大夫，银筝姑娘要拿春水生，可是自打熟药所的人拿走局方后，咱们药铺里已经没有做新的春水生了。"

春水生被御药院收归官药，除非官药局，别的药铺医馆都不能私自售卖，仁心医馆也不行。

陆瞳沉默一下，同裴云暎说明此事，走到药柜前，弯腰从最底下搜罗出最后几罐纤纤，连带着附送的服药禁忌一同递到裴云暎手上。

"如今医馆里没有春水生，纤纤卖得最好，裴大人若是不嫌弃，可用这个替代。"

裴云暎接过她手中药罐，又看向那服药的禁忌单子。

那单子比姑娘的腰带还长，他垂眸扫过："忌甜忌油腻，每日三服，按时服用，用完不可立刻躺坐，服后一个时辰行走二里……"

裴云暎先是意外，随即失笑："陆大夫，你这服药禁忌照做完，就算不吃药，也很难不纤瘦吧？"

这么多条条框框，又是吃食又是行止，每一样都可以纤瘦，那药茶看着反倒有没有都一样了。

陆瞳："是药三分毒，光靠药茶常人难以坚持，照单做事，才能有最佳效用。"

"裴大人要是不喜欢，我也可以为你另配一副方子补养。"

阿城悄悄看了裴云暎一眼，这位年轻的大人看上去高瘦却不羸弱，身形利落得很，肩宽腰窄的，实在不像是需要药茶锦上添花的模样。

"喜欢喜欢！"段小宴一把将药罐夺走，笑眯眯道，"大人不用的话，不如给我啊。我家栀子近来胖得不能见人，这药茶我给它尝尝正好！"说罢，也不顾裴云暎是什么眼色，径自将纤纤揣进怀中。

裴云暵看他一眼，懒得搭理他这般无赖举动。

陆曈问："裴大人，我们这算是两清了吧？"

裴云暵扬了扬眉："陆大夫这是在赶客？"

"大人多心。"

阿城欲言又止。

勿怪那位公子多心，他也觉得今日的陆大夫不如往日好说话，有些阴阳怪气的。

裴云暵点了点头，招呼身侧段小宴拿好药茶，对陆曈道："既然如此，我们就不打扰了，日后有机会再同陆大夫讨教医理。"

"最好不要有机会。"陆曈半点不给他情面。

段小宴险些呛住。

陆曈垂眸："和医者时常见面并非好事。我希望大人身体康健，眠食无疾，与我再无相见之期。"

段小宴挠了挠头。

话是好话，说起来也没什么问题，怎么听上去倒像是诅咒，让人毛骨悚然的？

裴云暵瞧着她，半晌，点了点头："好啊，我尽量。"

段小宴与裴云暵离开了仁心医馆，往西街尽头走去。来时马匹拴在街口酒坊的马厩里。

段小宴回身望了望，对裴云暵道："哥，陆姑娘看着好像不太喜欢你。"

那位陆大夫看起来客气又疏离，礼数也是恰到好处，不过言辞神情间，总透着一股隐隐的不耐，好似他们是什么洪水猛兽一般。

"你是不是曾经得罪过她？"段小宴问。

若非如此，以裴云暵这副漂亮皮囊，怎么着也不该招姑娘讨厌才是。

裴云暎笑了一下:"说不定是因为我看穿了她真面目。"

"真面目,什么真面目?"

裴云暎想了想:"你不觉得,她看起来很像……"

"像什么?女菩萨?"

"当然不是。"

他淡淡道:"女阎罗。"

"姑娘,那位小裴大人好可怕,分明是笑着的,怎么看上去好像殿里的阎罗?"

医馆里,裴云暎走后,银筝小心翼翼绕到陆曈跟前,低声问:"他提起柯家的事,不会发现什么了吧?"

陆曈摇头:"不会。"默了一下,又道:"就算有,也没证据。"

柯家已彻底倒了,唯一的证人万福早在多日前携妻带子离开盛京,下落不明。柯家新妇回了娘家,树倒猢狲散,柯家下人逃的逃散的散,唯一的柯老夫人,听说不久前与偷盗家财的婆子撕扯,一不小心跌倒在地,抬回榻上躺了不过片刻就没了气。

曾因太师府青睐而盛极一时的窑瓷柯家,门庭已然败落。

裴云暎身为殿前司指挥使,就算对柯家一事心生疑窦,只要他不想自毁前程,就不能主动插手和前朝有关之案,自惹麻烦。

此事也就过了。

银筝本还有些担心,见陆曈并不在意的模样,渐渐地也镇定下来,给陆曈递了杯茶,低声问陆曈:"姑娘今日去董府,可算顺利?"

陆曈"嗯"了一声,接过银筝手里的茶抿了一口。

茶水清苦,驱走夏日炎气,她合上茶盖,将茶盏放下,轻轻揉了揉眉心。

这些日子,她做纤纤也罢,叫人在市井传言"猪肉潘安"也罢,不过是为了将这药茶之名散布广远,传到有心之人耳中。

譬如……审刑院详断官范正廉耳中。

盛京有名的"范青天"范正廉,明察秋毫,严明执法。也是这位范青天,给陆谦定罪通缉,令陆谦成为人人喊打的阶下囚。

她对范家一无所知,曹爷谨慎又不肯倒卖官家消息,要接近范家,只能靠自己。

她只是个普通医馆的坐馆大夫,范正廉这样的人家,素日里看病都是找翰林医官院的医官,她没有别的机会。

好在银筝厉害,愣是从街坊邻居和杜长卿的嘴里拼凑出一点有用的消息。范正廉的夫人赵氏身材丰腴,一心想要柳腰纤细,陆瞳就做了纤纤,待这药茶名满盛京、在高门贵府中的夫人小姐间广为流传之时,或许会为赵氏知晓。

盛京很大,常武县整个县的平民加起来也不及盛京外城百户农庄兴旺,要让一件消息传到另一人耳中,充满了巧合与偶然。

但她很有耐心,一日不行就两日,两日不行就三日,不择手段也好,另换他方也罢,一月两月,一年两年,一个人处心积虑想接近另一个人,总会找到办法。

陆瞳手指无意识摸索着杯盏花案凸起的纹路。

董麟今日对她说的话又浮起在耳边。

"再过段日子,盛京观夏宴,众夫人小姐都会前往,我娘……也不想在宴上落于他人。"

观夏宴……

众夫人小姐都会参加,不知范正廉的夫人赵氏会不会在场。

今日她先用言语误导董夫人,错认她和裴云暎的关系,后有王妈妈

在马车上亲眼见到裴云暎来医馆门口找人，若无意外，王妈妈应该会将此事回禀董夫人。

董夫人一心想缓和与裴云暎的关系，就算为了卖裴云暎个人情，也会帮她在观夏宴上提点两句。

陆曈的心里隐隐浮起一层久违的期待来。这期待像是多年前芸娘在她伤口处放上的一只漆黑甲虫，蠕动着钻进她体内，在她四肢百骸中游走，于皮肤下爬过，激起一阵无声的战栗。

让人既渴望，又畏惧。

她深吸了口气，按捺住那份隐秘的战栗，唤身侧人名字："银筝。"

"怎么了，姑娘？"

陆曈望向她："我想知道，盛京观夏宴何时开始？"

银筝眨了眨眼睛，狡黠一笑："您放心，包在我身上！"

陆曈原本是想，观夏宴中，赵氏可能会出席，届时董夫人顺口一提，纤纤或许能为她和详断官夫人搭上一丝关系，但董夫人的动作比陆曈想象中快多了。

三日后，盛京范家府邸中。

厢房外挂着的八哥一大早就在笼里吵闹。

小院凉亭中坐了个雪青纱衣的妇人，俊眉秀眼，丽色夺人，正是太府寺卿董老爷的妻子董夫人。

身侧服侍的小童送上清茶，低声道："夫人稍待片刻，我家夫人即刻就来。"

董夫人点了点头。

范家老爷范正廉乃当今审刑院详断官，正值盛年，几年时间里擢升极快，连带着他的夫人的地位也相应提高了。董夫人今日就是来给范夫人送帖子的。

约等了半炷香时刻,远处有几个穿红着绿的丫鬟簇拥着一位年轻妇人袅袅行来。

这少妇穿了件桃红蹙金琵琶长裙,鬓挽乌云,眉如新月,戴了只金累丝红宝石步摇,生得肌骨莹润,艳若桃花,好似一方剥了壳的荔枝娇艳逼人。她走到董夫人身边,边用水绿花果图汗巾拭汗,边同董夫人笑道:"姐姐等了许久了吧?"

这便是详断官范正廉的夫人赵氏了。

董夫人端详着赵氏。

赵氏生得很美,新月笼眉,春桃拂脸,她还有一个动人芳名,叫作飞燕。

她自己也知自己容色盛人,看别人总带几分自傲之色。寻常但凡出席场合,总不乐意被旁人夺走风头。譬如今日又非出席小聚,也打扮得这般盛装。

董夫人笑道:"哪里,我也才刚坐下。"又令身边丫鬟呈上帖子:"过些时候观夏会的帖子,我亲自与你送来。"

赵氏面上显出几分惭意:"劳烦姐姐跑这一趟了,本来昨日午后我该来府上叨扰。结果老爷公务繁忙,我在府中等至掌灯,只能作罢。"

董夫人心中暗暗翻了个白眼。

这赵飞燕未出阁前是从七品的小官之女,家世委实算不得丰厚。本来嫁与范正廉也算门当户对,谁知这夫君不知走了何方运道,仕途一路平步青云,不过短短几年已做到审刑院详断官。瞧这模样,还要继续往上升。

做夫君的仕途得意,做妻子的娘家不盛,便只有更加谨小慎微。

赵飞燕每日将自己装扮得格外妍丽,把三从四德遵从到骨子里。等着范正廉下差,陪他一同用饭,范正廉处理公务时,赵飞燕就在一边红

袖添香……

此等举止在赵氏眼中是甘之如饴，在董夫人眼中却是个冤大头。

何必。

董夫人拍了拍赵氏的手，叹道："范大人有你这般贤惠的妻子，也是他福气。"

赵氏谦逊地一笑。

"不过你先前不是还说，范大人这月要休沐，怎生还在忙？"

赵氏啐了一口："都是些鸡毛蒜皮的小事，也不知审刑院里旁人是做什么的，整日离了他便要死了一般。"

话虽是斥责的，语气却有些得意。

范正廉如今是盛京有名的"范青天"，都言他办事能干，详断清明，人人都说审刑院没了范大人，一日都撑不过去。

董夫人闻言，眼中闪过一丝嘲讽。

谁都知道范正廉爱色，却又顾惜名声，虽不至于在外养外室，却也算不得干净。那些莺莺燕燕的风闻想必赵氏也知晓，不仅要替夫君遮掩，还要自己骗自己。

董夫人正想着，面前的赵氏牵起董夫人的纱衣打量一番，夸道："姐姐这衣裙真好看。"

赵氏是最爱美的，素日里盛京时兴的衣裙首饰她总要最先穿到身上。董夫人会意，笑说："是我儿上月孝敬了我几匹纱缎，我看天热拿出来做衫裙正好。妹妹要是喜欢，回头我让人送几匹过来。"

赵氏恋恋不舍地摸了董夫人衣袖许久，终是摇了摇头："还是罢了。"

倒不是赵氏不好意思受用，实则是这纱缎穿在她身上不如穿在董夫人身上好看。

赵氏身材丰腴饱满，配着她那张娇艳容颜恰到好处，是珠圆玉润之美。

可惜赵氏并不懂得欣赏自己的美，比起来，她还是更喜欢那些弱柳扶风的纤细之美。

尤其是这几日，范正廉曾无意间说过几次他手下的一位女儿。那姑娘赵氏见过，容貌比不上自己，腰肢却着实纤细。

赵氏盯着董夫人的雪青纱缎，看着看着，忽然开口："不过，我怎么觉着姐姐最近消瘦了些？"

董夫人一愣。

"真是消瘦了，下巴都尖了不少。"赵氏上上下下将董夫人打量一番，"莫非是近来操劳？"

虽是关切的话，妇人眼中却未见担忧，反带着几分探究，董夫人便明白过来。

赵飞燕素日里珍爱容颜，又因身材丰腴格外注意这一点，腰肢宽上一寸也如临大敌。表面是关心她身子，实则是想打探自己是如何瘦了一圈。

董夫人本想随口敷衍过去，话到嘴边，忽然想起了什么，顿了顿，紧接着转出一个笑脸，凑近赵氏，有些神秘地开口："不瞒妹妹，我这些日子的确清减了，不过倒不是累的，是用了一味药茶。"

"药茶？"

"不错，是一味叫纤纤的药茶，就在西街仁心医馆，这药茶还很不好买，若非我与那坐馆大夫有旧日交情，也难得寻着一两罐呢。"董夫人笑着回答。

"纤纤？"赵氏嘴里念叨几遍，眼中意动，嘴上却不信道，"姐姐诓我，世上哪有这等神效的药茶？"

董夫人叹气："谁要诓你？那药茶货真价实，我不过用了半罐便颇

有成效,听说还曾让屠夫变潘安。对了,那'猪肉潘安'如今在城东庙口斩骨头,每日来瞧他的人都能排上长队,妹妹要是不信,找人瞧一瞧就知是真是假。"

"不过呢,这药茶稀罕,我也只得了一罐,妹妹就算想要,恐怕还得再等上一段时日。"

她不说还好,一说,赵氏更是心痒难耐,登时就令丫鬟去城东庙口探个究竟。

丫鬟走后,董夫人又与赵氏说了会儿话,瞧出赵氏心不在焉,董夫人才起身告辞。

待出了范府门上了马车,身边婢子询问:"夫人,为何要将仁心医馆的事说与范夫人?就算是为了帮陆大夫,可少爷的事要是被别人知道了……"

要是董麟肺疾一事被他人知晓,日后于董麟婚配上也会有所阻碍。

"我自然知道。"董夫人的笑容冷下来,"只是难得见她喜欢,拿出来做个人情罢了。"

"那个陆曈亲口应过我,不会将麟儿的事说与他人。一旦泄密……我也能让她吃不了兜着走。"

"再说,"董夫人目光动了动,"我也不全是为了帮她。"

陆曈三日前送了一罐药茶给董夫人,希望董夫人能在京城贵女圈中替她宣扬几句。当时董夫人也是随口答应,实则并没有放在心上,毕竟要主动承认自己用纤瘦药茶,也不是什么值得夸耀的事。

但她的想法在王妈妈回来后改变了。

送陆曈回医馆的王妈妈回禀说,亲眼见着裴云暎在仁心医馆门口等候陆曈,他二人举止亲密,谈笑风生。

这便让董夫人不得不多想。

在万恩寺那一次，裴云暎曾替陆曈解围，董夫人是怀疑过他二人关系，哪怕陆曈亲口承认她与昭宁公世子关系匪浅，董夫人心中总存在几分怀疑。

毕竟一个是出身通显、年少有为的贵胄子弟，一个是抛头露面、身份低微的平民医女，无论是身份还是地位，差距都实在太大了。

但王妈妈亲眼所见，做不得假。

陆曈与裴云暎有私情。

帮陆曈的忙，就是帮裴云暎的忙，这位殿前司指挥使如今深得圣宠，他父亲昭宁公在朝堂之上地位又很高。可惜这父子二人表面上看着好说话，实则极为傲慢，很难亲近。

有了陆曈这层关系，不愁拿不下裴云暎。

婢子似懂非懂地点点头，又觑着董夫人的脸色小心开口："范大人如今也不过是个详断官职务，还不如老爷官位，怎值得夫人这般费心，还亲自跑一趟……"

"住嘴。"

婢子不敢多话了。

董夫人冷冷看她一眼："你懂什么。"

范正廉如今看着官位的确不如太府寺卿。但自家老爷提点过自己，范正廉与当今太师府背后或有渊源。谁都知如今戚太师权倾朝野，董大人正愁无甚途径交好太师府，有了这层关系，日后就好办得多了。

所以董夫人才隔三岔五地寻些脂粉绸料送与赵飞燕，想着赵飞燕爱美，投其所好。奈何赵飞燕眼光刁钻，挑剔这个挑剔那个，时常把董夫人气得背后翻白眼。

如今赵飞燕心心念念纤瘦身形，陆曈医馆里的药茶可谓是雪中送炭，要真是成了，只怕比什么都好用。

313

而得了赵飞燕的欢心，赵飞燕枕边风一吹，老爷与范正廉的关系也就能更近一把。

董夫人微微笑了笑。

她才不要像赵飞燕一般，将自己时时打扮成妖精拴住夫君的心，在仕途上帮男人一两把，比美貌更有用。

妇人放下车帘，身子往后一仰，阖上眼道："走吧。"

第十章 表叔

时日流转，一大早，仁心医馆刚开门不久，铺子里就来了位客人。

是位头戴方巾的中年男子，穿一件洗得发白的旧布直裰，黑布鞋上满是泥泞，瞧打扮是位清贫儒生。

儒生神情慌乱，脸色发白，一路跑来，气喘吁吁。

银筝正在门口扫地，见状放下扫帚，问道："公子是要买药？"

陆曈见这人五官很有几分面熟，还未说话，儒生已经三两步走进来，隔着桌柜一把抓住陆曈衣袖，哀切恳求道："大夫，我娘突然发病，昨日起便吃不下饭，眼下话都说不得了，求您发发善心，救救我娘的命！"边说边掉下泪来。

这个时间杜长卿还未过来，铺子里除了陆曈，只有阿城与银筝二人。银筝有些犹豫，毕竟对方是个陌生男子，年轻姑娘家独自出诊未免危险。

倒是一边的阿城看清了儒生的脸，愣过之后小声道："这不是吴大哥吗？"

陆曈转过脸问："阿城认识？"

小伙计挠了挠头："是住庙口鲜鱼行的吴大哥，胡员外常提起呢。"小孩子心善，见这儒生凄惨模样难免恻然，帮着央求陆曈道："陆大夫，您就去瞧一眼吧，东家来了后我会与他说的。"

儒生红着眼睛："大夫……"

陆瞳没说什么,进小院里找出医箱背上,叫银筝一起出门,对他道:"走吧。"

儒生立刻千恩万谢,埋头带路,银筝跟在背后,低声提醒:"姑娘,是不是让杜掌柜跟着比较好?"

陆瞳到了仁心医馆许久,除了给董少爷看病外,都是在铺子里坐馆。杜长卿从不让她单独出诊,说她们两个年轻女子,来盛京的时间还短,有时候人生地不熟,怕着了人道。

银筝的担忧不无道理,陆瞳摇了摇头:"无事。"

她盯着前面吴秀才的背影,想起来自己曾在什么时候见过这人一面了。

大概在几月前,春水生刚做出不久时,这儒生曾来过仁心医馆一次,从一个破旧囊袋中凑了几两银子买了一副春水生。

那药茶对他来说应当不便宜,他在铺子门口犹豫许久,最后还是咬牙买了,所以陆瞳对他印象很深。

儒生边带路边道:"大夫,我叫吴有才,就住西街庙口的鲜鱼行,昨天半夜我娘说身子不爽利,痰症犯了。我同她揉按喂水,到了今天晨起,饭也吃不下,水也灌不进。我知道让您出诊坏了规矩,可西街只有您家医馆尚在开张,我实在是没有办法了……"

陆瞳温声回答:"没关系。"

她清楚吴有才并未说谎。

自打上回春水生被收归官药局后,不知是什么原因,这段时日里,杏林堂没再继续开张。吴有才想在西街找个大夫,也唯有找到她头上。

所谓病急乱投医,何况是没得选。

吴有才心急如焚,走路匆忙走不稳,好几次跌了个跟跄,待走到西

街尽头，绕过庙口，领着她们二人进了一处鲜鱼行。

鱼行一边有数十个鱼摊，遍布鱼腥血气，最后一处鱼摊走完，眼前出现了一间茅屋。

这屋舍虽破旧，但被打扫得很干净。篱笆围成的院子里散养着三两只芦花鸡，正低头啄食草籽，见有客人到访，扑扇着翅膀逃到一边去。

吴有才顾不得身后的陆瞳二人，忙忙地冲进屋里，喊道："娘！"

陆瞳与银筝跟在他身后。

简陋的屋子里四面堆满杂物，屋门口地上的炉子上放着一只药罐，里面深褐色汤药已经冷了。

靠窗屋榻上，薄棉被有一半垂到了地上，正被吴有才捡起来给榻上之人掖紧。陆瞳走近一看，床中间躺着个双眼紧闭的老妇人，骨瘦如柴，肤色灰败，槁木死灰般暮气沉沉。

吴有才哽咽道："陆大夫，这就是我娘，求您救救她！"

陆瞳伸手按上妇人脉，心中就是一沉。

这妇人已经油尽灯枯了。

"陆大夫，我娘……"

陆瞳放下医箱："别说话，将窗户打开，油灯拿近点，你退远些。"

吴有才不敢说话，将油灯放在床榻跟前，自己远远站在角落。

陆瞳叫银筝过来，扶着这妇人，先撬开牙齿，往里灌了些热水。待灌了小半碗，妇人咳了两声，似有醒转，吴有才面色一喜。

陆瞳打开医箱，从绒布中取出金针，坐在榻前仔细为老妇人针灸起来。

时日一息不停地过去，陆瞳的动作在吴有才眼中分外漫长。

儒生远远站在一边，两只手攥得死紧，一双布满血丝的眼紧紧盯着陆瞳动作，额上不断滚下汗来。

不知过了多久，直到外院的日头从屋前蔓延至屋后，树丛中蝉鸣渐深时，陆曈才收回手，取出最后一根金针。

榻上的老妇人面色有些好转，眼皮恍惚动了动，似要醒来的模样。

"娘——"

吴有才扑到榻前，边抹泪边唤母亲。

他心中万转千回，本以为母亲今日必然凶多吉少，未曾想竟会绝处逢生，世上之事，最高兴的无非是失而复得，虚惊一场。

身后是妇人的呻吟与吴有才的低泣，陆曈起身，将这令人泣泪的场面留给了身后的母子二人。

银筝一颗心悬得紧紧的，此刻终于落地，这才松了口气，一面边帮着陆曈收拾桌上医箱一面笑道："今日真是惊险，好在姑娘医术精湛，将人救活了。不然这般光景，教人看了心中也难过。"

这母子二人依偎过活，挣扎求生的模样，让人不免同情。

陆曈也有些意动，待收拾完医箱，正要转身，目光掠过一处时，忽然一愣。

墙角处堆着许多书。

这屋舍简陋至极，几乎可以说是家徒四壁了，除了一张榻和裂了缝的桌子，以及两只跛腿的木板凳外，就只剩下堆积的锅碗杂物。那些杂物也是破旧的，不是有锈迹就是缺了角，要叫杜长卿看见了，准当成裹物杂碎扔出门去。

然而在这般空空如也的破屋中，所有墙角都堆满了书籍。一摞摞叠在一起，像一座高陡的奇山，令人惊叹。

读书人……

陆曈盯着角落里那些书山，神情有些异样。

这是读书人的屋子。

她看得入神,连吴有才走过来也不曾留意,直到儒生的声音将她唤醒:"陆大夫?"

陆瞳抬眸,吴有才站在她跟前,目光有些紧张。

陆瞳转头看去,老妇人已彻底醒了过来,但神情恍惚,看上去仍很虚弱,银筝在给她舀水润嘴巴。

她收回目光,对吴有才道:"出来说吧。"

这屋子很小,待出了门,外头就亮了许多。芦花鸡们尚不知屋舍主人刚刚经历了一番死劫,正悠哉悠哉地窝在草垛上晒太阳。

吴有才看着陆瞳,一半感激一半踌躇:"陆大夫……"

"你想问你娘的病情?"

"是。"

陆瞳沉默一下,才开口:"你娘病势沉重,脉象细而无力,你之前请别的大夫看过,想必已知道,不过是挨日子。"

她没有诓骗吴有才,这无望的安慰到最后不过只会加深对方的痛苦。

吴有才刚高兴了不到一刻,眼睛立刻又红了,眼泪一下子掉下来:"陆大夫也没办法?"

陆瞳摇了摇头。

她只是大夫,不是神仙。况且救人性命这种事,对她来说其实并不擅长。

陆瞳道:"她还有至多三月的时间。好好孝敬她吧。"

吴有才站在原地,许久才揩掉眼泪应了一声。

陆瞳回到屋里,写了几副方子让吴有才抓药给妇人喝。这些药虽不能治病,却能让妇人这几个月过得舒服些。

临走时,陆瞳让银筝偷偷把吴有才付的诊金留在桌上了。

萦绕着腥气的鱼摊渐渐离她们越来越远,银筝和陆瞳一路沉默着都没说话，待回到医馆，杜长卿正歪在椅子上吃黑枣，见二人回来，立刻从椅子上弹起来。

"阿城说你们去给吴秀才他娘瞧病了，怎么样，没事吧？"

银笋答："当时情势挺危急的，姑娘现下是将人救回来了，不过……"

不过病入膏肓的人，到底也是数着日子入地。

杜长卿听银笋说完，也跟着叹了口气，目光似有戚然。

陆瞳见他如此，遂问："你认识吴有才？"

"西街的都认识吧。"杜长卿摆了摆手，"鲜鱼行的吴秀才，西街出了名的孝子嘛。"

陆瞳想了想，又道："我见他屋中许多书卷，是打算下科场？"

"什么打算下场，他场场都下。"杜长卿说起吴有才，语带惋惜，"可惜运气不好，当初周围人都认定以他的才华，做个状元也说不定，谁知这么多年也没中榜。"

杜长卿又忍不住开始骂老天："这破世道，怎么就不能开开眼？"一转头，就见陆瞳已掀开毡帘进了里院，顿时指着帘子气急："怎么又不听人把话说完！"

银笋"嘘"了一声："姑娘今日出诊也累了，你让她歇一歇。"

杜长卿这才作罢。

里院，陆瞳进屋将医箱放好，在窗前桌边坐了下来。

窗前桌上摆着纸笔，因是白日，没有点灯，铸成荷叶外观的青绿铜灯看起来若一朵初绽荷花，袅袅动人。

鲜鱼行吴秀才那间茅舍屋中，也有这么一盏铜铸的荷花灯。

陆瞳心中微动。

读书人书桌上常点着这么一盏荷花灯，古朴风雅，取日后摘取金莲之意。

许多年前,陆谦的书桌上也有这么一盏。

那时候常武县中,陆谦也常在春夜里点灯夜读,母亲怕他饥饿,于是在夜里为他送上蜜糕。陆曈趁爹娘没注意偷偷溜进去,一气爬上兄长桌头,理直气壮地将那盘蜜糕据为己有,直气得陆谦低声凶她:"喂!"

她坐在陆谦桌头,两只腿垂在半空中晃晃悠悠,振振有词地控诉:"谁叫你背着我们半夜偷偷宵夜。"

"谁宵夜了?"

"那你在干什么?"

"读书啊。"

"什么书要在夜里读?"陆曈往嘴里塞着蜜糕,顺手拿起桌上的荷花灯端详,"多浪费灯油啊。"

少年气急反笑,一把将铜灯夺了回去:"你懂什么,这叫'青灯黄卷伴更长','紧催灯火赴功名'!"

紧催灯火赴功名……

陆曈垂下眼帘。

今日见到的那位吴有才是读书人,数次下场。

倘若陆谦还活着,应该也到了下场赴功名的年纪了。

父亲一向严厉,这些年家中堆满的书籍,应该也如吴有才家中一般无处落脚。常武县陆家桌案上的灯火,只会比当年春夜燃得更长。

但陆谦已经死了。

死在了盛京刑狱司的诏狱中。

陆曈忍不住握紧拳头。

银筝曾替她打听过,刑狱司的死囚与别地一样,处刑后若有家人的,给了银子,尸骨可由家人领回。没有家人的,就带去望春山后山处草草埋了。

陆瞳后来去过望春山山脚的那处坟岗，那里乱草连绵，到处是被野兽吃剩的人骨，能闻见极轻的血腥气，几只野狗远远停在坟岗后，歪头注视着她。

她就站在那处荒地里，只觉浑身上下的血骤然变冷，无法接受记忆中那个潇洒明朗的少年最后长眠于这样一块泥泞之地，和无数死去的囚徒、断肢残骸埋在一起。

她甚至无法从这无数的坟岗中分辨出陆谦的尸骨究竟在哪一处。

他就这样，孤零零地死去了。

院里的蝉鸣在耳中变得空旷荒凉，夏日午后的日光来势汹汹，横冲直撞地漫上人脸，冰凉没有一丝暖意，像一个令人窒息的噩梦。

直到有人声从耳边传来，将这滞闷梦境粗暴地划开一个口子——

"陆大夫，陆大夫？"阿城站在院子与铺面中间的毡帘前，高声地喊。

陆瞳茫然回头，眼底还有未收起的恍惚。

在院子里洗手的银筝走了过去，将毡帘撩起，叫阿城进来说话："怎么啦？"

"铺子里有人要买药茶，外面桌柜上摆着的药茶卖光了，杜掌柜让您从仓房里再拿一些出来。"

"仓房"就是厨房，陆瞳有时候会多做些药茶提前放在箱子里，省得临时缺货。

银筝应了，一边依照往常般问了一句："记名的是哪户人家？"

近来陆瞳让立了册子，来买药茶的客人统统记了名字，杜长卿曾说这样太麻烦，但陆瞳坚持要这么干。

小伙计闻言，喜形于色道："这回可是大人物，说是审刑院详断官范正廉府上的，此刻就在铺子外等着！"

银筝正要去厨房的脚步一顿。

陆曈也骤然抬眸。

观夏宴明明还有一段日子才开始，就算董夫人愿意在宴会上帮忙提点，等范正廉的妻子赵氏上钩也需要好一段日子。

她已做好了耐心等待的打算，未料到许是上天见她陆家凄惨，竟让这好消息提前降临了。

阿城没注意到她们二人的异样，心中犹自激动，审刑院详断官范正廉，那可是京城人人称道的"范青天"！谁能想到他们这处偏僻医馆，如今连范青天府上的人都慕名前来买药，这要是说出去，整个西街的商贩都要羡慕哩！

小伙计说完了一阵子，迟迟不见陆曈回答，这才后知后觉地察出不对："陆姑娘？"

"不用拿了。"

阿城一愣，下意识看向陆曈。

女子站在桌前，望着桌角那只青铜夜灯，不知想到什么，目光似有一闪而逝的哀痛。

良久，她才开口。

"告诉范家人，药茶售罄，没货了。"

光阴荏苒，转眼又挨过十日。

落月桥上开始有穿单衫的小姑娘早晚出来卖茉莉花，茉莉花的香气清雅芬芳，医书记载，以茉莉蒸油取液，做面脂头油，既可润燥长发，也可香肌浸骨。

京城审刑院详断官范府院中，寝屋里，范夫人赵氏正坐在镜前，任由身后丫鬟将新买的茉莉头油轻轻擦拭在发梢处。

头油落在发梢上，原本蓬松的乌发顿时变得熨帖起来，越发显得如绸缎细腻。赵氏看向镜中人，美貌妇人脸若桃花，眉似柳叶，十足的丰艳动人。

她却微微蹙起了眉，左右仔细端详着自己的脸，又探出手摸了摸腰身，问身后婢子："翠儿，我近来是不是胖了些？"

婢子笑着答道："夫人花容月貌，窈窕得很呢。"

赵氏摇头："不，我近来定是丰腴了些。"

这些日子范正廉早出晚归，赵氏服侍他用饭起居时，时常看见范正廉心不在焉的模样。赵氏本就担心范正廉随着仕途得意，心思也渐渐飘向他处。如今范正廉反常，赵氏自然怀疑。

只是她的人偷偷查探，也没查出个什么外室的蛛丝马迹，思来想去，赵氏只能怀疑是范正廉厌倦了自己。

她望着窗外的日头，有些烦躁地叹了口气。

天气越来越热了，女子的衣衫也越来越轻薄，她已换上了金丝纱，纱衣上有粼粼微光，走起路时若日光下的波纹动人。

只是动人归动人，这样薄薄的纱，若非本身清瘦，穿起来难免显得臃肿。

赵氏是丰腴美人，天气冷时衣料还能遮一遮，天气热时一穿得单薄，总对自己的身姿多有不满。

或许是因为幼时爹娘为她取闺名"飞燕"，一听就轻盈袅娜，自小到大，这名字就如美丽的咒，一直绑缚于她心头。

赵氏生得很美，然而不知是不是上天刻薄，随着年纪渐长，她日渐圆润丰腴。这本无损她美人之名，可与她的闺名一衬，总觉得有几分促狭。

赵氏也自觉恼火，她想要"人如其名"，想要"嬛嬛一袅楚宫

腰"，可惜身体发肤受之父母，有些事偏邪门得很。无论她吃得再少，用过再多药，她的四肢始终无法像那些画上仕女一般单薄纤细，就如牡丹花永远也变不成百合花。

偏偏她的夫君看够了牡丹花，如今瞧着似对百合花感兴趣的模样。

赵氏冷冷地想，这世道，总归是对女子要求更多。

她漫无目的地想着，倒是记起了一件旧事，唤来身边婢子："对了，之前让人去仁心医馆买纤纤，怎么还没买到？"

上次董夫人来府中小坐，闲谈时曾说起京中一味药茶效用极好，屠夫用了都能变潘安。

这实在是无稽之谈，不过董夫人说得信誓旦旦，加之赵氏近来也有闲，便真令人去城东庙口查探，一问，果然见有一矫勇男子正在卖肉。

那"猪肉潘安"的故事竟是真的。

如此，赵氏便心动极了，立刻叫下人去采买来。

婢子答道："府上采买的人说，医馆的坐馆大夫一直说无货，采买的前前后后这十日一共已去问过四五回了，都空手回了。"

赵氏动作一顿："已去过四五回了？"

婢子点头。

"这医馆倒是好大的架子。"赵氏心中不悦，"既已去过一次，便该知我府上有用，换了识趣的人早就将东西巴巴送了过来。他们倒好，一介小小医馆，还叫我们府上的人三催四请，不识抬举。"

顿了顿，赵氏又问："这医馆背后可有什么人撑腰？"

婢子摇了摇头："奴婢已打听过，医馆的东家是个普通商户，坐馆大夫是个外地孤女。整个医馆统共就四个人，还有两个是干活的伙计。"

赵氏讽刺："果然，乡下人才会这般不知规矩。"

夏日昼长，惹得她心中发躁，于是敛了笑意，冷道："你再找人去医馆一趟，拿我的名帖，就说本夫人要用药，限她三日内必须送来。"

"是。"

范府的帖子下来时，正是未时。

已过夏至，昼日更长，西街上卖竹簟子的生意好了起来，街上热浪滚滚。

杜长卿从官巷果铺里买了新鲜桃子回来，被银筝用井水浸过，拿出来冰冰凉凉，用刀切成两块，好似少女粉颊鲜嫩，一口咬下去，又脆又甜。

"怎么样，陆大夫？"杜长卿摇着竹扇，得意扬扬看她，"我们盛京的桃子，是不是比你们那更好？"

这也要比较？银筝忍不住翻了个白眼。

陆曈却笑了。

落梅峰上也有桃树，但山上的野桃子又酸又涩，个头还小，稀稀拉拉结上几个，实在难以下口。

芸娘从不将那些桃子摘下来，任由它们留在枝头。

阿城从门外走进来，将一封帖子递到陆曈手中："陆姑娘，范家的人又拿帖子过来了，请您三日内送上纤纤。"

这几日范府的人来买药茶，偏偏纤纤断货了，新药茶陆曈还没做出来。于是范家隔三岔五来催一催，催得人心里发慌。

杜长卿"呸"的一声吐出嘴里桃核，斜眼睨着陆曈："陆大夫，你这几日做药茶怎么慢了这么多？是不是做材料的银子不够？"

陆曈伸手接过帖子："药茶已经做好了。"

杜长卿愣了一会儿，道："那还等什么？阿城，叫他们人赶紧来取！"

陆曈打断他："等等。"

"又怎么了?"

"范夫人看样子很生气,只送上药茶,恐怕难以平息对方怒火。"

杜长卿捏着桃核,目露诧然:"那要如何?你还打算负荆请罪,登门拜访?"

"好主意。"

杜长卿:"……"

陆曈站起身:"总要彰显我们的诚意。"

赵氏的人送帖子不过一个时辰,仁心医馆的回帖就立刻呈了上来。

婢女翠儿站在赵氏跟前,低声地说:"医馆的坐馆大夫就在府门外等着,除了送药,还想见夫人一面,许是想当面致歉。"

赵氏捧着茶,心中轻视之意更浓:"现在倒是知道怕了。"

"夫人可要见见她?"

赵氏皱了皱眉,想了一会儿,才道:"让她在府门先等上一刻,再叫她进来见我。"

陆曈与银筝在范府门口等了约莫一炷香时间,才有个婢子姗姗来迟,引她们二人进府去。

这下马威立得足够明显,陆曈也不多言,只与银筝随着婢子往府院中走,并不动声色地打量四周。

范府极大。

原以为柯家府邸已然极宽敞,但范府的宅院比柯家还要豪奢许多。泉石林木,楼阁亭轩,处处可见精致讲究。

陆曈的目光在花园一方红宝石盆景上一顿,随即低下头,神色意味不明。

曹爷那头查来的消息,审刑院详断官范正廉,原本出身小官之户,约莫六七年前得赐同进士出身，担任元安县知县。

范正廉做知县做了三年，因办案出色，处理了好几桩陈年冤案，得当地百姓拥护。清名抵达天听，陛下特意擢升范正廉官职，将他调回盛京。

短短几年间，范正廉就由小小知县成为刑部郎中，又至刑部侍郎，到如今的审刑院详断官，可谓风头无限。

更重要的是，范正廉的名声还极好，民间都言他"明察秋毫，持法不阿"，素有"范青天"的美名。

想来正因如此，当初陆谦上京告状，才会第一时间求助范正廉门下。

去求助一个"有冤必查"的青天大老爷，听上去没有任何问题。何况陆谦常年待在常武县，平民遇到不公，寻官老爷主持公道，是自然而然的事。

只是……

陆瞳垂下眼睛，真正清正廉明之人，府邸为何会如此豪奢？就算以范正廉如今的俸禄，想要养出这么一座宅子也并非易事。

除非范正廉的妻子嫁妆丰厚，可他的妻子赵飞燕家世与范正廉未升迁前差不离多少。

范正廉主持盛京诏狱刑司，若有人贿官，无非也就是在案子上做文章。

何况以太师府的权势，只消打一声招呼，都不必送上银钱，底下的人也会将事情办得妥帖。

正思索着，前面引路的婢子在花厅前停下脚步，道："陆姑娘，到了。"

陆瞳抬眼。

夏日炎热，花厅里的竹帘半卷，雕花细木贵妃榻上，斜斜倚着个年轻的美妇人。

这美妇人穿一件玫瑰紫纱纹大袖衣，面如银月，唇似红莲，头顶松松插着一只红翡滴珠金步摇，随着她动作颤巍巍轻晃，百媚千娇，叫人看了心中发软。

陆瞳心下了然，这就是范正廉的夫人赵氏了。

她同银筝上前，规规矩矩地和赵氏行礼："民女陆瞳见过夫人。"

半晌无人应答。

赵氏也在打量陆瞳。

她已从下人嘴里听说，仁心医馆的坐馆大夫是个女子，不过乍听闻此消息时，赵氏也不以为意。

女子行医者不多，除了宫中翰林医官院的医女外，民间医馆药铺中的医女多是家中窘迫不得已出来谋生的。否则好端端的，哪个好人家的女儿愿意出来抛头露面、低声下气伺候旁人？

赵氏以为自己会看到一位灰头土脸、畏畏缩缩的穷困妇人，谁知道事实并非如此。是以当陆瞳与银筝站在她身前时，赵氏才会大吃一惊。

左边的俏丽姑娘手捧医箱，是医馆帮忙的伙计，瞧着比她的贴身丫鬟翠儿还要伶俐几分。

至于右边的……

赵氏皱了皱眉。

这女子比她想得要年少许多，看上去不过十七八岁，生得甚是标致，体态轻盈，如雾乌发梳成双辫，乖巧垂在胸前。她身上的那件浅绿衫裙不知是做得宽大了些，还是因为这女子本身过于纤瘦，显得有些空荡，越发衬得人容颜纤丽，弱不胜绮罗。

她没有佩戴任何首饰钗环，只在发间点缀了些新鲜茉莉。茉莉芬芳，衬得少女越发明秀清雅，教人无端想起那首诗——冰雪为容玉作胎，柔情合傍锁窗隈，香从清梦回时觉，花向美人头上开。

是个美人。

"你就是仁心医馆的医女？"良久，赵氏开口。

"是，夫人。"

"起来吧。"

陆疃与银筝这才站起身来。

赵氏盯着陆疃，脸色有些不好看。

她惯来将容貌看得很重，可以允许女人比她聪明，却不乐意见到女人比她美丽。

这医女生得有几分颜色，眉眼间又有些淡淡的书卷气，显得文弱秀雅，站在花厅中，若不早知道她是个坐馆大夫，单看上去，说是书宦世家的小姐也有人信。

还有她那纤细的身材……

委实教人妒忌。

赵氏压下心中微妙妒意，冷冷道："听说你想见我。"

陆疃伸手，银筝忙递上医箱，陆疃打开医箱，从里头取出三只雪白瓷瓶来，递到赵氏的贴身婢子手中。

婢子将瓷瓶拿给赵氏看，瓷瓶上以粉色纸笺画着几瓣榴花，是纤纤。

"夫人府上的人先前来买药茶，奈何先前那批已经售罄，民女近来又在改进方子，方子未验清效果前，不敢随意送至夫人跟前，以免伤着夫人玉体。"

"如今纤纤已改进方子，但耽误夫人时日，民女心中甚是惶恐，所以主动登门，替夫人分忧。"

赵氏眉心一蹙:"替我分忧?"

陆瞳抬起头:"夫人令人买下纤纤,可是为了纤瘦身形?"

"胡说!"赵氏想也不想地否认,"本夫人何须用此等来路不明的药茶?"

陆瞳沉默。

赵氏的脸色有些难看。

她对自己容貌极其自傲,于身材一事又格外敏感,面前医女这番话无疑是专往她痛处戳,赵氏怎会有好脸色。

不等她继续说话,陆瞳又温声开口:"不瞒夫人,虽然纤纤在盛京颇有盛名,但事实上,我们仁心医馆中最能纤瘦身形的,并非纤纤。"

闻言,赵氏一愣,下意识追问道:"那是什么?"

"是这个。"

陆瞳说话间,已从医箱里取出长布。

长布之上,根根金针分明。

赵氏疑惑:"这是什么?"

"民女学过金针渡穴,夫人想要纤体,药茶只管一时,终归治表不治里。若辅之以金针,效用事半功倍不说,亦能养肤芳体,凝驻芳华。"

"凝驻芳华……"赵氏眼中闪过一丝意动。

世上哪个女子不希望自己芳华永驻,何况是赵氏这样视容颜如命的。她每日为了拴住夫君的心患得患失,生怕一个不慎夫君就被外面那些个小妖精勾了魂去。陆瞳这话,可谓是正中她心。

她看向陆瞳:"你说的可是真的?"

陆瞳颔首:"不敢欺瞒夫人。"

赵氏哼道:"谅你也不敢。"

她盯着陆曈的脸和衣裙,难掩心动,倘若这医女所说不假,若她也能如这女子一般纤弱单薄,穿起薄薄纱衣来,岂不是如仙子一般?自家老爷那被勾走的心神或许不日就又能重新回到自己身上了。

思及此,赵氏便嫣然一笑,对陆曈道:"既然如此,我就给你这个机会,你为我施针。若真有成效,本夫人自会好好赏你,若你胆敢骗我……"

她脸上的笑容倏然散去:"敢欺骗审刑院详断官夫人,你可知是什么下场?"

陆曈恭声道:"民女不敢。"

见陆曈这般乖顺模样,赵氏也很满意,正想继续说话,外头忽然有丫鬟来报:"老爷回来了——"

赵氏满脸惊喜,顾不得花厅里的陆曈,兀自起身朝外迎去,道:"今日怎么这么早就回来了?"

陆曈与银筝站在花厅里,只听得外头有人走动的脚步声,有人走进花厅。

陆曈抬眼看去。

是个约莫四十出头的中年男子,或许还更年轻,这男子纱帽圆领,金带皂靴,行动间着实威风。浓眉直眼,黄胡子,眼神又很有几分慑人。

这本应是位很有威严的官大人,奈何个头不高,体态又臃肿,使得他看起来好似一只穿了官服的大腹便便的黄鼠狼,同身边人站在一起,宛如美人与野兽。

比起赵氏,他看起来才更像是需要服下那味药茶的人。

男子一眼看到厅中的陆曈,脚步一顿:"这是……"

陆瞳只看了一眼就低下头。

范正廉。

这就是将陆谦打入牢狱定罪的，那位百姓拥戴的青天大老爷，审刑院详断官范正廉。

赵氏挽着范正廉边回头笑道："这是医馆的坐馆大夫，陆大夫。"

范正廉点头，目光在陆瞳脸上多停留了一刻。

年轻又貌美的医女，很难不被人注意。

赵氏见状，伸手按了按前额："老爷，妾身近来身子有些不爽利，才请陆大夫上门来瞧瞧。"

"身子不爽利？"范正廉果然被吸引注意，转头关切问道，"可是哪里不舒服？"

"许是天热……"

赵氏与范正廉往屋里走去，一面回头对陆瞳使眼色。

陆瞳会意，收好医箱同婢子退出花厅。

赵氏的婢子将二人送到范府门口，约定了陆瞳下次登门的时间，这才离去。

望着重新关上的范府大门，银筝有些愤愤，低声抱怨道："这范府的人真小气，还说朝廷命官呢，拿了药茶，一个钱也没出，诊金也没有，连口茶也不奉。不会之后姑娘给范夫人渡穴，她还是一毛不拔，想要空手套白狼吧？"

杜长卿小气归小气，可从来没亏过陆瞳的月钱。

陆瞳转过身："无事，我本来也不是为了诊费。"

今日她登门范府，与范正廉的夫人赵氏搭上关系，已达到了目的。更何况，她还亲眼见到了范正廉。

这位范大人衣饰都很讲究，再看府邸豪奢，仆从傲慢，陆瞳心中的疑窦也得解几分。

陆曈带着医箱往前走,银筝拉住她:"姑娘,回医馆的路在那边。"

陆曈望了望远处:"天色还早,我们去另一个地方。"

"去哪里?"

陆曈道:"去看看我那位京城的亲戚。"

曹爷那头,关于官家的消息少,恐生事端,没有背景的平民百姓却能将家底都给翻个遍。

银筝给的银子够多,得到的消息也就越详尽。

根据快活楼打听的消息,当初陆谦在盛京被官府通缉,官府遍寻无果,最终是靠着一人告发陆谦隐匿的藏身之所才会被官府追查到下落。

而那位告发陆谦的证人,叫刘鲲。

刘鲲……

陆曈目光闪了闪。

说起来,她还曾叫过他一声"表叔"呢。

"走吧。"陆曈对银筝道。

二人离开范府门前,往另一个方向走去,却没留意在范府对街处,有人停下脚步,望着她们二人离开的背影若有所思。

"大人,可是有什么不妥?"身侧有人询问。

男子回过神,又看了一眼前面远去的背影,沉声道:"无事。"

"刘记面铺"在盛京雀儿街太庙前正当口的一处铺席上。

面铺前架着一口巨大铁锅,腾腾热气从铁锅中升起。门口站着个厨子正往锅里下面,厨子身侧不远处的木柜前,倚着个丰腴妇人,见到陆曈与银筝二人,妇人扬起一张笑脸,热络招呼:"两位姑娘可是要吃面?里面有空位!"

银筝应了,同陆曈一起走到铺里坐下。一坐下,银筝看了看四周,忍不住低声对陆曈道:"姑娘,这面铺好大。"

陆曈的目光落在桌前茶盏上,道:"是啊,很大。"

在这样热闹的集市,最当口的位置租银必然不菲,纵然面馆再如何盈利,要负担得起这样一间面铺也不是件容易事。

何况这面馆里的桌椅摆饰,一看就很讲究。

过来擦桌子的面馆伙计指了指墙上:"二位想吃点什么?"

陆曈认真看了菜目许久,才道:"一碗炒鳝面。"

银筝也跟着开口:"一碗鸡丝面。"

"好嘞!"伙计搭着毛巾又去迎新进门的客人了,陆曈抬头,沉默地注视着前方。

从这个方向看过去,正对面馆门口,妇人背对着陆曈,正与身侧熟客说话。妇人穿了件宝蓝盘锦镶花锦裙,衣料簇新,腕间一只赤金镯子沉甸甸的,越发衬得整个人容光焕发。

银筝顺着她目光看过去,悄声问陆曈:"姑娘认识?"

陆曈:"我表婶。"

银筝有些惊讶,正想开口,伙计已送上两份面来。喷香的面碗分散了银筝注意,下意识道了一句:"好香啊。"

炒鳝面盛在深蓝色的搪瓷碗中,面碗大而深,面条细而筋道,鳝丝铺了满碗,一大勺红彤彤的热油淋上去,香气扑鼻。

陆曈取了筷子,没说话。

王春枝煮的最好的面,就是炒鳝面。

时日已过得太久,陆曈都快记不清这位表婶的容貌声音了,只记得她做的炒鳝面很香。

那时陆家清贫,陆谦常带陆柔陆曈去田边捉黄鳝,捉来的泥鳅放进筐里带回家，隔壁的王春枝会把黄鳝炒熟，每人一大碗炒鳝面。那是陆瞳为数不多的饕足的美味记忆。

她叫王春枝一声表婶，叫刘鲲一声表叔。刘鲲和父亲的性情截然不同，父亲古板严厉，刘鲲却和善可亲，会将她举得高高的坐在自己肩头，也会在父亲惩罚自己面壁思过时偷偷给自己递糖吃。

王春枝和刘鲲在常武县待了许多年，直到陆瞳七岁那年，刘鲲向父亲借了五十两银子，带着一家妻儿上京做生意去了，至此失去了消息。

再后来常武县疫病，陆瞳随芸娘上山，一晃七年时间过去，陆瞳都快记不清自己曾有这一房亲戚，谁知道会从曹爷的人嘴里再次听到这个名字。

所以她才想来看一看，这位对官府通风报信的、也曾在夏日傍晚给自己煮炒鳝面的"远房亲戚"。

王春枝没认出陆瞳，自然，毕竟陆瞳与从前相比已变了许多。

至于王春枝……

陆瞳低下头，默默吃了一口面。

这位表婶看起来再无过去的朴素，老了一些，也光鲜了许多。

面碗蒸腾起的热气模糊了陆瞳的视线，耳畔传来前方王春枝与熟客的攀谈。

"老板娘，过不了多久就秋闱了，您家小公子今年秋闱，必然高中啊！"

王春枝佯作打他："哪里就高中了，这每年秋考榜上有名的才多少？子德头次进场，能顺利考完就不错了，做什么美梦？"

"老板娘何必自谦？咱们又不是不知你家两位公子争气，大公子两年前考中，小公子当然差不了，届时小公子中了举，可别忘了请我们吃杯酒！"

一番恭维说得王春枝合不拢嘴，嘴上连连答应，好似刘子德榜上有名已是板上钉钉的事实。

陆曈拿筷子的手动作一顿。

刘鲲与王春枝有两个儿子，也就是陆曈的表哥刘子贤和刘子德。

不过……

在陆曈的印象里，这两位可不是个读书的料啊。

她再夹了一箸面条，并不放入嘴里，碗间传来的辛辣香气一点点漫上来，将陆曈的脸颊也蒸上一层嫣红。

陆曈眸色沉沉。

刘鲲的两个儿子，大儿子刘子贤，小儿子刘子德，是陆曈的表哥。和对表叔表婶不同，陆曈其实并不大喜欢这两位表哥。

这二人性情傲慢，又惯来眼高手低，在常武县时，为了躲懒，时常将自己的活计丢给陆谦。陆曈为此不满，陆谦却好脾气，想着既是兄弟，多干一些也无妨。

不过陆谦的宽容并未得到感激。

陆谦和这兄弟二人一起在书院进学，刘子德甚至比陆谦还要年长两岁，然而陆谦做学问比刘家兄弟厉害多了。许是妒忌，刘子贤看陆谦不顺眼，言语间总是阴阳怪气。

然而就是这位学问平平、文章写得乱七八糟的大表哥，竟然在前年的秋闱中中了举人，将来再过考核，或许就能去地方任职了。

虽说士别三日刮目相看，可这变化未免也太大了点。

至于二表哥刘子德……

陆曈记得，他甚至连自己名字都写不清楚。

如今刘子贤已中，刘子德也要参加今年的秋闱，看自己这位表婶的模样，虽竭力掩饰，神情中总是难抑胸有成竹。

是对刘子德的文章胸有成竹？

未必见得。

刘家从前只知赚钱吃饭，如今祖坟上冒青烟，两兄弟双双高中，真就如此了得？可要知这世上才子千千万，有才华如鲜鱼行的吴秀才，寒窗苦读十多年，一样名落孙山。

何况前年秋闱，刘子贤考中的时间……

算起来，正是陆谦被缉捕不久。

外头的王春枝仍在众人"大公子当官，小公子也当官"的恭维中谈笑风生，陆曈兀自思索着，直到银筝打断了她思绪。

陆曈看着她放下碗，才道："吃完了就走吧。"

银筝点头，擦了擦嘴角，复又望着陆曈跟前的面碗，疑惑问道："姑娘不再吃点吗？面都凉了。"

冷掉的面条糊成一团，再香的气也就散了。

"不了。"

陆曈低头看了面碗一眼，站起身来。

"这面，已经不是从前的味道了。"

上津门以里，傍晚的殿帅府内飘散着粥饭香气。

段小宴蹲在地上，将碗里的面条扒拉给眼前一条黑犬。

黑犬生得身姿矫捷，肌骨匀称，浑身毛发如漆黑绸缎闪闪发亮，夕阳下闪烁细碎麟光，是条俊美猎犬，就是吃东西的姿态不怎么雅观。

裴云暎从门外一进来看到的就是如此画面，默了默才开口："怎么又在喂？"

段小宴抬头，先叫了一声"哥"，又兴奋道："哥你看，栀子最近是不是瘦了许多？陆大夫的汤药果真厉害。"

裴云暎看了黑犬一眼："它又不胖。"

"哥，你就是溺爱她。"段小宴在狗头上摸了一把，"栀子是殿前司司犬，代表着咱们司脸面，何况又是个姑娘，姑娘家当然还是纤瘦一些更美。"

"什么时候殿前司的脸面要狗来代表了？"裴云暎笑骂一句，径自走进院里。

段小宴见他进去，方才想起什么，起身追喊道："对了，副使刚刚回来了，好像在找你。"

裴云暎进了司里，先去了兵籍房，待将手中兵籍簿放好后，一出房门，就被萧逐风堵在门口。

"这么早就回来了。"裴云暎往舍屋里走，萧逐风跟在身后。

"今日我带人去了兵马司一趟。"

"怎么样？"

"雷元死了。"

裴云暎进了门："意料之中，吕大山一事牵连之人众广，兵马司的钉子落我手中几个，他们自然忙着灭口。"

萧逐风转身将门关上："吕大山的案子和太子有关，如今兵马司和刑狱司牵涉其中……太子，恐怕已有了太师府支持。"

"放心吧，"裴云暎笑笑，伸手卸下腰间长刀，"这皇城里卧虎藏龙之辈多得是，还没到最后，胜负尚未可知，你紧张什么。"

萧逐风默了默，继续开口："还有一事。"

"何事？"

"我今日在审刑院范正廉府邸前看见陆瞳，她从范府出来。"

裴云暎卸刀的动作一顿。

萧逐风木着脸提醒："就是之前在万恩寺见过，你替她解了围她却不想搭理你的那位女大夫。"

裴云暎气笑了："你哪只眼睛看见她不想搭理我了？"

"我和段小宴四只眼睛都看见了。"萧逐风问，"你不好奇她去范府的目的？"

"说实话，有点好奇。"裴云暎把刀放在桌上，自己在椅子上坐下，"这位陆大夫看起来不喜权贵，厌恶至极，官家来买药都三推四请，亲自登门范府，出人意料。"

"说她别无所图，我不信。"

萧逐风问："要不要派人盯着她？"

裴云暎笑了："不用，近来司里事多，人手都快不够，别浪费人力了。"

萧逐风"哦"了一声。

裴云暎却又改变了主意："算了，回头你告诉段小宴一声，让他找人盯着范府，也注意陆曈进范府的动静。"

萧逐风意味深长地觑着他。

裴云暎抄起桌上镇纸砸过去，笑着说道："别误会，我只是想，范正廉和太师府暗中来往，或许能从他府中套到不少消息。"

"至于那位陆大夫……"

他指尖点了点桌面，若有所思地开口："范正廉乃朝廷命官，非平民商户，一旦出事，势必引起官府追查。何况范府中还养有护卫。"

"就算她再胆大包天，也该不敢在官员府中杀人吧？"

陆曈从面馆回到西街时，远远就见医馆铺子里掌上灯烛。

银筝嘀咕道："都这会儿了，杜掌柜怎么还没回去，平日里这个时候该关铺门了。"

杜长卿是个懒的,陆瞳刚来医馆时还装着勤勉了几日,待到后头,每日天大亮就才来,天还未歇就早早回去,弄得一些新客人还以为陆瞳才是东家,而杜长卿是个迟早会被发卖的伙计。

陆瞳与银筝走过去,待走近了,就见仁心医馆的铺子门口站着几人在说话。

陆瞳道了一声"杜掌柜"。

正说话的杜长卿回头一见,立刻眼睛一亮:"陆大夫,你可算回来了!"

陆瞳还未说话,就听得杜长卿身边传来一个陌生声音:"表哥,这位是……"

陆瞳抬眼望去。

门口还站着个两个年轻女子,一位婢子打扮,另一位生得细弱清秀,穿件杏黄对襟双织暗花轻纱裳,正侧身躲在杜长卿身后,半是胆怯半是好奇地盯着她。

杜长卿轻咳一声:"这位就是我们医馆的坐馆大夫,陆大夫。"他又与陆瞳说道:"陆大夫,这是我表妹,夏蓉蓉。"

陆瞳轻轻颔首,夏蓉蓉连忙回礼。

杜长卿示意陆瞳与银筝往里走了两步,一直走到夏蓉蓉听不到的里头,才对陆瞳与银筝低声道:"那个……陆大夫,这段时日,蓉蓉二人可能要同你们住在一起了。"

陆瞳问:"为何?"

"她在盛京举目无亲,就认识我一个,我又是个男子,男未婚女未嫁的,总不能住我宅子里,传出去不好听。"

银筝道:"既是杜掌柜未婚妻,住在一起也是自然,杜掌柜何必多想。"

"谁说她是我未婚妻了！"杜长卿跳起来，他这声音大了些，惹得夏蓉蓉朝这头看来。

杜长卿冲她安抚地笑了笑，回头压低了声音："是我表姑家的姑娘，这七歪八扭的亲戚我也分不清，我娘没了后，也就这一门亲戚尚在走动。"

"她家里穷，从前隔几年来趟盛京，我还能给点花用，如今老头子走了，我自己都不够花，能给的不多。她估摸着在盛京待几日就回去，我想着你们同是女子，住在一起也方便。"

银筝若有所悟："打秋风的？"

"话怎么说得这么难听呢？"杜长卿不悦，"谁家没几房穷亲戚，再者好几年见一次，接济下又不会少块肉。"

银筝叹了口气："杜掌柜，你这人心软是好事，不过我看您那位表妹也许图的不只是一点救济呢。"

"瞧你说的，"杜长卿不以为然，"不图银子难道还图本少爷的人吗？别把人想那么龌龊！"

银筝："……"

陆瞳打断了这二人争吵："夏姑娘住在这里也无妨，后院总共三间空房，如今还剩一间最外面的，叫夏姑娘收拾出来住下吧。"

杜长卿顿时笑逐颜开："陆大夫，我就知道你最识大体。"

他一溜烟跑到前头，与那位表妹细细嘱咐。银筝也只得摇了摇头，先去将放在外间那屋的杂物收拾出来，好给这主仆二人腾出空房。

杜长卿交代完了就走了，好似不愿再在此多留一刻。

夏蓉蓉和她的婢子忙着铺上干净被褥。

陆瞳本就不是热络的性子，自也不会主动与夏蓉蓉攀谈。她照例分好明日要用的药材，复又回到自己屋里。

343

窗外夜色正浓,一轮娟秀弯月挂在枝头,发出些淡薄冷光。

陆疃走到桌案前坐下,从木屉中找出纸笔来。

银筝在厨房里烧水,陆疃走到桌案前坐下,揭过一张宣纸,提笔蘸上墨汁。

今日她已见到了范正廉和王春枝,听说了刘子贤与刘子德,唯一遗憾的是没能见到表叔刘鲲。

不过……也得到了些意外的消息。

刘子德将要参加今年秋闱,这实在令人不得不多想。毕竟刘家兄弟二人才学平庸,粗心浮气,刘子贤能考中已是烧了高香,凭何刘子德也敢一试身手?

陆疃并不认为自己这二位表兄会在未见的几年里悬梁刺股,用心苦读。

她落笔,在纸上写下刘鲲与范正廉两个名字。

按理说,刘鲲应当与范正廉是见过的。

据柯承兴的小厮万福透露,陆谦曾在陆柔死后登门柯家,与柯家人大吵一架后不欢而散。或许那个时候,陆谦已经察觉出了陆柔身死一事的蹊跷。

假如陆谦找到了一些证据,带着这些证据前去告官,对盛京一无所知的陆谦选择向有"青天"之名的范正廉求助是顺理成章的事。

但范正廉并非传言中的公正不阿,甚至因畏惧太师府权势,想要毁掉证据。陆谦察觉不对,趁乱逃出。而后范正廉私设罪名,全城缉捕陆谦。

走投无路的陆谦只能藏在刘鲲家中,毕竟整个盛京只有刘家人算得上陆家的旧时亲戚。

陆谦以为刘鲲尚是常武县中值得信任的表叔,却未曾想到,利益足够时，亲眷亦可背弃。

刘鲲出卖了陆谦。

陆瞳笔尖一颤，一大滴墨汁从毫间渗出，在纸上洇开浓重痕迹。

她在刘鲲与范正廉之间画上了一条线。

刘鲲将陆谦作为投名状献给范正廉，而作为回报，范正廉给予刘鲲一定的利益。

是那间雀儿街的面馆？

不，纵然那间面馆临街位置尚佳，修缮也算讲究，但陆谦一事牵连太师府，太师府才值一间面馆？

刘鲲也不至于眼皮子浅成这般。

刘鲲所图的一定更多，再说陆谦藏在刘家，刘鲲未必不清楚陆柔一事，范正廉为何不斩草除根，反而留刘鲲这样一个巨大隐患在外，不怕有朝一日刘鲲反水？毕竟只有死人才能守住秘密。

除非……

刘鲲有把柄落在范正廉手中。

而且这把柄足够大，大到范正廉能笃定刘鲲绝不敢借此要挟什么。

刘鲲能有什么把柄落在范正廉手里？这样一个卖面的商户，在详断官的眼中微不足道，若说他那位举人儿子还差不多。

举人儿子……

陆瞳眸光一动。

对了！

刘子贤秋闱中举，刘子德即将参加秋闱，而范正廉……最初也是科举出身，才去元安县做了知县，至此开始了他的坦荡仕途。

秋闱……

如果说刘鲲出卖陆谦为代价，得到的是儿子中榜的机会，那在刘鲲

眼中，这一切就是值得的。范正廉也不必担心刘鲲会将内情说出去，除非刘鲲甘愿毁去爱子前途。

只是……倘若她的猜测是真的，梁朝秋闱的舞弊之风未免也太过肆无忌惮了。

陆曈笔尖凝住。

又或者，当年的范正廉的同进士之身，亦是得来的名不正言不顺，否则何以在刘子贤一事上办得如此轻车熟路？看样子，再过几个月的刘子德还会如法炮制。

得先打听清楚当年的范正廉学问如何才是。

不过范正廉身为朝官，曹爷那头许是怕惹麻烦，关于官家的消息总是吝啬，再者怕惹人怀疑，她也不能直接索要。

陆曈提笔在范正廉的名字上头写下"元安县"三字。

范正廉的发迹是从元安县开始的，据说他在元安县做知县时，政绩斐然，才令天子特意将他调任回盛京。

得弄清楚范正廉在元安县中究竟办得哪些"美名远扬"的案子。

门开了，银筝端着盆热水从门外进来。

陆曈放下笔，将方才写字的纸拿起来，置于灯烛中烧掉。

银筝把拧过水的帕子递给她，朝窗外努了努嘴："前头灯还亮着。"

她说的是夏蓉蓉主仆二人。

陆曈以为她是想回自己屋中，边拿帕子擦脸边道："她们住不了多久。"

银筝道："姑娘，你不会和杜掌柜一样，真以为夏小姐是来打秋风的吧？"

"不是吗？"

"自然不是。"银筝起身去铺床，"那打秋风的亲戚，都恨不得穿得越破越好，好多拿些银两。哪像夏小姐，她身上穿的衣裙料子可比你身上的还新呢。还有她手上那只玛瑙手镯，少说也要二十两银子。"

银筝转过头："哪有打秋风的穷亲戚，穿得这般光鲜的？"

陆曈不以为意："所以？"

"女为悦己者容。"银筝回头继续铺床，"多半是为了杜掌柜吧，我瞧着，她应该真是图杜掌柜的人。"

陆曈点头："她是杜掌柜表妹，真要到谈婚论嫁一步，日后自然形影不离。"说到此处，陆曈一顿，疑惑看向银筝："你不高兴，是因为喜欢杜掌柜？"

"当然不是！"银筝吓了一跳，赶紧否认，"我怎么会喜欢杜掌柜？"

见陆曈点头，银筝叹气："我不是对夏小姐有偏见，只是姑娘所谋之事，一朝不慎便会东窗事发。咱们住在这里，素日里人少还好，如今多了夏小姐二人，我总怕……总怕生出事端。"

原来担心的是这个。

陆曈莞尔："无妨，小心些就是。"

陆曈二人说起夏蓉蓉时，隔壁的夏蓉蓉屋里，灯火亦未歇。

夏蓉蓉穿着中衣，披着头发坐在榻边，神情有些忧虑。

婢子香草站在她身后，拿木梳替她梳理长发，问道："小姐已经见到表少爷，怎么还是这般忧心忡忡？"

夏蓉蓉摇了摇头："爹娘此番令我进京，本就是起了想要我嫁给表哥的心思。"

"先前表哥信中说，杜老爷过世，却没在信中提起杜老爷留给他的家产如今只剩这么一间破医馆！"夏蓉蓉抓住香草的手，"你第一次见表哥不清楚，我却看得出来，如今表哥吃穿用度俱是不如往昔。可见是

347

败落了。"

"我……我爹还等着我进了杜家门,将他接到京城里来,如今可怎么办才好?"言罢,夏蓉蓉忍不住低声抽泣起来。

夏蓉蓉的母亲与杜长卿的母亲是亲戚。

这亲戚血脉实在微薄,但对于幼年失母的杜长卿来说,这门亲戚就是母亲家唯一的亲戚。他很喜欢听夏母说起母亲过去的事。

夏蓉蓉并不讨厌杜长卿。

杜长卿是杜家独子,杜老爷子宠他,舍得给他花银子。夏蓉蓉少时每次随父母来盛京,杜长卿这个表哥待他们出手也很大方。

加之杜长卿模样不赖,虽纨绔了些,品性却不算恶劣,勉强也能算个良配。是以爹娘暗示她和杜长卿结亲的时候,夏蓉蓉内心也并不反感。

她爹娘想得好,杜长卿是杜老爷子的心肝儿,杜老爷子过世,必然给杜长卿留下不少家产。夏蓉蓉与杜长卿也算青梅竹马,杜长卿这人耳根子又软,待夏蓉蓉过了门,也就是个正经的富家夫人。

所以夏蓉蓉才只带了香草一个婢子进了京,想着表兄妹相处久了,自然情愫渐生。而杜长卿又无父无母,届时只要夏家二老出面做主,这亲事也就成了。

谁知她刚进京就得了这么个噩耗,杜老爷子的家产被杜长卿败得只剩这么一间小医馆。

这和她想得差远了!

没了银子的杜长卿,怎么看都不再是香饽饽。

香草宽慰她道:"小姐别伤心,虽说表少爷如今比不得往昔,但瘦死的骆驼比马大。能在盛京这样寸土寸金的地方有宅院和铺面,已强过不少人。"

"而且杜老爷给表少爷究竟留了多少银财，也没人知晓，说不准是表少爷藏起来了呢。就是……"香草欲言又止。

"就是什么？"

"就是隔壁那位陆大夫，您得注意。"

夏蓉蓉一愣："注意什么？"

"寻常人家哪有这般年轻的坐馆大夫，还是个女子。"香草提醒，"小姐莫怪奴婢多心，表少爷从前就爱拈花惹草，这要是还未娶妻就先养了女人在外面……那这门亲事，您就得好好掂量掂量了。"

"你说陆大夫和表哥……"夏蓉蓉迟疑道，"不会吧？"

"知人知面不知心，奴婢也是担心您被骗了。不过，咱们既要在这里待些时日，不妨多盯着他们，瞧瞧有什么可疑的。"

夏蓉蓉仔细想了半晌，才下定决心点了点头："好吧，就照你说的办。"

仁心医馆又来了两位年轻姑娘，一下子热闹起来。

从前陆瞳没来时，铺子里只有阿城和杜长卿二人，如今乍然多了四位如花似玉的姑娘，连门口那棵李子树看上去都赏心悦目多了。

烈日当头，夏蝉鼓翼而鸣，吵得人晕头转向，杜长卿从外面进来，把手中几碗浆水往里铺桌上一放："喝茶了！"

正帮陆瞳整理药柜的银筝看了一眼，问："这是什么？"

杜长卿叉腰，豪气开口："西街新开了间浆水铺，三个铜板，买一碗送一碗。东家做东，请你们喝，不要钱。"

"谢谢表哥。"正和香草一块儿绣帕子的夏蓉蓉轻声道谢。

夏蓉蓉不认识药材，也不好抢银筝和阿城的活，白日就规规矩矩坐在铺子里，同香草一起做绣活，倒也安静。

杜长卿教她们把浆水分一分,他买得杂,漉梨浆、姜蜜水、杏酥饮、茉莉汤、冰雪冷元子……

陆曈分到了一碗姜蜜水,浆水提前在冰桶中浸过,用翠绿的青竹筒盛了,越发衬得浆水清亮如琥珀。

她低头喝了一口,甜甜的,又冰又凉。再抬头,就见众人面色忍耐。

杜长卿问:"怎么样?"不等众人回答,自己先喝了一口。

下一刻,他忍不住呛出声来:"咳咳咳!什么玩意儿这么齁?"

齁?

那头的夏蓉蓉蹙眉道:"是有些太甜。"

就连最爱吃糖的阿城都皱起鼻子:"东家,这哪是水里放糖,这是糖里忘了放水。"

银筝与香草虽未说话,却把盛浆水的碗放得远远的,看起来不愿再多喝一口。

杜长卿气急败坏道:"好家伙,卖浆水的和我说不甜不要钱,居然是真的。这人是不是脑子有毛病,这么甜想齁死谁?"

他一转头,见陆曈没什么表情地继续喝碗里的浆水,没好气道:"别喝了,平日怎么不见你替我俭省,喝出人命谁负责?"

陆曈不言。

杜长卿想了想,又狐疑地看了她一眼:"你不觉得齁吗?"

"还好。"

杜长卿匪夷所思地盯着她:"你不会告诉我,这很合你的口味?"

陆曈:"如果店铺不倒闭,我会继续光顾他的生意。"

她补充:"每日一碗。"

众人沉默。

杜长卿噎住了,过了半晌,点头道:"不错,看来以后那家浆水铺能不能在西街开下去,就全仰仗陆大夫你的惠顾了。"

陆瞳用喝光浆水的动作表达了她对浆水铺的支持。

饮罢,陆瞳将空竹筒放在一边,银筝进小院拿着陆瞳的医箱出来。

医馆里其他人见怪不怪,杜长卿冲她们二人摆了摆手:"早去早回啊。"

银筝无言:"知道了。"

今日是该给范夫人施诊的日子。

陆瞳与范夫人约好,每隔七日登门,为范夫人施针一次。今日是第三次。

出了门,待陆瞳和银筝二人到了范府,赵氏刚刚午憩醒来。

见到陆瞳,赵氏招了招手,示意陆瞳进来施针。

陆瞳依照往常一般,从医箱中取出金针,为赵氏针灸。

丫鬟翠儿在身后打着扇,赵氏微阖双目,懒洋洋地问陆瞳:"陆大夫,这针还要再渡多少日子?"

陆瞳将一根金针刺入,道:"夫人如今已有所清减,正至关键时分,若此时停针,一段时日后会效用全无,为多巩固,还是再针渡两月为好。"

"还要两月?"

"之后针灸间隔十日一次,两月共六次,夫人以为如何?"

赵氏叹了口气:"好吧。"

陆瞳便不说话了,用心为赵氏针灸起来。

赵氏抬起眼皮子看了忙碌的陆瞳一眼,复又放下,嘴角溢出一丝满意的笑。

她对陆瞳很满意。

准确说来,是赵氏对陆瞳针灸的本事很满意。这些日子,也不知

是纤纤还是陆曈隔几日上门来为她针灸起了效用，赵氏的腰果然瘦了一圈，往日衣裙都宽松了些许。

这简直让赵氏欣喜若狂。

她原先尚对陆曈所言半信半疑，如今目睹成效，总算放下心来。

消瘦了些后，赵氏就让下人去盛京的轻衣阁做了好几身月光纱的衣裙。她清减后，淡下妆容，薄纱裙衫清雅仙气，是与往日娇艳截然不同的淡雅，倒叫范正廉新鲜了好一段日子，夫妻恩爱更胜往昔。

再说陆曈，赵氏注意到，陆曈每次登门都是在午后，未至傍晚就离开，恰好避开了范正廉下差的日子。加之陆曈又寡言，进了府从不多问，瞧着也是本分规矩。

这令赵氏很满意，识趣的人总是让人放心的。否则这么一个年轻医女在府中，她还真怕范正廉哪一日起了色心。

这医女暂且没瞧出不安分的心思，赵氏待她也就不如先前那般刻薄了。

约莫过了一个半时辰，陆曈为赵氏施完针，赵氏叫丫鬟翠儿领她去隔壁间喝杯茶。

翠儿送来茶和诊金，赵氏并不是个大方的人，诊金给得很少，至于送的药茶，全当没那回事，陆曈也没主动提起。

陆曈喝茶的时候，银筝就把一个小罐子塞到翠儿手中，笑道："翠儿姑娘，这是陆大夫自己做的头油，里头放了药材，抹久了，头发会越来越亮呢。"

翠儿推辞："怎么还能拿陆大夫的东西……"

"不值多少钱，"银筝笑言，"本想送夫人几罐，陆大夫想着夫人素日所用膏脂昂贵，怕是瞧不上咱们的，翠儿姑娘可别嫌弃。"

翠儿便将罐子收入袖中，笑容比先前更真切了些："那就多谢陆大夫了。"

陆瞳摇头，低头抿了口手中热茶。

翠儿是赵氏的贴身婢女，一点小恩小惠不至于收买翠儿，但可以让银筝与翠儿关系拉近许多。

关系近了，嘴巴就松了。

陆瞳喝完茶，起身告辞，翠儿送她们二人出门，路过花厅时，迎面撞上一男子。

对方低声道了一句"抱歉"。

陆瞳看向眼前，是个身材高大的中年男子，浓眉大眼，穿件洗得发白的沉香色布袍，分明是气宇轩昂的模样，神色却很谦恭。

这人陆瞳之前也见过，不知和范家人是何关系，有几次陆瞳施诊完毕出门时都在门口撞见过他，大多数时候，这男子都是让范家的下人转交一些货礼之类。

今日这般进内院还是头一遭。

陆瞳向他瞥了一眼，赵氏的另一个丫鬟正指挥着男子将手中之物拿到院里放下，依稀是些山鸡、鹅鸭之类的土物。

男子绕过陆瞳，抹了把汗，隔着院门对花厅里头纳凉的赵氏道："夫人……"

"知道了。"赵氏听起来有些不耐烦。

这人便很局促，同丫鬟说了几句就匆匆离开了。

陆瞳望着他的背影，问翠儿："他是……"

翠儿笑道："那是审刑院的祁大人，是我们老爷的得力手下。"

得力手下？

陆瞳想起刚刚那人身上洗得发白的旧袍，以及赵氏婢子待他颐指气使的模样，状若无意地开口："范大人很器重他？"

"当然器重啦。"许是得了头油的缘故,翠儿也愿意与她们多说几句,"老爷当初从元安县回来时,还特意将祁大人一起带回盛京。"说到此处,翠儿有些奇怪,"陆大夫怎么问起祁大人?"

银筝推了翠儿一把,低声笑道:"那位大人模样不差,气势不菲……"

翠儿会意,掩嘴道:"那真是可惜了,祁大人早有妻儿,不过……"她看了陆瞳一眼,没说下去。

陆瞳对她的眼神心知肚明,在范府人眼中,出身低微的坐馆医女,纵然是嫁给小官做妾也是好的。

待出了范府,翠儿离开后,陆瞳站在门口,回身朝范府的门匾望去。

银筝问:"姑娘怎么了?"

"我在想……"陆瞳声音很轻,"刚才见到的那个人。"

"祁大人?"银筝一愣。

陆瞳道:"他有问题。"

翠儿说祁大人是范正廉器重的人,所以把他从元安县带回盛京,但看那位祁大人衣饰以及在范府的地位,不难看出他生活窘迫。

这就奇怪了,范正廉的得力干将,怎会混得如此潦倒?

而且翠儿说他是从元安县回来的……

也就是说,这位祁大人,从范正廉仕途伊始就一直陪在范正廉身边,一定知道范正廉不少秘密。

"银筝,你托曹爷打听一下,刚才那位祁大人。"

她要知道这个祁大人的底细,才能对症下药。

"姑娘,"银筝有些为难,"咱们赚的银子除开吃用,全填进了快活楼。曹爷的消息贵,分红不够花,再要打听消息,只能同杜掌柜赊银子了。"

"那就赊。"陆瞳收回目光往前走。

银筝无奈，只得跟上，才走了两步，忽而"咦"了一声。

陆曈停步："怎么了？"

银筝指了指街对面："好像是裴大人身边的段小公子？"

陆曈一怔，顺着银筝的目光看过去，果见对面的茶摊阴凉处，背对着她坐着个人喝茶。

她蹙眉："你确定没认错人？"

银筝很自信："错不了，我过去见的人多，瞧人很在行的。"言罢，主动朝对街挥手喊道："段小公子！"

直过了片刻，茶摊坐着的人才慢腾腾回身，见到陆曈二人也是一愣，随即面露惊喜之色，起身走上前道："陆大夫，银筝姑娘。"

果然是段小宴。

陆曈目光在段小宴身侧扫视一周，没见到裴云暎，遂问："段小公子怎么在这里？"

"忙公务呢，路过这里，顺带坐下喝杯茶，没想到遇着了陆大夫。"他笑得热情，又问陆曈，"陆大夫呢？"

"我在这里替人施诊。"

段小宴"哦"了一声，看了看远处，不好意思地对陆曈说道："那个陆大夫，我还有公务在身，得先走一步。等过些日子休沐，我叫大人再光顾你们医馆，上回那个药茶可真是好用……"

陆曈冲他颔首："段公子慢走。"

段小宴很快离开了，陆曈望着他的背影，半晌没说话。

银筝提醒："姑娘不走吗？"

陆曈收回视线："走吧。"

段小宴回到殿帅府，同僚禁卫木莲正从演武场回来，说萧逐风买了

李子在营里，叫他自己去里头拿着吃。"

段小宴摆了摆手，问木莲："大人在里面吗？"

"不在。"木莲啃了一口青皮李子，酸得半晌睁不开眼，"找大人有事啊？"

段小宴摇头："没事。"

木莲进去了，栀子从角落里跑出来，脑袋在他怀里蹭了又蹭。段小宴蹲在地上，心不在焉地揉了揉狗头，低声自语："真是邪了门了，隔那么远，都没见着脸，是怎么认出我的？"

身后有人问："什么怎么认出你的？"

段小宴一个激灵，回头见裴云暎从门外走进来。

夏日的天，他还穿着殿前司的朱色锦衣，衣领扣得笔整，不见半分炎热，反倒丰仪清爽。

"哥你回来了？"段小宴站起身，跟着他一起进了营里。

一进门，二人不约而同怔了一下。

殿帅府营房门口堆了十来个竹筐，竹筐里满满当当都是青色李子，一干亲军正吃得龇牙咧嘴，空气里弥漫着一股酸味儿。

裴云暎眉头一皱："什么东西？"

木莲忙道："萧副使送来的。说天热，特意买来给兄弟们解渴。副使还特意挑了一筐最好的放在大人您屋里了。"

见裴云暎沉默，旁边的黄松也道："副使买的这李子挺好吃的，就是有点酸。"

裴云暎伸手按了按额心："……知道了。"走了两步，又回头，忍无可忍道："搬到院里，别堆在门口。"

"是。"

裴云暎进了自己房里，一转头，见段小宴还在，问："有事？"

段小宴回身将门掩上，等裴云暎在桌前坐下，才凑上前："哥，今日仁心医馆的陆大夫又上范府了。"

"嗯。"

"……我与她打了个招呼。"

裴云暎倒茶的动作一顿。

他抬眼："暴露了？"

"冤枉啊！"段小宴叫屈，"天这么热，我就去对面茶摊喝碗茶的工夫，谁知陆大夫会那么巧出门。我当时还是背对她的，隔着一条街，哥你都不一定能认出我，她是怎么认出我的？"

裴云暎觑他一眼，低头喝茶："她说什么了？"

"什么都没说。我说我是办差路过的，她没怀疑，我就走了。"

裴云暎点了点头。

见他没什么反应，段小宴胆子大了些，开口道："哥，我盯着范家也有半月了，陆大夫除了给范夫人施针也没干别的。她那药茶卖得好，范夫人喜欢，又不妨碍我们殿前司。你是不是对她过于紧张了？"

裴云暎合上茶盖："这么相信她？"

"倒也说不上信任。"段小宴语气诚恳，"主要日日盯梢，车马费、茶水费、外食费……月银不够花了，哥你借我一点……"他边说边摸向自己腰间，忽而一顿。

"怎么了？"

段小宴看着他："我荷包不见了。"

"被偷了？"

"那倒没有，里面没银子。"

裴云暎无言："那你哭丧着脸。"

"那荷包是你送我的！"段小宴喊道，"刚进殿前司的时候，你送

我的荷包，上面还有我名字。"

裴云暎提醒他："想想丢哪儿了，营里找过没有？"

"想不起来，下午我在范家对面喝茶时结账都还有，啊！"他目光一动，"该不会是和陆大夫说话那会儿掉了吧？我那时过去得匆忙，走得也急，说不准是掉范家门口了。"

闻言，裴云暎本来懒散的姿态坐直了些，问他："你说陆曈捡到了？"

"只是可能。"段小宴挠了挠头，"也不好问人家。"

"为什么不问？"裴云暎反问。

段小宴惊讶："荷包里都没几个铜板，陆大夫要它做什么？况且，要是真去问她，陆大夫还以为我怀疑她偷东西，被别人听见了，会怀疑陆大夫人品不端的，那多不好。"

裴云暎："难为你替她想得周到。"

不等段小宴说话，他又继续开口："过几日我陪你去一趟仁心医馆。"

段小宴不可置信地看着他："你还真要问陆大夫啊？为什么？"

"因为荷包上有你名字。"

"名字？"

"被别人捡到也就罢了，被陆曈捡到，我怕你被卖了还替人数银子。"

段小宴不解："那一个荷包能卖我什么？"

"那可就多了，"裴云暎笑了笑，"比如……要挟。"

"要挟？"段小宴诧异，"拿荷包能要挟我什么？我又不是女子，还能拿这个当定情信物逼我娶她？"他说着说着，自己也一愣，想了一会儿，喃喃开口："这么说也不是不可能，她今日只一个背影就能认出我来，可见我在陆大夫心中印象很深……但我如今还未及冠，婚姻大事尚不能做主……"

他自絮絮说着,冷不防头顶被拍上一叠厚厚卷册。

裴云暎起身从他身边经过,道:"好啊,真要有那一日,我作为你半个长辈,一定为你奉上一份丰厚大礼。"

"恭祝二位郎才女貌,佳偶天成。"